EL HOSPITAL
DE LOS POBRES

Tània Juste (Barcelona, 1972) es licenciada en Geografía e Historia por la Universidad de Barcelona, con especialidad en Historia del Arte. Desde que tiene memoria, le encanta leer y escribir, y ya ha publicado cuatro novelas en catalán. *El hospital de los pobres* es su segundo libro publicado en castellano después de *Pasaje al Nuevo Mundo*.

www.taniajuste.com

Si tienes un club de lectura o quieres organizar uno, en nuestra web encontrarás guías de lectura de algunos de nuestros libros. **www.maeva.es/guias-lectura**

Este libro se ha elaborado con papel procedente de bosques gestionados de forma sostenible, reciclado y de fuentes controladas, avalado por el sello de PEFC, la asociación más importante del mundo para la sostenibilidad forestal.
www.pefc.es

EMBOLSILLO desea contribuir al esfuerzo colectivo y permanente de proteger y preservar el medio ambiente con el compromiso de producir nuestros libros con materiales responsables.

Tània Juste

EL HOSPITAL
DE LOS POBRES

Título original:
L'HOSPITAL DELS POBRES

© Tània Juste, 2014
   Derechos de edición negociados mediante Asterisc Agents
© De esta edición: EMBOLSILLO, 2019
   Benito Castro, 6
   28028 MADRID
   www.maeva.es

ISBN: 978-84-16087-86-0
Depósito legal: M-527-2019

Diseño de cubierta: OPALWORKS sobre imagen de Stephen Mulcahey/
Arcangel Images

Fotografía de la autora: ©VÍCTOR P. DE ÓBANOS

Preimpresión: Gráficas 4, S. A.

Impresión y encuadernación: CPi
                              BLACK PRINT

Impreso en España / Printed in Spain

A Josep,
el mejor compañero de viaje
en la gran aventura de vivir.

«Si se suprimiera el hospital, cambiaría
el alma de Barcelona.»

DR. JOSEP CORNUDELLA

1892

La hermana tornera hacía esfuerzos para no sucumbir al sueño en el que iba cayendo despacio. Dos horas antes se había acomodado en la silla que, con sumo cuidado, había colocado muy cerca del torno, no fuera que le dejaran un bebé en su primera noche de guardia y ni siquiera se diera cuenta.

Al anochecer, una vez cerrado el portal del asilo que daba a la calle Ramelleres, la madre superiora se había acercado a ella para advertirle: nada de dormirse.

–Una cabezada y podrías perder de vista tu responsabilidad de esta noche.

La había mirado fijamente con esos ojos que tantas veces la amonestaron en su primer año en la Maternidad, aunque esta noche era distinto. Ahora sus ojos decían: «Confío en ti, ya estás preparada». De modo que, aun sabiendo que hasta las hermanas más experimentadas solían echar cabezaditas durante las noches de guardia, ella no pensaba arriesgarse. En adelante, se convertiría en la tornera más joven que había tenido la Casa de Maternidad.

Sin embargo, dos horas sin apenas moverse es mucho tiempo para una persona inquieta. Al principio estuvo paseando un poco, arriba y abajo, arriba y abajo; luego se quedó de pie, pegada al frío muro, y finalmente decidió acercar una silla al lado mismo del torno con el fin de descansar un poco y, al mismo tiempo, poder percibir cualquier ruido proveniente de la calle.

Debían de ser cerca de las tres de la madrugada cuando la hermana oyó unos pasos. Parecieron detenerse justo al otro lado del muro, que separaba el asilo de la calle Ramelleres. Nada más, solo silencio. A lo lejos, un perro que ladraba. Tal vez me lo he figurado, puede que los pasos viniesen de mi propio sueño, se dijo. Pero entonces oyó con claridad el roce de unas faldas. ¡Alguien sollozaba! Y en aquel preciso instante, estalló el llanto de un bebé. No había duda: su mirada se concentró en el torno por si empezaba a girar, pero de momento no se movía. Se levantó de la silla y pegó la oreja al muro tratando de adivinar lo que sucedía al otro lado. Una mujer lloraba y el bebé la secundaba con la misma angustia que un cachorro hambriento. La situación iba alargándose y la hermana tensó todo el cuerpo. Desde el primer llanto no había quitado el ojo del aparato giratorio encajado en el muro, esa especie de tambor donde todo parecía indicarle que estaban a punto de dejar un bebé. El torno giraría y la campanilla sonaría para avisar a las hermanas de que en la Casa de Maternidad habían dejado a un nuevo expósito, un niño sin padre ni madre que se hicieran cargo de él en este mundo. La hermana de guardia no vería a la madre en ningún momento, pues el muro las separaba. Solo el pobre retoño, otro hijo ilegítimo, quedaría a ojos de la hermana en cuanto la madre hiciera girar el tambor.

La hermana sabía que aquello sucedía a diario, que sus compañeras recogían a todas esas criaturas que llenaban las salas de lactancia y de desmamados del asilo, pero este era su primer bebé, el primero que le entregaban a ella y del cual debería encargarse hasta que, al día siguiente, pudiera informar a la madre superiora. Al fin el torno comenzó a moverse, poco a poco, indeciso aún. La hermana vio entonces esa carita congestionada de tanto llorar, las pequeñas manitas que se alzaban en un puño hacia el mismísimo cielo. ¡Apenas tenía unos pocos días ese cachorrillo! La campanilla no llegó a sonar porque la hermana, sin pensárselo, alzó la voz por encima del muro para decir:

—¡Ya lo tengo! Que Dios se apiade de ti.

Se oyó un sollozo ahogado, otra vez el roce de faldas y luego los pasos que se alejaban para no volver.

La hermana cogió en brazos al bebé y lo introdujo en el asilo. En la sala de prevención encontró a la nodriza de turno, quien le quitó al niño de las manos. Con movimientos ágiles, lo liberó del manojo de ropas bastante limpias para ser las de un expósito y empezó a darle el jarabe. Las normas eran estrictas y por mucho que la criatura llorase, el ama de cría no podía acercárselo al pecho hasta que el doctor lo hubiese examinado.

Al primer asomo de luz del nuevo día llegó el capellán del asilo. Al ver al recién llegado, resopló y le preguntó de forma mecánica a la hermana si habían dejado alguna nota o pertenencia junto él.

—Una cajita de madera con una fotografía de un niño montado en un caballo de cartón dentro. También un papel donde pone «Lluís» —respondió la hermana, quien, a pesar de que el bebé había dormido plácidamente tras la toma del jarabe, no se había separado un solo instante de él.

El capellán asintió en silencio y entonces procedió a bautizar al nuevo nato:

—Lo llamaremos Lluís, tal como nos han dejado escrito —empezó.

Entonces repasó el santoral, buscando aquellos dos nombres suplementarios que le servirían al niño como apellidos. Se decidió por Amadeu y Julià, haciéndolos anotar en el libro de registros: el secretario escribió el número de orden, los nombres escogidos, el sexo y la hora de ingreso, así como la descripción de la ropa con la que lo habían entregado en el asilo. La cajita de madera con la foto de un chiquillo en su interior quedó guardada en un registro aparte.

11

La nodriza le dio entonces el pecho y el niño se agarró con fuerza, abriendo despacito esas manitas que antes habían sido dos puños. Su pecho subía y bajaba, subía y bajaba mientras succionaba el pezón del ama de cría con avidez, y la hermana no pudo más que sentir cierto orgullo, como si el hecho de que el bebé pareciese sano y comiese como era de esperar fuese, en cierto modo, gracias a su buen proceder. Con un movimiento distraído, le ajustó el sello de plomo que antes le había ceñido a la faja, una pequeña medalla con el año y el número de entrega que de ahora en adelante llevaría siempre encima.

1899

Antes de Navidad

El frío intenso de diciembre ya llevaba unos días haciéndose notar en las calles de Barcelona, aunque en casa del doctor Rovira más bien hacía calor. Su esposa, siempre delicada, un tanto enfermiza, insistía en mantener muy caldeadas las habitaciones. Darius Rovira a menudo se quejaba de ello y, disgustado, con frecuencia malhumorado, mandaba al servicio abrir un poco las ventanas para que el aire fresco de la calle corriera por todas partes. Sin embargo, aquel mes de diciembre el doctor callaba y aguantaba el tipo, puesto que la familia estaba de enhorabuena por el nacimiento de la pequeña.

Darius se había levantado a la hora de siempre, luego había empleado la mañana en revisar ciertas historias clínicas en su consultorio particular, pegado a la vivienda, y justo en ese momento terminaba de comer junto a su esposa Eulalia. Solo hacía un par de días que ella había retomado la costumbre de comer en la mesa del comedor, tras haber cumplido con obediencia los días reglamentarios de cama. El doctor se mantenía callado, pues de todos era sabido que al mediodía no le gustaba la charla. Además, leía el periódico. De vez en cuando lo dejaba a un lado y entonces le daba pequeños sorbos al café humeante que la sirvienta le preparaba solo en las tardes que tenía visita en el hospital. Darius Rovira aprovechaba el momento para lanzarle breves miradas a su esposa, a las que ella respondía con una sonrisa.

—Te encuentras bien, ¿verdad? —le preguntaba él, más bien como médico que como esposo, y acto seguido retomaba la lectura de su periódico.

Eulalia contemplaba el mantel blanco, la comida bien dispuesta, el cuenco de fruta todavía en la mesa. Ansiaba volver corriendo al lado de su pequeña recién nacida, ahora en manos de la nodriza, y seguir admirando esos mofletes rosados. ¡Qué bonita era! Pero en vez de ello se dedicaba a darle pequeños y sistemáticos sorbos a la infusión que tenía delante. Observaba lo poco que sobresalía de la cabeza de su esposo tras el periódico y, a ratos, perdía la mirada y la mente más allá del gran ventanal de la tribuna que, como una especie de palco privilegiado, daba a la rambla de Catalunya con esquina a la calle Valencia. Entonces, contaba los días que le faltaban para poder salir a pasear de nuevo.

En cuanto el reloj de pared anunció las dos y media, el doctor Rovira cerró su periódico y lo dejó bien doblado sobre la mesa. Se levantó y se alisó las posibles arrugas del traje; luego, se ajustó el cuello de la camisa con precisión. Se acercó a la silla donde todavía se hallaba sentada su esposa y le dio un leve y casi imperceptible beso en la frente. Eulalia cerró los ojos y suspiró. Darius le dijo, apremiante:

—Que Antonio prepare el carruaje.

Mientras Eulalia hacía sonar la campanilla para avisar al cochero, el doctor Rovira se dirigió a su dormitorio, el de una sola cama, junto al que había compartido hasta entonces con su esposa y al que había hecho trasladar sus cosas a raíz del nacimiento de su hija. Abrió la puerta del armario para mirarse al espejo de cuerpo entero y estudió su aspecto antes de irse a trabajar. En el Hospital de la Santa Creu, donde Darius Rovira era médico numerario desde hacía años, a excepción de ciertas salas de enfermos distinguidos, —los únicos que podían costearse la estancia y disfrutar de ese modo de un trato preferente–, la práctica totalidad de las camas estaban ocupadas por pacientes pobres, indigentes, prostitutas y miserables de todo tipo, que siempre acarreaban una historia triste y desgraciada con ellos; hombres, mujeres y niños que, al menos durante su estancia en el hospital, comerían caliente. A menudo, con el simple hecho de alimentarlos y sacarles toda la suciedad acumulada, los piojos y la sarna, ya regresaban a casa en un estado infinitamente mejor. No obstante, volvían a recaer al poco tiempo, en cuanto volvían a la fábrica mal ventilada, al agujero insalubre en el que habitaban o, en definitiva, a la vida que no era vida, sino más bien pura supervivencia para ciertas capas de la sociedad. El doctor Rovira, aun tratando con esa inmundicia de gente que algunas tardes a la semana lo esperaba en el hospital, gimiendo y estremeciéndose de terror ante el desfilar de los médicos y hermanas hospitalarias, tenía por norma no descuidar su aspecto, siempre impecable, puesto que esta era su manera de ser, su carta de presentación en los mejores círculos y, asimismo, en los peores de la sociedad. Frente al espejo, se regocijó unos instantes con la imagen que este le devolvía: un hombre alto, de facciones angulosas que le conferían un perfil noble; la barba siempre bien recortada; los hombros anchos, pero no demasiado; pelo negro y reluciente que, peinado hacia atrás, le daba un aire elegante y sumamente atractivo. A ojos de todo el mundo, Darius Rovira era el médico más apuesto de toda Barcelona, y él era por completo consciente de ello. Se ajustó el nudo de la corbata igual que si fuera a recibir a la dama más rica de todas las que lo visitaban en su consultorio privado y a continuación salió al pasillo. Superó los escasos metros hasta el cuarto de los niños, donde sabía que encontraría a su hijo mayor, Llorenç, a punto de comenzar la lección de la tarde con el maestro Ripoll. Al año siguiente, el chico entraría en los Jesuitas de Sarrià, como todos los hijos de buena casa de Barcelona, y el padre estaría pendiente de que el niño pusiese todo su empeño para, llegado el día, convertirse en un médico tan conocido y respetado como él.

Abrió la puerta con discreción, con el fin de observar lo que dentro se llevaba a cabo, y entonces vio al pequeño Llorenç recibir un libro con ilustraciones de manos de su maestro. Iban a empezar la lectura y, a pesar de que a Darius le gustaba comprobar las buenas aptitudes que ya se vislumbraban en el pequeño, no deseaba llegar tarde al hospital.

—Me voy —dijo, en vez de «buenas tardes», abriendo un poco más la puerta. Al maestro ya lo había visto por la mañana, aunque a Llorenç todavía no. Al niño lo mandaban a comer a la cocina y tenía instrucciones de moverse en silencio por el piso, no fuera que despertase a su hermanita recién nacida. Cuando Llorenç vio a su padre, levantó los ojos de la ilustración y se lo quedó mirando, sin apenas moverse de la silla. El maestro le dio un discreto empujoncito conminándolo a levantarse. El niño se acercó entonces a su padre y le besó la mano. Darius se quedó un instante observándolo y luego dirigió la mirada hacia el maestro Ripoll. Con un gesto leve de aprobación, dio por terminada su incursión en el cuarto infantil y se marchó. De camino hacia el recibidor, todavía tuvo que superar la habitación donde la nodriza cuidaba de la pequeña Aurora, pero si bien pensó en detenerse un momento a admirar a su preciosidad, esa maravilla de niña que había sabido hacer, pronto lo descartó: detestaba llegar tarde. Eulalia lo esperaba en la puerta, con el abrigo en una mano y en la otra el sombrero de copa. Tan solo los señores doctores de Barcelona y una clase superior de caballeros lucían ese sombrero en la ciudad. Se puso el abrigo y tomó su sombrero después, y lo ajustó a su cabeza con movimientos precisos. Se abrochó nada más que los dos botones superiores del abrigo y tomó su bastón de empuñadura dorada antes de despedirse de su esposa con un gesto rápido y fugaz. Salió.

Apenas un tramo de escaleras separaba el piso de los Rovira de la calle. Allí encontró a Antonio, el cochero, montado en su carruaje y con las bridas bien tirantes en el morro del caballo negro. El animal, una yegua de buena raza adquirida hacía poco, era el símbolo inequívoco del buen gusto de su propietario. El carruaje inició la marcha calle abajo, mientras Darius Rovira se dedicaba a observar el trajín de gente que se movía por todos lados. En el centro de la rambla de Catalunya, las campesinas, con sus oscuros pañuelos en la cabeza, habían llenado la mitad de la acera con los ejemplares más vistosos de gallos, gallinas y pollos, todos ellos bien alineados. Los tenían encima de un fino lecho de paja mientras los primeros clientes de la tarde se paseaban con ojo crítico y exigente en busca de la pieza más adecuada para la cena de Navidad. Faltan pocos días, se dijo el doctor con cierto disgusto, pues las fiestas de Navidad lo aburrían soberanamente. La casa entera se le llenaba de toda la parentela de Eulalia: las tías, las sobrinas, casi todas mujeres que invadían su espacio con su charlatanería femenina y fútil. La única tarde apreciada de todas las fiestas por el señor de la casa era la de San Esteban, porque era la única en que se les unía el doctor Robert. El maestro a quien Darius le debía todo lo que poseía acudía a su casa acompañado de sus hijas, ejerciendo así de buen padrino de Eulalia, y aguantaba con mucha más paciencia que él toda esa algarabía de parientas que acudían al banquete.

Siguiendo su descenso por las calles camino del hospital de la Santa Creu, el doctor Rovira iba contemplando lo mismo de cada miércoles por la tarde: las criadas con su delantal blanco y sus cestos colgando del brazo moviéndose de un lado a otro, las niñeras cargando con criaturas en brazos o bien paseándolas dentro de su cochecito, un hormiguero de mozos que vestían su típica bata gris o marrón, vendedores ambulantes de todo tipo y, en medio de todo aquello, algunos caballeros que clavaban su bastón en los adoquines y se dirigían, con toda probabilidad, a algún lugar importante. Los chiquillos saltaban de un sitio a otro, cruzando peligrosamente la calle por delante mismo de los carruajes o jugando a correr a su lado, tan cerca de las ruedas que Darius podía oír a menudo a Antonio lanzarles severas reprimendas. Una vez superada la plaza de Catalunya, pronto aparecieron las floristas, con sus puestos repletos de verde y de colores, sentadas ellas a la espera del cliente de la tarde, que no tardaría en aparecer. A la derecha, un poco más abajo de la calle del Hospital, se intuía el trajín diario del mercado de la Boquería, un mercado flanqueado por las bestias muertas expuestas en primera línea, colgando del cuello, que muchos comercios colocaban como reclamo para la clientela. Justo en el instante en que Antonio fustigó al caballo para desviarse hacia la calle del Hospital, a Darius se le apareció una imagen nítida por la ventana: multitud de marineros procedentes del puerto caminaban sin rumbo fijo, con su aspecto sucio y deplorable, a punto para adentrarse por el entramado de calles estrechas a derecha e izquierda de las Ramblas. Lo había leído en el periódico, la gente lo comentaba ya. El doctor hizo una mueca de disgusto al ver con sus propios ojos a esos *repatriados* de la guerra de Cuba que ya habían llegado a su ciudad. ¿Cómo demonios vamos a atenderlos, si ya no queda una sola cama libre en la Santa Creu? El viejo edificio de la calle del Hospital, que desde hacía siglos atendía a los pobres de la ciudad, de ningún modo podría dar abasto con tanta miseria si no hacían algo para ampliarlo o bien trasladaban a sus enfermos a otro lugar mejor.

En el patio de la Santa Creu, los estudiantes de medicina conversaban entretenidos mientras esperaban la llegada del doctor. Un grupo más atrevido de chicos se había acercado a unas modistas que, al cruzar el patio de camino al trabajo, accedieron gustosas a sus bromas. Ellas hablaban ahora con los estudiantes sin aparente prisa ni temor por llegar tarde al trabajo. Ellos sacaban pecho y se daban aires delante de ellas, como si ya fueran doctores licenciados; entonces, ellas se susurraban cosas al oído y estallaban en sonoras carcajadas. El juego encendía las esperanzas de los chicos, aunque la fiesta siempre terminaba del mismo modo cuando el bedel del hospital hacía sonar la campanilla y anunciaba la llegada del doctor:

—¡El señor doctor Rovira! —gritó aquella tarde a pleno pulmón.

Entonces, como siempre, las modistas se volvieron invisibles. Los estudiantes concentrados en el patio de la Santa Creu las dejaron ahí para acercarse al pie de la escalinata de piedra que daba acceso al ala de poniente. Allí recibieron al señor doctor y subieron tras él hacia el departamento de mujeres de medicina general. El doctor Rovira pasaría visita a sus enfermas de la gran sala de Santa Eulalia y la treintena de alumnos trataría de ubicarse en la mejor posición para seguir lo más cerca posible cada movimiento y explicación del maestro. Darius Rovira subió por la escalinata poco a poco, demorándose un instante a cada paso, pues no había nada que le produjera más placer que alargar ese momento de la tarde. Sentía las miradas de los jóvenes alumnos sobre la espalda, intuía en sus pupilas ese brillo de admiración, ese profundo respeto hacia su figura. Ser médico numerario del Hospital de la Santa Creu era motivo de orgullo para cualquier miembro de la profesión. No había médico con tal distinción de cuyo consultorio particular no colgara una placa que diera fe de tan estimado honor. Pese a los años ya transcurridos,

Darius Rovira seguía recordando ese patio del hospital como el lugar donde decidió convertirse en médico: recién llegado del pueblo, el patio de la Santa Creu fue escenario de numerosas tardes en que, sentado cerca de la majestuosa columna salomónica coronada con el símbolo que daba nombre al hospital, asistía a la llegada de las grandes eminencias médicas del momento. Eran sus años de bachiller, en los que, a excepción de Mateu Borrell, un infeliz de su mismo pueblo, apenas conocía a nadie en la ciudad. Hacía muy poco que se había quedado huérfano a raíz de la epidemia de cólera que arrasó pueblos y ciudades. Con el poco dinero que heredó de sus padres y un poderoso afán de convertirse en alguien importante, había decidido instalarse en Barcelona. Las modestas condiciones en las que vivió durante esos primeros tiempos formaban parte de los aspectos que Darius había borrado de su pasado, como al mismo Mateu Borrell, un crápula, a fin de cuentas, que nada bueno podía ofrecerle y del que se deshizo bien pronto, como hizo con todo lo conocido hasta entonces.

El joven Darius, a diferencia de Mateu, era un claro aspirante a ser alguien importante. Se pagó los estudios de medicina con el dinero heredado de sus padres y un trabajo temporal de vigilante. Durante esos primeros años, sentado a menudo en un banco del patio del hospital que todo el mundo cruzaba para ir al trabajo, empezó a dibujar su futuro. Cada vez que aparecía un señor doctor, todo el mundo corría, el gentío se apresuraba hacia él, todos sentían tanta devoción por él que aquello deslumbró a Darius. No le costó, por consiguiente, llegar a la conclusión de que, si quería llegar a ser alguien en la ciudad, si deseaba formar parte de esa clase social infranqueable, de ese tipo superior de hombres a los que por aquel entonces no tenía acceso, el camino era, sin duda alguna, convertirse en doctor.

Los estudiantes subieron por el ala de poniente en respetuoso silencio, apenas roto por el leve murmullo de algún atrevido. Al llegar arriba, la comitiva se encaminó hacia las camas de las enfermas de la gran sala de Santa Eulalia, avanzando por el pasillo central que separaba las dos hileras a cada lado, bajo los enormes arcos de piedra que formaban el techo de ese espacio de dolor y enfermedad. Demasiadas camas, se lamentaba siempre Darius a medida que se acercaba a sus pacientes. El viejo caserón no era apto para absorber el volumen de miseria y enfermedad de una ciudad que había crecido sin medida en el último siglo. Todos sabían que había que hallar una solución, pero a duras penas había dinero para asumir la situación actual.

Encontró a una de las hermanas hospitalarias junto a la primera paciente que debía visitar. A su lado estaba el médico adjunto, un licenciado aventajado que había entrado bajo la tutela del doctor. La hermana sostenía una palmatoria que alumbraba un poco más la zona. Darius se le acercó y, con un leve movimiento de cabeza, dio por saludado a su ayudante. Le dijo:

—Proceda.

Y este le presentó el caso de la enferma que yacía aterrada bajo las sábanas.

—Mujer de cuarenta y seis años, ingresada de madrugada con falta visible de aire y con caminar dificultoso. Una vez realizada la primera exploración en el dispensario, se le ha detectado cierta hinchazón en las piernas y el abdomen. Posible diagnóstico —apuntó el ayudante con suma prudencia—, insuficiencia mitral.

El médico adjunto añadió alguna que otra precisión a su relato mientras los ojos de los estudiantes saltaban de su figura al maestro y del maestro a la paciente. Darius Rovira se apoyaba con una mano en el cabezal de la cama mientras escuchaba en silencio a su ayudante, al mismo tiempo que le echaba un vistazo general a la paciente. Su mirada era penetrante, analítica, tan minuciosa como fría y desprovista de todo afecto. Empezó entonces la exploración del cuerpo, asistido en todo momento por la hermana que daba luz a cada parte que el doctor quería observar y palpar. Sus manos detectaron enseguida la hinchazón del hígado y, por medio de la técnica de la percusión, acabó de confirmarlo. Usando su estetoscopio, informó a los presentes del pulso rápido e irregular de la paciente y afirmó, sin ningún asomo de duda, la existencia de un soplo cardíaco.

—Insuficiencia mitral —expresó Darius ante el auditorio de alumnos, corroborando así el diagnóstico que antes había apuntado el médico adjunto. Este, como es lógico, no pudo más que dejar ver su satisfacción por haber acertado. Sabía que uno solo lograba mantenerse al lado del ilustre mentor gracias a una trayectoria impecable.

Darius Rovira dio las indicaciones necesarias para el tratamiento de dicha paciente y le encargó al farmacéutico un preparado de digital que ayudaría a disminuir su frecuencia cardíaca. Además, le harían una sangría de doce onzas con el fin de extraer la sangre necesaria de la paciente y aplicarían ventosas en las piernas y el abdomen, así como sanguijuelas, un método bastante reciente que contribuía a sacar líquido del cuerpo en un caso como aquel.

A continuación, pasaron a la siguiente cama, un caso inequívoco de bronquitis con síntomas de fiebre alta, tos con mucosidad, falta de aire y un buen listado de carencias propias del lugar donde la enferma debía de vivir y trabajar. Al paso del doctor por cada cama, la hermana hospitalaria le alumbraba y, en ciertas ocasiones, también reprendía a la paciente si esta se ponía demasiado nerviosa y no dejaba actuar al señor doctor. Darius las observaba, palpaba esos cuerpos con movimientos precisos y bien estudiados; sus silencios indicaban que estaba pensando, valorando, antes de emitir su diagnóstico. Nadie podía negar que el doctor Rovira era un buen clínico, a pesar de la poca empatía que demostraba para con sus enfermas. Su buen aspecto imponía, hablaba de higiene, de pulcritud, de clase alta y buen gusto a unas miserables que en nada se asemejaban a las elegantes damas de su consultorio privado. Su trato también era muy distinto: mientras que a sus pacientes distinguidas las exploraba con grandes miramientos, a las que ocupaban sus camas de la Santa Creu las palpaba y auscultaba sin previa preparación del terreno. A veces les formulaba alguna pregunta, y si la paciente divagaba más de la cuenta, Darius cortaba su explicación por encontrarla del todo irrelevante.

—El tiempo del señor doctor es tan corto como precioso —susurraba la hermana al oído de la paciente—; sé breve y responde solo a lo que te pide.

Si el punto fuerte de un cirujano tenía que ser, por fuerza, la precisión en la mano, en el médico internista destacaba su ojo clínico, la capacidad de ver aquello que otros, a simple vista, no podían ver.

La visita del doctor Rovira tenía fama de rápida y breve entre los estudiantes. Una vez finalizada, todos se concentraron de nuevo en el patio del hospital para intercambiar impresiones. Las clases en la facultad daban la teoría necesaria, pero no existía nada mejor para los aspirantes a médico que el sabor que dejaban las lecciones clínicas en el hospital. Allí se acercaban más que en ningún otro sitio a lo que querían ser en unos años, y sus elocuentes comentarios acerca de los que les enseñaban el oficio se encendían. Reunidos de nuevo alrededor de la cruz barroca, sin las modistas por distracción, los estudiantes empezaron a hacer comentarios acerca de la elegancia de Darius Rovira. Siempre había alguien que quedaba deslumbrado por sus zapatos bien lustrados, por el perfecto nudo de su corbata, por ese aire de distinción que no todos los médicos ilustres poseían. No obstante, pronto había otros que se encargaban de quitarle importancia a todo esto, pues pensaban que el aspecto físico era irrelevante para llegar a ser un buen clínico. De todos modos, cuando se hablaba del doctor Rovira, la conversación siempre desembocaba en lo que le dio mayor fama: ser uno de los discípulos favoritos del doctor Robert. A nadie se le escapaba que estaba casado con su ahijada y que tal vez esto había influido en su escalada al poder, pero no todos pensaban de ese modo.

—Posee un ojo clínico incuestionable —discutió uno ese día.

A lo que otro rebatió:

—Pero es demasiado frío, demasiado distante con las pacientes.

Muchos fueron los que le dieron la razón, puesto que este era un rasgo innegable del doctor Rovira. La cuestión era si aquello era relevante o no a la hora de ser un buen médico.

—Yo prefiero la humanidad de los grandes médicos de la historia, como en el caso del doctor Robert —sentenció un muchacho de ojos vivaces, por lo general poco hablador.

—Todo el mundo dice que el doctor Robert sigue atendiendo en su consultorio privado a los pobres que trató por el cólera. Cuentan que sigue cobrándoles lo mismo de siempre, o sea, casi nada.

—Seguro que no es el caso del doctor Rovira —apuntó uno de los más incisivos.

Todos rieron, pues era un secreto a voces que en su consultorio particular atendía a las damas más ricas de la ciudad. Se rumoreaba que Darius Rovira ganaba tanto dinero que pronto superaría en fortuna a su esposa, aunque eso era solo un decir, ya que la ciudad entera sabía que el doctor estaba casado con una de las mujeres más adineradas de la sociedad.

Dolors llevaba días sin apenas dormir, lo cual le había causado ya algunos problemas en el trabajo. Tras haberse quemado con el agua hirviendo del caldo, justo al empezar la semana, el martes casi se durmió mientras se asaban los pollos del servicio de la cena. La mañana del miércoles se la había pasado con la cocinera mayor haciendo la lista de las existencias de la despensa, las provisiones de aceite, que llegaban muy irregularmente, y todo lo que habría que pedirle al proveedor de la carne para la semana entrante. Pero ahora que ya habían terminado con todo esto y el servicio del mediodía estaba hecho, le parecía que si se echaba un ratito al llegar a casa ya no se despertaría hasta la mañana siguiente. Y es que Dolors no se sentía bien, pero no por ningún resfriado o enfermedad de esas que llenaban las camas del hospital, sino tal vez porque se hacía vieja antes de tiempo tras tantos años cargando ella sola con la economía familiar o quizá porque el tema de Lluís la llevaba de cabeza. Si al menos pudiera consultarlo con su Tomás. ¡Cómo añoraba a su esposo! Lo había llorado tanto en los últimos años… Nadie lo sabía, claro; a nadie más le incumbía. Pero cuando por la noche los niños dormían, Dolors se dejaba ir un poco, no mucho, porque a su lado tenía a su pequeña, siempre con esa dulce carita de estar soñando algo hermoso. Dolors no deseaba despertarla y que la viese llorar, así que procuraba no hacer mucho ruido. María había crecido bastante últimamente. Más de una noche, su madre la observaba largo rato, reconociendo en ese rostro de niña las facciones del hombre a quien tanto amó. Seis años, ya casi siete, desde que quedó viuda con un bebé en el vientre. ¡Si por lo menos su Tomás hubiera llegado a verla! María había heredado su mismo pelo rizado, esos rizos indómitos y difíciles de peinar, y esa expresión de ojos tristes, como la de algunos perritos que andaban sueltos por el barrio, que, si bien no la hacían la niña más agraciada, sí que reflejaban su alma bondadosa. Y, si no, que se lo dijeran a Lluís, su hermano de leche, a quien ella nunca excluía de ese marco familiar tan peculiar que habían formado los tres. El pobre huérfano, al que Dolors acogió en su casa cuando los pechos le desbordaban leche suficiente para dos criaturas y hasta para tres, había entrado en la vida de aquella viuda y de la niña recién nacida y se había hecho un lugar casi como un hijo más. Dolors lo amamantó tanto tiempo como a su hija, así que nadie podía reprocharle que le hubiera dado más a una que a otro. Sabía de muchas nodrizas que acudían a la Maternidad a pedir un bebé para amamantar solo por el dinero y que en cuanto llegaban a casa dejaban al niño de la mano de Dios y le enchufaban pronto la leche de cualquier animal, si vivían en el campo, mientras ellas se ponían de nuevo a trabajar en otras cosas. Había tantos bebés que se morían antes de cumplir el año... Pero ella de ningún modo lo habría permitido. Una vez que tuvo en sus manos a ese bebé de la calle Ramelleres, lo llevó a casa y durante los dos primeros años lo vio crecer y convertirse en un niño sano y fuerte, mucho más fuerte que su María, que de tan delgada tendía a resfriarse o a coger cualquier enfermedad. Dolors sabía que cuando ella no estaba Lluís cuidaba de ella, porque no había nada que ese niño robusto quisiera más en el mundo que a su hermana de leche, y por ello Dolors también quería al chiquillo.

Apenas dormía desde hacía días y su trabajo de ayudante de cocinera en el Hospital de la Santa Creu se resentía a causa de su preocupación. ¿Cómo no iba a estar preocupada si, muy pronto, Lluís cumpliría siete años? Entonces a ella no le quedaría más remedio que tomar una decisión. Llegaba la hora de devolver a ese niño a la Maternidad o, más bien por edad, de ingresarlo directamente en la Casa de Caridad. Existía la posibilidad de ahijarlo y quedárselo para siempre. Existía, pero Dolors no podía permitírselo. Como nodriza, había cobrado por el hecho de amamantarlo primero y de hacerse cargo de él más adelante, pero esto se terminaba cuando el niño cumplía los siete años de edad. Había ido a preguntar a la Maternidad si le permitirían tenerlo en casa y seguir cobrando una paga por su manutención, pero le respondieron que de ningún modo, que si se quedaba con el muchacho a partir de esa edad debería hacerse cargo de él ella sola. Puedes dejarlo en la Casa de Caridad, le dijeron, si es que no cuentas con los medios económicos para mantenerlo. Y Dolors no los tenía, porque su trabajo en la Santa Creu no daba para la familia de tres que habían formado. Durante las largas noches en vilo, mientras pensaba en una solución para quedarse con Lluís, imaginaba que encontraba un trabajo para el niño, a pesar de su corta edad, y que entonces podían salir adelante todos juntos. Llegó a preguntar por el barrio, en las paradas del mercado de la Boquería y hasta lo intentó con las hermanas de la Santa Creu. Tal vez necesitaban a alguien... El chico era todavía un crío, pero era muy espabilado. Podría aprender cualquier cosa rápidamente, Dolors estaba segura. Si lograba encontrar un trabajo con el que Lluís pudiese aportar algo de dinero a la casa, tal vez llegarían a pagar las veinte pesetas del alquiler del piso donde vivían sin necesidad de la paga de la Maternidad. María podría empezar la escuela y los tres podrían, felices, salir adelante. Pero nada de esto había surgido de momento y el muchacho cumpliría muy pronto los siete. Dolors sabía que tendría que dar el paso. A veces, durante las noches en vilo, se decía a sí misma que no podía ser tan malo enviarlo a la Casa de Caridad, que allí los chiquillos recibían una educación, podían aprender a leer y a escribir, a contar números... y que todo aquello podía serle de gran ayuda en adelante. A fin de cuentas, ¿qué era lo que podía ofrecerle ella? Pero entonces miraba hacia la carita de ojos cerrados que dormía a su lado. María no va a llevarlo nada bien, se decía. Ay, María, pobre hija mía, el disgusto que te voy a dar.

Dolors seguía pensando en todo aquello cuando la cocinera mayor le llamó la atención:

−¿Qué ocurre, mujer? ¿Es que no piensas irte a casa? ¡Si no te das prisa se te va a hacer el turno de la cena y ya no hará falta que te muevas de aquí!

Así que se deshizo de sus pensamientos de un plumazo y despertó. Se quitó el delantal y lo colgó detrás de la puerta. En el fregadero, los platos se secaban mientras las cacerolas ya habían quedado limpias y secas en los estantes, bien dispuestas para el turno de la cena. Junto a la artesa había tres panecillos de media libra que la hermana le permitía llevarse, así que los puso rápidamente en su cesto, donde ya había guardado cuatro patatas y un puñado de legumbres para su casa. Trabajar en la cocina de la Santa Creu había librado a Dolors y a su prole, a Dios gracias, del gran mal de muchos de sus vecinos: el hambre. Cogió del colgador su chaqueta de lana gruesa, una bonita prenda heredada de una enferma distinguida que falleció en el hospital, se la ajustó bien y salió de las dependencias de las monjas para dirigirse al portal de la calle del Hospital. Iba tan concentrada que todavía tardó unos pasos en darse cuenta de que se olvidaba a los niños, que debían de estar esperándola en el patio de la Santa Creu. Ay, mis niños… ¡La de horas que pasan en ese patio! Era su lugar de recreo favorito. Siempre que Dolors se lo permitía, se quedaban allí hasta que ella terminaba el servicio. Entonces, los tres se reunían y caminaban los pocos metros hacia casa, mientras los niños lanzaban ávidas miradas al cesto de la madre para adivinar qué comerían ese día. Dolors deshizo sus pasos y fue directa al patio a buscarlos.

Fue ver a los estudiantes de medicina bajar las escaleras del ala de las enfermas y Lluís ya le propuso a María que se acercaran al corralito.

—Solo será un momento, Mía —le pidió.

Al principio, María se negó en rotundo.

—No quiero ir. No me gusta ver a los muertos —le dijo a sabiendas de que acabaría por hacer lo que Lluís le pidiera. Siempre el mismo cuento: cada vez que Lluís se aburría, su mente inventaba nuevas aventuras que María nunca tenía ganas de materializar, aunque qué opción le quedaba sino seguirlo en todo, a pesar de ser mucho más temerosa que él.

—Te llevaré de la mano todo el rato. Te lo prometo —le aseguró Lluís por medio del gesto de la cruz que hacía con los dos dedos índices y se llevaba a los labios para sellar con un beso. Se lo había visto hacer a unos niños del barrio y desde entonces hacía este ritual siempre que le prometía algo a María. La niña lo miró, calculando. Echó un rápido vistazo en dirección al corralito, ese siniestro callejón situado entre el hospital y la Facultad de Medicina donde se encontraba el depósito de cadáveres de la Santa Creu.

—¿Seguro que no vas a soltarme la mano? —le preguntó.

Lluís le lanzó una mirada triunfal; siempre ganaba. Solemne, repitió el signo de la cruz en los labios.

—Prometido. Ni un momento.

Le tendió la mano y María se agarró con fuerza. Lo único que compensaba a la niña por ese tipo de aventuras macabras a las que Lluís la empujaba era agarrarse bien fuerte a él y sentir su protección. En esos momentos concentraba toda su atención en el contacto con su mano y procuraba mirar lo menos posible hacia esos rostros inertes que más tarde, lo sabía, pues lo temía en cada incursión, llenarían sus peores pesadillas.

Los estudiantes de medicina abandonaron el patio para dirigirse a la facultad y, tras ellos, Lluís y María se fueron directos al corralito. Al llegar frente a la verja cerrada que impedía el paso al interior del callejón, estrecho y lúgubre incluso a esa hora del día, ambos niños se pusieron de puntillas para poder ver lo que había al fondo de todo. Efectivamente, se distinguían hasta tres cadáveres recién depositados allí, alineados de tal modo que, desde donde estaban ellos, podían ver las amarillentas plantas de sus pies. María sintió que un escalofrío le recorría todo el cuerpo de pies a cabeza y se estremeció. Su mano apretó con más fuerza la de su hermano de leche, pero Lluís ni siquiera se percató de ello. Él estiraba el cuello todo lo que podía entre los barrotes de la verja para ver cuantos más detalles mejor.

—Dos mujeres y un hombre. ¿Lo ves, Mía?

La niña asintió con la cabeza y dejó de mirar hacia los cadáveres.

—Venga, Lluís. Volvamos al patio, que mamá debe de andar buscándonos.

El muchacho aún quiso asomarse un poco más y luego chasqueó la lengua.

—No consigo ver sus caras —se lamentó.

María no comprendía ese afán morboso de ver a los muertos y justo cuando iba a decírselo, cuando iba a ponerse seria y obligarlo a regresar al patio donde, con toda seguridad, su madre los estaría buscando, fue cuando vio a los cuatro muchachos del barrio que conocía bien acercarse desde la entrada de la calle del Carme. Mía tiró del brazo de Lluís, pero él seguía mirando a través de la verja sin hacerle ningún caso. No se dio cuenta de nada. El grupo de cuatro chicos, formado por dos muy altos que ya habían cumplido los once o doce años y dos más que, siendo sus hermanos menores, no debían de tener más que Mía y Lluís, se les acercaron con su andar sigiloso. María tensó todo su cuerpecito y volvió a tirar de la mano de Lluís que, entonces, sí se dio la vuelta. Vio a los cuatro muchachos rodeándolos, no había escapatoria alguna. Se giró por completo hacia ellos apoyando la espalda en la verja.

Levantó la barbilla y miró directamente a los ojos del más alto, con expresión desafiante. El chico torció la boca en lo que parecía una sonrisa burlona y le preguntó a Lluís:

—¿Te gustan los muertos?

Lluís no le respondió, pero tampoco bajó la mirada ni un ápice. Los otros muchachos estrecharon el cerco y a María se le escapó un sollozo. Les dijo:

—Dejadnos en paz, nosotros no nos metemos con vosotros.

Sin embargo, los muchachos ni siquiera se fijaron en ella. El más alto acercó el rostro al de Lluís, sin que este tuviera el espacio suficiente para echarse atrás. Tal como María se temió, Lluís sacó pecho y le soltó al muchacho:

—No es asunto tuyo lo que me gusta o deja de gustarme. —Avanzó un paso hacia él de modo que el otro tuvo que retroceder. Lluís deshizo el cerco que habían formado a su alrededor y tiró de la mano de María diciendo—: Vamos, Mía, que aquí huele mal.

A sus espaldas se oyó la voz de uno de los muchachos:

—¡Sí! ¡Huele a bastardo!

Lluís se paró en seco. Antes de volverse, todavía oyó:

—Yo que tú, María, me alejaría de este hijo del pecado.

Entonces el niño se volvió y se aproximó al más alto, el mismo al que se había enfrentado minutos atrás. Escupió junto a su pie y con los ojos encendidos le advirtió:

—Vosotros no sabéis nada de mí.

El muchacho se rio con desdén y miró hacia sus compañeros mientras decía en voz bien alta, para que todo el mundo lo oyera:

—¡Dice que no sabemos nada! ¡Pero si todo el barrio sabe que este bastardo es hijo de una puta que lo abandonó!

No llegó a distinguirse qué vino primero, si el grito que lanzó María o el puñetazo que Lluís le estampó al muchacho en la mandíbula. Este, desprevenido, se tambaleó y cayó al suelo. Al minuto siguiente, Lluís se abalanzaba sobre él. Los otros tres se sumaron a la pelea y se lanzaron sobre la espalda de Lluís. María gritó tan fuerte que dos hombres que en ese instante cruzaban el patio en dirección a la calle del Carme se acercaron y fueron sacándolos uno a uno del montón que formaban en el suelo. Los increparon a todos, sin excepción, y entonces María sacó de ahí a Lluís de un tirón. Se escurrieron hacia el patio, donde su madre debía de llevar rato buscándolos. María avanzaba silenciosa, secándose las lágrimas con el reverso de la mano, visiblemente enfadada con esos chicos y todavía más disgustada por el ojo morado que ya asomaba en la cara de Lluís. Él la seguía, cabizbajo, sin soltar palabra. En cuanto llegaron al centro del patio, vieron a Dolors y María suspiró aliviada.

—¿Qué ha pasado? —Quiso saber la madre nada más ver el rostro de su hija y, a continuación, el ojo morado de Lluís.

María le contó atropelladamente lo ocurrido, desde el momento en que aquellos cuatro gamberros los acorralaron cerca de la calle del Carme y empezaron a meterse con ellos hasta la pelea final. Dolors la escuchó con paciencia mientras lanzaba alguna mirada en dirección al pequeño, cuya expresión era difícil de leer, puesto que miraba con obstinación al suelo. Al final, Dolors acalló las explicaciones nerviosas de su hija para preguntarle al niño:

—¿Te duele?

Lluís negó con un movimiento de cabeza, pero no levantó la vista.

—Déjame ver ese ojo hinchado —dijo ella levantándole la barbilla con una mano para ver el rostro del niño. Él se deshizo de ella y Dolors soltó un largo suspiro, cansada como estaba.

Y ahora esto, pensó.

32

–Venga, vámonos, que ya es tarde –les mandó.

Empezó a andar hacia la salida del hospital, camino a casa. Le dolían las piernas y quería llegar cuanto antes. Tal vez le diera tiempo, una vez hervidas las cuatro patatas que llevaba en el cesto y tras cortarles un poco de pan a los niños, de sentarse un rato antes de regresar al hospital para el turno de la cena. Dejaría el puñado de garbanzos en remojo para poder cocinarlos al día siguiente; de ese modo, cuando volviera del turno de noche y los niños ya durmieran, solo le quedaría meterse en la cama sin más obligación. Avanzaron los tres por las calles estrechas donde la luz del día empezaba a debilitarse a esa hora en diciembre, cuando el frío se imponía en todos los rincones como el peor de los enemigos para los más miserables. Dolors iba de avanzadilla y los niños caminaban unos pasos por detrás de ella en completo silencio. Quizá al llegar a casa les echaría el sermón o, con un poco de suerte, se pondría a hacer la cena y se le pasaría el disgusto. Pasaron por algunos comercios cuyos propietarios ya se retiraban al fondo del establecimiento, allá donde terminaba la tienda y empezaba la vivienda. Algunos cerraban temprano y entonces solo les quedaba hacer tiempo hasta la hora de la cena y luego irse a dormir. Tal vez algunos podían abrazarse entonces a otro cuerpo echado en su misma cama, un cuerpo que los calentaba en las frías noches de invierno, no como a Dolors, que aparte de su pequeña no tenía nadie a quien apretujar de noche.

Al llegar a la portería de su edificio, la mujer sacó la llave del bolsillo y abrió la pesada puerta de madera. Entonces fue cuando Lluís se situó a su lado y, pegado a su falda, le preguntó:

–¿Mi madre era puta?

Ella hizo una mueca.

–¿Quién te ha dicho esto?

El muchacho no llegó a responder porque María se le adelantó para decir:

—Lo ha dicho el hijo mayor de López. Dice que todo el mundo lo sabe —afirmó.

—Pues ya le pediré yo cuentas a su madre cuando la vea. Harían bien en meterse en sus propios asuntos.

—¿Pero es verdad? ¿Tú lo sabes? —insistió el niño.

Se metió en la portería y los hizo entrar a los dos antes de cerrar la puerta. Avanzó hacia las escaleras, deteniéndose solo un instante para advertirle al niño:

—No pienses más en ello, hijo. —Levantó un dedo y, dirigiéndose a los dos, añadió—: Hacedme caso: no escuchéis las habladurías de cuatro críos que no saben nada. ¡Y tú, Lluís, harías bien en no enfrentarte a ellos cada vez que te provoquen!

A continuación, Dolors adoptó su habitual aire práctico y, ajustándose bien el cesto en el brazo, subió la escalera hasta el cuarto piso. Entró en el reducido espacio formado por dos habitaciones y una pequeña cocina que configuraba su hogar.

La pequeña iba vestida con puntillas y bordados que su madre había cosido con ternura y delicadeza a lo largo de los meses de espera. Las tías habían contribuido, asimismo, al ajuar, que era digno de una hija de reyes. Además, Aurora Rovira había tenido el detalle de nacer hermosa, sana y tan rechoncha como esas bonitas ilustraciones que aparecían en los anuncios. Llorenç, el primogénito, a menudo se acercaba a ese manojo de puntas y bordados y observaba con atención esa carita de mejillas rosadas que sobresalía. La pequeña apenas abría los ojos; él se quedaba allí hasta que al cabo de poco le decían «es muy pequeña», «ya podrás tocarla cuando sea un poco mayor». Y, sin embargo, el niño no tenía el más mínimo interés en tocarla, solo la observaba movido por la curiosidad. Ni siquiera sabía si la quería o, por el contrario, la detestaba por haber aparecido de repente en su casa. A punto de cumplir siete años, Llorenç Rovira era un niño más bien tímido y retraído a quien lo que más le gustaba en el mundo era que lo dejaran en paz. Curiosamente, la llegada de su hermanita había producido tal efecto, con lo que se sentía bastante afortunado. Ese deseo de soledad no se debía tanto a la presencia de sus tías o de las señoras que visitaban a su madre como a la de su padre, cuya mirada severa le imponía de tal modo que, en su presencia, sentía que se volvía diminuto.

Apenas faltaban unos días para Navidad y el niño notaba el pecho oprimido de tanta impaciencia. Si sus deseos se cumplían, en Nochebuena iba a recibir un lote de cuentos con ilustraciones de colores que había pedido. Las letras impresas debería leerlas el maestro, porque aun cuando ya empezaba a distinguir ciertas palabras y era capaz de encadenarlas hasta dar sentido a una corta frase —como ningún otro niño de su edad hacía, según le contaron— quería entender cada detalle de las nuevas historias y, además, el maestro las explicaba muy bien. Tras la mágica noche, todavía debería esperar unos días para ello, pues el maestro pasaba sus días libres en el pueblo. Así pues, de momento, se contentaría con saborear las ilustraciones y tal vez se aventuraría a copiar sus favoritas para regalárselas al maestro en su vuelta a casa.

Llorenç procuraba no pensar en el año próximo, cuando el maestro tuviera que abandonar su casa y él empezara sus clases en los Jesuitas de Sarrià. Padre solo sabía hablarle de esto, y cada vez que lo hacía él sentía que el corazón le latía tan angustiosamente rápido que a menudo pensaba que le explotaría el pecho. No estaba acostumbrado a relacionarse con otros niños, solo tenía primas, ningún primo, y ellas acostumbraban a jugar entre ellas dejándolo de lado cada vez que iban a su casa. En la escuela, tendría que enfrentarse a decenas de niños y no sabía cómo tendría que tratarlos, qué podría decirles, de qué podrían hablar. Por no mencionar a los maestros, que seguro que no serían ni la mitad de cariñosos ni permisivos que su querido maestro Ripoll. Pero un niño como Llorenç, con una madurez nada propia de su edad, tal como siempre comentaban los mayores, se hacía cargo de que la vida era esto, un ir tirando y aceptando todo lo que le mandaban hacer.

Su hermanita Aurora algunas veces sí abría los ojos y entonces Llorenç podía ver ese intenso azul oscuro que lo dejaba deslumbrado. Aun así, él dudaba que ella viese apenas nada con esos ojos, porque, si uno se fijaba bien, la niña se limitaba a mover las pupilas a derecha e izquierda sin fijarse en él ni en nadie; esos ojos solo se movían como siguiendo el rastro de un insecto inexistente que sobrevolara su regia cuna.

Cuando las tías se hubieron ido, Eulalia envió al niño a la sala de juegos porque deseaba estar a solas con su pequeña. Tantas visitas la halagaban, pero al mismo tiempo le quitaban esos maravillosos momentos para estar a solas con ella. Acercó la cuna a la ventana, en el rincón de la galería donde solía sentarse a ver la calle, y se quedó contemplando extasiada cómo la última luz del día se posaba en ese rostro angelical. Lanzó una rápida mirada hacia la puerta, deseando que la nodriza estuviese todavía ocupada y no fuera a llevársela. Cómo deseaba esos momentos, lejos de la atenta mirada de todos. Solo entonces Eulalia podía deleitarse con cada detalle de ese cuerpecito inquieto. Los brazos de la pequeña Aurora siempre sobresalían de las sábanas, como si tratara de luchar contra tantas puntillas; sus puños se alzaban y se movían en el aire, como jugando, y su cabecita iba de un lado a otro respirando apaciblemente. Todos coincidían en alabar su perfecto

36

perfil. Si no hubiera sido por lo poco que Darius se percataba de su falta de afecto, de la ternura que ella habría deseado recibir en esos días tan dulces en que la familia había aumentado, Eulalia habría sido dichosa por completo. Aunque ya sabía cómo era Darius, siempre tan atareado, tan buen médico que no podía dejar de lado ni por un instante a sus pacientes. Eulalia Rovira, de soltera conocida como la heredera Moragues, estaba tan habituada a disculpar a su esposo ante las frecuentes visitas que ella atendía siempre sola («es un hombre muy solicitado», «cuando no está en el hospital está con sus pacientes en el consultorio particular o si no estudiando algún caso, qué le vamos a hacer»), que ella misma se servía de tales argumentos para explicarse por qué, por las noches, tampoco acudía a su habitación como antes.

Sin embargo, esa tarde lo tendría a su lado todo el rato porque iba a cenar su padrino, y si había una visita que Darius no se perdía por nada del mundo esa era la del doctor Robert. Eulalia acarició distraídamente una mejilla de su pequeña mientras pensaba en lo mucho que su esposo admiraba al que fue su mentor, además de la persona que los presentó; quién habría dicho que su padrino, que bastante trabajo tenía ya por aquel entonces, iba a traerle a su casa al discípulo que la embelesó. Hacía ya años de ello, pero Eulalia jamás olvidaría la profunda impresión que le causó Darius ese primer día: no sabía nada acerca de aquel hombre, su padrino se lo presentó como uno de los discípulos más brillantes que habían pasado por su cátedra, un joven de gran talento, con un buen futuro por delante a pesar de que no se sabía su procedencia, puesto que no era de Barcelona ni tenía un apellido conocido. Gracias a la intermediación del padrino, las tías le consintieron que el joven cortejara a Eulalia. Si bien ese médico recién licenciado no poseía bienes, ella sí; si bien no procedía de una de las buenas familias de Barcelona, ella sí. Y, por encima de todo, estaba el hecho de que ese era justo el joven al que Eulalia deseaba con todo su corazón. Tan pronto como empezó a cortejarla, Eulalia supo que Darius sería el esposo perfecto, tan atento, tan impecable en su modo de vestir, tan educado, tan enamorado de ella, en apariencia; por no hablar del futuro prometedor que le esperaba como médico, según palabras del propio Bartomeu Robert. Eulalia Moragues apenas podía creerse que un hombre tan apuesto se hubiera fijado en ella, por mucha fortuna que hubiese heredado de sus padres. Y todo había ido a la perfección, tal como ella esperaba. No obstante, una vez que hubo nacido su hijo Llorenç, Darius se encerró en una especie de cáscara y todas las atenciones hacia ella terminaron por esfumarse. Cada vez que Eulalia miraba a su primogénito, se daba cuenta del tiempo que hacía que su marido había dejado de amarla como antes. Fue casi un verdadero milagro concebir a la niña, si contaba las veces que, desde entonces, su marido había acudido a su cama. Al pensar en ello, la invadía una profunda nostalgia y adoptaba ese aire de perro tristón que sacaba de quicio a Darius. Él, impaciente, le advertía:

—Ya no eres ninguna chiquilla, Eulalia, debes dejar de ser tan caprichosa y llorar por todo. Me pides la misma atención que una joven a quien cortejan y ya no tenemos edad para esto —aseveraba—. Sabes bien lo ocupado que estoy. Y tú deberías estarlo también, ¡con nuestros hijos tienes más que suficiente! —Luego suavizaba un poco el tono para añadir—: Eulalia, querida, deja de ser tan criatura, por el amor de Dios…

Y ella pensaba que lo más probable era que Darius estuviese en lo cierto.

Tan puntual como de costumbre, el doctor Robert llegó justo a tiempo para ver a la pequeña Aurora antes de que la nodriza la pusiera a dormir.

—¡Qué preciosidad, Eulalia! —le dijo a su ahijada con ojos sinceros mientras ella le mostraba al bebé en brazos de la nodriza. Le ajustó los lacitos con manos expertas y con un simple movimiento de cabeza hizo que se la llevara. Eulalia se colgó del brazo de su padrino y ambos se dirigieron al salón donde Darius ya los estaba esperando. Había acabado sus citas antes que de costumbre, como hacía siempre que el maestro Robert acudía a visitarlos. Nada más verlos entrar al salón, se puso en pie y, adoptando ese aire de sumo respeto y a la vez cordial que practicaba con Bartomeu Robert, le tendió la mano. El hombre se la estrechó efusivo:

—¡Darius, eres un hombre afortunado! Primero el niño y ahora esta hermosura de hija —exclamó con entusiasmo.

Se acomodaron los tres en la tribuna, haciendo tiempo hasta la hora de cenar. Tener al honorable padrino de Eulalia en casa no era un hecho muy frecuente, sobre todo en los últimos tiempos, pues el doctor Robert era un hombre muy ocupado. Desde que lo conoció en la Facultad de Medicina, Darius siempre lo había visto así: cuando no era su cátedra eran sus pacientes de la Santa Creu, y si no, se hallaba en su consultorio particular. El doctor Robert escribía artículos constantemente, a lo que en los últimos tiempos se había añadido su actividad en política. Eulalia y Darius procuraban estar al corriente de todo lo que hacía, tanto a través de lo que recogían los periódicos como de lo que les contaba el propio Robert.

Eulalia siempre afirmaba, con cierta tristeza, que desde que falleció su esposa el padrino estaba demasiado atareado. Le constaba que sus hijas cuidaban de él, pero la joven dudaba de que Robert se acordase de comer y de dormir lo suficiente cuando lo requerían en todos lados. ¡Y qué tiempos corrían! Apenas hacía un mes que su padrino había dimitido como alcalde de la ciudad, superado por la presión del Gobierno a raíz del cierre de cajas, una protesta en toda regla de los comerciantes contra un impuesto por completo injusto. El doctor Robert se había posicionado a su favor y, tras un fuerte pulso con las fuerzas del Estado, acabó claudicando.

Como si hubiese leído sus pensamientos, el doctor Robert le dedicó una afable sonrisa a su ahijada, sentada justo a su lado. Le aseguró:

—Esta Navidad pienso cuidarme un poco más. Ahora todo está un poco más calmado y espero tener tiempo para pensar y descansar.

—¡Tan poco como lo habéis podido hacer este otoño, padrino! —se quejó Eulalia.

El doctor le dio la razón y se volvió hacia Darius para repasar una vez más los acontecimientos recientes. Con toda probabilidad era su manera, pensó Eulalia, de ir asumiéndolo poco a poco, dada la rapidez con la que todo se había precipitado. Dejaron de nuevo que él se explicase:

—Tan pronto como volví de Camprodón y después de pasar unos pocos días en Sitges, me encuentro con el temido y esperado cierre de cajas. ¿Qué podía hacerse? Era del todo inevitable. Había hablado antes con los comerciantes y si seguían firmes con el nuevo impuesto de Villaverde ya sabían a qué se exponían. Además, yo les había prometido a los dueños de los establecimientos que los apoyaría porque aquello no tenía ni pies ni cabeza. Dios mío, reducir el déficit causado por el vergonzoso desastre de Cuba a costa de nuevas contribuciones a los comerciantes. ¿En qué estarían pensando? ¡Tal vez creían que ellos iban a quedarse de brazos cruzados!

—No os alteréis, padrino, eso ya es agua pasada —intervino Eulalia viendo que Robert empezaba a exaltarse.

Darius dijo:

—Pero habéis hecho en todo momento lo que hacía falta, señor.

El doctor fijó la mirada más allá del gran ventanal desde el que, si uno se acercaba lo suficiente, podía ver el transitar de la gente al anochecer: las tiendas de la rambla de Catalunya ya cerraban; hombres y mujeres volvían a sus hogares para la cena, cada uno con sus pensamientos y sus propias preocupaciones. Robert suspiró fatigado, sin dejar de pensar en todo lo ocurrido en los últimos meses. Revisaba en su mente una y otra vez el desastre, que había terminado con una declaración de estado de guerra por parte del gobierno, un par de acorazados enviados al puerto de Barcelona como medida disuasoria, además de la lista que se había visto obligado a firmar como alcalde de Barcelona, por real decreto, en la que constaban los nombres y apellidos de todos esos comerciantes a los que conocía bien, gente de buena fe que había cerrado sus negocios en protesta por un impuesto injusto que se negaban a pagar. Todos ellos personas a las que él había fallado al no conseguir que el Gobierno cediera ni una pizca. A pesar de haber dimitido como alcalde, hecho que lo convirtió de inmediato en uno de los hombres más aplaudidos del momento, él no se sentía nada satisfecho. Regresando de sus íntimas reflexiones, dijo:

—Aún nos queda mucho trabajo por hacer. La visita que le hicimos a la reina con Torres, Rusiñol, Lluís Domènech i Camps no sirvió de nada. A pesar de que nos escuchó con atención, Silvela se cerró en banda.

Negó con la cabeza, abatido. Eulalia se apresuró a contestarle:

—No digáis esto, padrino. Cuando regresasteis de ese viaje a Madrid, fueron muchos los que fueron a recibiros a la estación. Todos os daban su apoyo, no me negaréis este hecho.

—Mujer, él se refiere a que el Gobierno no parece querer escuchar las peticiones de los catalanes —la interrumpió Darius con visible impaciencia. No soportaba ese afán de Eulalia por intervenir tan a menudo en la conversación cada vez que el maestro Robert explicaba su labor política. No quedaba nada bien, debería darse cuenta. Una mujer como ella no estaba bien informada y podía, con suma facilidad, hacer el ridículo ante el maestro. Aun así, a Darius le convenía ocultar ese rechazo que le causaban las intervenciones de su esposa, porque sabía que el doctor Robert, como tantos otros, la malcriaba.

Robert puso la mano sobre la de Eulalia en un gesto lleno de afecto, para luego hablarle a Darius:

—Eulalia tiene razón. Si una cosa hemos logrado es ponernos de acuerdo en nuestra indignación. Ahora mismo, más allá de las diferencias que existen en toda sociedad y de los distintos intereses de cada uno, los catalanes hacemos piña en las cuestiones más importantes. Para todos es evidente que los gobernantes ni hacen ni dejan hacer y que desde aquí debemos aunar esfuerzos para conseguir cierta autonomía en determinadas cuestiones. Es el único modo de salir adelante. Estoy firmemente decidido a seguir esta estrategia.

—¿O sea, que no dejaréis correr la política, padrino? —dijo Eulalia, con expresión preocupada.

El doctor se rio:

—No, mujer. Todavía me queda mucha cuerda. Hay tanto por hacer… —le respondió.

Darius no era como su maestro, a él no le interesaba mucho la política y en ningún momento se le pasó por la cabeza dedicarse a ella. Bastante tenía ya con su clínica y su selecta clientela del consultorio privado. Aquello no solo le generaba sendos ingresos, sino que también aumentaba día a día su prestigio. La política solo ocasionaba problemas, enfrentamientos en los que él de ningún modo quería intervenir. Es cierto que leía la prensa a diario para estar al corriente de todo en las conversaciones con el doctor Robert, así como en las tertulias a las cuales acudía de tanto en tanto. La política vestía, aunque aquellos que se entregaban a ella no hacían más que malvivir. Darius Rovira no hallaba ningún sentido a luchar y malgastar energías para nada más que no fuese su propio bienestar. Miró distraído por la ventana y contempló la tenue luz que escapaba por encima de los tejados de los nobles edificios de la rambla de Catalunya produciendo una especie de aura azul turquesa rodeada del negro más profundo. Recordó entonces lo que había leído esa misma mañana en el periódico y se lo comentó a Robert:

—Parece que en pocos días va a levantarse el estado de guerra.

El maestro lo confirmó con un leve gesto de cabeza, a lo que añadió que lo más importante era que los últimos comerciantes que quedaban arrestados ya habían sido liberados.

La sirvienta se asomó al salón para anunciarle a su señora que la cena ya estaba servida. El matrimonio Rovira y el doctor Robert se levantaron de sus asientos y fueron al comedor, animados ante la perspectiva de una buena cena. Eulalia siempre cuidaba mucho los detalles cuando venía su padrino, y se ocupaba de que se prepararan sus platos favoritos. No cabía esperar mucho de la actual cocinera, pero sabía hacer que quedara bien con los platos sencillos que más le gustaban al doctor Robert. Ese día le había mandado preparar unos entremeses ligeros para luego pasar a la carne estofada. Los postres los había encargado en su pastelería preferida, un capricho previo a los dulces que llenarían, en pocos días, su gran mesa de Navidad.

La conversación se animó un poco durante los entrantes y el plato principal, pero una vez llegados a los postres, Darius sacó el tema de los marineros que había visto arrastrarse por la Rambla unos días atrás, los repatriados de Cuba, y se dedicó a describir cómo a continuación habían ido llenando las salas del Hospital de la Santa Creu.

Entonces, Robert, a disgusto de Eulalia, volvió a ensombrecer la mirada.

—El hospital se halla en una situación preocupante. —Movió la cabeza para reforzar sus palabras—. Las camas se acumulan en más de una hilera y es evidente la falta absoluta de espacio. Ahora son estos pobres soldados, pero otras veces es la inmensa cantidad de obreros de las fábricas cercanas la que colapsa nuestras salas de enfermedades, que podría evitarse con facilidad si esta pobre gente no malviviera en tan insalubres condiciones. Toda mi vida luchando contra las epidemias que han asolado nuestra ciudad… Si bien es cierto que hemos logrado implantar algunas medidas higiénicas, que hemos mejorado respecto a unos años atrás, también lo es que aún estamos lejos del día en que la gente pueda vivir en condiciones dignas. La solución no es ir añadiendo más y más camas al hospital, sino tratar de reducir las enfermedades causadas por falta de higiene y de extrema pobreza. Toda esta gente necesita luz en sus hogares, ventilación adecuada en cada casa, fábrica y taller. Los chiquillos no pueden trabajar como lo hacen, no tienen cuerpo para ello.

—Tenéis razón, maestro. En el hospital los médicos no damos abasto. Hay que hacer algo al respecto —lo secundó Darius.

—Me preocupa el escaso tiempo que dedican algunos médicos de la Santa Creu a sus enfermos —contestó el doctor Robert pensativo—. Hay tantos por visitar que a menudo los atienden demasiado rápido, y esto no me parece nada adecuado. Han llegado casos a mis oídos en que ni siquiera queda anotada la medicación en las tablillas y entonces el tratamiento no se ejecuta bien. Hay que dedicarle el tiempo necesario a cada paciente con el fin de que su mejora sea lo más rápida y eficiente posible. Todos debemos procurar hacer nuestros pequeños milagros, a pesar de tener la situación en contra.

Darius no supo si sentirse aludido por ese comentario, puesto que él solía pasar visita en un tiempo inferior al que empleaban otros. No obstante, lo dejó correr y, centrándose en las muchas carencias del hospital, pasó a comentar algunos aspectos más. Ahora Darius se sentía muy cómodo, porque sobre aquellos temas Eulalia no podía opinar. Respecto a la vida en el hospital y sus precariedades, ella no sabía nada, no lo conocía, no estaba allí y, por tanto, no podía intervenir, así que Darius solía sacar el tema a menudo en presencia de Robert para dejar a su esposa en el lugar que le correspondía. La conversación era entonces exclusiva de los hombres y el discípulo disfrutaba de lo lindo por tener al maestro para él solo.

Terminada la cena, pasaron otra vez al salón, donde la sirvienta les llevó una infusión humeante dentro de la tetera de porcelana. Robert se arrellanó en su butaca, sin ninguna prisa; se encontraba de maravilla en casa del joven matrimonio, con lo que había sufrido por Eulalia cuando esta perdió a sus padres. Las tías se ocupaban de ella, como es lógico, pero fue él quien le encontró un marido apuesto y médico excelente. Lo intuyó desde el primer momento, en cuanto los presentó: los ojos de su ahijada le decían «padrino, deseo a este hombre para mí». Y Robert fue allanando el camino con las tías, que en un principio no veían más que a un joven de familia desconocida en su círculo de amistades, alguien que no formaba parte de su clase, un don nadie que solo podía ansiar el dinero de Eulalia y la oportunidad que ella podía brindarle para su gran escalada social. Pero Robert tenía a su discípulo por un hombre sensato; tal vez un tanto ambicioso, sí, pero honrado y trabajador. Había resultado el mejor alumno de su promoción y, al final, un buen médico. No le cabía duda: tras unos años de matrimonio y viendo a Eulalia tan feliz a raíz de su nueva maternidad, Robert sabía que había obrado bien al presentarlos e interceder a su favor. Contemplando a la joven pareja, reconfortado por la humeante infusión que parecía ofrecerle nueva vida, se decidió a compartir con la pareja su última causa: el nuevo hospital de beneficencia que iba a construirse en los próximos años en Barcelona.

—Se llamará Sant Pau, según queda expresado en el testamento de su benefactor. Se trata de un banquero catalán, el señor Pau Gil, que vivió muchos años en París. Allí murió hace un tiempo, pero, por suerte, jamás se olvidó de su ciudad natal. Parece ser que poseía una gran fortuna y dejó escrito en sus últimas voluntades que cedía una buena parte para la construcción de un nuevo hospital para los pobres enfermos de Barcelona. Quería dejarlo bien atado, así que en el documento aparece todo perfectamente detallado: sus albaceas son ahora los encargados de hacer cumplir sus últimas voluntades y tienen que hacer realidad ese hospital, dentro o fuera de la ciudad, a la manera de los más modernos de Europa. Esto dará, por supuesto, un giro a la precaria situación de los pobres enfermos de la ciudad.

El doctor Robert calló unos instantes mientras reflexionaba. Entonces, Darius aprovechó para preguntar:

—Así pues, ¿ya se sabe dónde van a construirlo?

A lo que Robert contestó:

—Han adquirido unos terrenos en Sarrià… Aún no está definido del todo. En el mes de septiembre pasado se convocó un concurso para la presentación del proyecto. Ahora mismo está en manos de una junta de arquitectos que tiene que recibir las candidaturas y decidir el proyecto vencedor.

Sin embargo, el doctor Robert no parecía del todo convencido. Con un gesto distraído se tocaba el bigote y reflexionaba. Levantó la mirada de ojos despiertos y compartió con la joven pareja aquello que rumiaba:

—Yo, de todos modos, considero que esta es una gran oportunidad para la Santa Creu.

—¿A qué os referís, padrino? —preguntó Eulalia sin comprender.

Robert se incorporó hacia delante para responderle:

—Tengo que hallar el modo de hacerlos converger: a los albaceas del banquero Gil y a los representantes de nuestro viejo hospital. La Santa Creu posee unos terrenos en el barrio de Sant Martí de Provençals, donde tiene pensado construir algún día su nuevo hospital. El objetivo, como es obvio, es acabar yéndose del viejo edificio de la calle del Hospital, pero hace falta mucho dinero para la nueva construcción y la Santa Creu no puede asumirlo.

Darius encendió su pipa dando enérgicas chupadas que llenaron pronto el ambiente de pequeñas nubes de humo. Acto seguido, dijo:

—Entiendo. Queréis decir que la Santa Creu podría aportar sus terrenos y con el legado del banquero Gil se construiría el nuevo Hospital de la Santa Creu.

Robert movió la cabeza para matizar:

—Es probable que hubiera que añadir el nombre de Sant Pau —dijo refiriéndose a la condición expresada por el banquero en su testamento— o bien construir dos hospitales en un solo recinto, el de Sant Pau y el nuevo de la Santa Creu. Un proyecto unitario, así lo veo yo, y todo el conjunto administrado por la Santa Creu.

Era evidente que el doctor no improvisaba. Darius se dio cuenta de que el maestro Robert llevaba tiempo pensando en ello y, conociéndolo, era muy probable que ya hubiese empezado a hacer alguna gestión al respecto.

Eulalia, como si de repente despertara, exclamó:

—¡Es una idea magnífica, padrino! Seguro que os harán caso.

Darius la fulminó con un simple pestañeo como diciendo «¿tú qué vas a opinar de todo esto, mujer?». Y, sin embargo, la secundó a continuación:

—Sí, es una idea brillante.

No obstante, nada era así de sencillo. Al doctor Robert le preocupaba la voluntad de los albaceas del banquero de cumplir escrupulosamente con todo aquello que había quedado escrito y detallado sobre el papel. Había demasiadas instrucciones, demasiadas cláusulas acerca de cómo proceder; toda una serie de dificultades, como, por ejemplo, el hecho de que las tierras debieran salir a concurso, al igual que el proyecto, o que la administración del edificio terminado debiera ofrecérsele al Ayuntamiento antes que a cualquier otra corporación. Todo en su conjunto era como un complicado rompecabezas que habría que ir encajando con paciencia y minuciosidad. Además, el primer intento no había resultado nada alentador: cuando, en primavera, antes de que los albaceas se decidieran por los terrenos de Sarrià, el canónigo Bassart –uno de los administradores de la Santa Creu– acudió al señor Silvatte –uno de los albaceas del testamento del banquero– para ofrecerle los terrenos de la Santa Creu en Sant Martí de Provençals, tratando así de establecer un posible acuerdo, este declinó la oferta, alegando que debían proceder tal y como dictaban las últimas voluntades del señor Gil. Aun así, el doctor Robert y la Santa Creu no pensaban rendirse. Las graves carencias del viejo hospital de los pobres de la ciudad los alentaban a seguir intentándolo, al menos mientras no hubiera nada definido del todo. La intuición que había acompañado a Robert a lo largo de toda su vida, esa inquietud que siempre lo había empujado a emprender grandes iniciativas, le decía que ahí había una nueva oportunidad, una ocasión excelente para resolver de una vez para siempre los problemas que consumían desde hacía demasiado tiempo su amado y viejo hospital.

Eulalia fruncía el ceño al leer las incesantes preocupaciones del doctor. Conocía la expresión enfurruñada de su padrino y sufría por su salud. Si hiciera caso de sus hijas y dejara que lo cuidaran un poco más; si dejara de pensar todo el día en el trabajo y dedicase más tiempo a descansar, a comer, a dormir lo adecuado; en fin, todo lo propio y recomendable a su edad… A Eulalia se le encogía el corazón solo de pensar que el padrino había tenido que enterrar a cinco hijos durante su vida, que debía de sentirse muy solo desde que su amada Rosita falleció. Y, a pesar de todo, admiraba esa devoción por su oficio, ese constante estudio de una medicina que no hacía más que progresar. En su interior reconocía que, con toda probabilidad, era ese cúmulo de pensamientos y su constante búsqueda de nuevos proyectos lo que motivaba a su querido padrino a levantarse cada mañana y emprender una nueva lucha.

Era ya tarde cuando se despidieron. El cochero lo estaba esperando en la calle y entonces Eulalia se empeñó en acompañarlo hasta abajo.

—Todavía no puedes salir, mujer —dijo su marido a disgusto.

Pero ella se dirigió a Robert para pedirle:

—¿Verdad que no me hará ningún daño bajar solo un momentito? Tengo tanta necesidad de respirar un poco de aire fresco, padrino…

Bajaron los dos cogidos del brazo, poco a poco, y al llegar a la calle el doctor abrió la pesada puerta y ahí se detuvo.

—Hasta aquí es suficiente, querida —le ordenó—. No quiero que te constipes por mi culpa. Aún estás delicada y, al fin y al cabo, ¡ya te has salido un poco con la tuya!

—Darius me lo hará pagar —le dijo ella en un puchero.

Robert movió la cabeza para quitarle importancia al tema y le aconsejó:

—Haz caso a tu esposo, él solo desea tu bien.

—Ya lo hago, padrino, todo el día —se quejó Eulalia con la voz un poco rota—. Pero él siempre acaba enfadándose conmigo.

Robert pensó en sus hijas, jóvenes aún, y en lo mucho que le afectaba a cada mujer dar a luz. Le dio unos golpecitos en la mano mientras le preguntaba:

—Pero eres feliz, ¿verdad?

Eulalia bajó la vista hacia el suelo de mármol de la portería y se le anegaron los ojos. Enseguida forzó una sonrisa y le respondió a su padrino:

—Claro que sí. Después de tener a mi niña, tan preciosa, ¿qué más podría desear?

El doctor Robert subió al carruaje y pronto se alejó rambla abajo, perdiéndose en la oscuridad de la noche. Fue entonces cuando Eulalia volvió sobre sus pasos y subió cada peldaño hasta su casa. Respiraba rítmicamente, tratando de calmar un poco los nervios y las emociones que afloraban. Querido padrino, tengo todo lo que necesito, pensaba, aunque me falta algo muy preciado: ternura. Al llegar a la puerta de casa sabía que tras ella encontraría a un Darius dispuesto a reñirla, a echarle en cara su comportamiento infantil y fuera de lugar, según él, así que hizo un esfuerzo por tragarse esas cuatro lágrimas que le subían a la garganta y se concentró en algo positivo. Enseguida lo encontró, pues en ese mismo día que terminaba había resuelto una de sus más recientes preocupaciones domésticas: había contratado a una nueva cocinera que pronto sustituiría a la que tenían. Lo había logrado ella sola, era su pequeño triunfo. Darius, que siempre se quejaba de la comida haciéndola sentir culpable por no saber llevar la casa como es debido, iba a llevarse una buena sorpresa y quizá, solo quizá, volvería a ser más amable con ella, como antes. Con dicha esperanza en mente, Eulalia cogió fuerzas y entró.

En casa de Dolors se habían instalado el drama y la desolación. María no podía dejar de llorar y sollozaba a cada momento desde que su madre les anunció, a ella y a Lluís,

50

que había encontrado otro trabajo. En un primer momento, los niños lo habían celebrado saltando y gritando de alegría. ¡Viva! ¡Un nuevo trabajo para mamá! ¿Vas a ganar más dinero? ¿Está cerca de casa? Dolors se había quedado en silencio, como si pensara la mejor manera de afrontarlo, pues no sabía por dónde empezar. Se decidió por un tono práctico y por soltarlo rápido: a los chiquillos era mejor hablarles sin rodeos.

—Me han contratado como cocinera en una casa muy importante. Quieren que nos instalemos allí enseguida… en unos días. —Le lanzó una mirada a Lluís y, justo entonces, le fallaron un poco las fuerzas. Bajó la cabeza y se concentró en una miga de pan que había en la mesa donde estaban sentados los tres. Como si hablase para sí misma, añadió—: Es una buena oportunidad. No voy a tener otra igual.

Lluís empezó a escrutarla. Fue el primero en intuir que algo no andaba bien. Mientras María se dedicaba a hacer preguntas que no obtenían respuesta, el niño empezó a preguntarse por qué su nodriza le rehuía la mirada. Aquella mujer, lo más parecido a una madre que él jamás había conocido, ocultaba una mala noticia. Entonces Dolors levantó la vista hacia él y el muchacho lo adivinó. El corazón se le desbocó y contuvo la respiración para no llorar mientras seguía mirando hacia ella. Ladeó la cabeza y miró hacia la ventana que daba al patio interior del edificio, una ventana que nunca abrían porque los olores putrefactos del patio subían hacia arriba e invadían su pequeño hogar. Le preguntó a Dolors:

—No voy a ir con vosotras, ¿verdad?

La nodriza le tendió una mano por encima de la mesa y la puso encima de la del niño, pero él se apartó. El silencio de la nodriza hizo que María tomara consciencia de la terrible situación.

—¡No es verdad! —gritó la niña.

Su madre se volcó en ella, tratando de calmar ese cuerpo pequeño y delgado que empezaba a temblar de rabia, de incredulidad.

—¡No es verdad! —seguía gritando.

Dolors se armó de valor para no llorar; quería evitar que los niños percibieran su desconsuelo. Miró a Lluís, que había hundido el rostro entre los brazos y miraba con obstinación al suelo; no podía distinguir su expresión.

—Hijo —le dijo—, las cosas han salido así, yo no lo he buscado. La cocinera mayor de la Santa Creu me recomendó, sin que yo lo supiera, a la casa del señor doctor Rovira. Buscaban una cocinera y ella les habló de mí. Es una buena casa, en la parte rica de la ciudad. ¡Entrar al servicio de una familia como esta es algo que ni siquiera podía imaginar! —Dolors trataba de hacerle comprender—: ¿Sabes qué significa esto para María y para mí? Es dejar atrás las penurias, es un trabajo bien pagado y un techo digno, otro tipo de vida para nosotras.

—Y a mí no me quieren —confirmó el muchacho.

Dolors procuró mantener la voz firme cuando le contestó:

—Hijo, sabes que siempre me he ocupado de ti de la mejor forma que he sabido.

El niño suspiró profundamente, como lo hubiese hecho un viejo; paseó la mirada por la pequeña cocina y, al final, posó los ojos de nuevo en la nodriza. Tragó saliva antes de preguntarle:

—¿Vas a devolverme a la Maternidad?

Dolors tomó aire. Le explicó que las monjas la habían dirigido a la Casa de Caridad, donde mandaban a los niños expósitos de su edad.

—Estarás bien —le aseguró, usando su tono más convincente—. Me han dicho que en la Caridad enseñan a los niños a leer y a escribir, y también los números. Eres un niño muy listo, seguro que sabrás sacarle provecho.

La nodriza deseaba creer sus palabras, quería pensar que tal vez sí que Lluís estaría bien allí; que, a fin de cuentas, podrían enseñarle muchas cosas que ella no podría jamás ofrecerle, lo necesario para que, de mayor, pudiese tener un oficio. Dolors necesitaba aferrarse con todas sus fuerzas a aquella idea para seguir adelante con su propia suerte. Escrutó el rostro del muchacho en busca de un principio de lágrima, cualquier signo que le indicase lo que sentía por dentro, pero no vio nada.

–No tengo otra opción que devolverte –concluyó–. Lo entiendes, ¿verdad, hijo?

Lluís seguía manteniendo a raya las lágrimas, concentradas en la gola desde hacía rato. Su nodriza, su hermana de leche… ese piso con la ventana siempre cerrada para que no oliera mal; las dos habitaciones estrechas donde dormían los tres; las calles; el patio del hospital. Todo su universo, de un día a otro, se lo arrebataban.

–Lo entiendo –respondió.

Todo fue tan deprisa que no hubo tiempo para muchos más dramas. Al día siguiente, Dolors acompañó a Lluís a la Casa de Caridad, donde le habían dicho que lo ingresara. María optó por encerrarse en casa, sin siquiera despedirse de su hermano de leche. «No puedo –sollozó una y otra vez–, no puedo.» La nodriza cogió el sello de plomo de Lluís, tantos años guardado, y lo colgó de su cuello sin apenas poder reprimir el llanto. El niño no la miraba. Así pues, dejaron a María encerrada en su habitación y se alejaron mientras oían sus aullidos. Muy pronto, la nodriza y el niño caminaban por las calles el uno al lado de la otra, en completo silencio, igual que si se dirigieran a un funeral: las cabezas gachas, la mirada fija en los adoquines que habían formado parte de su día a día a lo largo de esos siete años de cierta felicidad. Al llegar ante el portal de la Caridad, Dolors le dio la mano, como cuando era más pequeño y todavía se dejaba llevar por la nodriza.

Entró en el asilo con paso decidido, convencida de que ya nada podía hacer. Dios misericordioso, musitó para sus adentros, cuida de este niño al que he querido como a un hijo. Una monja salió a recibirlos.

Al cabo de un rato, Dolors deshacía el camino hacia casa sin poder borrar de la mente la expresión en el rostro del niño al despedirse de ella. La hermana le dijo:

—Dale las gracias a tu nodriza.

Y él respondió:

—Gracias.

Nada más. A Dolors le pareció escuchar cierto temblor en su voz, pero tal vez solo lo imaginó. Pero Lluís no era así, él era un chico fuerte y muy listo. Saldrá adelante, seguro. A medida que avanzaba por las calles estrechas, Dolors lanzaba miradas al cielo: Dios mío, dame fuerzas, imploraba. Se llevó de repente una mano a la boca al notar su corazón a punto de desbocársele. Se acordó de la madre de ese bebé al que había amamantado, se acordó de la promesa que ella misma se había hecho años atrás.

Ella era una mujer casada, a punto de dar a luz a su pequeña, feliz a pesar de una vida modesta y de mucho trabajo. En aquellos meses de buena esperanza se había cruzado más de una vez a otra embarazada en su misma escalera, una joven que hacía escasos meses que se había instalado allí y que, según sabía, ocupaba una habitación realquilada en el piso inferior al suyo. Aquella mujer era tan hermosa que al pasar por su lado uno se quedaba embelesado. Algunas veces hablaba de ella con su marido y la llamaba «la mujer misteriosa», pues nadie en el barrio sabía de dónde venía. Su Tomás se reía de ella cuando la llamaba así, y le decía que lo más seguro era que se tratara de una chica de lo más corriente venida del pueblo, engañada probablemente por cualquier sinvergüenza que la hubiera abandonado, y ahora tenía que cargar con un hijo ilegítimo ella sola. «No hay más misterio, mujer», le decía él.

Pero era tan bonita que a Dolors le gustaba inventarle un origen más enigmático. Cada vez que ambas mujeres se cruzaban en la escalera, no se decían nada, ni una palabra, pero Dolors le sonreía con rostro amable, mientras que otras en el edificio ni siquiera la saludaban. Tan sola y con ese barrigón, pobrecita. Y cuando el suyo propio ya alcanzaba un volumen considerable, le sobrevino su propia desgracia. Todo empezó con un resfriado de Tomás que acabó convirtiéndose en pulmonía; ya lo decía ella, que esa tos no podía traer nada bueno. Para cuando lo convenció de ir al hospital, ya hacía días que escupía sangre. Desde entonces hasta su muerte, una semana después, Dolors no fue consciente del drama que estaba viviendo. Apenas se acordaba de comer y menos aún de dormir. Velaba a su Tomás tantas horas como le permitían en el hospital, hasta que una madrugada falleció. Le pareció que ella también moría. Creyó que ni siquiera podría andar hasta su casa, una casa vacía a partir de entonces. En algún momento de ese trance de agudo dolor le vino a la cabeza la imagen de la mujer misteriosa, en el piso de abajo, y entonces comprendió mejor que nunca la soledad que debía de sentir. Y, sin embargo, no podía pensar ni en ella ni en nada más que no fuera el bebé que crecía en su vientre. Esa era ahora su única razón y constituía toda la fuerza que le quedaba después de que la repentina muerte de su amor se le hubiese clavado como una estaca entre los pechos, justo en el medio de esos dos depósitos que bien pronto estarían rebosantes de leche para amamantar a su bebé. En una ocasión, poco antes de dar a luz, se había topado con la vecina en el portal de su casa. Una entraba, la otra salía, cada una tan concentrada en sus cosas que se tropezaron. Sus vientres se rozaron y los dos pares de ojos se encontraron de frente. La hermosa muchacha, la mujer misteriosa, le sonrió por primera vez, del mismo modo que Dolors había hecho en otras ocasiones. Ahora era ella quien, de algún modo, le decía «estoy aquí, un piso por debajo del tuyo; podemos tenernos la una a la otra, si tú quieres».

A la mañana siguiente, Dolors se puso de parto y una comadrona del barrio la ayudó a dar a luz en su casa a una niña que llegaría para llenar su triste existencia. Con solo ver ese par de ojos tristones idénticos a los de su marido en el rostro de la pequeña, supo que tendría la fuerza necesaria para seguir adelante. Su recuperación fue rápida, la recién nacida se agarró al pecho abundante de su madre enseguida. Dolors sentía al fin cierta paz, tras esos meses de desconsuelo. Una noche oyó el llanto de un bebé en la escalera y se acordó de la vecina de abajo. Su bebé también ha nacido, pensó. Echó un vistazo al suyo, que dormía junto a ella, y se volvió para dormirse de nuevo. Pero el llanto seguía oyéndose en la escalera y a ratos no parecía el de un bebé. Al final, se levantó de la cama y recorrió la poca distancia hasta la entrada de su piso. Se ajustó bien la bata y sacó la cabeza al rellano, por si oía algo más. Avanzó un paso afuera y se asomó al hueco de la escalera, aunque, en un primer instante, no vio nada. Se oyó un roce de faldas y volvió a asomarse, esta vez un poco más, por el hueco. Y entonces sí vio a la mujer bajando por la escalera. No pudo verle el rostro porque lo llevaba hundido en el cuerpecito de su bebé, al que sostenía con ambos brazos entrelazados. ¿Adónde irá a estas horas? Dolors siguió observándola sin saber qué hacer, debatiéndose entre llamarla y ofrecerle su ayuda o bien dejarla marchar. No es asunto mío, pensó, pero de pronto cambió de parecer al ver la carita del niño de su vecina: unos ojos negros que parecían mirarla mientras su madre bajaba peldaño a peldaño. Dolors abrió la boca para decir algo, y justo en aquel momento, la mujer ahogó un sollozo en el cuerpecito de su hijo. El pequeño empezó a llorar con fuerza, haciendo que la madre se apresurase en los últimos peldaños que la separaban de la portería. Madre e hijo desaparecieron. Dolors no volvería a verla nunca más.

No fue hasta al cabo de una semana cuando, consciente de necesitar con urgencia un medio de vida, Dolors se presentó en la Maternidad de la calle Ramelleres. Se ofreció como nodriza y la monja le observó los pechos generosos con cierta aprobación. Le hicieron las preguntas rutinarias, destinadas a decidir si era apta, si se trataba de una persona responsable que cuidaría del bebé que le entregaran, aunque, sobre todo, se fijaron en el certificado que Dolors había solicitado, expedido por el cura de la parroquia del barrio. En él constaba que era persona decente, recientemente enviudada y con una hija a la que amamantaba.

—¿Habrá suficiente para los dos? —preguntó la madre superiora, volviendo al volumen de sus pechos.

Dolors le aseguró que sí, que no tendrían ninguna queja de ella, que alimentaría de la forma adecuada al expósito que le entregasen. La monja le advirtió que las damas de la Junta de Beneficencia la visitarían de forma periódica, a veces sin avisar; que ellas supervisarían el buen proceder de la nodriza y que, si detectaban cualquier señal de mala conducta, le retirarían de inmediato tanto la paga como al bebé.

—¿Me he explicado con claridad?

—Sí, madre.

De la sala de lactancia de la calle Ramelleres le llevaron a su expósito, un niño de pocos días que habían dejado en el torno una madrugada. Apenas verle los ojos, tan abiertos, tan negros como esa noche en la escalera de casa, Dolors notó un vuelco en el corazón. ¡Era el bebé de su vecina! ¿Qué había ocurrido? ¿Cómo había ido a parar esa criatura allí? ¿Qué había sucedido con la mujer misteriosa?

—Lo hemos llamado Lluís Amadeu Julià —dijo la hermana que lo sostenía en brazos. Se lo entregó a Dolors y en ese momento la monja le mostró el sello de plomo que el expósito llevaba atado a la faja, en el que constaban el año y el número de entrega.

—Debe conservarlo siempre —le indicó a Dolors. A modo de advertencia, añadió—: las damas supervisarán cada dos semanas el peso y la talla del niño.

—Sí, señora.

Ya se marchaba con el niño en brazos cuando se le acercó de nuevo la hermana que se lo había entregado. Era una muchacha muy joven, tal vez incluso demasiado para ser monja. Echó una rápida mirada hacia atrás por si su superiora la vigilaba y al verse libre de ella le confesó a Dolors con un deje de orgullo:

—Lo recogí yo misma.

La nodriza la contempló un momento sin decir nada y la hermana prosiguió:

—Es mi primer expósito, me lo entregaron en mi primera noche de guardia. —Miró al niño y le acarició la mejilla con un dedo, un poco con autoridad. Le dijo a Dolors—: Usted es una buena persona, puedo verlo en sus ojos. Cuidará bien de él, ¿verdad?

Dolors le sonrió y, convencida de lo que decía, le aseguró:

—Como si fuera mi propio hijo.

1906

Primavera

A Darius le gustaba abrir las ventanas de su consultorio privado en las tardes de primavera. Ubicado en la parte derecha de su piso principal de la rambla de Catalunya, con entrada independiente a la vivienda, este constituía su reino infranqueable, un lugar donde ni siquiera la señora Rovira tenía permitida la entrada sin previo aviso. Cuando empezaba el buen tiempo, el doctor le pedía a la enfermera que tenía contratada, una mujer recta, severa, sumamente eficiente y poco habladora, que dejase las ventanas un poco abiertas, solo un poco, al mismo tiempo que debía ajustar las cortinas blancas para preservar en todo momento la intimidad y discreción que las visitas exigían. Las pacientes que acudían a su consultorio particular eran tan pudorosas como altas eran sus rentas. Nada tenían en común esas damas con las enfermas que trataba en el Hospital de la Santa Creu y que el doctor procuraba delegar cada vez más en sus médicos adjuntos.

Darius había decorado en persona ese espacio, que consistía en una pequeña y confortable salita de espera —el doctor solía organizar tan minuciosamente sus horas de visita que eran escasas las veces que llegaban a coincidir—, así como un despacho donde no faltaba de nada. Amplio, ventilado, con luz suficiente y dotado, asimismo, de ciertas penumbras para los momentos más delicados, el despacho del doctor constaba de un rincón donde había un diván de terciopelo verde claro, una mesa de escritorio desde donde recibía a sus pacientes y hacía sus anotaciones, y un par de sillas enfrente, ni muy rígidas ni demasiado cómodas, muy adecuadas para la primera parte de la visita. Desde ese ángulo, la paciente podía observar el retrato de familia que había encargado hacía poco, en el que salía junto a su esposa Eulalia y sus dos hijos, un testimonio constante de su incuestionable respetabilidad en un espacio donde se alteraban las normas sociales que regían los grandes salones, donde el médico exploraba unos cuerpos que permanecían ocultos incluso a los esposos. Al lado de la mesa de escritorio que separaba al doctor de su paciente, un mueble en el que se acumulaban los instrumentos médicos, y en el otro extremo, una gran librería repleta de libros de ciencia, además de montones de revistas médicas.

El doctor les ofrecía un trato exquisito a sus distinguidas pacientes: conocedor de los temores más recónditos que las invadían nada más cruzar la puerta, las esperaba sentado a su mesa, los ojos puestos en unos papeles que, en apariencia, leía con mucha atención. Evitaba la mirada directa en ese primer instante, pues la mera visión del diván que tenía en el rincón para las exploraciones solía enrojecer las blancas mejillas de esas damas. Ellas, por su parte, acostumbraban a escoger con sumo cuidado la ropa interior de aquel día: a pesar de que el ojo del doctor sería puramente clínico, desprovisto de cualquier connotación inmoral, había que estar en todo momento presentable.

El doctor leía, pues, los papeles, y una vez que la dama ya estaba sentada frente a él, cuando él calculaba que los rubores ya debían de haber bajado de su rostro, entonces la saludaba con cierta cordialidad. Vestía traje oscuro, con camisa blanca de cuello almidonado que sobresalía un poco, al igual que los puños. Las manos sobre la mesa mostraban una higiene y una manicura perfectas. Empezaba por dejarlas hablar, escuchando con atención el relato de sus síntomas y discerniendo en la mente lo relevante de lo superfluo. Su paciencia, a diferencia de cuando visitaba las camas de la Santa Creu, era allí infinita. De vez en cuando, interrumpía a la dama para formularle una pregunta concreta, y entonces ella le respondía. Después, llegaba el momento más delicado: llamaba a la enfermera por medio de una campanilla que tenía sobre la mesa y esta aparecía al instante. El doctor se levantaba y simulaba algo que hacer fuera del despacho, dejando a la paciente en manos de la enfermera, la cual, sabiamente instruida, le explicaba a la dama el tipo de exploración que el doctor iba a hacerle. Le hacía aflojarse la cotilla y todo aquello que entorpeciese la exploración. Era en ese preciso instante cuando Darius Rovira volvía al despacho y proseguía con su trabajo. Estetoscopio en mano, auscultaba esas partes del cuerpo sospechosas de contener acumulación de líquidos; con ambas manos, palpaba los órganos subyacentes y, por medio de una ligera percusión, podía encontrar focos posibles de infección, inflamaciones, cualquier signo que le confirmara aquello que ya había intuido con el primer relato de la paciente. El modo en que llevaba a cabo todo aquel suplicio para una dama pudorosa, descubriendo tan solo las partes por explorar –la parte superior de un pecho, la parte inferior, en ningún caso ambas partes descubiertas al mismo tiempo; tan solo media espalda o la más mínima parte de un abdomen hinchado– era tan exquisita y correcta que todas regresaban y hacían de él su mejor confesor. La mayoría de ellas eran amigas o conocidas de Eulalia, pertenecientes a las familias de más ilustre apellido de la ciudad, como el suyo propio, enamoradas algunas con toda seguridad del flamante doctor Darius Rovira a quien, tras esa intimidad científica, se encontraban en el palco vecino del Liceu.

Aquella tarde de primavera, Darius estaba de muy buen humor. Después de las dos últimas visitas que le quedaban, pensaba acudir a la tertulia de médicos de la que formaba parte desde los tiempos del doctor Robert. Los asistentes no eran siempre los mismos, algunos ya habían fallecido, como el mismo doctor Robert, al tiempo que otros habían ido incorporándose, pero estaba siempre lo mejor de la profesión. La tertulia llevaba años celebrándose en la terraza del Hotel Colón, un sitio agradable y muy céntrico que entusiasmaba a Darius, razón por la que procuraba no faltar casi nunca.

La enfermera le anunció la llegada de la penúltima paciente, una muchacha joven que iba acompañada de su madre. Les hizo tomar asiento y esperó a que hablaran.

—Ay, doctor Rovira… —suspiró la madre, una señora de mediana edad, bastante obesa, esposa de un primo segundo de Eulalia y clienta habitual de Darius—, ya ve que hoy le traigo a mi hija menor.

El doctor le echó un rápido vistazo a la chica, que debía de tener unos veinte años. En un momento se hizo una idea de las características perceptibles: joven, de piel blanca, figura delgaducha, de apariencia frágil y cabellos rubios y lacios. Mostraba un color amarillento verdoso en el rostro, lo cual indicaba un posible diagnóstico de clorosis.

—Cuénteme, señora: ¿qué le pasa a la muchacha? —Se lo preguntó a la madre por ser su paciente habitual. Solía visitarle con más frecuencia que otras, sin haber sufrido aún ninguna enfermedad grave de verdad. La joven se mantenía muy quieta y callada en la silla junto a su madre y dejaba que ella hablara.

—Verá, doctor —empezó la señora—, hace dos semanas que Margarita no nos come nada bien. No es que sea una chica de mucho comer, ya me entiende, acostumbra a picar como un pajarito. —La joven ni siquiera se inmutó—. Pero ahora hace unos días que le digo a mi marido que la niña no está bien, que seguro que ha cogido una enfermedad.

¡Solo hace falta verla! Fíjese, doctor, si tiene un aspecto lastimoso. Tan pálida, con esta mirada triste que me encoge el corazón. A veces, doctor, incluso noto que le falta aire al hacer un paseo de lo más corto.

Darius tomó sus notas mientras madre e hija se mantuvieron calladas. Dominaba a la perfección esos silencios en su consulta, esos momentos de paz en la incierta espera de una posible enfermedad, ese instante de contención por parte de la paciente, que incluso aguantaba la respiración. Entonces tosió un poco, levantó la pluma del papel y fijó los penetrantes ojos en la muchacha. Acto seguido, llamó a la enfermera.

—Si me lo permite, señora, tendré que explorarla.

—Proceda, doctor, proceda —le contestó la madre, un tanto nerviosa, mientras la joven lo miraba por primera vez, con los ojos llenos de temor.

Darius le sonrió levemente y, procurando un tono afable, le dijo:

—No tenga miedo, señorita. No le causaré el más mínimo dolor.

Ella pareció aliviada y siguió a la enfermera hasta detrás del biombo con motivos orientales, tan en boga en ese momento. Darius se excusó y salió, aunque regresó enseguida, en cuanto la muchacha ya se hubo echado en el diván y se hallaba completamente cubierta por una manta ligera rematada con finas puntillas. Su madre había acercado una silla a su lado y le sostenía la mano con aire de sufrimiento.

—¿Me permite? —dijo Darius, indicándole a la mujer con un simple gesto que debía echarse hacia atrás—. Tengo que tomarle el pulso a su hija.

—Proceda, doctor, proceda —repitió la madre.

Con solo tocar su mano, Darius notó la fría piel de la muchacha. Colocó los dedos en su muñeca y le tomó el pulso, que apareció fino y rápido. Al auscultarla, pudo comprobar que, en efecto, la frecuencia cardíaca era más alta de lo habitual. Con dedos expertos, presionó a continuación por debajo de su ojo derecho, luego bajo el izquierdo, confirmando la palidez de la conjuntiva. No le cabía duda: la joven sufría una clorosis que, dada su buena posición y por muy poco que comiera, no le venía por una insuficiencia alimentaria, como en los casos que encontraba en la Santa Creu, sino más bien… Tendría que hacer la pregunta:

—Señora —empezó, tras un leve gesto a la enfermera para que enviara a la chica a cambiarse detrás del biombo—, tendrá que perdonar mi pregunta, pero ¿sufre su hija un sangrado muy continuado?

—¿A qué se refiere, doctor? —dijo la dama, alterada.

—Ya me entiende, señora: si sangra en abundancia durante la menstruación.

La joven lo había oído todo y salió de detrás del biombo para abrir la boca por vez primera y responderle al doctor:

—Sí, señor, es horroroso.

Acto seguido, sus mejillas enrojecieron tanto como las de su madre, hasta que pareció que iba a estallar a llorar. Por fortuna, Darius poseía un instinto muy rápido en ese tipo de casos y enseguida las calmó:

—No se angustien, señoras, ocurre muy a menudo. Veo casos como este cada día, y esto explica, de manera fácil y clara, el estado de Margarita.

—Así pues, ¿qué es lo que tiene mi niña, doctor? —gimió su madre.

—¡Nada que no pueda remediarse, señora!

Darius adoptó un aire práctico y se dirigió al escritorio. Cogió papel y pluma, y escribió en la historia abierta de la paciente el diagnóstico: «clorosis por sangrado vaginal abundante». Entonces, dio las indicaciones precisas, que la madre escuchó con atención:

–Unos cuantos días de reposo y una buena alimentación. Que coma carne, le conviene mucho. Y vamos a darle unas sales de hierro que pronto retornarán el buen color a esas mejillas tan jóvenes y bonitas.

Darius sonrió con aire triunfal. La vieja dama le juró devoción eterna y su más profundo agradecimiento, ¡tanto que había sufrido por su pequeña!, mientras su hija sonreía de alivio al ver terminado el suplicio. Tan solo había que obedecer al doctor y todo iría bien. En una semana, él mismo se desplazaría a su casa a visitarla, y así hasta que la muchacha alcanzara la completa recuperación. Tal vez tardaría un mes o quizá dos, pero si conseguían que la joven aumentara un poco de peso y tomara sus sales de hierro con disciplina, todo volvería a la normalidad.

La última paciente de la tarde le llevó menos tiempo. Se trataba solo de un resfriado mal curado que había derivado en cierta mucosidad acumulada en los bronquios. Una tos cargada, un poco de falta de aire, una leve sensación de calor en el cuerpo y un ligero dolor de pecho eran los síntomas que lo hacían evidente. El doctor le prescribió a la paciente el tratamiento adecuado para dichos casos y la despachó con rapidez a casa.

Una vez a solas, cerró las ventanas, descorrió las cortinas y se quedó contemplando el trajín de la calle. Aún no había empezado siquiera a oscurecer, quedaba luz para mucho rato, así que se apresuró a dejarlo todo bien ordenado, dio las cuatro instrucciones a la enfermera para las visitas del día siguiente y salió por la puerta que comunicaba su consulta con la vivienda. Con paso silencioso, para no toparse con Eulalia, se encaminó hacia su habitación y se preparó para salir.

Le apetecía estrenar el traje nuevo que el sastre le había enviado aquella misma mañana, por lo que se quitó el que llevaba y se enfundó el nuevo. Era gris oscuro, con una fina raya en el tejido, que lo hacía agradable al tacto; una verdadera exquisitez. «Es la última moda en Londres, señor –le había asegurado el sastre, a lo cual aún había añadido–: solo los auténticos señores de Barcelona pueden vestirlo y saben llevarlo.» Darius no esperaba que acudieran muchos médicos a la tertulia del Colón capaces de admirar su buen gusto; era una triste carencia entre su profesión, un hecho que a menudo le causaba disgusto e incomprensión. De todos modos, seguro que había alguien capaz de apreciarlo. ¡Qué figura lucía con el nuevo traje! Se contempló, extasiado, en el espejo mientras pensaba que a sus cuarenta y siete años seguía teniendo un aspecto excelente.

Una vez listo, salió de su habitación y avanzó por el pasillo con sigilo hasta la entrada del piso. Descolgó su sombrero de Panamá, que, desde el comienzo de la primavera, solía usar. «Nada de *canotiers* –decía siempre Darius–; es mucho más distinguido el panamá.»

Llegó puntual al Colón, como de costumbre, y enseguida divisó a los primeros caballeros entre una multitud de mesas que se alineaban en la prestigiosa terraza del hotel y que daba cabida a una animada concurrencia. En la mesa de los médicos estaban los asiduos de cada semana, pero también invitados eventuales o médicos de paso en la ciudad. Darius se adelantó para tomar asiento al lado de los más veteranos, por ser estos los más ilustres. Y mientras veían llegar a los últimos, la conversación empezó. Habló un médico numerario de la Santa Creu, perteneciente a la sección de medicina general, departamento de hombres, acerca de las pruebas de luz eléctrica que hacía poco se habían efectuado en el hospital. Como es lógico, todo el mundo estaba al corriente de ello, así como del hecho de que las pruebas habían resultado un fracaso. A su derecha, un eminente pediatra sentenció que en el viejo hospital el cambio de gas a electricidad podía tardar todavía unos meses en hacerse realidad. Todos pidieron detalles, pues se sabía que era cercano a la Muy Ilustre Administración del hospital y que, por tanto, su información era siempre de primera mano. Tras unas breves explicaciones, por no tener más o no querer mostrarlas, el jefe de pediatría de la Santa Creu concluyó que el hospital continuaría durante un tiempo considerable con el alumbrado de gas.

—En las calles ya hace años que funciona, no hace falta decirlo —observó el contertulio que Darius tenía a su izquierda—, aunque no puede decirse lo mismo de las viviendas particulares.

El anciano doctor Junceda, que vivía en una lujosa finca de la calle Ferrán, lo corroboró con su propio ejemplo:

—Señores, ¡si les cuento mi experiencia! A petición de mi hijo mayor, el año pasado hice cambiar el gas por la instalación eléctrica. ¡Qué fracaso! No saben lo mal que funciona el suministro de bombillas. —Movió la cabeza y luego añadió—: No, amigos míos; aún no estamos preparados.

Darius se mantenía callado y solo intervenía si consideraba que el tema era lo bastante relevante para tomar parte en él. Un camarero se acercó a la mesa a tomar nota de lo que querían los señores y entonces llegaron dos catedráticos con noticias frescas acerca del nuevo Hospital Clínic.

—Caballeros, está confirmado: la inauguración será en octubre.

Hubo un murmullo general de aprobación. En aquellos días era noticia el progreso de las obras del nuevo hospital de la ciudad, un centro que provocaría el traslado de la Facultad de Medicina, hasta ahora ubicada en el edificio anexo a la Santa Creu, donde antes había estado el Real Colegio de Cirugía, al Clínic. Sin embargo, había gente que no estaba de acuerdo con el nuevo emplazamiento:

—Está demasiado alejado de la ciudad —opinó un médico. El terreno se hallaba, en efecto, situado en una zona ampliada de Barcelona que no era precisamente cercana al centro.

—Pero pronto construirán más edificios a su alrededor. Solo es cuestión de tiempo —le replicó otro caballero conocido por ser un ferviente defensor de la idea de construir los hospitales un poco alejados del centro de la ciudad, por razones higiénicas, tan en boga en el nuevo siglo XX.

Darius decidió intervenir aportando un dato que reflejaba la situación de manera irrefutable:

—En el curso que acaba de terminar, la antigua facultad ha contado con más de setecientos alumnos, señores. —Miró a su alrededor—. Ustedes saben que el viejo Colegio de Cirugía, convertido en nuestra facultad desde hace años, sufre una falta acusada de espacio. ¡Muchos de nosotros estudiamos allí y sufrimos su estrechez!

Todos rieron, porque aquello era absolutamente cierto.

—Su capacidad real era… ¿de cuánto? —prosiguió Darius animado por ese momento de popularidad—. ¿Tal vez de unos cincuenta alumnos? Caballeros, la nueva facultad era y es una necesidad vital.

Algunos compañeros de mesa aplaudieron sus palabras, entre ellos los dos catedráticos recién llegados, e incluso uno de ellos pasó a enumerar las modernas instalaciones con las que contarían la nueva facultad y su Hospital Clínic, así como todo lo que aportarían al ejercicio de la medicina en la ciudad. Era evidente que la población había crecido sin medida y que los equipamientos de antes, como el mismo Hospital de la Santa Creu, habían quedado obsoletos. Las nuevas corrientes higienistas eran partidarias de ubicar los hospitales fuera de la ciudad o, al menos, en lugares bien ventilados. Esas corrientes propugnaban una tipología constructiva que era tema de debate constante. Cada vez que salía a relucir un nuevo hospital, se clasificaba de moderno o antiguo en función de cómo estaba hecho: como siempre, es decir, un edificio único, o bien formado por pabellones independientes, tal como dictaban las nuevas corrientes. Uno de los médicos presentes, demasiado joven, tal vez, para formar parte de aquella tertulia, aunque dotado de inmejorables padrinos, quiso alentar el debate declarando que el arquitecto encargado de construir el nuevo Hospital Clínic, el señor Domènech i Estapà, se había quedado corto en su sistema de pabellones. A pesar de la intención de separar las clínicas en distintos edificios o pabellones, era cierto que estos no eran en absoluto independientes ni aislados, sino que formaban parte de un mismo conjunto.

–Por tanto, no ha seguido la tendencia más actual –concluyó–. Domènech i Estapà ha pecado de clásico, si me lo permiten.

Otro médico le replicó:

–No podía hacer milagros: el proyecto lo heredó de otro arquitecto, quien le recuerdo que lo ideó ni más ni menos que veinte años antes. Y, aun así, Domènech i Estapà ha hecho una excelente adecuación.

Sin embargo, el joven médico quería discutir:

–Es cierto que heredó el proyecto de otro arquitecto, pero debería haber previsto que, antes de inaugurarse, ya habría quedado superado –afirmó con cierta osadía. Acto seguido, mencionó a otro arquitecto, Lluís Domènech i Montaner, como el verdadero modelo de la modernidad. Él estaba realizando el futuro Hospital de Sant Pau.

–A mi entender –dijo–, será el señor Domènech i Montaner con su Sant Pau quien llevará a cabo la auténtica revolución hospitalaria.

Apenas hacía unos meses que habían iniciado las obras y Darius, cuando escuchaba hablar de este futuro hospital, pensaba en el doctor Robert. El proyecto del cual él se había enterado por boca de su difunto maestro era ahora el tema favorito de todas las tertulias de médicos. Y no solo por el ambicioso y moderno proyecto que había llevado a cabo Lluís Domènech i Montaner, el arquitecto y conocido político de la Lliga Regionalista, sino por la polémica que había traído consigo en los últimos tiempos, una pelea pública entre dos instituciones que, sumando esfuerzos, debían compartir ese proyecto: tal como el difunto doctor Robert había anhelado, los albaceas del banquero Pau Gil, encargados de construir un nuevo hospital de beneficencia para la ciudad que llevase el nombre de Sant Pau, habían acabado por ponerse de acuerdo con los administradores de la Santa Creu. Juntos tenían proyectado hacer el más grande y moderno hospital para los enfermos pobres de Barcelona. Sobre la base de un único plano, en los terrenos que la Santa Creu poseía en Sant Martí de Provençals y el resto de las tierras contiguas que los albaceas iban adquiriendo, Domènech i Montaner había diseñado un modernísimo sistema de pabellones completamente independientes que darían servicio a ambos hospitales: el de Sant Pau y el nuevo de la Santa Creu. Esta última institución sería la encargada de administrar el día a día cuando todo estuviese hecho, velando por que ya no les faltaran más camas ni asistencia a todos los pobres de la ciudad. Todo esto estaba muy bien y el doctor Robert vivió el tiempo suficiente para ver con sus propios ojos el feliz acuerdo, aunque no llegó a asistir a cómo se rompía este al poco tiempo, hecho que fue la comidilla de toda la prensa. Y todo por una discrepancia acerca de qué edificios debían construirse primero: los albaceas del banquero seguían las indicaciones de orden constructivo que el testamentario les había marcado: primero, un gran pabellón para la administración, que recibiese al enfermo; después, los distintos pabellones de hombres, a un lado, y de mujeres, al otro lado. La Santa Creu, en cambio, había pedido construir primero los edificios de más necesidad, es decir, los pabellones de los enfermos, así como el gran edificio central donde pensaban ubicar a las hermanas hospitalarias, además de las cocinas y la farmacia. El objetivo, según ellos, era poder trasladar a los enfermos que abarrotaban de manera preocupante el edificio gótico lo antes posible. Pero el acuerdo entre ambas partes no se había producido y encima se había hecho pública la gran discusión. Los albaceas de Pau Gil habían obrado por su cuenta y desde el mes de enero construían sus pabellones en los terrenos que les pertenecían. La Santa Creu, por su parte, se había indignado de tal modo que se rumoreaba que enviaba allí a diario al señor Artigas, un arquitecto suyo, con el fin de vigilar a los albaceas y su proceder. Nadie sabía cómo terminaría todo aquello, pero lo cierto era que, por el momento, el dinero del banquero empezaba a levantar un hospital que venía a revolucionar los nuevos tiempos.

El joven médico había memorizado el proyecto completo de Domènech i Montaner y, en ese momento, deleitaba a su audiencia con todo tipo de detalles:

—¡Es una maravilla de proyecto! —clamaba—. Parece ser que el arquitecto lo diseñó después de visitar los grandes hospitales de Europa. El sistema antiguo, de un edificio único, lo descartó enseguida, pues vio con claridad todas las ventajas del nuevo sistema en pabellones. Edificios de un solo piso, dos como máximo, destinados a cada servicio; los dedicados a las enfermedades infecciosas, debidamente aislados del resto, así como bien separados los de los hombres de los de las mujeres. El recinto es enorme, en los límites de la ciudad, y el proyecto total incluye cuarenta y ocho pabellones pensados para ubicar los dos hospitales, si al fin se ponen de acuerdo. Por todas partes, jardines y amplias avenidas que lo cruzan todo. Y por si todavía hay alguien que critique los inconvenientes de los pabellones independientes, ese razonamiento que algunos defienden acerca de que los servicios deben estar conectados entre sí porque no se puede trasladar a los enfermos de un lado a otro a la intemperie, les diré que Domènech i Montaner ha ideado un sistema de túneles subterráneos que lo comunica absolutamente todo.

Un internista que estaba de paso por la ciudad, desconocedor de los detalles constructivos de semejantes nuevos proyectos hospitalarios, parecía embelesado con las explicaciones del joven médico, actitud que contrastaba sobremanera con la de los que se removían en su silla inquietos, molestos por ese exceso de soberbia que andaba practicando el joven. El forastero intervino, remitiéndose al punto de inicio de la conversación:

—Así pues, el Hospital Clínic es de líneas más conservadoras que Sant Pau.

El joven médico no pudo evitar ilustrar al visitante con un comentario lleno de malicia:

—¿Sabe cómo llaman al arquitecto del Clínic para distinguirlo del de Sant Pau? —preguntó sin esperar ninguna respuesta, estaba claro, porque antes de que nadie le arrebatara el momento, dijo—: Lo llaman «Domènech el malo».

Un veterano consideró que ya había oído suficiente. Había que detener a ese principiante y pedir más adelante explicaciones a quien lo hubiese invitado a la tertulia. Se enfrentó a él en un tono lleno de ira:

—¡Es obvio que los que lo llaman así se mueven más por intereses catalanistas que por criterios estrictamente arquitectónicos! —Clavó los pequeños pero penetrantes ojos en el forastero para aclararle—: El Clínic será un hospital excelente, dotado de todos los avances de la ciencia, y la más importante Facultad de Medicina que ha tenido esta ciudad. ¡Domènech i Estapà ha hecho un trabajo magnífico! —Hizo una pausa antes de fulminar con la mirada al joven médico y, en tono desafiante, añadió–: Lo que ocurre es que Lluís Domènech i Montaner es una persona muy influyente en la ciudad, ya me entiende, y muchos le encuentran todas las gracias. No se trata solo del arquitecto, sino también del político tendencioso que es.

Alguien, no obstante, quiso replicarle:

–Pero fue el mismísimo doctor Robert quien lo puso al frente del proyecto de construcción del Hospital de Sant Pau.

Se hizo el silencio. El veterano tosió con nerviosismo y luego aclaró:

–Hay que decir, con respecto a este hecho, que fue Domènech i Estapà quien ganó el concurso público para la construcción de dicho hospital. –Midió bien sus palabras e, inocentemente, formuló la pregunta–: Entonces, señores, ¿qué ocurrió? ¿Por qué no se llevó a cabo su proyecto y, en vez de ello, se escogió un nuevo arquitecto, precisamente a Domènech i Montaner, compañero de partido del doctor Robert? ¿Alguien puede explicármelo?

El joven médico le respondió desde la sorpresa de que aún quedara alguien que no supiese cómo fue todo:

–Es cierto que Domènech i Estapà presentó un proyecto titulado «Salud» y que fue el elegido por la junta de arquitectos encargada de fallar el premio, pero resultó que los albaceas del banquero Gil dudaban del veredicto y quisieron consultarlo con una eminencia como el doctor Robert, además de con los doctores Roig y Duran; todos ellos, no hace falta decirlo, perfectamente al corriente de las necesidades reales de un hospital moderno. Y fue justo por razones de índole hospitalaria por lo que estas tres eminencias médicas no aprobaron su proyecto. Repito, por razones estrictamente hospitalarias. Entonces, se le encargó un nuevo proyecto a Lluís Domènech i Montaner.

El joven miró con cierta indolencia al veterano, con toda probabilidad consciente de que contaba con buenos padrinos. Darius, que asistía como todos al duelo, pensó que era un cretino ambicioso, aunque, mencionado «su» doctor Robert, decidió sumarse a la causa. Se dirigió a la mesa completa aprovechando el tenso silencio que se había generado, para decir:

—Puedo asegurarles, señores, que mi admirado maestro Robert sabía a la perfección el tipo de hospital que había que hacer en la ciudad. A él le debemos, asimismo, el principio de acuerdo que hubo entre la Santa Creu y Sant Pau, que por desgracia ahora parece tambalearse. Robert creía con firmeza en él y yo guardo la esperanza de que al final todo llegue a buen puerto. El doctor Robert habló largo y tendido con Lluís Domènech i Montaner acerca de este proyecto conjunto; me consta porque yo mismo fui testigo directo de ello —Darius no pudo evitar cierto orgullo al decirlo— e incluso algunas de esas charlas tuvieron lugar en mi casa. Así pues, caballeros, afirmo con rotundidad que, si el hospital se le encargó a Lluís Domènech i Montaner fue porque, en palabras del propio Robert, él era el hombre más capacitado para hacerlo. Que, además, como apuntan hoy algunos de nuestros ilustres contertulianos, existía entre ambos hombres una sincera amistad, una entente profunda en cuestiones políticas y de país, esto nadie lo duda. Pero, con todo mi respeto, señor —dijo haciéndole una leve reverencia al médico veterano—, pondría la mano en el fuego por que mi querido Robert siempre veló por los intereses hospitalarios de la ciudad.

Le había salido una exposición redonda, pensó, incluso memorable, además de impecable en las formas, lo cual confirmó, acto seguido, un murmullo general de aprobación. Porque ¿quién podía refutar una afirmación como aquella? ¿Quién osaba enfrentarse a la memoria de uno de los médicos y políticos más importantes que había dado

Barcelona? La lástima, pensaba Darius, era que Robert hubiese fallecido, porque eran pocas las veces que su discípulo podía lucirse en público como en esa ocasión, ya que desde que su mentor no estaba, él había perdido popularidad en la profesión.

Había previsto volver andando a casa dando un bonito paseo por la rambla de Catalunya. Hacía un anochecer delicioso, un cierto frescor lo inundaba todo, a pesar de encontrarse ya en el mes de junio. Darius iba pensando en lo que haría al llegar a casa, después de cenar, cuando de pronto se cruzó con una joven extremadamente hermosa que iba tocada con un sombrerito de plumas de color claro de lo más gracioso. Se fijó en su andar sinuoso. Iba de bracito con otra chica en la que Darius apenas reparó. Al pasar junto a ellas, levantó cortés su sombrero de Panamá a modo de saludo y la joven bonita clavó los negros ojos en él con toda la intención, con ese deje un poco descarado que mostraba su interés de forma explícita. Pero pasaron de largo, y Darius prosiguió su camino sin buscar nada más, acostumbrado como estaba a insinuaciones como aquella en plena calle. Le ocurría a menudo con todo tipo de mujeres, incluso en el consultorio y en el salón de su casa, o en las veladas en el Liceo, o en cualquier cena a la que asistía junto a Eulalia. En todas estas ocasiones y lugares siempre había alguna dama joven, mayor, más bonita o menos agraciada, que trataba de iniciar un juego de miradas con él. Algunas veces, ni siquiera la presencia cercana de su esposa era motivo de retracción por parte de ellas. Darius Rovira nunca les correspondía, sino que más bien jugaba a castigarlas con un leve menosprecio que las dejaba fuera de lugar, incómodas, para luego ser galante con ellas y asistir a su desconcierto. Le gustaba dominar el juego. La cosa nunca iba más allá porque Eulalia, una mujer débil, emocionalmente inestable, demasiado apasionada para su gusto, capaz del drama más inverosímil si detectaba cualquier asomo de peligro en su matrimonio, podía estropearlo todo. Eulalia. Mientras seguía caminando hacia casa, Darius rememoró el día en que la conoció. Él no recordaba haber hallado nada en ella, en un primer momento, que lo hubiera llevado a pensar que era hermosa, más bien al contrario. Y, sin embargo, hablando con ella, a base de observarla con su habitual precisión científica, tampoco encontró nada en su rostro y figura que desentonase. Sus facciones, aun carentes de gracia o belleza natural, eran correctas y nada exageradas; de hecho, nada resaltaba en ella, y a la vez había cierta perfección técnica en su conjunto. Ahora bien, si de joven ese fervor con el que ella lo miraba le había abierto un mundo de posibilidades, una vez casados más bien le había resultado cargante. Lo toleraba a ratos, sobre todo al principio. Se había dejado llevar por cierto romanticismo al pensar en la familia que formarían, en el futuro esplendoroso que les esperaba. Pero en los últimos tiempos a Darius lo sacaba de quicio esa ansia de Eulalia porque él le prestara atención. Había esperado que la maternidad le quitara tiempo y la distrajera; que, como otras mujeres, dejara ese fervor romántico a un lado a favor de un sentido más práctico de la vida, lo cual le habría ido de maravilla a él. Pero no, Eulalia siempre lo incomodaba con esos ojos ansiosos de afecto, con ese aire de cachorro abandonado. Desde que había tenido a la pequeña Aurora, esa misma ansiedad de siempre la había llevado a comer a todas horas, de un modo compulsivo. Y Darius asistía irritado a ese visible e imparable aumento de las carnes de su mujer que, poco a poco, habían ido elevando su rechazo. En ningún caso, se decía siempre, pondría en peligro ese matrimonio que tanto le había convenido, que le había abierto todas las puertas y salones de las familias bien de Barcelona, pero debía admitir que, cada día que transcurría, le resultaba más cargante su compañía. Por eso, junio era un mes en el que Darius Rovira renacía ante la feliz perspectiva de ver a su familia marcharse a Camprodón. Pasarían allí todo el verano, como cada año, hasta la Mercè, en que volverían a Barcelona. Darius permanecería, como de costumbre, todo junio y julio en la ciudad, para luego en agosto unirse a ellos en los días más calurosos del año. El resto del tiempo disfrutaría de la soledad de su piso de la rambla de Catalunya, desacostumbradamente vacío, benditamente silencioso y apacible.

Un par de días más y se irían a Camprodón. Dolors estaba muy atareada con todo el trajín de los preparativos, como todos, porque también a ella le tocaba empaquetar ropa, utensilios y buena parte de la vajilla que la señora Eulalia siempre quería llevarse consigo. Y, por si fuera poco, debía instruir a la cocinera que la sustituiría en Barcelona durante los meses de junio y julio, hasta que el señor doctor cerrase la consulta y la casa y se instalara con el resto de la familia en Camprodón. Cada verano la misma historia, este sería su séptimo año. ¡Qué rápido pasa el tiempo, Virgen santa! También María se lo confirmaba cada día, porque a sus trece años ya era toda una mujercita. Seguía teniendo los mismos ojos tristones de cuando era niña, que le recordaban a su difunto marido, así como ese pelo rizado que tanto le costaba peinar. Ahora, la muchacha los mantenía a raya recogiéndoselos en un moño en la nuca que la hacía mayor. Oyó su risa desde la cocina; María se encontraba con la pequeña Aurora. Suerte había tenido de esa niña, pensó Dolors, con todo lo que la había hecho sufrir en los primeros tiempos en casa de los señores. Desde que la separó de su hermano de leche, su querido

Lluís, María había ido cayendo en una espiral de tristeza de la que su madre temió que no llegara a salir. Al principio, Dolors pensó que era solo cuestión de días, semanas tal vez. Los chiquillos se acostumbran a todo, se decía. Pero el tiempo pasaba y su hija seguía sin apenas comer, no hacía más que llorar y andaba siempre como un alma en pena, arrastrándose por las habitaciones del servicio en una casa hecha de corrección y silencio. ¿Puede uno morirse de tristeza, señor doctor? Le habría preguntado Dolors a su jefe en aquellos días. Sin embargo, nunca se atrevió a hacerlo. Más bien, se esforzó por mantener la pena de su hija María dentro de los límites de las dependencias del servicio, no fuera a perder el trabajo que le llovió del cielo. En la casa había entonces dos sirvientas muy bien preparadas, una nodriza para la niña recién nacida y el tutor del niño Rovira, además de Antonio, el cochero. Dolors se adaptó bastante bien y pronto empezó a recibir las felicitaciones de la señora Eulalia, una mujer que le daba un poco de lástima por sus nervios delicados. María fue resignándose poco a poco a su nueva vida y, aunque no llegó a recuperar su buen humor, esa alegría de vivir que poseía antes, empezó a comer un poco más y a ganar peso. La muchacha empezó a aprender de su madre y a menudo la ayudaba a cortar verduras, a cocer las patatas, a desalar el bacalao o a preparar la comida de la niña Rovira. Cuando cumplió los trece años, María ya era una muchacha muy trabajadora y nunca se quejaba de nada. Se mostraba siempre discreta y respetuosa con todo el mundo. Aun así, su madre ya no había vuelto a verla sonreír como antes. Desde entonces comenzó a aprender el oficio de sirvienta junto a las demás, y era tan pulcra que al cumplir los doce años la señora Eulalia le compró un uniforme como el de las otras sirvientas para que a veces sirviese ella el té en las tardes de visita. Ayudaba, asimismo, a hacer las camas, a repasar las habitaciones, lavaba y planchaba la ropa junto a las demás mientras su madre, desde los fogones, la contemplaba orgullosa. Su María era una gran chica; si no fuese por ese aire tan triste... Hasta que la pusieron a cargo de la limpieza de las habitaciones infantiles. Si antes apenas coincidía con la pequeña Aurora, de tanto como la había guardado la nodriza en sus primeros años, ahora María la veía con frecuencia. La niña Rovira era bonita como un sol y siempre risueña; a María le encantaba estar cerca de ella. Cuando una institutriz francesa sustituyó a la nodriza, la relación entre ambas niñas se hizo más estrecha. María volvió entonces a sonreír, y a Dolors no se le escapó que en gran medida se debía a la pequeña de los señores. A pesar de que sabía que su hija jamás olvidaría a su hermano de leche, como tampoco lo haría ella, intuyó que las cosas, a partir de ese momento, iban a irles mejor.

—Llorenç no me quiere —se lamentó la niña. Estaba en el cuarto de juegos junto a María, que le hacía compañía mientras la institutriz preparaba su ropa en la habitación de al lado para el viaje a Camprodón. María intentaba recoger los juguetes que Aurora iba dejando por el suelo, aunque la niña volvía de inmediato a sacarlos de su sitio. Era una especie de juego que las mantuvo ocupadas hasta que Llorenç entró en la habitación. A pesar de tener la misma edad que María, la muchacha le sacaba al joven Rovira una cabeza entera. Llorenç era un muchacho tan serio que apenas intercambiaba una palabra con el servicio. No frecuentaba el cuarto de juegos, así que, al verlo, María y la pequeña Aurora se quedaron inmóviles mirando hacia él. Esto le hizo titubear, así que simuló andar buscando algo y con rapidez volvió a salir.

—No es que no te quiera, Aurora, es que él es mayor —le contestó María.

—Tú también eres mayor y me haces caso —replicó la niña mientras enroscaba en el dedo uno de los tirabuzones casi perfectos que le habían marcado por la mañana.

—¡Pero es distinto! —se rio María. Alcanzó una muñeca del estante superior, una que tenía unos tirabuzones tan bonitos como los de la propia Aurora, aunque de un color más oscuro, menos luminoso, no en ese precioso color miel de ella que atrapaba cada rayo de sol—. ¿Quieres que juguemos un rato a las muñecas?

Aurora se olvidó de su hermano y corrió hacia María para tirarle del uniforme. Le pidió que cogiera esta y aquella muñeca, y también la de más allá, porque la niña Rovira no tenía una muñeca, sino una colección entera que su padre se encargaba de aumentar cada Navidad y en fechas señaladas. «¡Todavía no he encontrado ninguna tan preciosa como tú!», le decía él, orgulloso, consciente de que su hermosa hija era una réplica exacta de él. Consentía a la niña como jamás lo hizo con su primogénito, puesto que al muchacho le tenía reservado un futuro a su lado.

Llorenç había terminado el curso escolar en los Jesuitas y ahora pasaba unos días en casa, a la espera de marcharse con el resto a Camprodón. Solía aburrirse bastante en el piso de Barcelona, donde solo vivía al salir del pensionado. Las vacaciones de Navidad se le hacían eternas y lo mismo le ocurría en Pascua, pues le tocaba aguantar a las visitas de su madre, a las viejas tías, a todas sus amistades. Su padre iba y venía, pero la mayor parte del tiempo estaba en su consultorio o bien fuera de casa, lo cual era un verdadero alivio, porque Llorenç, siempre que podía, lo evitaba. No es que su padre le dirigiera mucho la palabra al verlo, pero desde que cumplió los diez años insistía en mantener la misma conversación con él:

—¿Ya sabes qué vas a estudiar? —le preguntaba.

—Medicina, padre —le contestaba él. Como si hubiera una alternativa. Llorenç sabía que, para su progenitor,

80

aquello no era más que una pregunta retórica o una simple comprobación de que el hijo no se desviaba de sus objetivos. Sabía que Darius Rovira, su padre, deseaba un hijo digno de su persona y del estatus que se había ganado como buen médico internista de la ciudad. Llorenç Rovira tenía trece años y jamás se había atrevido a decirle a nadie que no estaba seguro, que no sabía si él había nacido para ser médico, que tal vez le gustaría probar otra cosa... que todo lo que veía en la consulta de su padre le causaba más bien cierta angustia, demasiado respeto, y que si había algo que lo aterraba en la vida era, precisamente, el trato con las personas y, más aún, adivinaba, con los enfermos. Él era feliz empleando el tiempo en sus libros, leyendo para huir de ese mundo donde él no parecía encajar. En todos los años que llevaba en los Jesuitas, jamás había hecho un amigo de verdad; solo la lectura le brindaba momentos de verdadero placer, además de las clases de algún profesor que, a través de la explicación de ciertos capítulos de la historia o de la literatura, lo llevaba lejos de su triste existencia.

Cada vez que Llorenç estaba en casa, procuraba pasar la mayor parte del tiempo en su habitación o bien vagaba por los pasillos sin hacer ningún ruido. Su madre, siempre cosiendo en la tribuna del salón, con esos suspiros afectados. «Virgen santa, ¡la de cosas que debe una pensar sobre el viaje a Camprodón!», «hijo, llama a Cinta o a Marieta», «dile a Dolors que tengo que hablarle de la cena.» Madre le encargaba hacer algo apenas lo veía aparecer, así que el muchacho procuraba pisar muy poco el salón. Ese día se acercó al cuarto de juegos porque oyó las risas de su hermana pequeña y la sirvienta, la hija de la cocinera. Sus pasos lo llevaron allá atraído por esas voces alegres, y se decidió a entrar un rato y pasarlo bien jugando con ellas. Podía leerle un cuento a Aurora, si ella lo deseaba, de esos que a él lo habían entusiasmado a su misma edad y que seguían luciendo sus coloridos lomos en los estantes del cuarto de juegos desde que el maestro Ripoll los dejó allí al marcharse a su pueblo. Pero nada más poner el pie en el cuarto infantil, su hermana se quedó mirándolo con esa carita curiosa, incisiva, que a veces le costaba encajar. Cada vez que veía esos ojos tan azules, tan grandes y despiertos, esa mirada valiente que nada temía... se preguntaba si había algo que tuviesen en común: Aurora era bonita, alegre, llena de una espontaneidad que él jamás había tenido y, sobre todo, carecía de ese miedo ancestral a su padre y a las visitas de su madre. Por el contrario, la pequeña solía exhibirse ante todo el mundo y repartía afecto sin distinciones, del modo más natural, a cualquier persona que se le acercara. Era una especie de ángel, de esos que le gustan a todo el mundo, mientras que Llorenç practicaba el escapismo siempre que podía. Lo que más lo incomodó ese día en el cuarto de juguetes fue la hija de la cocinera, María, que de repente calló y se quedó mirándolo también con curiosidad. Sintió que estorbaba, por eso se fue.

Llegado el día de su marcha a Camprodón, la señora Eulalia se puso el vestido de viaje y se subió al carruaje familiar. Sus hijos la siguieron y asimismo lo hizo la institutriz. El resto del servicio viajaría en una tartana alquilada para la ocasión y detrás de ellos otro carro cargaría con el equipaje. El señor se despidió de su familia desde el ventanal que daba a la calle. Su recta figura, perfecta como siempre, se recortaba a contraluz sin dejar ver la expresión de su rostro. En realidad, sus labios dibujaban una sonrisa de satisfacción que, seguro habría molestado a Eulalia, pues al inicio de cada verano ella esperaba de su marido un leve gesto de tristeza, de sentido adiós. Pasarían un mes y medio sin verse, hasta que Darius subiese por fin a Camprodón, y a pesar de ser aquella una situación muy frecuente entre sus amistades, a lo largo de ese mes y medio

Eulalia no podía evitar unas lágrimas, una añoranza que empezaba justo al marcharse de casa y que le dejaba el corazón hecho un puño. Se oprimía el pecho delicado con una mano y con sus regordetes dedos retorcía un ligero pañuelo de puntillas mirando hacia el ventanal donde se encontraba Darius. Trataba por todos los medios de vislumbrar un gesto, tal vez una tierna sonrisa de despedida, algo que le causara un poco de alivio. «No seas criatura», le habría dicho él, con toda probabilidad. En cuanto Antonio le dio el primer latigazo al caballo, Eulalia alzó la mano y saludó con energía hacia el ventanal. El carruaje empezó a moverse y ella aprestó a los niños:

—¡Decidle adiós a vuestro padre! Pobrecito, se queda tan solo sin nosotros...

Darius les devolvió el saludo y pronto los perdió de vista. Avanzando por las calles de la ciudad, Eulalia Rovira lo observaba todo callada a través de la ventana. Respiró hondo un par de veces tratando de sacarse de encima todos los demonios y angustias, y luego levantó un poco la barbilla y se dijo a sí misma que este año sí, que este mes de agosto de 1906, tan pronto como Darius llegara a Camprodón, tras un mes y medio sin verla, ella estaría más atenta, más bonita, más vivaz y despierta que nunca, para que su marido se diera cuenta de cómo la amaba e, inconscientemente, de cómo la había echado de menos.

En la Casa de Caridad todo giraba en torno al trabajo y la disciplina horaria. Levantarse a las seis y media en un dormitorio repleto de camas, helado por completo en invierno; después, la asistencia a misa; luego, el desayuno y un poco de recreo en el patio, bajo la atenta mirada de las hijas de la Caridad; dos horas y media de lecciones con el maestro o bien uno de sus ayudantes y, a mediodía, la comida; recreo de nuevo y luego más clases; antes de la cena, rezar el rosario, y antes de dormir, estudiar un poco. Al meterse en la cama, Lluís hablaba en susurros con sus compañeros más cercanos, siempre con mucho cuidado de que la hermana de turno no los oyese, pues en tal caso recibirían una amonestación. Aunque muy pronto esas conversaciones a media voz se apagaban, porque todos acababan el día rendidos. Los muchachos se dormían y, con un poco de suerte, soñaban que estaban lejos de allí, que alguien los quería, que alguien los abrazaba cuando se sentían solos o que los acostaba con ternura cuando estaban enfermos. Lluís había dejado de pensar en su nodriza y en María para poder resistir. Al principio, apenas la hermana apagaba las luces, él comenzaba a pensar en ellas y se ponía a llorar. El mundo entero se le venía abajo, su soledad se le presentaba como un monstruo que lo devoraba, y no podía evitar que las lágrimas empapasen su cojín. Entonces se enfadaba tanto consigo mismo que se restregaba los ojos hasta hacerse daño, hundía el rostro en ese cojín húmedo y reprimía el grito de impotencia que le subía por la garganta. ¡Quiero dormir! ¡Quiero dormir! Su cuerpo terminaba por ceder y entonces Lluís descansaba hasta la mañana siguiente. Pero con la primera luz del día comenzaban los problemas. No se adaptaba al asilo, por lo que había entrado en una espiral de castigos constantes. Las monjas le decían: «No pones nada de empeño», y por ello los hermanos solían pegarle o castigarlo unas horas en una habitación a oscuras, para que aprendiera. Una mañana, o tal vez era una tarde, no lo recordaba con exactitud por hallarse, precisamente, en el cuarto oscuro, empezó a rumiar. Estaba a punto de cumplir un año en la Casa de Caridad y no había hecho más que detestar a todo el mundo a su alrededor: maestros, monjas, incluso a los niños asilados como él. Se le ocurrió cambiar de estrategia: ¿Querían que aprendiese? Pues aprendería. A partir de ese momento empezó a mostrarse atento y disciplinado en clase; aprendió a leer y a escribir sin grandes dificultades; descubrió cómo le gustaba el dibujo y empezó a ganarse las primeras felicitaciones por parte de las monjas. También se le daba bien la aritmética y sabía memorizar bien los lugares, los ríos y las montañas en clase de geografía. Lluís pasó de ser uno de los chiquillos que se sentaban en el suelo, pues las clases estaban tan repletas de alumnos que los pupitres no alcanzaban para todos, a tener un trozo de mesa y una silla donde trabajar. Fue avanzando desde las últimas filas hasta la primera, donde los maestros situaban a los más inteligentes y aplicados. Los castigos quedaron atrás y empezó a hacer algunos amigos. En los recreos en el patio ya no se sentaba en un rincón, alejado de todos y con la vista clavada en el suelo, sino que jugaba a la pelota con sus compañeros. Descubrió que, si no pensaba en Dolors ni en María, si hacía como si su vida de antes no hubiese existido, podía hasta sentir cierta felicidad dentro de ese mundo cerrado de monjas, hermanos y niños con bata y cabeza rapada como él. Superó el nivel preparatorio y pasó a segundo grado. Sus calificaciones eran muy buenas y no hacía más que progresar. A medida que avanzaba en los cursos, empezó a fijarse en los chicos de la sección de aprendices: habían cumplido los doce o trece y los preparaban para desempeñar un oficio. A los más aplicados los solicitaban los maestros de los talleres del mismo asilo. Había taller de alpargatería, de panadería, de carpintería, cerrajería... aunque el más solicitado era el de imprenta. Había algunos muchachos que incluso se marchaban a casa de algún maestro artesano para aprender su oficio, y otros que subían a la categoría de meritorio, lo cual les permitía irse a trabajar de dependientes en algún establecimiento de la ciudad. No obstante, estos últimos ya formaban parte de un cuerpo de élite, los estudiantes, una opción no solo reservada a los más brillantes, sino a los asilados que eran hijos de padres conocidos o, al menos, de madre conocida. Los estudiantes, esa raza distinguida del resto, vestían diferente, tenían sus propias aulas de estudio y, lo más importante, comían mucho mejor. Lluís comenzó a estudiar sus opciones al observar a los chicos más mayores en el comedor, en el patio, cada vez que pasaba por delante de los talleres, y llegó a la conclusión de que él nunca sería estudiante. No conocía a ningún niño expósito que lo hubiera conseguido, así que se concentró en hacer todos los méritos posibles para ser admitido en el taller de imprenta.

Pronto haría un año que lo habían admitido en él y era el más joven de todos los aprendices de impresor. Situado, la mayor parte del día, en un rincón de la imprenta donde se hacía el encuadernado, recibía órdenes directas de uno de los maestros del taller. Frente a él había una pared de la que colgaba una fotografía de una escultura que representaba a dos niños cantores. Uno de ellos sostenía la partitura mientras que el otro aguantaba una cruz. Ambos niños abrían la boca y Lluís casi podía escuchar su canto. La expresión de sus rostros era tan acertada, tan sumamente viva, que a menudo se quedaba largo rato embobado observando todos sus detalles. Algunas veces, al terminar su trabajo en el taller, se entretenía trazando bocetos de dicha escultura, procurando reproducir con el carboncillo esa increíble expresividad.

El maestro encuadernador lo pilló sin hacer nada, mirando la fotografía de la pared, y entonces Lluís se temió una reprimenda.

—Disculpe, señor. Me he distraído —dijo agachando la cabeza y volviendo al trabajo. Tenía un montón de papeles ante sí pendientes de clasificar y se puso a ello con movimientos ágiles y rápidos.

El maestro se quedó observándolo y luego miró hacia la fotografía de la pared. Era un hombre bastante mayor, de cabello ya blanquecino, con una larga carrera dentro de la Casa de Caridad. Había visto pasar por allí a aprendices de todos los tipos, unos más gandules, otros más trabajadores. Estaban los que hablaban demasiado y trabajaban menos, y los que se sacaban el trabajo de encima con rápida y silenciosa eficiencia. El maestro encuadernador estaba satisfecho con Lluís, no era algo que ocultara, y en ese momento le apeteció contarle la historia de esa fotografía. Le preguntó:

—Te gusta mucho esta escultura, ¿cierto?

Lluís adivinó que no era la primera vez que lo pillaba distraído con ella. Levantó los ojos hacia el maestro y, al no ver ningún atisbo de reprobación, le explicó:

—Me gusta mucho dibujarla, señor. Tengo unos cuantos bocetos, aunque no consigo resolver bien los rostros.

El maestro sonrió y dejó que la mirada se le perdiera más allá de la fotografía. Le contó a Lluís:

—Esta escultura se llama *Ave María* y representa a dos monaguillos cantando, como puedes ver. Lo que no sabes es que está hecha por un antiguo alumno de esta casa.

Lluís pensó que tal vez el maestro encuadernador estaba gastándole una broma, aunque allá en el asilo nadie bromeaba. Le preguntó:

—¿Se refiere a que el escultor es como nosotros? ¿A que vivió en la Caridad?

El maestro asintió y le respondió que de aquello hacía ya muchos años, que ahora el autor de aquella escultura era un gran artista de reconocido prestigio en Barcelona y fuera de ella, pero que él jamás se había olvidado de ser agradecido con aquella Casa en la que estudió.

—Eusebi Arnau es un ejemplo de cómo los alumnos de la Caridad pueden llegar tan lejos como deseen, si saben aprovechar bien sus estudios y están dotados del talento suficiente.

Lluís repitió en voz baja el nombre de aquel escultor con el fin de memorizarlo. Jamás se le iba a olvidar.

Transcurridos unos días, el maestro le pidió que le mostrara esos dibujos, los bocetos que Lluís había realizado de los monaguillos de Eusebi Arnau. Con cierta timidez y algo de reticencia, el muchacho insistió en que todavía no tenía el dibujo que diera por bueno, le enseñó los bocetos y el maestro encuadernador se quedó largo rato contemplándolos. No dijo si le gustaban o no, solo le preguntó al muchacho:

—¿Puedo quedármelos?

¿Cómo podía negarse a ello? Lluís asintió con la cabeza y siguió trabajando en su rincón de la imprenta.

En los días que siguieron, el maestro no volvió a mencionar los dibujos ni la escultura que colgaba de la pared, pero transcurridas dos semanas desde aquel episodio, el hombre se acercó a Lluís en compañía del jefe de la imprenta y de la madre superiora. El primero le tocó afable el hombro y le hizo dar un paso hacia los otros dos. La madre superiora fue quien le habló al muchacho con ambas manos puestas dentro del hábito:

—Tenemos novedades para ti.

El maestro encuadernador puso de nuevo la mano en el hombro del muchacho y le dedicó una sonrisa alentadora. Entonces, fue el jefe de imprenta quien le dijo que los siguiera, que mejor irían a charlar al despacho de la madre superiora.

Una vez allí, con la inquietud del que no sabe en absoluto qué va a ocurrir, con la incertidumbre de quien no sabe si esperar algo bueno o algo malo, Lluís se sentó obediente en la silla y se limitó a esperar.

—Tu maestro ha hecho algo muy loable por ti —le dijo la madre superiora—. Recuerda estarle agradecido toda la vida.

Lluís miró a su maestro encuadernador y él volvió a sonreírle. Seguía sin adivinar nada. La monja prosiguió:

—Esos dibujos... los del *Ave María*, impresionaron al señor Arnau. Tu maestro quiso hacérselos llegar, junto con un informe de tus calificaciones y de tu buen comportamiento a lo largo de estos últimos años. —Al muchacho le pareció ver un asomo de sonrisa en los labios de la madre superiora, aunque tal vez eran figuraciones suyas—. El caso es que el señor Arnau, como siempre tan atento con esta casa donde recibió su educación, desea que ingreses en su taller. Afirma que posees un talento natural que hay que aprovechar. Ahora mismo es un hombre muy ocupado, recibe muchos encargos y trabaja con los mejores arquitectos, así que necesita una gran cantidad de ayudantes. No es necesario que mencione que esta es una gran oportunidad para ti, chico, y que no solo deberás demostrar la buena educación que has recibido aquí, sino que esperamos que estés a la altura del buen nombre de esta casa.

Lluís no sabía si lo había comprendido: ¿le estaban diciendo que se marchaba de allí? ¿Que abandonaba la Casa de Caridad para ir a trabajar al taller del maestro Arnau? Después de seis años en el asilo, de todas las lágrimas que vertió al principio hasta que se adaptó, recordando noche tras noche su vida anterior; cuando las calles en torno al Hospital de la Santa Creu eran todo su mundo; cuando la vida no era disciplina, sino simple juego y abrazos de su nodriza; cuando María y él eran dos almas libres sin siquiera saberlo, porque no conocían nada más que aquella libertad de la que después se vieron privados; después de haberse impuesto a sí mismo olvidarlo todo y tras su nueva vida de estudio y trabajo en el taller, ahora le decían que podía irse, que iba a vivir y a trabajar en el taller de un maestro artesano que hacía esculturas como aquella de los monaguillos. Un gran artista. Un hombre importante. El señor Eusebi Arnau había visto sus bocetos al carboncillo y lo quería trabajando para él.

El maestro encuadernador estaba hablando mientras seguía sonriéndole, aunque Lluís apenas lo oía. Su voz se solapaba con la del jefe de imprenta y también con las advertencias que seguía lanzándole la madre superiora. Todo le parecía una especie de música tenue y distante que flotaba como una neblina sobre su cabeza. Se le ocurrió que, quizá, se encontraba a mitad de un sueño, que pronto despertaría y volvería al trabajo como cada día.

Lluís abandonó la Casa de Caridad seis años después de que su nodriza lo hubiera llevado, un recinto del que solo había salido en contadas ocasiones, como cuando formaba parte de la comitiva funeraria de algún fallecido, para lo que se contrataba a menudo a los niños internos. La hermana le proporcionó una camisa y pantalones nuevos, además de un jersey y un abrigo prestados. Era la primera vez, tras muchos años, que llevaba ropa propia para salir a la calle. Colgado del cuello y oculto bajo la camisa, llevaba el sello de plomo con la fecha y el número de ingreso del expósito que, trece años atrás, le habían entregado en la calle Ramelleres.

En el taller del maestro Arnau de la plaza Tetuán había una actividad febril, ya que al gran escultor le llovían los encargos más importantes de la ciudad. En aquella primavera de 1906, el maestro y sus ayudantes ejecutaban los trabajos escultóricos para el escenario del Palau de la Música Catalana, un edificio encargado por el director del Orfeó Català al arquitecto Lluís Domènech i Montaner. Don Lluís, como todos los que trabajaban para él lo llamaban, había contratado para tal fin a un abanico de artesanos y artistas de toda la ciudad y más allá: maestros vitraleros, escultores, mosaiquistas, pintores y forjadores, por no hablar de un verdadero ejército de albañiles y picapedreros. Eusebi Arnau y sus ayudantes trabajaban en las esculturas del Palau de la Música, pero, hacía muy poco, también lo hacían para otro edificio del mismo arquitecto: el futuro Hospital de Sant Pau.

Lluís no sabía nada de todo esto cuando un lunes por la mañana se presentó en el taller del escultor de la plaza Tetuán y nada más entrar le dijeron: «Chico, espérate aquí y no estorbes. Cuando venga el maestro, ya te atenderá». Y Lluís esperó más de una hora observando con atención toda la actividad a su alrededor, sentado en un rincón en la penumbra, justo al lado de un muro de ladrillos desde donde podía apreciarse una vista general del taller, por cuyos altos ventanales entraba la luz a raudales. Apenas parpadeaba con tal de no perderse nada de cuanto allí sucedía: un joven que estaba sentado no muy lejos de él hacía bocetos en una libreta con la espalda completamente curvada hacia delante; había otro que le daba los últimos retoques a una pieza de yeso inmensa, casi de dos metros de altura, que representaba a una mujer vestida con ropa muy realista; en el otro extremo del taller, justo donde la luz natural incidía con más fuerza, había un chico mayor, lo más seguro un ayudante aventajado, que trabajaba con la lima un caballo alado. Casi por completo acabado, ese caballo tenía un efecto de movimiento que dejó a Lluís embelesado. Había, además, otros tres jóvenes que, en el ángulo opuesto, trabajaban en un relieve que parecía contar una historia. Lluís miró a su alrededor varias veces y se percató de que los tres eran bastante mayores que él, aparte de que parecían dominar a la perfección el oficio. Le sobrevino la angustia y se agarró las piernas con fuerza, como si aquello fuera a evitarle la inquietud. ¿Y si el maestro Arnau se había equivocado? ¿Y si lo devolvía al asilo sin dejarle siquiera demostrar las ganas que tenía de aprender? A medida que avanzaba la mañana y el maestro Arnau no aparecía, su inquietud iba en aumento. Tal vez no fuera a ir, quizá no se acordaba de haber pedido que le llevaran a un muchacho de la Caridad. Se estremeció en la silla imaginando lo peor. Y justo en ese momento vio una figura que todavía no había visto. Se encontraba a su lado, encima de una peana de madera no muy grande, y se trataba a todas luces de un modelo de barro que representaba a una nodriza. Lluís se quedó boquiabierto, como si acabara de ver un fantasma. La nodriza poseía una expresión de ternura en el rostro que le recordó a la suya propia. Llevaba un pañuelo que le cubría el pelo y tenía la cabeza algo inclinada hacia el bebé, que mamaba de su pecho izquierdo, que ella apretaba con una mano para que la leche saliera abundante. Con la otra mano, la nodriza sostenía el cuerpecito del niño, en actitud protectora. Lluís notó el corazón oprimido y volvió por un instante a ser muy pequeño. Aquel modelo en barro era aún más maravilloso que los niños cantores que tanto había contemplado. Se sorprendía de cómo las esculturas del gran Eusebi Arnau podían conmoverlo de tal modo: sin siquiera conocerlo, ese hombre lograba que sus obras le pareciesen tan familiares, tan íntimas y personales, despertaban algo tan intenso y poderoso en su interior que incluso lo asustaba.

Tan absorto se encontraba, observando la nodriza de barro, que no notó la presencia del maestro hasta que lo tuvo frente a él. Alzó la mirada y vio por primera vez al maestro Arnau: era un hombre de fuerte constitución, de cabello castaño muy bien peinado hacia los lados y con una perfecta raya en el medio. Lucía un bigote abundante, bien recortado y con las puntas ligeramente subidas formando una curvatura simétrica. Debía de rondar los cuarenta años y, a pesar de no ser muy alto, tenía una presencia imponente.

—Levántate, chico —le ordenó.

Lluís se puso en pie de inmediato y con un hilo de voz más débil que de costumbre llegó a preguntar:

—¿El señor Arnau?

El hombre asintió y le preguntó:

—¿Has estado observando lo que hacemos aquí?

—Sí, señor —le contestó y tragó un poco de saliva.

El maestro dijo:

—Me gustaron mucho tus bocetos de mi *Ave María*. —Pareció que las puntas de su bigote se alzaban un poco más, aunque Lluís no llegó a verlo sonreír. El muchacho no sabía qué esperaba el maestro de él, así que optó por quedarse callado. Entonces, el señor Arnau le pidió—: Cuéntame lo que sabes hacer.

Lluís volvió a tragar saliva, la garganta se le había secado por completo. Se esforzó en responder:

—Lo que usted quiera, señor. Puedo aprender lo que usted quiera.

El maestro pareció satisfecho y, dándole la espalda, se dirigió hacia el lugar del taller donde trabajaban los ayudantes. Se detuvo un instante, el muchacho no lo seguía, así que le hizo un gesto para que lo hiciese. Le dijo:

—Hoy observarás todo lo que hacemos. No estorbes, procura no entorpecer el trabajo de los demás.

Se detuvo frente al caballo alado e intercambió unas palabras con el joven que lo retocaba. Acto seguido, se dirigió a Lluís para explicarle:

—Dormirás aquí, en el taller. Hay una habitación ahí al fondo —y señaló hacia una puerta—, donde dispondrás de una cama y de todo lo necesario. Por la noche, cuando todos se hayan ido, tendrás que rascar el barro y el yeso del suelo y de los caballetes, deberás barrerlo todo y cubrir con trapos las piezas que así lo requieran. Miquel te mostrará cómo hacerlo —dijo poniendo una mano sobre la espalda del joven del caballo. El maestro hizo una pausa y lo miró directamente a los ojos para ver si lo seguía. Luego añadió–: Cada mañana ayudarás a mover las estructuras, asistirás a los chicos en todo lo que te pidan y aprenderás cómo limpiamos y guardamos los utensilios para el día siguiente.

Lluís asentía muy serio con movimientos rítmicos de cabeza en un silencio respetuoso que solo rompía al decir de vez en cuando «sí, señor». Trataba de imaginar cómo sería dormir en ese espacio tan grande, un poco desolado cuando todos se marchasen al final de la jornada, aunque no decía nada porque lo que más deseaba en el mundo en ese momento era que el maestro Arnau le permitiese quedarse y no lo devolviera a la Casa de Caridad. Pese a la soledad de las noches que ya intuía y a que no estaba nada acostumbrado a dormir sin la compañía de los internos, la sola idea de formar parte de aquel día a día entre el maestro y los ayudantes de un taller de escultura le producía una sensación de felicidad que no recordaba haber experimentado desde los tiempos de su nodriza y su querida María. Se veía que el maestro Arnau era un hombre serio, estricto con sus ayudantes, pero de trato amable y respetuoso. Lluís deseaba agradarlo e intuía que la mejor manera de hacerlo era no hablar demasiado y obedecer mucho. Al final, el maestro concluyó:

—De momento harás todo esto mientras vas aprendiendo del trabajo de los otros. No tengas prisa, chico, y obsérvalo todo con esa mirada de dibujante que tienes –le dijo en un tono que de repente le pareció afectuoso. Lluís lo miró de frente y le sonrió de oreja a oreja, agradecido. El maestro acabó asegurándole–: Más adelante, si todo va bien, empezarás a ayudar a reciclar y a amasar el barro.

Al anochecer, los ayudantes se marcharon y se quedaron a solas el maestro Arnau y Lluís. Cenaron los dos, en la habitación donde el muchacho dormiría de entonces en adelante, una sopa caliente que había llevado una señora con un delantal y un pañuelo en la cabeza. El maestro no habló demasiado, tenía la mente en otro sitio, aunque Lluís disfrutó de sus silencios mientras le daba pequeños sorbos al caldo humeante. Se preguntó por qué el maestro no se había marchado como los demás, se preguntó si tampoco tenía familia que lo esperase o si tal vez lo había hecho por cortesía en la primera noche del expósito acogido en su taller. Terminada la cena, se interesó por su vida en la Caridad, le pidió algunos detalles y, en los ojos del maestro, se dibujó algo parecido a recuerdos lejanos. Cerca de la medianoche, Arnau se despidió de él con voz serena, sin prisa alguna en sus movimientos. Cruzó toda la longitud del taller que hacía rato había quedado a oscuras y entonces Lluís pudo oírle cerrar el portal con doble vuelta de llave. Las emociones habían sido tan intensas que, nada más desaparecer el maestro, el muchacho cayó en un profundo sueño. Reconfortado por esa cena caliente y abundante y por la apacible compañía del maestro, esa noche soñó su nueva vida, soñó con los ayudantes a los que había visto durante el día trabajar en el taller, soñó con el caballo y la figura de yeso de casi dos metros, pero sobre todo soñó con el modelo de barro de la nodriza, que acababa cobrando vida y alzando su dulce mirada hacia él. Su rostro se convertía entonces en el de su Dolors, quien, esbozando la mejor de las sonrisas, le decía: «Lluís, hijo, saldrás adelante».

El mes de junio dio paso a un julio bastante caluroso y en el taller de Arnau todo el mundo trabajaba con ahínco de sol a sol para poder cumplir con los encargos de gran envergadura. Había una figura de yeso que representaba a un hombre, un antiguo conde de Barcelona, que hacía poco se había desmoldado. Lo siguiente sería convertirla en escultura de piedra, que un ayudante desbastaría y en la que acto seguido intervendría el tallista. El maestro, dependiendo del modelo, se serviría luego del escarpín, del cincel o simplemente le daría los últimos retoques con las escofinas. El conde de Barcelona, convertido en estatua de piedra, viajaría entonces hasta su destino final, que no era otro que la fachada del pabellón de administración del futuro Hospital de Sant Pau.

Lluís se movía ya por el taller de escultura con la soltura de quien vive y trabaja ahí desde siempre. Tenía los utensilios bien ordenados, los caballetes limpios y el suelo barrido cuando por la mañana llegaban los ayudantes. Se había hecho un lugar en aquel taller, se había ganado la simpatía de algunos de los aprendices del maestro, que, de cuando en cuando, charlaban con él y no dudaban en dar respuesta a todo lo que les preguntaba acerca de su trabajo. Incluso había un par de ellos que, en ciertas ocasiones, le permitían quedarse a su lado mientras iban explicándole la técnica que utilizaban en cada modelo y en cada momento del proceso escultórico. Lluís escuchaba con mucha atención, lo observaba todo, mientras el maestro Arnau lo vigilaba con ojo discreto, percibiendo que el muchacho aprendía más rápido que ningún otro. Ahora ya contemplaba de cerca cómo el ayudante aventajado preparaba el yeso y armazones para un brazo o una pierna. Asistió a la rotura del molde del conde de Barcelona y se sintió especialmente orgulloso de ello. A veces, al reciclar el barro que sobraba, el maestro le permitía hacer uso de él para modelar algún busto. No se trataba de ningún encargo, por descontado, sino que se limitaba a copiar todo aquello que en el taller se trabajaba o bien interpretaba bocetos que el maestro Arnau había hecho. Formaba parte, tal como al maestro le gustaba decir, del proceso de formación de Lluís como escultor. Eusebi Arnau no tenía ninguna duda de que aquel joven al que había acogido en su taller llegaría a convertirse algún día en un artista de verdad.

Era viernes a media mañana cuando el maestro Arnau llegó al taller. Repasó las tareas de cada uno y le dio a cada aprendiz las indicaciones oportunas. Después, llamó a Lluís, que, justo en aquel momento, ayudaba a llenar un molde con una capa de yeso líquido.

—Hoy me acompañarás a una visita de obras —le anunció—. Venga, date prisa, que nos vamos.

Lluís abrió los grandes ojos negros todavía con las manos en alto goteando yeso. Ni siquiera preguntó adónde iban, sino que salió disparado a lavarse hasta los codos y a colgar su bata. Tan pronto como estuvo listo, corrió hacia la puerta donde el maestro estaba esperándolo mientras charlaba con el aprendiz avanzado acerca de la figura del conde de Barcelona. El tiempo apremiaba para la entrega, pero las cosas en el taller de Arnau se hacían como era debido. Cada pieza que salía de allí la estudiaba al milímetro un maestro exigente que si contaba con la confianza de los grandes arquitectos, con el reconocimiento de los más entendidos y si recibía los encargos más importantes era gracias a su incansable y exigente trabajo. Al ver aproximarse al muchacho, informó a su ayudante:

—Me lo llevo a la obra del hospital, vamos a ver a don Lluís.

Avanzaron por la ciudad en un carruaje alquilado mientras el maestro Arnau le hablaba por primera vez del futuro Hospital de Sant Pau.

—Verás que ahora, a su alrededor, todo son campos —le indicó—, pero algún día no muy lejano la ciudad casi llegará hasta allí, con sus calles, sus comercios y los edificios de viviendas. ¿Has oído hablar alguna vez de Ildefons Cerdà?

Tal como el maestro imaginó, el muchacho negó con la cabeza. Él le contó:

—Años atrás, hubo un ingeniero que diseñó un plan para urbanizar la ciudad de Barcelona, que, desde que derribaron las murallas, no ha hecho más que crecer. Ideó una especie de cuadrícula en la que había manzanas enteras de viviendas ordenadas a la perfección. Es un plan ambicioso que hace años que se construye. Cerdà murió hace ya tiempo y hoy su plan lo continúan otros. No voy a ocultarte que hay quien respalda este plan y hay quien siempre lo ha criticado por encontrarlo monótono y aburrido. En fin, sin entrar en debates, allí donde ahora se construye el futuro Hospital de Sant Pau es donde acaba el plan del Ensanche, así lo llaman, y, por tanto, a pesar de que el recinto hospitalario ya queda fuera, habrá casas y calles y tiendas justo hasta ahí arriba. Para entonces, el hospital ya no parecerá estar tan lejos de la ciudad como ahora. ¡Verás que el solar en el que trabaja don Lluís es enorme! Y lo será más aún si algún día consiguen volver a ponerse de acuerdo los que construyen Sant Pau y la Santa Creu. ¿Te he contado alguna vez que el proyecto total del arquitecto también incluye los pabellones de la Santa Creu? Serían dos hospitales en uno, cuya administración diaria dependería de la Santa Creu, aunque esto está muy complicado por ahora.

Lluís escuchaba con atención al maestro, que no tenía por costumbre hablar tanto como ese día. Hasta entonces, el muchacho solo lo había visto en el taller, de donde él apenas había salido desde su llegada. El señor Arnau hablaba y Lluís escuchaba todas esas historias sin quitar ojo al caballo que tiraba del coche. Era soberbio, de pelo castaño y reluciente. A cada movimiento se reflejaba la anatomía del animal, cada músculo cobraba vida propia. Lluís decidió que, por la noche, cuando estuviese solo, intentaría hacer unos bocetos.

—El proyecto entero lo forman cuarenta y ocho pabellones —decía el maestro— y hay una gran avenida que cruza todo el recinto de arriba abajo. También existen dos avenidas transversales y jardines en torno a cada pabellón.

Para cada enfermería, un pabellón, y en el centro mismo de la avenida principal, el pabellón donde los cirujanos harán las operaciones, todo ello comunicado bajo tierra por medio de unos túneles. Don Lluís habla de este proyecto como si fuera una ciudad jardín, una especie de ciudad hospitalaria justo al lado de la misma ciudad, con sus propias calles y todos los servicios necesarios. Afirma que, una vez construido todo el conjunto, habrá capacidad para un millar de enfermos. ¿Puedes imaginarlo?

Las calles adoquinadas y los edificios de viviendas fueron quedando atrás, ya solo divisaban campos, alguna masía aquí y allá. El terreno subía empinado y el caballo iba cada vez más forzado. Tras un breve silencio, el maestro Arnau levantó un dedo para señalar en un punto lejano:

—¿Lo ves? ¿Distingues ese edificio en construcción?

—Sí, señor —respondió Lluís.

—Es el edificio de entrada: el pabellón de administración. Es el primero con el que te encuentras al llegar al recinto. En el piso superior es donde van a colocar nuestra escultura de piedra, Lluís, el modelo que desmoldamos en el taller —le explicó al chico, que fijaba los ojos negros ahí donde él señalaba. Casi podía imaginarlo ya.

El carruaje subió cuesta arriba hasta la entrada misma del futuro hospital. Ese aire grandioso que ya se intuía en el pabellón de la administración daba la bienvenida al visitante. Constaba de un cuerpo central ya edificado y de unos laterales que empezaban a levantar sus muros, de momento hasta el primer piso. Había albañiles y picapedreros trajinando por todos lados, y al bajar del carruaje maestro y alumno se encaminaron directamente al vestíbulo principal. Allí, bajo unos arcos ya dispuestos, la figura de un hombre de cabello y bigote blancos se recortaba en la penumbra. Vestía un traje oscuro y llevaba un elegante sombrero. Parecía mayor que el maestro Arnau, y Lluís se fijó en su apariencia tranquila y distinguida. Sostenía unos planos enrollados bajo el brazo y alzaba la vista hacia los arcos, contemplando detenidamente cada detalle. Al oír pasos en el vestíbulo, se volvió hacia ellos y entonces saludó efusivamente al maestro Arnau. El escultor le dijo a su discípulo:

—Es el arquitecto, don Lluís.

Domènech i Montaner y el señor Arnau estuvieron charlando un buen rato a cubierto de ese sol de mediodía que empapaba de sudor las camisas de los trabajadores. Comentaban las últimas notas sobre las esculturas que el arquitecto le había enviado al escultor. No les costaba nada entenderse, puesto que ambos artistas trabajaban juntos desde hacía años. Don Lluís había saludado al muchacho alzando las pobladas cejas, casi seguro acostumbrado a ver al maestro Arnau con alguno de sus ayudantes, y desde entonces se había sumido en la conversación con su colaborador sin prestar más atención a ese joven que tenía su mismo nombre. El aprendiz de escultor miraba ora al maestro ora al arquitecto, tratando de captar el significado de todo lo que discutían, mientras de reojo les lanzaba miradas a los hombres que picaban la piedra, remozaban paredes o portaban en carretas todo tipo de cosas bajo un sol de justicia. Una vez terminadas las especificaciones escultóricas por las cuales se habían citado allá, don Lluís le propuso a Eusebi Arnau que se adentraran un poco en lo que sería la gran avenida central.

—Sufrimos las inclemencias del invierno, lo que nos ha hecho perder días enteros de trabajo en la obra —se lamentó—. Por suerte, en primavera hemos podido trabajar a buen ritmo y todo va avanzando.

Los tres caminaron por esa futura gran avenida. El arquitecto le señalaba zonas al escultor, marcaba la situación exacta donde iría cada pabellón y especificaba el momento concreto en el que se hallaban las obras.

—Los pabellones de la derecha, es decir, los del este —explicaba don Lluís—, están destinados a los hombres, como recordará, mientras que los del lado oeste serán para las enfermas. En el primer pabellón masculino, calculo que a finales de mes colocaremos ya los trabajos en hierro, y en el segundo pabellón del este tengo a unos cuantos hombres terminando las paredes de la planta baja y trabajando en las vueltas.

Prosiguieron el camino a paso lento, avanzando por el terreno, que subía considerablemente. Don Lluís seguía con sus explicaciones mientras el señor Arnau asentía con la cabeza y el muchacho andaba un paso por detrás de ellos abarcándolo todo con mirada curiosa.

—… levantamos ya los muros de los cuatro pabellones de enfermas y en alguno tenemos ya los arcos construidos, como en ese de ahí —dijo señalando—. Trabajamos en ciertos revestimientos en la planta baja. Fíjese, Arnau: ¿ve la casa de operaciones delante de nosotros?

—Caray, don Lluís —apreció el escultor—. Si ya deben de tener unos cuatro metros de altura esas paredes. Sí que van a buen ritmo, señor.

Domènech detuvo los pasos para indicarle lo que habría más allá, en la cima de la colina y en los laterales, como el gran pabellón central, que en realidad estaría compuesto por tres cuerpos comunicados por medio de galerías elevadas que acogerían el convento de las hermanas hospitalarias, las cocinas y la farmacia. Más arriba se encontraba el lugar donde el arquitecto situaría a los enfermos infecciosos, que quedarían así debidamente separados, tal como los higienistas dictaban, del resto de los enfermos. Habría pabellones para los tísicos, para los pacientes con viruela, sífilis, tifus… del mismo modo que habría un hospital de niños y unos pabellones, asimismo separados, para los que sufrieran de escarlatina, sarampión o difteria. Todo parecía previsto en aquella gran ciudad hospitalaria que don Lluís construía con la ayuda de todo su equipo de trabajo: arquitectos, delineantes, escultores, picapedreros, ceramistas, pintores, mosaiquistas, vidrieros, forjadores y un amplio abanico de maestros artesanos de todas las disciplinas, que iban a hacer realidad todo lo que el director de aquella orquesta tenía en mente. Tardarían años todavía, pero él esperaba poder verlo terminado. Por el momento, trabajaban con el dinero del banquero Gil, periódica y escrupulosamente liquidado por don Leopoldo Gil, albacea y sobrino del fallecido mecenas, pero todo el mundo tenía los ojos puestos en la reconciliación de los de Sant Pau y los de la Santa Creu, porque solo si lograban resolver sus disputas se haría realidad el sueño de ambos hospitales.

1910

Primeros días de otoño

Era su primer día en la Facultad de Medicina. Padre le había ordenado a Antonio que llevara al señorito Llorenç en el carruaje, puesto que él, esa mañana, no iba a necesitarlo. El cochero de la familia condujo el caballo negro rambla de Catalunya arriba hasta la calle Provenza y, desde allí, en línea recta hasta la calle Casanova. El conjunto arquitectónico que acogía la Facultad de Medicina y el Hospital Clínic, donde los estudiantes hacían sus prácticas, se hallaba rodeado de grandes solares, donde, poco a poco, iban construyéndose otros edificios. Las calles de esa parte nueva de la ciudad ya estaban bien definidas en la cuadrícula propia del Plan del Ensanche; los árboles, plantados en disposición geométrica, marcaban el perímetro y, gracias a la facultad y al nuevo hospital, el barrio iba configurándose y adquiriendo vida poco a poco. El Clínic llevaba cinco años funcionando y por sus pasillos, sus aulas, anfiteatros operatorios y salas de enfermos circulaba a diario un verdadero ejército de hombres de ciencia, pioneros de una medicina que desde el comienzo del siglo se hallaba en plena expansión. Los centenares de aspirantes a doctor que llenaban las aulas cada principio de otoño seguían, observaban y emulaban a aquellos hombres, que hacían de su clínica la mejor cátedra.

La entrada principal de la facultad, en la calle Casanova, consistía en una escalinata de piedra justo en el centro de la fachada, que subía hasta el pórtico de imponentes columnas, capaces de hacer titubear al estudiante de primer curso. Si el estudiante alzaba la vista, podía apreciar el frontón de medialuna que remataba el pórtico, donde un altorrelieve representaba a distintos personajes del mundo de la medicina y acababa así de redondear el poderoso efecto. A ambos lados del edificio de la facultad se encontraban los pabellones de los enfermos, dispuestos en formación paralela a la fachada, hasta cinco a cada lado, los de los hombres y los de las mujeres.

La mayoría de los alumnos de medicina accedían al recinto por las dos puertas laterales, así que Llorenç se decidió por una de ellas.

—Ya puedes irte, Antonio —le dijo al cochero en tono impaciente, deseoso de no llamar la atención por culpa del ostentoso carruaje de padre. Cruzó el umbral de la puerta y accedió al vestíbulo, donde se mezcló rápido con el hormiguero de estudiantes que avanzaban por el corredor lateral. Al fondo había un patio cuadrado, porticado, que daba cierta amplitud de espacio entre tanta gente. Oyó a un chico a su lado que le daba indicaciones sobre la distribución de las aulas a un grupo de nuevos estudiantes; se veía con claridad que él era de tercero o cuarto curso:

—Histología, higiene, medicina legal, patología médica y quirúrgica. Las salas de disección de primero y segundo curso también se encuentran en la planta baja —les contaba con cierto aire de suficiencia, como el que hace un verdadero esfuerzo por ayudar al principiante—. También está la morgue, el depósito de cadáveres del hospital.

Llorenç sintió que un escalofrío le recorría el cuerpo. Se sumó al grupo de estudiantes para preguntar por el aula de anatomía, y el veterano le respondió con un simple movimiento de cabeza.

—Allí —le indicó, apuntando hacia la parte derecha del patio.

Llorenç le dio las gracias en un leve murmullo y se alejó del grupo en dirección a su primera clase. Nada más acceder al aula, se dio cuenta de lo angustiosamente llena que estaba. En forma de anfiteatro, los bancos de madera destinados a los alumnos subían hacia arriba formando un semicírculo. Permaneció unos instantes de pie en la entrada, indeciso, sin saber si pasar por delante de los primeros bancos hasta los peldaños del pasillo central y entonces subir hasta las últimas filas o bien tratar de buscar algún hueco más cerca y evitar que todos lo vieran. Apenas le quedaba tiempo antes de que el profesor llegase y la clase empezara. Mientras tanto, el ruido producido por los alumnos era ensordecedor, seguramente por la excitación del primer día. Estaba a punto de cruzar el aula, pues no veía ningún hueco en los laterales, cuando vio a un chico en la tercera fila del lado izquierdo que le hacía gestos con ambas manos. Llorenç miró a su espalda, porque no conocía de nada a ese joven, aunque él siguió haciéndole señas como diciéndole «sí, es a ti a quien me refiero». Así pues, subió por el lateral izquierdo hasta llegar al tercer banco. El chico se hizo a un lado para dejarle espacio.

—Aquí hay sitio para uno más —le dijo, resuelto.

—¿Nos conocemos? —le preguntó el joven Rovira.

—De nada —le respondió el estudiante con una sonrisa.

—Pues muchas gracias. —Llorenç le tendió la mano un poco indeciso y se presentó. El joven le correspondió enseguida con un enérgico apretón de manos.

—Marcel Riera —dijo—. Emocionante, ¿verdad?

Llorenç, al principio, no lo entendió, ya que emoción no era exactamente lo que sentía en el estómago, sino más bien un nudo asfixiante resultado de la evidencia de que su padre, al final, había triunfado. Se encontraba ahí, con su título de bachiller y empezando el primer curso de medicina, tal como padre siempre había imaginado, con toda seguridad desde el día en que nació. En casa de los Rovira jamás se había llegado a discutir, los deseos de padre acostumbraban a imponerse con naturalidad ante un hijo que rehuía cualquier tipo de confrontación. Padre dictaba y Llorenç obedecía; así eran las cosas desde que él tenía uso de razón y no iban a cambiar ahora que se había hecho mayor. Llorenç había desarrollado una fuerte capacidad de adaptación y jamás discutía por nada. Habituado a no tomar sus propias decisiones, asistía al curso de su vida y de sus estudios como un espectador de primera fila, atento, complaciente, inclinado a buscar el lado positivo, puesto que, de todos modos, se haría la voluntad de su padre. Tal vez pecaba de falta de carácter, aunque él siempre se decía que más bien se trataba de la firmeza de padre, un ser que siempre sabía justo lo que quería. Esto lo llevaba a obedecer sin reparos, ya que él, por sí mismo, tampoco tenía grandes ideas. Aun así, en aquel primer día de clase en la Facultad de Medicina, Llorenç sentía el vértigo de no saber dónde se había metido. A pesar de haber asumido desde pequeño una vocación heredada y en ningún momento deseada por él, ahora era consciente de que no podía echarse atrás. A punto de empezar su primera clase de anatomía, se dio cuenta de que acababa de poner los pies en el mismísimo abismo y ya nunca sabría salir de él.

El profesor hizo su entrada y, superando un pequeño tramo de escaleras, se instaló en la mesa que presidía el aula. Frente a sí, más alumnos de los que cabían con comodidad en ese espacio observaban cada movimiento mientras el silencio iba imponiéndose despacio. El profesor de anatomía no empezó su exposición de bienvenida hasta que no calló el último alumno. Sin apenas mirar hacia el auditorio, fijando la vista en un punto lejano al fondo del aula, ese hombre de aspecto modesto, pero de voz sorprendentemente profunda, adoptó un tono

mecánico, desprovisto de toda pomposidad ni sentimiento, para describir los objetivos de la asignatura, así
como los contenidos que trabajarían a lo largo del curso
académico.

—Con el estudio de la organización anatómica del
cuerpo humano como objetivo primordial... —Llorenç
escuchaba desde la tercera fila procurando retener el significado completo de lo que el profesor decía, sin librarse
del nudo en el estómago.

—... lecciones teóricas que incluyen una previa intro-
ducción a la anatomía, conceptos básicos, generalidades
del sistema esquelético y articular, seguido del estudio del
sistema muscular, vascular y nervioso... —Llorenç observó
por el rabillo del ojo al compañero Riera, que con tanta
amabilidad le había facilitado un sitio a su lado, y percibió
el brillo en sus ojos, como si aquello que el profesor explicaba de manera tan neutra fuese de lo más fascinante.

Terminada la primera lección del día, los alumnos de
primero salieron del aula a respirar el aire fresco del patio.
Llorenç había bajado los peldaños del anfiteatro seguido
por Marcel Riera y, una vez en el exterior, el joven seguía
a su lado, como si fueran viejos amigos. Aquello lo turbó
un poco, pues no estaba acostumbrado a que los otros se
mantuviesen mucho tiempo a su lado. No era un hecho
habitual en la escuela, no creía que llegara a serlo a partir
de entonces en la facultad. Y, sin embargo, ahí estaba ese
chico, con su sonrisa encantadora de oreja a oreja. Como
Llorenç no sabía en absoluto qué decirle, esperó a que
fuera él quien hablara:

—¿Y bien? —dijo Marcel.

Llorenç se quedó mirándolo y él le preguntó:

—¿Qué te ha parecido la primera clase? ¿No lo encuentras todo muy excitante?

Ese Marcel no debía de estar muy cuerdo, se dijo Llorenç, aunque ya era tarde para alejarse de él.

—Hombre, tanto como excitante… —comenzó—. Más bien diría que me he hecho un lío con la cantidad de temas que trataremos.

—Y eso que solo son las lecciones teóricas —contestó el otro muy animado, como si no lo hubiera escuchado—. Me muero por empezar las prácticas de disección. ¿Te da asco? ¿Vienes de familia de médicos?

Llorenç se limitó a asentir con la cabeza y Marcel Riera continuó:

—Pues yo no. Soy el primero de mi familia. Mi abuelo fundó una fábrica textil y mi padre la heredó. Ahora la lleva mi hermano mayor, desde que mi padre falleció.

Llorenç trató de imaginarse cómo debía de ser aquello de no tener padre.

—… Así que yo he podido matricularme en medicina. ¡Me gustaría ser cirujano! —concluyó el muchacho.

Aquel primer día en la facultad el joven Rovira y su compañero se hicieron inseparables. Asistían a las mismas clases y se sentaban siempre juntos. Marcel era un joven muy sociable que servía de contrapunto a la timidez de su nuevo amigo. Su entusiasmo por todo lo que se refería a la ciencia, al cuerpo humano, a las enfermedades, a los nuevos inventos que aparecían en las revistas médicas y que él comentaba en el patio de la facultad, como si fuese ya doctor, produjeron un efecto muy positivo en Llorenç, que, poco a poco, fue sustituyendo su temor inicial hacia la medicina por un creciente interés analítico. Al menos la parte teórica era un mundo interesante por descubrir. No le ocurría lo mismo con la parte práctica, no obstante. Los alumnos de primer curso hacían vida en la facultad, casi siempre alejados del hospital, donde sí se movían los estudiantes a partir de tercer curso. Por el momento, los enfermos, a excepción de alguna visita a un servicio y de ciertas demostraciones prácticas que algún profesor hacía en clase llevándoles un «ejemplo», es decir, un enfermo real, quedaban lejos de su vida diaria, pero los muertos eran otra cosa. En primer curso y todavía más en segundo de medicina, los estudiantes debían enfrentarse a los cadáveres que, tendidos encima de las trece mesas de las dos salas de disección de la facultad, mostraban sus carnes conservadas a base de formol. Tenían que aprenderse cada músculo, cada nervio, cada arteria y, sobre todo, asistir impasibles al proceso de degradación de la carne humana. Había alumnos, como el mismo Marcel, que lo llevaban la mar de bien, mientras que otros menos convencidos, como Rovira, sufrían en compungido silencio sin poder evitar una mueca de asco en los labios ante tan deprimente espectáculo. A medida que las disecciones formaban parte de la vida cotidiana del estudiante, algunos se relajaban de tal manera que surgían las bromas grotescas, las gamberradas con partes de un cuerpo que desaparecían, como por ejemplo una cabeza, o las posiciones indecorosas de algún pobre desgraciado que no hacían más que provocar el vómito en un ser tan sensible y refinado como Llorenç.

El primer trimestre, gracias a la amistad con Marcel Riera, transcurrió más rápido de lo que esperaba y casi sin darse cuenta se plantaron en vísperas de Navidad. Habría unos días de descanso que Llorenç pasaría en casa, rodeado de sus familiares. Había pensado en invitar a su nuevo amigo a alguna de las comidas o cenas más íntimas que se celebraban en casa, o tal vez a tomar café alguna tarde en que su madre no llenara el salón de visitas. Estudiaría el modo de que Marcel no coincidiera con su padre, para evitar que lo sometiese a un interrogatorio acerca del interés y las aptitudes que mostraba su hijo en la facultad. Marcel era lo único bueno que le había ocurrido en los últimos tiempos y, a pesar de desear con fervor que pasara a formar parte de su vida, que conociese su mundo más cotidiano, prefería presentarle a padre más adelante, no fuera que desaprobara a su amigo por no formar parte de ninguna familia médica y lo alejase de su lado.

—Mía, date prisa con esa caja, que quiero darle una sorpresa a mamá —le dijo Aurora Rovira, una rotunda belleza de diez años que era la alegría de todos los que vivían bajo su mismo techo.

María se subió a la silla y alargó el brazo hasta agarrar una caja de cartón del altillo que contenía las figuras del pesebre. Las había comprado el señor doctor en un viaje a Alemania y eran de un gusto exquisito, como pocas de las que se veían en la ciudad. Estaban pintadas en colores suaves y la Virgen María estaba arrodillada rogando por su hijo, con los pliegues de la ropa trabajados al detalle. San José, de pie y recostado un poco en su largo bastón, tenía una presencia solemne y una barba que casi parecía real. María bajó con mucho cuidado la caja y Aurora se la quitó de las manos para ponerla sobre la mesa. Abrió la tapa con gran ceremonia y, como por arte de magia, las figuritas fueron apareciendo entre las capas de papel fino que las protegía de un año a otro.

—Mía, ¿dónde está el niño Jesús? —Aurora lo removía todo con dedos inquietos en busca de la figura más pequeña y más preciada de toda la Navidad. María lo extrajo de un rincón de la caja y se lo entregó a la niña. Le dijo:

—Venga, ya puedes colocarlo en su sitio.

Aurora la miró radiante y el corazón de María, la sirvienta de los Rovira, dio un vuelco como cada vez que la pequeña de la casa le contagiaba la ilusión.

—Ya verás cuando mamá lo vea. Este año tenemos más pastores y montañas. Quedará precioso.

María contempló a Aurora mientras la niña iba disponiendo cada pieza en ese pesebre que, una vez listo, se dedicaría a mostrar uno por uno a los miembros de la familia y del servicio. Llorenç llevaba años sin colaborar en ello, pues ya se había hecho mayor y tenía otros asuntos de los que ocuparse, así que Aurora Rovira asumía dicha tarea, siempre con la ayuda de su querida María.

—¿Qué te parecen los pastores ahí arriba? ¿Quedarán bien? ¿O los ponemos aquí abajo, más a la izquierda, como si viniesen del río?

La pequeña preguntaba, pero la sirvienta no le contestaba porque sabía que ella acabaría decidiendo por sí misma dónde colocarlos. Aurora no era como su hermano; ella era vivaz, sorprendentemente lista y despierta para su edad, con firmes ideas acerca de todo y dotada de una habilidad especial para salirse siempre con la suya. María estaba convencida de que la niña conseguiría todo lo que se propusiese en la vida. No había nadie en la casa, ni siquiera la señora Eulalia, que conociera tan bien como ella a Aurora Rovira y, con toda probabilidad, tampoco había nadie que la quisiera tan incondicionalmente como lo hacía la hija de la cocinera. Lo había pasado muy mal cuando los señores mandaron a la niña al colegio. A ella le gustaban los tiempos de la institutriz francesa, cuando Aurora pasaba todo el día en casa y María podía disfrutar más de su compañía. Siempre andaba buscando ratos libres para hacerse cargo de la niña, para ver cómo dibujaba o cómo empezaba a tocar sus primeros instrumentos musicales. Pero, al entrar en el colegio, el tiempo que la niña Rovira pasaba en su hogar se redujo, así que María trataba de aprovechar al máximo las vacaciones escolares para estar con ella. Durante aquella Navidad, Aurora empezó a leerle en voz alta a su sirvienta. María la observaba maravillada, sin apenas moverse, absorta en las historias que le relataba con tanta agilidad como si se las supiese de memoria. A sus dieciocho años, María apenas sabía leer, lo justo para entender la lista de la compra, por esto se quedaba hechizada ante la gran aptitud que Aurora, con solo diez, había desarrollado ya tan bien. Un día la niña le pidió: «Hazlo tú». «¿El qué?», le preguntó María. «Leerme el cuento». Y entonces la sirvienta enrojeció. «No sé leer muy bien», le confesó. Y desde aquel día la niña Rovira se propuso, como si se tratara de un nuevo y excitante juego, enseñarle a leer de verdad. De modo que, en aquellas tardes de invierno, además de animales fantásticos e historias extraordinarias, María empezó a descubrir un nuevo mundo. También algunas veces, cuando la señora Eulalia no se daba cuenta, se dedicaba a escuchar a Aurora desde detrás de la puerta del salón mientras tocaba el piano en sus lecciones particulares. Entonces María sentía que el corazón le iba a estallar y le entraban unas ganas locas de llorar. Pensaba en los príncipes de los cuentos de Aurora, pensaba en ese niño que ya debía ser hombre, en Lluís, y se preguntaba qué pensaría de ella ahora si la viera convertida en una muchacha de dieciocho años. Dolors, su madre, solía dar término a aquella ensoñación apareciendo de repente de la nada y dándole un buen susto. «Hija —le decía en un susurro—, ¿qué haces ahí plantada? ¿No ves que hay trabajo en la cocina? ¡Ay, si la señora Eulalia te pilla espiando detrás de la puerta! ¡Ya sabes cómo es…». Y María seguía a su madre hasta la cocina, donde, a base de mucho esfuerzo, se le quitaban los sueños de la cabeza.

Entonces, la música maravillosa del piano y las historias leídas por la niña Rovira quedaban bien lejos de su realidad.

El maestro Arnau parecía otro desde que un año atrás conoció a la señorita Anna París gracias al encargo de unos familiares: el retrato de un muchacho fallecido prematuramente, hijo de la prima de Anna. Ese triste acontecimiento hizo que el maestro y la joven Anna se conocieran. La diferencia de edad era notable y tal vez por ello se veía al maestro tan rejuvenecido, y si antes apenas mencionaba nada de su vida privada, ahora deleitaba a Lluís, convertido en uno de sus más fieles y talentosos discípulos, con toda clase de detalles acerca de los lugares a los que iban o los viajes que querían hacer. En febrero, el maestro se casó en la iglesia de la Purísima Concepción y, por supuesto, invitó a Lluís, que se compró su primer traje. La ocasión lo merecía, porque el joven apreciaba mucho al maestro que le abrió la puerta a sus sueños como el mejor de los mentores. Ya no podía concebir su vida sin la escultura, sin su trabajo diario en el taller, sin los modelos que con regularidad salían de allí, en ocasiones, hechos con sus propias manos, que iban ganando en precisión y buen oficio; unos modelos que luego se convertían en esculturas de mármol, de piedra o de cualquier otro material. Los encargos para el Palau de la Música llevaban tiempo terminados y ahora se dedicaban de lleno, además de a otros trabajos puntuales que entraban en el taller, a acabar las esculturas de más de dos metros que, representando a ángeles o a figuras de santos, iban decorando los pabellones más adelantados del futuro Hospital de la Santa Creu y Sant Pau. Hacía un año que ambas partes había llegado a un acuerdo; a oídos de Lluís llegó, incluso, que el gobernador civil había tomado cartas en el asunto, por lo que, una vez acabados los pabellones de Sant Pau, estos se le entregarían a la Santa Creu para su mantenimiento, al tiempo que dicha institución empezaría a construir el resto de los pabellones. La Santa Creu administraría el hospital entero cuando este empezase a funcionar. De hecho, sabía por el maestro Arnau que don Lluís ya estaba trabajando en los planos de la Santa Creu y presupuestándolo todo. Así que Lluís, desde su ingreso en el taller del escultor, había asistido a los progresos de esa inmensa obra hospitalaria que el arquitecto Domènech dirigía con fina precisión. En las sucesivas visitas al recinto, había podido contemplar cómo se construía cada pabellón, cómo se levantaban poco a poco sus muros, cómo se confeccionaban las vueltas, cómo enrasaban las paredes y el modo en que aplicaban sobre ellas todo tipo de revestimientos de madera, de mármol, o la bellísima cerámica vidriada. Lluís, deseoso a todas horas de acompañar al maestro Arnau a la obra, quedaba siempre maravillado ante tal despliegue de oficios trabajando juntos: artistas y artesanos bajo la batuta de don Lluís. Le gustaba pensar que, en un día no muy lejano, esos pabellones que había visto levantar con sus propios ojos se llenarían de pacientes y de médicos que acudirían a trabajar a diario; que por sus salas y enfermerías circularían los hermanos y las hermanas que, en otros tiempos, cuando era pequeño, había visto a diario en el Hospital de la Santa Creu. De ningún modo había olvidado los días con su nodriza y con María en el patio del viejo hospital; las peleas con los otros chicos del barrio; las incursiones al corralito donde guardaban a los muertos. Y su nodriza, su Dolors, con el cesto colgado de un brazo saliendo de la cocina de la Santa Creu. Había aprendido a recordar sin dolor, pues ahora todo aquello le parecía otra vida.

Desde el taller de Eusebi Arnau, Lluís se había forjado un futuro que en absoluto podía imaginar cuando su nodriza lo dejó en la Casa de Caridad. Ahora sabía que nunca volvería a sentirse solo, porque tenía la escultura, una actividad que, además de darle comida y techo, llenaba su mente de nuevas ideas y proyectos de futuro. El maestro confiaba en él y lo había apuntado a clases nocturnas de dibujo en las que estaba aprendiendo mucha técnica. Algún día, se decía Lluís al volver de esas clases o bien al encontrarse en el taller con las manos metidas en el barro o en el yeso, ayudando a armar un ángel o practicando con el rostro de un santo, algún día tendré mi propio taller. Y dicho pensamiento no surgió de la nada, sino que cobró vida al conocer a alguien que el maestro le presentó, un antiguo discípulo suyo.

Sucedió antes de que el maestro emprendiera un largo viaje por varias ciudades de Europa. Se marchaba junto a su esposa y el maestro llevaba días dándole todo tipo de instrucciones a todo el mundo para que el taller siguiera funcionando durante su ausencia. Podían ir avanzando en la elaboración de ciertos modelos que, a su regreso, él acabaría de perfilar. Faltaban apenas dos días para su partida cuando se presentó en el taller un hombre joven; debía de rondar la treintena. Lluís se encontraba en un rincón del fondo donde había buena luz. Copiaba los bocetos que el maestro había hecho para la futura escultura en piedra que representaría a Santa Ana, destinada al pabellón de enfermas del lado de poniente del hospital. La voz profunda del maestro al saludar efusivamente a alguien no lo inmutó en absoluto, pues estaba habituado a ello. Porque en el taller de Eusebi Arnau entraba y salía gente a todas horas; las puertas estaban siempre abiertas a los amigos del maestro, a los clientes, a sus colaboradores, a antiguos ayudantes y a todo el abanico de protegidos que el maestro tenía. A veces acudían allí personajes de lo más estrambótico a quienes Arnau, en algún momento de su vida, había ayudado, además de las modelos que venían por horas, casi siempre muchachas gitanas, pues como decía el maestro, poseían un bonito cuerpo. Pero lo que sí le llamó la atención ese día fue el rumor de voces que fue subiendo a su alrededor. Los compañeros del taller murmuraban acerca del hombre que acababa de entrar. Entonces, Lluís afinó la vista, aunque apenas podía ver una silueta recortada a contraluz desde el lugar que ocupaba. Lo que vio fue la gran cordialidad con que el maestro recibía a dicha visita, así que les preguntó a sus compañeros de quién se trataba.

—Es Pablo Gargallo —le respondió Tomás, un ayudante de los más antiguos.

Aún sin haberlo visto nunca hasta entonces, Lluís sabía perfectamente quién era Pablo Gargallo. Sabía que había sido uno de los discípulos más importantes de Arnau; que, años atrás, cuando Lluís solo era un chiquillo más en la Casa de Caridad, Gargallo había entrado como aprendiz en el taller del maestro. También había oído hablar de sus estancias en París, donde, según contaban los compañeros, había vivido con otros artistas de aquí y de allá. Pintores, escultores, gente que experimentaba con nuevos materiales, probaba nuevas formas y composiciones, la mayoría muertos de hambre y apenas unos pocos que llegaban a ser alguien. Sabía que Gargallo había hecho ya un par de exposiciones individuales, todo el mundo hablaba de ello, la primera en la famosa Sala Parés de Barcelona, y que recibía encargos tan importantes como los de su propio maestro Arnau. Habían trabajado codo con codo en muchos proyectos, primero como maestro y discípulo, luego Gargallo desde su propio taller. En el Palau de la Música, Lluís había podido apreciar la obra del antiguo aprendiz; sobre todo recordaba aquellas valquirias del gran arco del proscenio, unas guerreras mitológicas, le explicó Arnau en su momento, que aparecían en la ópera del gran compositor Richard Wagner. Lluís sabía que ahora Gargallo también trabajaba para el arquitecto Domènech en algunas de las esculturas y relieves del Hospital de Sant Pau. Tenía tantas ganas de conocerlo en persona que dejó los bocetos de Santa Ana y se acercó a ellos. Arnau, entonces, le dijo a su antiguo discípulo:

—Mira, Pablo, este es el chico del que te hablé.

Lluís lo miró sorprendido, halagado por el hecho de que el maestro hubiera podido hablarle a alguien de él. Lleno de curiosidad por ese antiguo discípulo que iba forjándose un nombre propio, se dedicó a estudiarlo con detenimiento: bastante más bajo que él, Gargallo era de complexión fuerte, de espaldas anchas, uno de esos tipos característicos del norte de España. ¿De dónde le habían dicho que era? En cuanto intercambiaron un par de palabras, reconoció el mismo acento característico de un compañero de taller aragonés. Enseguida advirtió su mirada limpia, sencilla y experimentó una fuerte empatía hacia él. Gargallo le dijo, muy amable:

—Ya tenía ganas de conocerte.

Lluís le estrechó la mano:

—Señor Gargallo… —empezó. Pensaba en aquellas valquirias del Palau de la Música y en un par de fotografías de una exposición suya donde salían unos relieves de los vicios y virtudes hechos en piedra que le habían causado una honda impresión por su brutal expresividad.

Gargallo se dirigió al maestro Arnau para preguntarle:

—¿Sería posible ver alguno de sus trabajos?

—Por supuesto. —El maestro se dirigió a Lluís—: Ve a buscar tus dibujos, los últimos que has hecho en tus clases nocturnas. Vamos a sentarnos un rato allá dentro, en la habitación.

Ese cuarto en el que Lluís llevaba años durmiendo se convirtió ese día en escenario del inicio de una sincera amistad, de una relación que cambiaría la vida del aprendiz de escultor.

El maestro Arnau se marchó a Alemania, luego a Francia, Holanda, Bélgica y tal vez a algún otro lugar. Durante el tiempo que estuvo ausente, el ritmo de trabajo en el taller disminuyó y Lluís pudo disponer de tiempo libre para moverse con libertad por la ciudad. Tenía dieciocho años, acababa de conocer al escultor Gargallo y así como hasta entonces el maestro Arnau había sido su gran mentor, su único referente en ese mundo apasionante de la escultura, ahora percibía que a través de Pablo podía aprender cosas nuevas y diferentes. Él no solo le abrió las puertas de su taller y de su casa, pues llevaba un tiempo viviendo de nuevo en Barcelona, sino que además le presentó a sus hermanos, a sus amigos y a un tipo de gente que nunca antes había conocido, personas que vivían del arte y para el arte, jóvenes que buscaban su propio camino alejándose de lo más tradicional, que experimentaban con nuevas formas de expresión, que charlaban sobre música, escultura, poesía y que dibujaban en un trozo de papel o llenaban libretas enteras mientras mantenían encendidos debates acerca del camino que debía seguir el arte. En cierta ocasión, Pablo le pidió que lo acompañara a un café donde había quedado con un amigo íntimo, un pintor llamado Pablo, como él. «Tenemos la misma edad y los dos vinimos a vivir a Barcelona cuando éramos unos chiquillos, a raíz del trabajo de nuestros padres –le contó–. ¿Alguna vez te he hablado de Maella, el lugar donde nací? Mi padre conducía una diligencia y recuerdo a la perfección levantarme cada mañana muy temprano para ayudarlo a lavar los caballos. ¡Qué frío hacía! Mi madre me daba una rebanada de pan con ajo y aceite. A mis padres no les iba muy bien, así que nos vinimos a Barcelona, que es donde vivía el tío Fidel. Yo tenía siete años, Lluís. Mi padre encontró trabajo en el cuerpo de bomberos del Liceu y mis hermanos y yo ganamos nuestros primeros céntimos trabajando en el coro del teatro. Pablo, este amigo a quien quiero presentarte, es andaluz y también se vino a Barcelona con sus padres, un poco más tarde que nosotros. Nos hicimos muy amigos en la taberna Els Quatre Gats. ¿Has oído hablar de ella? ¡Qué lástima que no pueda llevarte ahí! Su propietario, Pere Romeu, tuvo que cerrarla porque estaba hasta el gorro de deudas de tanto artista que no le pagaba. No han existido muchos hombres como Romeu. Por desgracia, murió. Íbamos muy a menudo con Pablo, allí conocimos a muchos artistas. Nosotros éramos los más jovencitos, pero ahí estaban los pintores Ramón

Casas y Santiago Rusiñol. ¡Qué tertulias se organizaban en Els Quatre Gats! Pablo llegó a exponer sus dibujos en esas paredes por primera vez. Te presentaré a mi amigo, ahora él es un gran pintor. Vive en París, aunque viene a menudo a Barcelona. En cuanto veas sus últimos trabajos, tu vida ya nunca será la misma, ¡te lo aseguro! Los tiempos están cambiando, el arte se encuentra en plena revolución y Picasso, este es su apellido, tendrá mucho que ver en ello.»

A través de las explicaciones de Gargallo, Lluís descubría esos días un mundo que no había tenido a su alcance. Encerrado en el taller de Arnau desde que lo sacaron de la Caridad, atareado y absorto en el oficio que había aprendido junto al maestro, no se había dado cuenta de que fuera existía más mundo todavía, más arte. Todo aquello empezaba a despertar ante sus ojos. Descubría, en esos días de 1910, que le quedaba mucho por aprender, que había un montón de nuevos materiales que él no había visto trabajar nunca, materiales con los que escultores como Pablo Gargallo se dedicaban a experimentar casi a escondidas en sus pequeños talleres, más modestos que el del maestro Arnau, pero no por ello menos importantes. Su nuevo amigo, con quien estableció de inmediato un fuerte vínculo afectivo que duraría años, muchos años, le mostró algunos de sus trabajos en pequeño formato, unas pruebas realizadas con trozos de chapa de cobre que él modelaba y segmentaba para configurar máscaras. Había una en concreto que tenía un mechón de pelo rizado sobre una amplia frente. ¿Cómo era posible dar semejante plasticidad a unos cabellos hechos de metal? Lluís había visto trabajar a herreros y forjadores en la obra del hospital, pero nunca antes había pensado que dicho metal pudiera tener un uso como el que estaba dándole Gargallo. Aquello iba a ser una revolución, estaba seguro. Pablo le decía que aún estaba empezando a descubrir las posibilidades plásticas de ese tipo de materiales. Si bien él había empezado a trabajarlos, harían falta muchas pruebas, mucho trabajo que debería ir combinando con sus encargos más clásicos, aquellos que por el momento le daban de comer. «Llegará el día –le decía Gargallo a un Lluís deseoso de absorberlo todo de su nuevo amigo–, en que la escultura estará regida por nuevas normas, igual que está ocurriendo con la pintura. Te recomiendo que hagas como yo, Lluís: observa mucho, aprende todo lo que puedas de tus maestros y luego experimenta hasta encontrar tu camino en la escultura. Créeme, Lluís, tienes talento; no lo malgastes solamente con encargos. Busca tu propio camino en el arte.»

En casa de los Rovira la Navidad había sido tan intensa como cada año. Dolors tuvo que cocinar para un ejército de amigos y familiares de los señores, porque a la señora Eulalia le gustaba llenar la casa de invitados. Las sirvientas comentaban con cierta malicia que, de ese modo, la señora recibía al menos el afecto de sus tías y de sus amigas, ya que el señor no le hacía ningún caso. A Dolors le disgustaba oír ese tipo de comentarios. A pesar de que era cierto que el señor doctor no parecía sentir más que irritación por su esposa, la cual sufría en silencio los constantes desaires que, sin miramientos, él le hacía ante cualquier persona del servicio, había llegado a apreciar a aquella mujer torturada por dentro, delicada por fuera, que sufría una soledad que, salvando las distancias, la cocinera podía entender a la perfección.

De modo que, a pesar de lo agotada que acababa aquellos días después de las fiestas, cada vez que alguien entraba en la cocina bromeando acerca de la señora y el señor, sobre si se habrían metido en la cama alguna vez desde el nacimiento de la niña Rovira, especulando acerca de las posibles amantes del señor, Dolors sacaba pecho y les gritaba contundente:

—¡Basta! En mi cocina no se critica a los señores.

Todo esto rumiaba Dolors aquella mañana del mes de enero que había empezado con tanto frío. No sabía decir qué le ocurría, pero no se encontraba nada bien. La cena del día anterior le había sentado mal y se había pasado la noche entera removiéndose en la cama. De nada habían servido las dos mantas gruesas que se puso encima; el frío la había calado hasta los huesos. Por la mañana, al ver los primeros rayos de luz filtrarse por la ventana, le pareció que no había dormido en absoluto. Metida aún en aquel letargo, se había levantado de la cama con movimientos mecánicos y conocidos: los pies buscaron sus zapatillas, el brazo agarró la bata de lana de la silla cercana y se la ajustó con precisión. Mientras se aseaba y luego vestía, la sensación de malestar no mejoró. «Me hago vieja», se dijo ante el espejo. Las tareas de cada mañana se le hicieron cuesta arriba. Había que hacer la lista de la compra; faltaban patatas, col, verduras para el caldo y también carne, iba pensando. La despensa se había vaciado considerablemente tras los ágapes navideños y ahora tocaba llenarla de nuevo y volver a la rutina diaria. «Qué frío hace hoy, tengo las piernas hinchadas», se dijo. Dolors se frotaba las manos y encogía un poco el cuerpo a causa de los escalofríos que le sobrevenían.

María volvía de las habitaciones de la familia y entró en la cocina. Empezó a charlar con su madre acerca de la niña Rovira, que justo ese día volvía al colegio.

—Voy a echarla de menos, mamá, después de todos estos días. Parece mentira cómo cambia la casa cuando ella no está. Todo está silencioso y triste. Tendrías que haberla visto ayer por la tarde con las tías de la señora Eulalia: ¡un ángel, mamá, esto es lo que parece cada vez que toca el piano para ellas! Y tan señorita como está. Se hace mayor.

Todo el día va detrás del señorito Llorenç preguntándole cosas acerca de la Facultad de Medicina. Él se la quita de encima, pero yo creo que se siente halagado. ¿Verdad que es graciosa Aurora?

Dolors estaba atareada con las cazuelas y no parecía prestarle mucha atención. Se había propuesto cambiar las ollas de sitio para tenerlas más cerca de los fogones, en otro estante, y en esos momentos iba moviéndolas de una en una. De repente, se le escapó una de las manos y cayó al suelo haciendo un ruido estrepitoso.

—¿Se puede saber qué haces, mamá? —le dijo María llevándose las manos a la cabeza.

Entonces vio a su madre a punto de desfallecer y, con un rápido movimiento, la sostuvo por debajo del brazo.

—¿Te encuentras bien? ¿Qué te pasa, mamá?

Dolors se dejó llevar por su hija hasta la mesa donde comía el servicio. Tomó asiento mientras la muchacha le hacía preguntas que ella solo escuchaba como una música de fondo. Sentía un fuerte dolor en el pecho. Solo necesito reposar un momento, ya pasará. Ha sido la mala noche, la cena de ayer.

—Hoy no estoy fina, hija —le dijo llevándose los dedos a las sienes. Tenía el rostro empapado en sudor, a pesar del frío que sentía por dentro.

—Has dormido mal, ¿verdad? —le dijo María—. Te he oído moverte de un lado para otro toda la noche.

—¿Así que tú tampoco dormías? ¡Pues buenas estamos! —bromeó la madre ante el rostro preocupado de la hija.

En ese momento entraron en la cocina Carmen y Rosa, las dos jóvenes sirvientas que había en la casa además de María. Cargaban con un fajo de sábanas sucias e iban charlando.

—Las últimas para lavar —decía Carmen, la más espabilada—. Los dormitorios de los invitados ya están todos limpios, y las sábanas de la niña Rovira son las últimas que quedaban por cambiar. Uf, qué ganas tenía de que se terminaran las fiestas. Por fin volveremos a la normalidad.

Al ver a la cocinera sentada a la mesa y darse cuenta, a continuación, de los restos de la olla rota esparcidos por todo el suelo, Carmen exclamó:

—¡Virgen santa! ¿Qué ha pasado?

María le hizo un gesto para que bajase el tono. Les contó que su madre había pasado muy mala noche y que ahora estaba un poco mareada.

—No es nada —le quitó importancia Dolors ante las tres jovencitas. La hacían sentir más vieja de lo que era con tales miramientos. Rosa comentó que tenía mala cara; Carmen añadió que estaba muy pálida, demasiado. María le puso la mano en la frente y dijo:

—¡Mamá! ¡Pero si estás helada! ¿Estás temblando? Ahora mismo te metes en la cama.

No le dejaron hacer ni decir nada más. Las tres muchachas se repartieron las tareas de la cocinera y la mandaron de vuelta a la cama. En cierto modo era como la madre de todas, la mayor del servicio. A pesar de que las sirvientas cambiaban con frecuencia en casa de los señores Rovira, la cocinera y su hija llevaban muchos años viviendo allí. Dominaban ese pequeño reino del servicio y lo habían convertido en su propio hogar. La señora Eulalia era una mujer difícil, con constantes cambios de humor. Las sirvientas entraban y salían de aquella casa, pero Dolors y su hija María se habían hecho con su espacio. Si al señor le gustaba cómo cocinaba la madre, a la señora Eulalia le encantaba cómo la hija cuidaba de Aurora. La chiquilla tenía tanta energía que a menudo la fatigaba en exceso, y María siempre estaba ahí dispuesta a llevársela y distraerla un rato, lo cual le evitaba rabietas y muchos dolores de cabeza.

La mañana avanzaba y Dolors no hacía más que empeorar. Le habían puesto un par de gruesas mantas por encima, pero seguía con la piel fría. ¡Y sudaba! Debía de haber transcurrido una hora desde que había vuelto a la cama cuando llamó a su hija. Al tenerla cerca, le confesó en un leve murmullo, para que las demás no la oyesen:

—Tengo un dolor en el pecho que se me expande por todo el brazo. —Miraba a María asustada, tan poco acostumbrada como estaba a no poder ni levantarse. La voz sonó aún más débil al pedirle—: Podrías avisar a la señora... Tal vez el señor doctor todavía no se haya ido y pueda verme...

María se alarmó. Que su madre le pidiera que llamara al señor doctor era mal asunto. Le preguntó:

—¿Tan mal te encuentras, mamá?

La intensidad de su mirada le dio la respuesta y María se llevó una mano al pecho. ¿Qué te ocurre, mamá? La chica salió disparada y llamó a Carmen, que en ese momento cargaba con el desayuno de los señores.

—Deja esto y quédate un momento con mi madre, por favor. Tengo que avisar a la señora Eulalia —dijo María.

La encontró sentada a la mesa del comedor. Sola. Trató de explicarle la situación de la manera más rápida y concisa, evitó echarse a llorar mientras buscaba con la mirada cualquier señal de que el doctor no se hubiera marchado al hospital. La señora Eulalia reaccionó deprisa: tocó la campanilla y entonces apareció Rosa.

—Ve a ver si el señor todavía no ha salido —se dirigió a María y, en tono contundente, le ordenó—: Vuelve al lado de tu madre y espera a que venga el señor. Él sabrá qué hacer.

María obedeció y regresó a su habitación. Se fijó en que Carmen le había puesto un trapo húmedo en la frente en un intento de aliviar su malestar. En ese momento, Dolors parecía un poco más relajada. Estaba muy quieta, como si quisiese dormir, pero al acercarse María sacó una mano de las sábanas y la mandó sentarse a su lado. Carmen se fue y las dejó solas.

—Abre el cajón de mi mesilla de noche, hija —le dijo en un leve murmullo.

María abrió el cajón y entonces Dolors le hizo sacar una caja de madera que había al fondo. La muchacha había visto mil veces esa caja, sabía que dentro su madre guardaba algún dinero ahorrado durante aquellos años de trabajo en casa de los Rovira. Con la caja en el regazo le preguntó a su madre:

—¿Qué quieres que haga?

—Ábrela, hija —le respondió.

María lo hizo y entonces Dolors trató de incorporarse un poco, aunque, al hacerlo, su rostro se convirtió en una mueca de dolor. Se frotó el pecho y se agarró el brazo izquierdo con la otra mano. María la riñó:

—Mamá, no hagas ningún esfuerzo hasta que llegue el doctor. —Lanzó una rápida mirada hacia la puerta de la habitación por si ya venía, visiblemente angustiada—. ¿Por qué tarda tanto?

Dolors parecía no oírla y centraba toda su atención en la caja de madera ahora abierta. Le dijo:

—María, ¿ves el sobre marrón? Sácalo.

Ella obedeció un poco exasperada. ¿Por qué no aparecía ya el doctor? ¿Dónde estaba todo el mundo? Del fondo de la caja extrajo a regañadientes el sobre marrón y, tal como le indicó su madre, lo abrió. Dentro había unos cuantos billetes y también una fotografía. Se quedó un instante contemplándola. En ella aparecía un niño que se parecía muchísimo a Lluís, su Lluís, justo de la edad a la que los separaron. El corazón le dio un vuelco.

—¿Quién es? —le preguntó a su madre. Pese a la gran similitud, ni las ropas ni el peinado se correspondían con los de su hermano de leche.

—Tiene que ser el padre de Lluís, se le parece mucho. Su ropa es demasiado antigua para ser un hermano —le respondió Dolors.

–¿De dónde has sacado esta fotografía, mamá? –le preguntó ella cada vez más sorprendida.

Dolors suspiró débilmente y luego cogió fuerzas. Le contó:

–Me la dio una monja de la Maternidad el día en que fui a recoger al pequeño. Ella estaba convencida de que un bebé como aquel no iba a devolverlo, así que me entregó la caja que su madre dejó junto a él en el torno.

María volvió a mirar la fotografía en busca de respuestas. Le preguntó a su madre:

–¿Por qué nunca me dijiste nada? ¿Y Lluís? ¿Llegó a verla alguna vez? ¿Por qué no se la diste a él? ¿Había algo más en la caja?

Dolors cerró los ojos y negó con la cabeza. Parecía hablar consigo misma cuando dijo:

–La guardé con la intención de entregársela algún día, cuando fuera mayor… Pero al tener que dejarlo en la Caridad… decidí quedármela, igual que la fotografía. Sería mi único recuerdo. –Por el rabillo del ojo se le escurrió una lágrima que fue a parar al cojín–. ¿Me perdonas, hija, por no habérselo devuelto? Sé cómo querías a Lluís. Yo también. Me guardé la fotografía para poder mirarla de vez en cuando y acordarme de sus facciones. También porque pensaba que… quizá algún día, quién sabe, podría ir a buscarlo.

–Pero no lo hiciste –dijo María muy seria, pasando una mano por encima de la fotografía.

Dolors se llevó una mano al pecho y volvió a frotarse. Cerró los ojos otra vez y emitió un suspiro entrecortado.

–¡Mamá! ¡Doctor! ¿Dónde está el señor?

María pensó en salir corriendo a buscar al doctor ella misma, pero Dolors sacó la mano otra vez de las sábanas y agarró la de la muchacha.

–Hija… –Ahora hablaba con mucho esfuerzo, respiraba con dificultad–. El dinero que hay dentro del sobre

es para Lluís. Y, por supuesto, la fotografía. Quiero que…
si me ocurriera algo… quiero que vayas a la Caridad y
preguntes por él. Son unos ahorros que he ido guardando
para él. Ya debe de estar hecho un hombre… Dieciocho
años, como tú. No es mucho dinero, pero puede que le
sirva para empezar una nueva vida. Quiero que le digas
que nunca he dejado de pensar en él. Que me perdone,
por el amor de Dios.

María dejó de nuevo la caja, el dinero y la fotografía
dentro del cajón, y corrió a buscar ayuda. El doctor se
había ido. La señora Eulalia había enviado a Rosa a la
Santa Creu. «No sufras, querida, ya le he dicho que se
apresurase. Tan pronto como encuentre al señor, él nos
dirá qué hacer.»

La situación empeoró muy rápido: Dolors había cerrado los ojos y ya no los abría. Se mantenía tan quieta
que parecía estar inconsciente. María le susurraba al oído,
le acariciaba la mano. «Señor, ten misericordia de ella»,
rezaba el servicio a su lado en la lenta espera de las indicaciones del doctor. Rosa volvió de la Santa Creu reso-
plando, pero para entonces ya no había nada que hacer.
Un paro cardíaco se llevó a Dolors esa fría mañana del
mes de enero. Su rostro adquirió entonces una expresión
tranquila, de reposo total; su cuerpo se sumió en el sueño
eterno. El servicio se santiguó y todos juntos rezaron un
Padrenuestro.

María tardó unas semanas en decidirse a ir a la Caridad.
La muerte de su madre la dejó tan traspuesta que a duras
penas podía con sus tareas diarias. Con gran sorpresa,
asistía al hecho de que la vida continuaba, como si nada,
a su alrededor. Ella había asumido las funciones de su
madre de manera provisional. Trabajaba todo el día sin
pausa, lo cual la ayudaba a no pensar en lo que había

pasado; sin embargo, el dolor la consumía por dentro. De golpe y porrazo era huérfana, como Lluís. Su vida, no obstante, seguiría igual. La señora Eulalia había sido muy considerada con ella e incluso se mostraba más cariñosa. Le dijo: «Mira, María, estas cosas pasan y hay que ser fuerte. Eres joven, trabajadora, en esta casa nunca va a faltarte trabajo. Aurora va a la escuela, pero sabes que mi hija te adora, ni se te ocurra dejarnos, ¿entendido? Aquí tienes tu hogar».

Un jueves de enero se puso el viejo abrigo de su madre y salió a la calle. Disponía de toda la tarde libre, como cada semana, y por fin se decidió a ir a la Casa de Caridad. Bajó por la Rambla llevando bajo el brazo la caja de madera envuelta en papel. A ratos se detenía y entonces dudaba en dar media vuelta. Su estómago era un verdadero manojo de nervios. Volver a ver a Lluís. ¿Era posible? ¿Qué aspecto tendría? La última vez que se habían visto eran unos niños y ahora… ¿qué pensaría él de ella? ¿Le parecería bonita? ¿Y si no quisiese verla? ¿Y si estuviera resentido con ella por no haberlo visitado nunca, en todos esos años? Tal vez lo mejor sería no ir. Pero no, su madre le había dejado parte de sus ahorros y ella debía cumplir con su voluntad. Lo que ocurría era que a María le daba tanto miedo reencontrarse con su Lluís como deseo había sentido durante todos esos años, desde el día en que los separaron.

Al llegar a la Caridad cogió aire y se dirigió con decisión a la monja que salió a abrirle:

—Vengo a visitar a alguien —le dijo en un hilo de voz que iba disminuyendo.

—¿Nombre?

—María Salvadó, señora.

La hermana le preguntó:

—¿Es el nombre de la niña? No me resulta nada familiar.

—No, señora, disculpe. Este es mi nombre.

—Entonces dígame el nombre del niño o la niña al que viene a visitar —le pidió la monja en tono impaciente.

—Lluís Amadeu Julià —le respondió ella.

La monja la hizo pasar a la salita que había junto a la entrada y consultó en su libro de registros.

—¿Qué edad tiene el niño? ¿Sabe en qué sección se encuentra?

María dudó un poco antes de contestarle:

—No es ningún niño. Tiene dieciocho años.

Enrojeció de pies a cabeza ante la mirada escrutadora de la monja.

—¿Es su hermana? ¿Pariente? —quiso saber la monja.

—Como si lo fuera —le contestó María muy rápida.

—Vamos a ver...

La monja hizo un esfuerzo para armarse de paciencia, pero antes de que empezara a preguntarle quién era ella exactamente, por qué deseaba ver a ese chico, María se explicó:

—Mi madre fue su nodriza. Lluís vivió con nosotros hasta los siete años, luego mi madre tuvo que devolverlo. Ella... ha fallecido hace poco, señora, y yo tengo que entregarle una cosa a Lluís que ella le ha dejado.

La monja empezó a comprender y su expresión fue cambiando despacio. En tono más amable, le dijo:

—Entonces es un expósito. Veamos, pues.

Se ajustó las gafas y volvió al libro de registros.

—Lluís Amadeu Julià... Ya sé de quién se trata —dijo de repente la hermana levantando los ojos del libro.

Le contó a María que Lluís ya no vivía en el asilo, que hacía años que había empezado a trabajar en el taller de un conocido escultor, Eusebi Arnau.

—Es un artista muy importante que también fue alumno de la Caridad hace muchos años; un verdadero orgullo para la institución —declaró.

María sintió que se le esfumaban los nervios del inminente reencuentro. No iba a ver a Lluís. Le preguntó entonces a la hermana:

—¿Podría facilitarme la dirección de ese taller?

La hermana llamó a otra hermana que avisó a la madre superiora. María esperaba de pie, apretando por instinto el paquete que llevaba debajo del brazo.

Al final, y después de informarse bien acerca de los motivos que habían llevado a María hasta allí, la superiora le dio el pésame por su pérdida reciente y le ordenó a la hermana que le proporcionara la dirección de Lluís. La madre superiora la bendijo con la señal de la cruz y se despidió. «Que Dios te acompañe, hija mía.»

María regresó a casa con paso frustrado. Había pensado que ese día volvería a ver a Lluís, pero aún tendría que esperar. El próximo jueves, sin falta, iría a la dirección que le habían dado: «Eusebi Arnau. Escultor. Plaza Tetuán...». María leía una y otra vez el papel que le habían dado como si con ello pudiera obtener más respuestas. Lluís, aprendiz de escultor. Su Lluís. ¿Cómo sería él, después de tantos años?

El día había empezado lluvioso y así se mantuvo a lo largo de toda la mañana. En el taller del maestro Arnau los ayudantes trabajaban con luz más precaria que en los días soleados. Cada uno estaba concentrado en su tarea, fuese el altorrelieve encargado para una iglesia cercana, fuese el ángel para un panteón familiar de Canet o uno de los modelos de vírgenes y santos que por lo general había en el taller encargados por el arquitecto Domènech. Justo era una de dichas vírgenes lo que mantenía ocupado a Lluís en ese día lluvioso. Había pasado toda la mañana, además de la tarde anterior, aproximando el modelo de yeso a los dibujos del maestro para la Virgen de Montserrat.

Iba destinada a decorar la fachada del cuarto pabellón de poniente del Hospital de la Santa Creu y Sant Pau, y la figura, que no superaría los dos metros de altura, se alojaría en el interior de un templete de piedra encargado a Pablo Gargallo, igual que los dos ángeles arrodillados a ambos lados de la Virgen. Tal como mandaba la iconografía, la Virgen iría acompañada por el Niño Jesús, sostendría la esfera y llevaría la corona como el mismo Niño.

El maestro Arnau llegó después de la comida e inició su recorrido por el taller para supervisar cada trabajo, a cada ayudante, cada toque de cincel. Al llegar donde estaba Lluís, se quedó un metro por detrás de él, observándolo en silencio, mientras el muchacho seguía trabajando. El joven sabía que debía seguir con su tarea hasta que el maestro le diera la indicación pertinente. Al cabo de un rato, Arnau avanzó hacia él y se puso a su lado para hacer unas apreciaciones sobre el rostro, la corona y ciertos detalles de la capa. Volvió a alejarse un poco y miró la figura, satisfecho.

—Mañana la terminaremos con las escofinas —dijo.

Los encargos recibidos de don Lluís a lo largo de aquella primera fase de construcción del nuevo hospital, que había durado unos cuantos años, estaban ya casi listos. Faltaban un par de imágenes para los pabellones de poniente y ya habrían entregado la totalidad de las esculturas encargadas. La pregunta sobre cuándo empezarían a construir el resto de los pabellones aún no tenía respuesta, porque esto dependía de la Santa Cruz. Si bien el propio sobrino del banquero Gil, don Leopoldo Gil, había ido liquidando los trabajos puntual y escrupulosamente a medida que avanzaban las obras, ahora era la Santa Creu la que debía poner el resto para sufragar los pabellones pendientes, y esto no se sabía cuándo podría darse, puesto que la vieja institución tenía que hacer frente a los gastos diarios del viejo hospital.

El maestro Arnau dejó que Lluís acabara de aproximar la figura de la Virgen y le prometió que, una vez terminada, le dejaría echarle una mano con sus medallas y los encargos de los hermanos Masriera. Conocía la nueva pasión de su discípulo por aprender a trabajar otros materiales y sabía que ello se debía a su nueva y creciente amistad con Pablo Gargallo, cuyos más recientes trabajos había visto. El maestro Arnau era consciente de lo mucho que le quedaba a Lluís por aprender y sabía que no podría enseñárselo él. Ese joven había entrado en su taller cinco años atrás, con esos ojos negros que relucían como los de un animalillo atento a todo, unos ojos que no habían perdido en ningún momento el interés por conocerlo y aprenderlo todo, y con esa hambre que solo unos pocos discípulos demostraban. El maestro Arnau estaba orgulloso de él porque, en cierto modo, le recordaba a sí mismo de joven. Tal vez tenía que ver con el hecho de que hubieran estado ambos educados en la Caridad o tal vez era ese amor verdadero por la escultura que tan pronto les había sobrevenido. Lluís había nacido para ser escultor, de eso no cabía la menor duda, y aunque le dolía pensar en el día en que el muchacho se iría de allí, porque ya estaba acostumbrado a él, porque seguramente lo apreciaba más que a los otros, tenía el firme propósito de enseñarle todo cuanto él había aprendido.

La lluvia cesó por fin a primera hora de la tarde y hasta un poco de azul asomó en el cielo, lo que produjo un resplandor matizado en el estudio. Fue justo mientras Lluís dejaba la Virgen y se dirigía al otro extremo del taller, donde el maestro trabajaba con sus piezas de joyería, cuando vio una silueta femenina cruzar el umbral de la entrada al taller. La joven se detuvo sin saber qué hacer; se debatía entre entrar o bien quedarse plantada ahí hasta que alguien acudiese. Lluís miró a ambos lados y vio a todo el mundo atareado, así que se acercó a ella para preguntarle a quién buscaba. Podía tratarse de una modelo de las que el maestro contrataba, aunque no tenía ese aspecto. Quizá era una clienta que acudía para un encargo, pero tampoco parecía eso. Fue aproximándose a ella mientras veía que la chica se frotaba las manos nerviosa, indecisa, apretando con fuerza un paquete que llevaba debajo del brazo. Miraba aquí y allá como si buscase a alguien.

—¿En qué puedo ayudarla? —le preguntó Lluís.

María se lo quedó mirando fijamente mientras sus labios se abrían para emitir algún sonido que no acababa de salir.

—¡Eres tú! —murmuró al fin. Pese a haberse preparado para el momento, la impresión fue extraordinaria. Frente a sí tenía a un hombre hecho y derecho, un rostro con los ojos de ese niño que ella recordaba, que ella tanto había amado; si bien su aspecto general era otro. ¡Cómo había cambiado! Era una sensación tan perturbadora… Un desconocido por completo familiar.

Lluís le sonrió indeciso, todavía sin comprender. La joven tenía la cabeza cubierta por un pañuelo oscuro del que asomaban unos mechones rizados. Lo miraba como si lo conociera. Ella se sacó despacio el pañuelo y su pelo apareció bien peinado, un pelo castaño muy rizado que enseguida le recordó a alguien. Ella le sonrió tímida, nerviosa, muerta de vergüenza, y entonces Lluís reconoció sus facciones:

—¡No puede ser! —exclamó—. ¿María?

Ella estaba tan emocionada y avergonzada a la vez que se le escapó una risa nerviosa.

—¡Mía! —gritó Lluís sin todavía creerlo. Dudó un breve instante y luego se dejó llevar por un impulso y la agarró por la cintura. La levantó un palmo del suelo y se abrazó a ella como si volviesen a ser pequeños. María hundió el rostro en su cuello y notó que las lágrimas le salían a borbotones. Solo cuando tomaron plena consciencia de ser el centro de atención de todas las miradas del taller se separaron, un tanto turbados.

María sostenía ahora el paquete con ambas manos y lo miraba fijamente para no tener que mirar a Lluís.

—Has cambiado mucho —le dijo ella.

Lluís se rio.

—Tú también, Mía. ¡Estás hecha una mujercita! Te veo muy bien.

María, entonces, levantó la vista para ver si lo decía de veras. ¿Qué estaría pensando de ella? ¿La encontraría bonita? Tras preparar la comida de los señores y retirarse a su habitación, se había pasado largo rato frente al espejo. Había probado hasta tres peinados distintos, disgustada porque justo ese día su pelo se mostraba indomable. Le había parecido que estaba horrible, la piel demasiado pálida, los ojos hundidos y con unas feas bolsas fruto de no haber dormido prácticamente en toda la noche con solo pensar en que al día siguiente vería a Lluís. Y él se había convertido en un chico bastante alto, de anchos hombros y tan guapo que al mirarlo a los ojos se ponía colorada.

—Vamos a sentarnos allí —le dijo él cogiéndole una mano como en los viejos tiempos. María se dejó conducir hasta un rincón donde había dos sillas de recibir y una mesilla. El maestro Arnau sacó la cabeza del despacho donde se hallaba con sus piezas de los Masriera. Preguntó:

—¿Quién ha venido? ¿Es para mí?

—No, maestro —le respondió Lluís con rapidez—. Es una visita para mí.

El maestro se interesó al instante por aquella joven que había ido a ver a su ayudante. Se acercó a ellos.

—Le presento a María, señor. Mi hermana de leche —le dijo Lluís un poco cohibido. Nunca hablaba de su pasado, ni siquiera recordaba haberle mencionado al maestro que, antes de la Caridad, tuvo una vida familiar gracias a su nodriza y a María.

El maestro era hombre de pocas palabras, sobre todo en presencia de gente a quien no conocía, así que tendió una mano educada hacia la muchacha y le dijo: «Mucho gusto». Después, modestamente, se fue. Los dejó allí sentados, en el mismo rincón donde años atrás el joven aprendiz había esperado al maestro para conocerlo y empezar a trabajar para él.

—¿Qué haces aquí? —le preguntó a María una vez que volvieron a estar solos—. ¿Cómo me has encontrado?

María tenía el corazón tan desbocado que, pese a sostener la caja con ambas manos y mirarla con obstinación, se había olvidado por completo del motivo que la había llevado hasta allí. Respiró hondo antes de darle la triste noticia a Lluís:

—Mamá ha muerto.

Aquello le cayó como una losa. El rostro de Lluís, que hasta el momento había sido de grata sorpresa, se ensombreció de repente hasta que clavó la mirada en el suelo. María no sabía muy bien qué hacer. Si aún fueran pequeños, le habría pasado la mano por el cuello y le habría acariciado ese pelo negro que tanto recordaba. Antes, solía ser así: cuando Lluís se disgustaba por algo, miraba fijo al suelo y entonces María le acariciaba el cuello y le decía palabras bonitas, o bien le cantaba. No había persona en el mundo capaz de cambiar el humor de aquel niño como María, pero aquello era en otros tiempos. Así pues, la muchacha se limitó a explicarle cómo había ido todo, desde la mañana en que su madre se levantó sin encontrarse nada bien hasta la tarde en la que ya no hubo nada que hacer.

—Mamá está muerta, Lluís —le repitió al ver que no se movía—. Me he quedado sola.

Él levantó por fin la cabeza y la miró directamente a los ojos. Le rozó la mejilla con el reverso de la mano y María se estremeció. Le dijo firmemente:

—Tú no estás sola, Mía. Me tienes a mí.

A María se le anegaron los ojos y le devolvió la mirada como si quisiera disculparse. Todos esos años él había estado solo, sin saber nada de ellas. Lo habían abandonado, sí, y ahora ella no tenía ningún derecho a esperar nada de él. Le dijo en un hilo de voz:

—Tenía tanto miedo… Pensaba que no querrías verme nunca más.

—¿Cómo puedes decir esto, María? Eres mi hermana.

Ella asintió con la cabeza tratando de reponerse y de pronto se acordó de la caja que tenía en el regazo y que seguía cogiendo con ambas manos. Se la entregó y le dijo:

—Mamá siempre te quiso, nunca dejó de pensar en ti. Antes de morir me dio esta caja y me pidió que te buscara para entregártela. Es tuya.

Lluís miró el paquete envuelto; todavía tardó unos instantes en decidirse a abrirlo. Al final, retiró el papel con cuidado y abrió la caja con suma lentitud. Parecía temer reencontrarse con su pasado. Sus dedos tocaron la fotografía y el sobre. Primero sacó la fotografía, en la que vio a un niño muy parecido a él.

—¿Quién es? —preguntó.

María se encogió de hombros antes de responderle:

—Seguramente tu padre, por el parecido. Esto es lo que mamá creía, aunque no llegó a averiguarlo. Le dieron la caja con la fotografía al recogerte de bebé en la Maternidad. —Y como si quisiera disculpar a su madre, añadió—: Ella quería entregártelo cuando fueras mayor, porque sabía que le harías preguntas que ella no podía responder. Más tarde, decidió quedarse con la fotografía porque le recordaba a ti…

Lluís volvió a depositar la fotografía en la caja y extrajo el sobre. Dentro encontró el dinero. María se explicó:

—Esto lo puso mamá. Es para ti. Es parte de sus ahorros de los últimos años; los guardó pensando en ti.

El negro líquido, intenso, de los ojos del muchacho empezó a brillar más de la cuenta y María pensó que se echaría a llorar. Tenía tantas ganas de abrazarlo, de consolarlo, de serenarse a sí misma por ese duelo compartido a partir de entonces. Por otro lado, sentía unas ganas terribles de gritar de júbilo por ese feliz reencuentro. Lluís, te he echado tanto en falta. Como Lluís no decía nada, María empezó a decirle que no debía preocuparse por nada, «que, a mí, mamá me ha dejado bien arreglada y no me falta trabajo, gracias a Dios. Que este dinero es tuyo y puedes hacer con él lo que quieras».

La sorpresa de Lluís hacía que ni siquiera sonriera. Tenía un nudo en la garganta y esa mezcla de sentimientos encontrados que lo habían dejado mudo. Todos, absolutamente todos los recuerdos con su nodriza, habían vuelto a su mente de golpe. Podía oír su voz, notar el tacto de su mano agarrándolo por las calles de la Santa Creu; veía su cesto con la comida y podía hasta oler el caldo que les preparaba para cenar; los sonidos, las imágenes y los olores de otra época en que había sido tan feliz, en que se había sentido tan seguro. Casi podía escuchar a Dolors diciéndole «hijo esto; hijo aquello; cuida de tu hermana; buenas noches, hijo» y ese dulce beso en la frente. El beso de su nodriza en la frente, la única madre que había conocido. Mamá está muerta. Jamás dejó de pensar en ti.

Lluís y María comenzaron a verse a menudo. En el taller del maestro Arnau había mucho trabajo, pues estaban terminando las últimas piezas pendientes de entregar a Sant Pau, pero cada jueves Lluís pedía permiso para verse con

María. Esa era la tarde que libraba la muchacha, así que iba a recogerla a casa de los Rovira y caminaban calle abajo hasta la Santa Creu. Paseaban por los lugares que los vieron crecer y correr y jugar de pequeños, recuperando de ese modo su infancia. A María le gustaba contarle cosas sobre la casa donde trabajaba, una casa que Lluís solo había visto desde la calle al esperarla en el portal cada jueves. Tenía unos grandes ventanales que daban a la misma rambla de Catalunya y, alguna vez, esperando a que María bajase, Lluís había divisado el perfil de una mujer, bastante gruesa, que debía de ser la señora. Era la casa de un reconocido médico de Barcelona y tenían dos hijos: el señorito Llorenç, que estudiaba medicina, como hizo su padre, y la señorita Aurora, por quien María sentía verdadera devoción. Lluís se dio cuenta enseguida de la importancia que tenía la hija de los señores Rovira para María. De algún modo, llegó a pensar, lo había sustituido a él. Si de pequeña había tenido un hermano con quien compartirlo todo, de mayor había sido esa niña quien había ocupado un lugar importante en su corazón generoso. Porque María era una chica que estaba hecha para adorar siempre a alguien.

—Me parece que estoy un poco celoso de esa chiquilla —bromeaba Lluís cada vez que María le cantaba todas sus gracias.

Y María se reía a gusto y se colgaba de su brazo:

—Ya sé que es una tontería, pero la quiero como a una hermana pequeña. Me gusta estar con ella, cuidarla, ¿sabes? Su madre siempre tan delicada de los nervios... no suele estar muy pendiente de ella. Y su padre la colma de regalos, pero acostumbra a estar siempre muy atareado.

—Ya veo. La quieres como a una hermana, es decir, como a mí.

—Más o menos —le respondía María bajando un poco los ojos y enrojeciendo de pies a cabeza. Porque Lluís no se daba cuenta, pero María se esforzaba cada día por parecer más bonita. Si hasta entonces no se había fijado mucho en su aspecto, si ni siquiera se había esforzado por gustarles a los muchachos como hacían las otras sirvientas, ahora la hija de Dolors pasaba cada jueves largo rato delante del espejo antes de salir. Se pellizcaba las mejillas para que estas adquirieran color, se peinaba el cabello rizado con ahínco y retocaba sus vestidos para hacerlos más actuales. María se preguntaba si algún día Lluís se daría cuenta de cómo se arreglaba para él.

En el mes de mayo, Eusebi Arnau entregó la última imagen, de más de dos metros, destinada a presidir la fachada del cuarto pabellón de poniente del hospital. Don Lluís Domènech i Montaner envió la factura por los trabajos realizados en el taller de Arnau a don Leopoldo Gil, el cual se ocupó de hacer efectivas las mil doscientas setenta pesetas menos el cinco por ciento de descuento acordado. La primera fase de aquella obra monumental del arquitecto, que llegaría a ser el mayor hospital de todos los tiempos, casi tocaba a su fin. Faltaba acabar algunos detalles de los pabellones, lo cual se haría a finales de año, pero, por lo demás, hasta que no empezara a construirse la segunda fase del hospital no habría días de mucho trabajo en el taller. Mientras tanto, les llegaba un merecido descanso.

El maestro le pagó su parte a Lluís, más de lo que el joven había esperado. Con ello deseaba mostrarle lo satisfecho que estaba de su trabajo y le recomendó que se tomase unas buenas vacaciones. No había tenido nunca vacaciones, por lo que se quedó desconcertado. ¿Qué se suponía que tenía que hacer? La sensación de repentina libertad, de no estar obligado a nada en concreto a lo largo de las semanas venideras, lo tuvo unos días inquieto.

Al llegar el jueves, fue a buscar a María y pasearon un rato por las calles. Andaba tan callado que María, después de unos minutos, le preguntó preocupada:

—¿Ha pasado algo? ¿Alguna mala noticia?

Lluís detuvo el paso y miró a ambos lados de la calle. Esquivando a los caballos, a los hombres atareados, a las vendedoras que se cruzaban y a todo el abanico de gente que trajinaba cosas a su alrededor, buscó un hueco junto al portal de un edificio. Agarró a María de las manos y la metió con él en aquel rincón. Su mirada negra relucía y la muchacha notó su corazón acelerarse. Él le dijo:

—Mía querida, ya he decidido qué hacer con el dinero que me dejó Dolors.

María contuvo el aliento. Sus rostros estaban tan cerca. Lluís le dijo, solemne:

—Me voy a París.

María sintió como si un carro la atropellase y quedase tendida en el suelo, aplastada, muerta. Pero ahí estaba, ante un Lluís exultante al que pronto volvería a perder.

—¿Te encuentras bien? —le preguntó él, fijándose en la repentina palidez de María.

—¿Qué quieres decir con que te vas a París? —le respondió ella.

Lluís le contó que llevaba un tiempo pensándolo, aunque hasta entonces lo había visto como un objetivo muy lejano. No había esperado que, una vez terminada y cobrada la última imagen del Hospital de Sant Pau, el maestro le ofreciese la posibilidad de ausentarse tantos días del taller. Le había dado muchas vueltas y, al final, había hablado con Pablo Gargallo y luego con el maestro.

—Ya te he hablado muchas veces de Pablo —le recordó a María, que, en esos momentos, trataba de serenarse—. Él ha vivido en París, conoce a muchos artistas. Tiene a buenos amigos viviendo allí y me ha dicho que no tendré ningún problema, que él me proporcionará unos cuantos nombres y direcciones de gente a la que puedo ir a ver. Dice que puedo alquilar una habitación y un estudio compartido y pasar ahí unos meses aprendiendo. ¡París! ¿Te lo imaginas, Mía?

—¿Unos meses? —le preguntó ella.

Lluís asintió y le aclaró:

—El maestro Arnau me ha dado permiso.

—¿Y luego, vas a volver? —quiso saber ella.

Lluís le dijo que sí de pasada y luego continuó explicándole:

—El maestro me ha recomendado que vaya a ver a un escultor que tiene una escuela. Me ha escrito una carta de presentación y me ha dicho que se la entregue en su nombre. Mía, tal vez pueden aceptarme como alumno durante unos meses.

—Solo unos pocos meses, ¿verdad? —insistió María.

—¿Qué te pasa, Mía? ¿Es que no te alegras por mí?

Ella procuró sonreír, aunque se sentía muy vulnerable. Tenía ganas de sentarse en algún sitio, pero Lluís la retenía ahí, de pie, en el rincón de aquel portal estrecho, con el rostro tan cerca del suyo que por un instante pensó...

—Es solo que... —Se esforzaba por tragarse las lágrimas—. Ahora que te he recuperado, ya volvemos a separarnos.

Lluís le sostuvo el rostro con ambas manos y la besó en la mejilla.

—Mía, yo nunca te dejaré. —Se lo dijo con tanta ternura que la muchacha casi perdió la poca fuerza que le quedaba para sostener su cuerpo. Lluís era bastante más alto que ella, por lo que tuvo que bajar la cabeza para besarla. Ella no creía que hubiese en el mundo un hombre tan encantador como él: sus anchos hombros, el cuerpo atlético, ese cabello siempre despeinado de artista y un rostro que, pese a conservar la esencia de cuando era pequeño, había endurecido las facciones. Estaba segura de que Lluís podía seducir a cualquier mujer si se lo proponía. Él le aseguró:

—Serán solo unos meses. Luego volveré y seguiremos viéndonos como siempre, como en los últimos tiempos. Somos una familia, María, nos tenemos el uno al otro. Sabes que te quiero como a mi propia hermana y que nada ni nadie me alejará ya de ti.

María lo miró a los ojos y, para su disgusto, se echó a llorar como una tonta. Lluís la abrazó y le murmuró al oído:

—No llores, Mía. Verás como apenas empieces a echarme de menos ya estaré de vuelta.

Procuró reponerse. Se sentía estúpida. Se secó las lágrimas y se disculpó:

—No me hagas caso. Soy una tonta egoísta. —Procuró sonreír—. Mamá estaría orgullosa de ti. Serás un gran artista, Lluís. Estoy segura.

Lluís volvió a tirarle del brazo y le dijo:

—Venga, paseemos un poco más.

Anduvieron en silencio y mientras Lluís ya veía París en su imaginación, María pensaba en lo cerca que había estado de tocar el cielo cuando, ahí metidos en el portal estrecho, pensó que Lluís se le iba a declarar.

1916

Primavera

Transcurridos unos años, las obras del nuevo hospital de la ladera de la Montaña Pelada, tal como la conocía la gente, habían quedado postergadas. La Santa Creu vivía ahogada en su día a día sin mucha opción para invertir en los nuevos pabellones. Los administradores se reunían a menudo y hacían planes para el traslado de enfermos a los pabellones ya construidos años atrás, unos edificios preciosos, diáfanos, con salas espaciosas y altos techos, decorados con toda la exquisitez ornamental de un Modernismo que empezaba a pasar de moda entre las nuevas generaciones de arquitectos y artistas. No era nada fácil mantener su estado sin que aparecieran muestras de deterioro, pues estaban desocupados. Por ello, los administradores lograron convencer al primero de los médicos, el doctor Torras y Pujalt, perteneciente al departamento de medicina general de mujeres, para que trasladase su servicio en el mes de junio. Sería el primer médico, acompañado de sus ayudantes y de un número reducido de hermanas de la Caridad, que, con la osadía de los pioneros, inauguraría por fin la asistencia hospitalaria en el nuevo y maravilloso lugar.

Mientras se hacían los preparativos para el gran acontecimiento, la vida continuaba con toda normalidad en el viejo edificio de la calle del Hospital. Llorenç Rovira y Marcel Riera eran dos alumnos internos de sexto curso de medicina que hacían sus prácticas en el Hospital de la

Santa Creu. Cada uno había conseguido un sitio en el servicio de un médico numerario que, día tras día, les enseñaba la profesión. El doctor Rovira padre, aun contando con su propio servicio de medicina general en la Santa Creu, no quiso meter en él a su hijo, no tan pronto, convencido de que la experiencia junto a otros médicos le serviría para adquirir el bagaje necesario para cuando él lo requiriese. Le consiguió, así pues, una plaza de alumno interno con un viejo compañero de estudios, precisamente el doctor Torras y Pujalt, el mismo que iba a trasladarse al nuevo hospital.

Marcel, por su lado, escogió la cirugía. Lo tenía pensado desde sus primeros tiempos en la facultad y el paso de los cursos no había hecho más que confirmar su objetivo. La sala de operaciones era lo que más lo atraía del mundo. Ya desde el primer instante, en las sesiones quirúrgicas a las que asistían todos los alumnos de medicina prestó más atención que nadie y se convirtió muy rápido en uno de los alumnos más brillantes y aventajados. Su sueño de llegar a ser alumno interno de algún buen cirujano se había visto cumplido cuando le concedieron una plaza junto a uno de los mejores: el doctor Enric Ribas i Ribas, a cargo de un servicio de cirugía en el Hospital de la Santa Creu, departamento de hombres.

De este modo, ambos amigos habían ido a parar a la Santa Creu y, pese a sus distintas especialidades, seguían viéndose muy a menudo.

Era una mañana esplendorosa de principios de primavera, de esas en las que el cielo parece lanzar promesas al viento. Marcel y Llorenç bajaban por las Ramblas en dirección al hospital. Caminaban sin prisa, puesto que todavía era pronto. En la calle había una actividad ferviente; la gente acudía a la ciudad con sus carros repletos de productos para vender en el mercado, los comercios empezaban a abrir, algunos ya se ataban el delantal o se abotonaban la bata de trabajo mientras que los chiquillos del barrio corrían por todos lados y algunas mujeres anunciaban a grito pelado sus mercancías. Los pájaros hacían un ruido ensordecedor desde las ramas de los frondosos árboles situados a cada lado de la Rambla, que incluso llegaba a ser molesto para la gente que se paraba a hablar. En cuanto llegaron al cruce de la calle del Hospital, los jóvenes torcieron a la derecha con cuidado de que el tranvía que en ese momento pasaba o uno de esos carros repletos de pollos degollados y desplumados no los arrollaran. Llorenç iba insistiéndole a su amigo:

—Hoy no acepto ninguna excusa. A la una y media quedamos en la cruz del patio y te vienes a comer a mi casa. Mi padre ha insistido mucho. «Hace días que no veo a tu amigo», me ha dicho. Mi madre le ha mandado a la cocinera hacer un buen guiso. Además, estará mi hermana Aurora.

Llorenç invitaba a menudo a su amigo a comer en casa. A su padre le gustaba hacerle preguntas sobre su trabajo como interno de Ribas y su madre parecía de mejor humor cuando había invitados jóvenes a la mesa. Marcel, sin embargo, a veces se hacía de rogar, más por educación que por otro motivo, porque el mero hecho de coincidir con Aurora Rovira, esa preciosidad de dieciséis años que tenía su amigo por hermana, ya suponía un gran aliciente. En una casa que más bien le parecía triste, silenciosa y llena de contención, la muchacha brillaba como un rayo de luz y prometía, en poco tiempo, llevar de cabeza a más de uno.

Accedieron al patio de la Santa Creu y saludaron al portero. Marcel acompañó a Llorenç al pie de la escalinata de piedra que subía al departamento de mujeres. Allí se estrecharon las manos y, en tono ceremonioso, le dijo a su amigo:

—Seré puntual, doctor Rovira. Como siempre, será un verdadero placer comer con usted y su gentil familia.

—¡Cómo te gusta la broma! —rio Llorenç. Y, siguiéndole la gracia, se sacó el sombrero para decirle en el mismo tono—: ¡A la una y media, doctor Riera! ¡No se olvide!

Marcel se entretuvo unos minutos más en el patio antes de cruzar en dirección al departamento de hombres. Saboreaba las primeras horas de la mañana, el mejor momento para contemplar el transitar de la gente del hospital: hermanos y hermanas, alumnos internos, médicos adjuntos, auxiliares y toda clase de proveedores de la casa que acudían a llenar las despensas y los almacenes, desfilando como un verdadero ejército de hormigas que empezaban su jornada, la mayoría a la espera de la llegada de los jefes de servicio. Estos, casi todos ilustres doctores, poseedores de una cátedra en la Facultad de Medicina o bien profesores agregados, se movían por las dependencias de aquel hormiguero de salas repletas de camas y pobres enfermos como si estuviesen en su propia casa, presentándose a sus pacientes y saludándolos, acercándose a la cama de los enfermos bajo la atenta mirada de decenas de pares de ojos. Eran los seres más esperados de cada mañana tras las noches de dolor, de insomnio o de gemidos que encogían el corazón. Apenas se oían sus pasos en el fondo de una de aquellas salas de anchas arcadas de piedra donde las camas se alineaban, antes de que nadie viera siquiera su figura, ya había quien susurraba: «¡Por ahí llega el señor doctor! ¡Ya viene!».

Marcel subió la escalera del ala masculina y cruzó las distintas salas de enfermos, que llegaban a tener cuatro hileras de camas de tanto espacio como faltaba, hasta acceder a la sala de médicos. Allí se topó con Manuel Corachan, uno de los cirujanos del servicio del doctor Ribas con quien Marcel había trabado buena amistad. Unos cuantos años mayor que él, Marcel le calculaba unos treinta y cinco, Corachan era un valenciano que había ido a estudiar medicina a Barcelona y trabajaba de barbero

146

para pagarse los estudios. Siempre iba bien peinado, con la barba bien recortada, y lucía un bigote del que sobresalían las puntas hacia arriba. De cara delgada, mirada inteligente, tenía un trato siempre cordial y, sobre todo, era un hombre con una gran capacidad de trabajo. Marcel enseguida se fijó en su destreza de movimientos y su rapidez a la hora de operar. Llevaba una década entera trabajando junto al maestro Ribas y prometía llegar muy lejos. Manuel Corachan representaba, ante todo, el tipo de cirujano que Marcel quería llegar a ser. Tan pronto como ingresó como alumno interno en dicho servicio de cirugía, siendo el más joven de todos los internos, don Enrique lo puso al lado de Corachan y desde entonces se sentía agradecido por ello en lo más profundo.

—Buenos días, Marcel —le dijo Corachan al verlo entrar—. Justo iba a revisar las historias clínicas. Siéntate.

Le indicó una silla a su lado y Marcel fue a colgar su sombrero y se sentó. Leyó los papeles que Manuel revisaba. Desde aquellos primeros días como interno el ritual era siempre el mismo: todos los médicos adjuntos de Ribas, junto con los alumnos internos a su cargo, hacían un repaso previo de las historias clínicas de los pacientes que el maestro les había asignado. En la gran mesa de la sala de médicos hacían sus últimas anotaciones antes de que don Enrique llegara, y preparaban de la forma más adecuada la visita que luego harían con él a la sala de los enfermos. Cuando, una vez allí, el maestro se detuviese al pie de la cama de uno en concreto y le preguntara al médico encargado por su estado y la evolución de la enfermedad, así como por los resultados del tratamiento descrito, el médico adjunto debería tener toda la información a mano. Empezaría por hacer un breve repaso de la historia clínica y acto seguido le daría al maestro todos los detalles oportunos. A Marcel le encantaba el carácter exigente del maestro Ribas, ese trato distante y a la vez afable que practicaba con sus discípulos. Además de su larga trayectoria en la Santa Creu, de los miles de casos que llevaba ya a sus espaldas como cirujano de aquella casa y que les servían de material de primera mano a todos esos médicos más jóvenes que trabajaban bajo sus órdenes, el maestro enseñaba el aspecto más humano y cercano de la medicina: «Si bien la técnica operatoria es importante –le gustaba decir–, esta no constituye la base de un buen cirujano, señores. La técnica debe estar basada en el conocimiento previo de la enfermedad y también en haber observado la constitución del enfermo. Leer los casos, escuchar, observar con detenimiento a la persona son factores determinantes antes de abrir con el bisturí. Una vez intervenido el paciente, señores, hace falta que las curas posoperatorias se practiquen con gran celo. Tan solo si todo esto se da –decía el buen doctor–, el cirujano podrá obtener los buenos resultados que espera».

Y a pesar de todas las explicaciones y prevenciones, las heridas solían abrirse e infectarse con gran facilidad, por lo que, cada dos días, los practicantes como Marcel se dedicaban a cambiar apósitos en la sala de curas. Justo esta fue la actividad que lo ocupó buena parte de aquella mañana. La habitación de las curas desprendía siempre un hedor insoportable debido a las supuraciones y a los vendajes sucios, además de los vapores que emanaban del hervidor donde escaldaban todos los instrumentos. Marcel les practicó las curas a varios enfermos con la facilidad de quien ya lleva un tiempo haciéndolo: limpiaba heridas a «grifo abierto», tiraba los instrumentos al hervidor y volvía a utilizarlos para poner los vendajes limpios, que durarían uno o dos días más. El silencio apagado en el que todos los practicantes se sumían en la sala tan solo se rompía con el lamento de algún paciente que, de vez en cuando, no soportaba el dolor. La cuestión era intentar arrancarle el apósito antiguo con sumo cuidado, aunque este solía pegarse a la herida a causa del pus y la sangre reseca. Al arrancarlo en carne viva, el gemido estaba casi asegurado. Marcel hacía las curas de esa mañana pensando en el día siguiente, ya que el maestro Ribas le había dicho que para entonces él sería el encargado de poner la anestesia en las sesiones operatorias. Tendría que ir con mucho cuidado, vigilar bien las pupilas del paciente durante toda la intervención para comprobar que seguía dormido y, por encima de todo, asegurarse de que su estado no sufría ningún contratiempo y de que el maestro podía operar en las condiciones adecuadas. Al día siguiente tendrían un caso de cáncer de hígado y dos úlceras gástricas; la mayoría, como siempre, intervenciones abdominales. Una vez terminado el último vendaje de la mañana, se lavó las manos, se quitó la bata que se había puesto para no ensuciar su traje y salió hacia la sala de médicos. Sus pensamientos se centraron entonces en la comida que le esperaba.

A la una y media en punto, Llorenç esperaba a su amigo en el patio del hospital, apoyado en la verja que rodeaba la cruz barroca. El sol resplandeciente le daba directamente en la cara y él cerraba los párpados solo un poco, sin dejar de observar la escalera del departamento de hombres por donde Marcel iba a bajar. Ese calor primaveral en el rostro le produjo una súbita felicidad, como si no hubiera nada mejor que encontrarse allí, a la espera de su buen amigo. Llorenç era feliz en compañía de Marcel; de hecho, en su presencia Llorenç parecía otro: más vivaz, más ingenioso, más despierto y hablador que en cualquier otra circunstancia; la vida adquiría color cuando Marcel estaba cerca.

Al fin lo vio bajar la escalera con su traje oscuro, el chaleco abotonado y esa mirada clavada en los peldaños que Llorenç le conocía de cuando iba rumiando algo. Marcel levantó la cabeza al llegar abajo y distinguió a su amigo.

—¿Cómo te ha ido la mañana? —le preguntó, acercándose.

—¡Perfectamente! —le contestó Llorenç de muy buen humor.

Cruzaron el patio hasta la calle del Carme y, desde allí, emprendieron el camino a casa de los Rovira. Iban comentando sus respectivas mañanas, los casos que habían visto, las lecciones que el maestro les había dado, porque en la Santa Creu los alumnos internos de medicina aprendían cosas sobre el oficio cada día de práctica. Ese baño de realidad que tocaban en el hospital, que ponía nombre y apellido a cada patología estudiada en clase, los hacía sentirse importantes, casi doctores, pese a que les quedaban todavía unos meses para obtener el título de licenciado. Su objetivo, para entonces, era que les permitiesen quedarse en el servicio donde ahora estaban; es decir, con el maestro Ribas y con el maestro Torras, puesto que ambos se sentían muy a gusto con el trabajo que en ellos desempeñaban. Llorenç, por su lado, procuraría retardar al máximo el momento de ingresar en el servicio de su padre, ya que intuía que entonces ya nada sería igual. Había logrado superar la aversión que, de buen comienzo, sentía por la medicina; el rechazo que indefectiblemente le producían la sala de disección y sus terribles olores en los primeros años; incluso había encontrado este oficio atractivo al empezar a practicar. Pero si había algo para lo cual aún no se sentía preparado era para empezar a trabajar junto a su padre. A su lado, el chico seguía sintiéndose muy poca cosa.

Tan pronto como entraron en casa, les llegó el delicioso olor del guiso que emanaba desde la cocina. También oyeron aquella risa conocida mientras colgaban el sombrero en la entrada.

—Aurora ya ha llegado —confirmó Llorenç.

Si la educación se lo hubiese permitido, Marcel habría ido directo a la cocina, que es desde donde salió aquella risa, y, de buena gana, se habría unido a cualquier cosa de la que Aurora, y con toda probabilidad la cocinera, estuvieran riéndose. Pero las normas de cortesía le exigían seguir a su amigo hasta el salón, en cuya tribuna encontraron sentada a la señora Eulalia, como de costumbre.

—¡Hijo! —exclamó ella al verlos y alargó una mano hacia Llorenç. El chico fue a su encuentro. El tono de aquella madre era siempre dramático, como si nunca acabara de encontrarse del todo bien. Marcel ya la conoció así de gruesa, pero algún retrato que había visto le indicaba que aquella dama no había sido siempre así. De salud débil, con movimientos bastante limitados a causa de sus carnes abundantes, la señora Rovira permanecía casi todas las horas del día en aquel salón, cerca de la ventana, desde donde observaba distraída a la gente de la calle. Apenas salía de casa porque le suponía un verdadero esfuerzo. Sus piernas no la aguantaban mucho rato de pie y se había acostumbrado a recibir a todo el mundo en el pequeño reino de su casa. Eulalia Rovira veía a mucha gente; cada tarde, a la hora del té, recibía unas cuantas visitas. Un auténtico abanico de damas de la alta sociedad barcelonesa, las unas amigas, las otras parientas, acudían con frecuencia a su casa y la mantenían al corriente de todo y de todos; de hecho, no había señora en toda la ciudad mejor informada que ella: sabía quién estaba enfermo, quién se hallaba de viaje, qué damas y caballeros habían asistido al Liceu en la última función o los pretendientes de cada hija de buena casa. Tan bien informada estaba que eran muchas las damas que acudían a consultarle acerca de alguien que cortejaba a su hijo o hija. En esos casos, Eulalia usaba un tono comprensivo, cercano, un tono de confidencia que tanto le gustaba y la hacía sentirse importante, por medio del cual desplegaba la lista de virtudes o defectos o los detalles más relevantes del pretendiente en cuestión, elevándose así en jueza suprema de un cortejo que se produciría o no en función de su parecer.

Llorenç adoraba a su madre, del mismo modo que Aurora adoraba a su padre. Era así como, a lo largo de los años, los hijos Rovira se habían repartido el afecto de sus progenitores.

Marcel besó la mano de la madre de su amigo y, a indicación suya, ambos chicos se sentaron en la galería. Charlaron de todo un poco, de la mañana de cada uno en el hospital, de las clases que les esperaban por la tarde en la facultad. Marcel se explicaba mientras, de tanto en tanto, lanzaba miradas hacia la puerta por si veía entrar a Aurora; sin embargo, no fue a ella a quien vio, sino al doctor Rovira. Saludó a los chicos y rehuyó discretamente a su esposa.

Preguntó por Aurora y su mujer se excusó como si fuera culpa suya que la muchacha anduviera todavía en la cocina con el servicio. Sin decir nada, Darius hizo sonar la campanilla que su esposa tenía al lado y apareció Carme, la sirvienta. Le dio instrucciones de llamar a Aurora para que acudiera de inmediato a comer. Pasaron al comedor y entonces la muchacha entró como una ráfaga de viento fresco. Todavía se reía.

—¡Disculpa, papá! —exclamó alegre la chica, estampándole un beso en la mejilla al doctor. Se excusó ante Marcel por no haber ido a saludarlo; le dijo que llevaba días sin ver a María, la cocinera.

—He estado fuera, ¿sabes? —le contó a un Marcel embobado. Su madre reprobaba su trato demasiado cercano con el servicio, su padre se lo toleraba todo y Marcel solo pensaba en lo bien que empezaba a moverse y a hablar esa jovencilla, igual que una chica mayor. La había conocido muy niña y ahora... apenas podía creerlo.

Se sentaron todos a la mesa mientras Aurora le contaba que había estado en casa de una tía suya, una prima de su madre que vivía en Reus, donde lo había pasado de maravilla.

—Siempre voy unos días, cada principio de primavera —le dijo—. Así dejo a mamá tranquila, ¿verdad?

Se reía por debajo de la nariz. Era ella la que deseaba marcharse de casa, pero Aurora sabía hacer las cosas bien. Su padre la escuchaba complacido, satisfecho de tenerla otra vez allí. Cuando no estaba, la casa parecía sumirse en un triste silencio del que él huía tanto como le era posible. En aquel momento, la sirvienta entró llevando una bandeja en las manos. Asistida por una segunda sirvienta, pasaron junto a cada comensal sirviendo los entremeses. Empezaron a comer. Darius Rovira colmó al joven Marcel de preguntas, también a su hijo, sobre los casos vistos en las salas de enfermos en las que practicaban. Dedicó largo rato a comentar ciertos aspectos cotidianos del hospital, lo cual le hizo pensar a Marcel cuánto debía de aburrir a su señora, que tenía la mirada ausente. Y, sin embargo, no sucedía lo mismo con la hija del doctor, que ya los tenía acostumbrados a su interés por todo lo que sucedía en el hospital. Aurora no era una chica corriente, esto Marcel lo sabía desde el día en que la conoció. De pequeña leía a todas horas, escuchaba las conversaciones de los mayores, solía detener a su hermano a medio pasillo y también a él para que, en sus primeros años en la facultad, le contasen exactamente qué aprendían los aspirantes a médico. «¿Cómo son las clases? ¿De qué os hablan? ¿Qué libros os hacen leer? ¿Cuándo empezaréis a visitar a enfermos?», preguntas que hacían reír a los dos estudiantes de medicina, porque no eran nada habituales en una niña, por muy hija de médico que fuese.

Alentado por ella, ya en los postres, Llorenç pasó a dar detalles de su próximo traslado al nuevo hospital:

—En principio, el traslado del servicio del maestro Torras y todos nosotros será a finales de junio. Vamos a instalarnos en el pabellón del Sagrado Corazón. ¿Te acuerdas, padre, de cuando fuimos allí de visita? —le preguntó prudente, buscando su complicidad. Su padre se mantenía callado mientras el labio superior se le alzaba un poco en un claro gesto de escepticismo. Esto se debía a que Darius estaba convencido de que el nuevo hospital aún no estaba preparado. Llorenç siguió explicándose—: El maestro Torras nos ha dicho que a los internos nos pagarán una gratificación por tener que tomar el tranvía para llegar hasta allí. Tal vez consiga que más adelante nos pongan una tartana, pero esto no está muy claro. Nombrarán a un practicante para que resida en el hospital. Las guardias las haremos entre tres. El maestro nos ha mandado confeccionar una lista con todo lo que él considera necesario solicitarles a los administradores para abastecer el pabellón. Quizá, según sus cálculos, se pueda trasladar a un número reducido de enfermas al principio, y durante los meses siguientes, ir aumentando ese número. También se instalarán allí seis hermanas de la Caridad y unas cuantas sirvientas, además del capellán.

Aurora exclamó:

—¡Es tan emocionante! ¿Te das cuenta, Llorenç? ¡Vais a ser los primeros médicos del nuevo hospital! Y es tan hermoso. Como una ciudad jardín. —Se dirigió a su padre—: ¿Verdad, papá, que el arquitecto Domènech lo llama así?

Su padre le respondió:

—Sí, el proyecto es ambicioso y en cuanto esté terminado será una maravilla. Ya lo decía nuestro querido Robert, que el arquitecto Domènech era el más adecuado para una empresa tan importante —dijo, dejándose llevar un poco por la nostalgia. Pero enseguida volvió a su tono pragmático—: De todos modos, no creo que este mes de junio puedan trasladar aún a nadie.

Llorenç era del parecer de que, si el maestro Torras lo veía claro, seguro que podría ser, pero en ningún momento se le pasó por la cabeza discutirlo con su padre.

Tomaron café en el salón y en cuanto el doctor Rovira se hubo retirado a la otra parte del piso donde tenía el consultorio, su esposa, que hasta entonces se había mantenido al margen de la conversación, pareció renacer. Le pidió a Aurora que contara algunos chismorreos de Reus y asimismo quiso saber si Llorenç volvería muy tarde de la facultad, puesto que esa tarde tenía ganas de lucir a su hijo entre sus visitas. Después, un tanto agotada de tanta charla, se retiró a su habitación a descansar.

Tan pronto como los chicos se marcharon, Aurora volvió a la cocina a retomar su charla de antes con María. No le apetecía nada descansar; solo quería que el tiempo avanzara deprisa hasta la hora de las visitas. A diferencia de otras tardes, aquella prometía ser mejor, ya que acudirían sus amigas más íntimas a tomar el té con sus madres. Estaba escrito que Aurora Rovira, Amelia Llacuna y Mariona Puigmartí tenían que ser grandes amigas desde el día en que sus madres, asimismo amigas de la infancia, decidieron llevarlas al mismo colegio: las monjas de Loreto.

Aurora entró en la cocina y encontró a María recogiendo los platos. Era tan metódica y ordenada como tiempo atrás lo fue su madre, Dolors, a quien Aurora recordaba bien. María estaba tan sumida en sus pensamientos, a solas consigo misma, que ni siquiera de percató de que Aurora había entrado en la cocina. Al verla, le preguntó:

—¿No vas a descansar un poco, Aurora?

—¡Descansar! ¿De qué? ¿De una mañana aburrida? ¿De una comida que habría alargado más tiempo si no fuera porque todos tienen otras cosas que hacer? Ay, Mía, ¡qué suerte tienen los chicos! Ellos siempre están ocupados. Si no fuera porque esta tarde vienen mis amigas, ¡me moriría de asco!

—Eres una exagerada.

—No es cierto. Mamá y sus amigas me torturan a diario.

A María se le escapó un poco la risa, pero no dijo nada; hacía tiempo que a la chica Rovira le disgustaba eso de

155

hacer de pasatiempo de mamá. Ante las damas que la visitaban, la anfitriona exhibía a su hija como si fuese un trofeo. La hacía sentarse al piano y tocar para ellas unas cuantas piezas mientras todas murmuraban «qué cintura», «qué bonita se está volviendo». «Es una mezcla del padre y de la madre», mentían algunas, sabiendo que a quien de veras se parecía era al padre. Tenía sus mismos pómulos, las mismas cejas arqueadas en un dibujo perfecto, esos labios mórbidos propios de la juventud y aquella gracia de movimientos. «Será un buen partido, le dará a su esposo unos hijos adorables, de esa clase de criaturas que parecen ángeles.» Pero Aurora también sabía que, cuando su madre no escuchaba, esas mismas señoras susurraban: «tiene demasiado carácter y esto no les gusta a los hombres». Ella se reía de todas ellas y de su manera de ser. Sus aspiraciones, cada vez más, se alejaban en secreto de todo lo que aquellas damas predicaban y en lo que creían.

—¿Cómo están la señorita Amelia y la señorita Mariona? —se interesó María mientras acababa de ordenar los platos limpios.

—No lo sé, Mía, llevo muchos días sin verlas. Tendremos tantas cosas que contarnos…

María la miró de reojo y sonrió. Sabía que por la noche iría a su encuentro para contárselo todo. Así era Aurora desde bien jovencita: todo lo que le ocurría lo comentaba con ella; todo lo que rumiaba lo discutían juntas. No es que la chica Rovira buscase su opinión o aprobación, sino que le gustaba que María la escuchase con aquella devoción, con verdadero interés y, sobre todo, sin juzgarla nunca. Aurora podía hablar con María como no lo hacía con ningún otro miembro de su casa.

A las cuatro y media llegaron las visitas. La señora Catalina, con su hija Amelia, fue la primera, seguida de Mariona y su madre. Las señoras se acomodaron en la galería del salón mientras que las jóvenes lo hicieron en un rincón más alejado. Empezaban a tener esas charlas que en absoluto querían compartir con sus madres, como cuando hablaban de chicos, de alguien a quien habían conocido o cuando empezaban a diseñar su futuro y confesarse sus más íntimas aspiraciones. Señoritas de vida cómoda, de buenas maneras y conversación agradable a las cuales les quedaban pocos años antes de contraer matrimonio. Aurora quería a sus amigas, sin condiciones, pero ella se sentía diferente…

Lo había sabido en los últimos tiempos o quizá llevara sospechándolo desde siempre: todo eso a lo que Amelia y Mariona aspiraban se alejaba por completo de sus objetivos.

—¿Cómo te ha ido por Reus, Aurora? —le preguntó Amelia.

La joven pasó a contarles los días transcurridos con su tía, así como lo hermosos que eran la casa y sus jardines.

—Creo que cada año os cuento lo mismo, pero es que la luz de la tarde en esos árboles es tan hechizante…

Mariona ahogó una risa:

—Has vuelto muy romántica, Aurora. ¿No será que te has enamorado de algún chico de Reus? —le preguntó con picardía.

—¡Bobadas! —se quejó Aurora—. Todavía no he encontrado a nadie que me guste.

—¡Pues yo sí! —declaró Mariona y al instante se le puso el rostro como un tomate. Lanzó una mirada hacia las madres, no fuera que la hubiesen oído.

—No hace falta que me lo digas, chica, yo ya sé quién te gusta —dijo Amelia en un susurro. Ambas jóvenes se miraron y luego dirigieron la vista a Aurora. Estallaron en risas.

La señora Catalina preguntó desde la galería:

—Niñas, ¿de qué os reís tanto? Venga, acercaos a tomar el té con nosotras.

—Sí, madre… —dijo Amelia, resignada. Las tres se levantaron para ir a reunirse con las madres, aunque Aurora, picada por la curiosidad, las retuvo un momento del brazo para preguntarles:

—¿Vais a decírmelo o es que ahora tenemos secretos?

—No, mujer —le dijo Amelia—. Es que a Mariona le da vergüenza decírtelo.

—¿Y eso por qué? —preguntó Aurora con sorpresa.

Amelia le lanzó una mirada rápida a Mariona para obtener su consentimiento. Entonces se acercó al oído de su amiga Aurora para susurrarle:

—Se trata de tu hermano. A Mariona le gusta Llorenç.

Tomaron el té con sus madres, escucharon educadamente su charla y Aurora y Amelia tocaron algunas bonitas piezas al piano a cuatro manos mientras Mariona cantaba de pie a su lado. Al caer el sol, sonó el timbre de casa. Eulalia Rovira se llevó una mano al pecho y esbozó una sonrisa triunfante:

—¡Pensaba que ya no vendría!

—¿Esperas a alguien más, Eulalia? ¿Tal vez a Llorenç? —preguntó la madre de Mariona.

La anfitriona negó en silencio, Llorenç llegaría más tarde. Era evidente que se había reservado una visita sorpresa y ahora disfrutaba con la expectación.

—¿A qué viene tanto misterio? —le preguntó, divertida, la señora Catalina.

Eulalia Rovira hizo sonar la campanilla y al instante apareció la sirvienta.

—Ve a abrir a la señora Jofre y hazla pasar al salón.

—¿La señora Jofre? —exclamaron sus dos amigas a la vez.

La anfitriona asintió triunfante:

—Acaba de regresar de París —les anunció.

—¿Cómo has conseguido que viniera? No suele visitar a nadie… —observó la madre de Mariona en voz casi inaudible—. Dicen que no le gusta la compañía femenina. ¡Nos encuentra la mar de aburridas!

158

—Te olvidas de que su madre y la mía eran grandes amigas —le replicó Eulalia. Se abanicaba el generoso pecho con movimientos rápidos y espasmódicos, dándose aires de importancia.

Las tres jóvenes escuchaban a sus madres con interés mientras estas hablaban con premura entre susurros, antes de que la mujer misteriosa hiciese su aparición. Las habrían colmado a preguntas si no fuera porque no había tiempo. ¿Quién era Gloria Jofre? ¿Cómo es que nunca habían oído hablar de ella? Apenas un instante antes de que la visita entrara en el salón, la anfitriona no pudo contenerse y afirmó:

—¡Se rumorea que tiene un nuevo amante!

Se hizo el silencio; el tiempo quedó suspendido a la espera de esa dama elegante que de repente accedió al salón. Vestía una chaqueta a cuadros muy entallada, a juego con la falda, y en la cabeza, bien peinada, lucía un sombrero del mismo color morado que todo el conjunto. Cruzó el salón con paso firme y se plantó justo delante de la señora de la casa.

—¡Eulalia, querida, cuánto tiempo!

Se besaron en la mejilla sin apenas rozarse a causa del voluminoso sombrero de la invitada, y entonces Eulalia le mandó a la sirvienta que acercara una silla a su lado. La tarde, de pronto, se había vuelto de lo más interesante, pensó Aurora Rovira, sentada un poco más allá.

La señora Jofre debía de tener la misma edad que las otras señoras allí presentes, aunque no se les parecía en nada, ni en el vestir, ni en el modo de hablar, ni siquiera en la manera de actuar. Aquella mujer era muy elegante, como las otras, pero su aire era muchísimo más mundano, con una osadía que saltaba a la vista desde el primer instante. Una vez hechas las presentaciones pertinentes, la anfitriona se interesó por la cuestión más importante de la que hablaban todos los periódicos pese a que ellas no los leyesen:

159

—Cuéntanos, Gloria: ¿cómo está la situación en París?

La señora Jofre suspiró con disgusto:

—El desgaste de la guerra es evidente. Hace ya dos largos años que todo empezó. París está lleno de madres y esposas que aguardan el regreso de sus soldados. Es desesperante ver morir a tantos jóvenes, o lo que es peor: ¡verlos volver mutilados!

Contempló un instante a su concurrencia, calculando hasta qué punto sabían esas madres e hijas acerca del sufrimiento. Prosiguió:

—Tenemos mucha suerte, aquí, de no saber lo que es sufrir de verdad. La *grande guerre*, la llaman todos en Francia. ¡Pero yo la llamo *la guerre absurde et miserable*! ¡La ambición y la estupidez masculinas nos han arrastrado hasta aquí!

Las damas no osaban abrir la boca. Las jóvenes hacía rato que la tenían abierta, como los ojos, que contemplaban a esa mujer procedente de París que alternaba alegremente sus frases con el francés. Les habló de la batalla de Verdún, al nordeste de Francia, que había empezado en febrero y, según los más entendidos, no era posible perder, puesto que aquello podría significar perder la guerra contra los alemanes. En boca de todos estaba un tal general Pétain, nombrado hacía poco comandante jefe de dicha batalla en la que, por el momento, los alemanes ya habían conseguido algunas victorias. Pétain aparecía en todas las conversaciones, aseguraba Gloria Jofre, como el hombre llamado a darle un giro a la situación.

La dama les habló acerca de la vida en París, de los temas de conversación más candentes en las tertulias de los cafés, aunque omitió cualquier dato sobre su persona, sobre la vida que ella llevaba. En Barcelona corrían rumores de que esta mujer, eterna soltera, hija de una buena familia de la ciudad, que en sus años más jóvenes decidió viajar sola por el mundo, llevaba una vida bohemia en la capital francesa, donde se había instalado hacía ya unos cuantos años. Contaban que, al estallar la guerra, permaneció allí a la espera de un soldado al que luego habían dado por muerto. Afirmaban algunos que Gloria Jofre escribía libros bajo un pseudónimo masculino y que, en más de una ocasión, se había vestido de hombre con el fin de introducirse en ambientes de dudosa moral. Novelas picantes, decían algunos que escribía; poesía erótica, aseguraban otros. Afirmaban que se relacionaba con todos esos artistas de las vanguardias, la mayoría de los cuales había acabado huyendo de la Europa en guerra. Ella jamás confirmaba un rumor y apenas hablaba sobre lo que hacía o dejaba de hacer; en primer lugar, porque no se quedaba nunca muchos días en Barcelona, y en segundo lugar, porque, mientras estaba, no frecuentaba los círculos sociales. Si alguien le preguntaba algo, Gloria Jofre se limitaba a sonreír y aseguraba que su vida era demasiado aburrida para contar nada.

A Aurora Rovira le produjo una fuerte impresión conocer a una dama tan distinta a todas aquellas con las que había tenido contacto hasta entonces. No tuvo ocasión de charlar a solas con ella; si lo hubiese hecho, casi seguro le habría confesado todo lo que ella tampoco quería ser y habría aprovechado para preguntarle a una mujer como ella de qué modo podía desafiar las convenciones sociales y forjarse un camino diferente en el que sentirse viva, en el que la llegada a la edad madura no significara una pequeña muerte. Así lo veía ella cada vez que lo pensaba, al observar la vida y las aspiraciones de las mujeres viejas y jóvenes a su alrededor y sentir que un fuego la consumía de rabia y de ganas de rebelarse contra todo aquello. Escuchaba a su hermano y a Marcel hablar de la facultad, escuchaba a su padre comentar casos de sus pacientes; la vida, para ellos, era siempre interesante, mientras que, para ellas, las mujeres, consistía solo en un pasar el rato, coser, bordar, tocar el piano y desear que una visita inesperada como la de aquella tarde les brindara algún tema interesante del que hablar. Aurora deseaba con fervor otra cosa para ella y, por primera vez, tenía ante sí el ejemplo de una vida distinta. Habría querido ser más mayor, conversar a solas largo rato con ella, saber más de su vida; no por afán de chismorreo, sino para aprender y observar.

Gloria Jofre no se quedó mucho rato. Excusándose, pronto hizo el gesto de marcharse. Por instinto, Aurora se levantó al mismo tiempo que ella y, antes de que su madre abriera la boca, se ofreció a acompañarla hasta la puerta. No tuvieron más que unos breves instantes, apenas hablaron por no disponer ni del tiempo ni de la confianza, aunque al abrir la puerta, Aurora le preguntó ansiosa:

—Señora Jofre, ¿volverá a visitarnos?

La dama contempló a la jovencita de ojos anhelantes con repentina curiosidad.

—¿Qué edad tienes? —se interesó.

—Voy a cumplir diecisiete.

—¿Por qué deseas que vuelva? —le preguntó sin rodeos.

—Usted es tan distinta a… todas.

Aurora se sintió enrojecer y se apresuró a decirle:

—¡Me refiero a que los días son siempre tan aburridos aquí! Usted nos cuenta cosas de fuera, cosas interesantes. Me gustaría saber más sobre la guerra en Europa, sobre el mundo entero.

La señora Jofre la observaba con atención. Entonces, le preguntó:

—¿Has pensado ya qué quieres hacer?

La joven no entendió a qué se refería en concreto. Le dijo:

—¿En un futuro?

La dama asintió y añadió:

—¿Vas a seguir estudiando o tienes previsto un buen casamiento?

Aquella mujer era muy directa; nunca antes le habían hablado así.

—Soy muy joven aún —le respondió Aurora, ofreciéndole la misma respuesta que a todos los que acostumbraban a decirle lo bonita que era y lo pronto que encontraría un buen pretendiente.

La señora Jofre le tocó la mejilla encendida y le dedicó una afable sonrisa. Luego salió, aunque, antes de que Aurora cerrara la puerta, la dama se volvió para advertirle:

—No eres tan joven como para no saber qué camino quieres escoger.

Bajó por la escalera hasta el rellano inferior, consciente de la mirada que la chica Rovira clavaba en ella.

Los domingos soleados, Lluís llevaba a María de excursión al Hospital de Sant Pau. Tomaban el tranvía de Horta y luego caminaban un rato hasta donde se alzaba, majestuoso, el gran pabellón de administración. A su alrededor todo eran campos y la gente había hecho de ese lugar su recreo dominical. Siempre había alguna familia que encendía un fuego y asaba unas costillas que pronto humeaban hacia el cielo azul, impregnándolo todo de un aire festivo; había otros que acudían con el cesto bajo el brazo, tendían una sábana en el suelo y se echaban un rato con pereza, mientras alguien empezaba a cortar rebanadas de pan. El vino corría generoso de mano en mano, las conversaciones subían de tono, los chiquillos saltaban entre los matorrales y a veces alguien improvisaba un poco de baile. Como paisaje a esos domingos festivos, los pabellones del futuro hospital, construidos hacía ya unos años, vacíos aún, sufrían el desgaste del paso del tiempo. Lluís los contemplaba apesadumbrado y, como ellos, sentía la tristeza de quien espera una eternidad. «¿Cuándo llegarán los enfermos, los médicos, los hermanos y hermanas de la

Santa Creu? —le preguntaba María a un Lluís incapaz de responderle—. ¿Cuándo van a construirse el resto de los pabellones que el arquitecto proyectó?» A Lluís se le partía el alma de ver cómo pasaban los años y las obras no se terminaban. Iban haciéndose algunos trabajos escultóricos, como las dos esculturas de menos de dos metros que el maestro Arnau le había entregado a comienzos de año a don Lluís, que se añadían a la fachada del pabellón de administración, o bien el monumento al gran benefactor del hospital, el banquero Pau Gil, que quedaría listo en pocos meses para presidir la entrada del hospital. Y, sin embargo, de los nuevos pabellones solo se construía uno, el tercero del ala este, financiado por un hombre adinerado llamado Rafel Rabell. El resto de los edificios seguían esperando el dinero de la Santa Creu para convertirse en realidad.

Lluís no ganaba mucho con sus encargos, pero no se quejaba: desde su regreso a Barcelona a raíz de la guerra en Europa, se había instalado en un pequeño local de la calle Comerç que le servía para vivir y trabajar. El maestro Arnau seguía dándole trabajo, así como su amigo Gargallo, y aún le quedaba tiempo para experimentar con sus propias ideas; había empezado a despertar el interés de algunos críticos de la ciudad. Después de malvivir en París, en aquellos años repletos de intensidad artística y de bohemia que lo habían hecho el hombre que ahora era, más maduro, más experimentado, más conocedor de los placeres y también de las miserias humanas, sus trabajos habían progresado mucho. Cuando recibía un encargo se limitaba a seguir las directrices del arquitecto o el maestro escultor, pero cuando trabajaba para él, cuando iba por libre, su pequeño taller de la calle Comerç se transformaba en el mundo entero donde el día y la noche se fundían sin fin y no existía nada más que su trabajo, que era conseguir esa forma, ese rostro, esa expresión que tenía en

164

la cabeza. Sus dedos se manchaban de tinta al trazar los bocetos preliminares, como si una extraña fuerza lo poseyera; caía extenuado después de horas modelando el barro hasta conseguir la forma y luego el yeso, la escarpa, el cincel, la lucha del hombre cuerpo a cuerpo con los elementos para hacer aflorar el alma de la materia. Perseguía plasmar los sentimientos más íntimos, atrapar la perfección imposible del arte. Estudiaba, incansable, la fisonomía de hombres y mujeres que veía por la calle. A veces, vagabundeaba sin rumbo fijo horas enteras, igual que había empezado a hacer en París, buscando con ojos hambrientos los rincones más sórdidos de Barcelona; unos ojos parecidos a los del loco, del iluminado, que centelleaban con pasión casi criminal al descubrir esa mueca, ese rostro que había buscado sin siquiera saberlo. Cualquier cosa que lo sacudiese por dentro, que le removiera las entrañas y se le clavara en el alma como una estaca: una mirada de bestia feroz que escapaba de los ojos de una madre al proteger a su criatura; el rostro de un pobre viejo cansado de tanta miseria; la avidez de un chiquillo a punto de robar una fruta caída de un carro; el miedo, el dolor, el sufrimiento, pero también la ternura, el amor, la lujuria, que no poseen edad ni clase social. Todo le interesaba a Lluís, que, desde su vuelta de París, parecía haber vivido una vida entera.

María lo veía en sus ojos, en su actitud. Lluís había vuelto muy cambiado. Era como si siempre hubiese sido esa persona, ese artista de pies a cabeza en que se había convertido, aunque la vida no le hubiera dado la oportunidad de demostrarlo. Lo percibía más vivo que nunca, Lluís rezumaba energía, pasión; era el hombre más atractivo de la tierra. María se estremecía por dentro cuando él le sostenía la mano al bajar del tranvía, cuando le daba ese beso fraternal en la mejilla, cuando respiraba cerca de ella o cuando un mechón de su largo cabello, tan negro, tocaba por casualidad un centímetro de su cuerpo. Él nunca le hablaba de otras mujeres, pero María estaba convencida de que había habido más de una. Solo había que fijarse en cómo lo miraban todas y en ese instinto animal con el que él les respondía, rápido, sutil, intuitivo, seduciéndolas con una simple mirada, con su sonrisa burlona; haciéndolas sonrojarse con una facilidad sorprendente. Tantas cosas que no me has contado de París y que no vas a contarme, pensaba María. Procuraba no pensar en ello; se esforzaba por ser alegre, ingeniosa, divertida cada vez que estaban juntos, para que él no se cansara nunca de ella.

Lluís había vuelto de París a los pocos meses de estallar la guerra en Europa. Al principio, María no supo nada de él, con lo que pasó un tiempo muy preocupada. Pero entonces regresó, junto a su amigo Pablo Gargallo, a quien ella todavía no había podido conocer. Su amigo se había casado el pasado mes de agosto, en un día en que María trabajaba, y por eso no pudo asistir a la boda. Poco después, Gargallo cayó enfermo y Lluís le explicó a María que se había instalado en Tiana por una temporada larga, en casa de la madre de un buen amigo de ambos, un tal Cinto Reventós, que además era su médico. «Un día te llevaré a Tiana a conocerlos, Mía —le aseguraba Lluís—. Te presentaré a Pablo y a su mujer, una chica muy agradable, francesa; se llama Magalí. También conocerás a Cinto y a su hermano, Ramón, que es poeta, además de una persona con mucho ingenio. Verás como te gustan.» Sin embargo, Lluís aún no lo había hecho. La situación de Pablo le servía a Lluís para explicarle a María aquello que ahora él no deseaba hacer: «No quiero casarme, no quiero formar una familia que dependa de mí, porque ahora yo soy libre, puedo hacer lo que quiera y vivir con poco dinero. No necesito casi nada. Si te contara cómo vivía en París… Cuando termine la guerra en Europa, voy a volver. He dejado un puñado de amigos allá». Y María sentía que el corazón se le rompía en mil pedazos cada vez que Lluís hablaba así; se desesperaba y le entraban unas ganas enormes de llorar, aunque se las aguantaba hasta llegar a casa. Una vez allí, las otras sirvientas la oían sollozar hasta bien entrada la noche. A veces se acercaban a ella y le decían «María, tienes que espabilar. Demuéstrale a este chico lo que sientes por él, una chica sabe hacerlo. ¿No ves que si no lo haces cualquier día habrá otra más viva que pasará por delante de tus narices? Un hombre como Lluís no dura mucho tiempo sin pareja». María se desesperaba aún más y solía quitarse de encima a su compañera diciéndole «déjame, solo quiero dormir». Hundía el rostro en la almohada y entonces pensaba que tenían razón, que en realidad sentía un miedo terrible: no soy lo bastante buena para él, por eso nunca encuentra el momento de presentarme a sus amigos. Se avergüenza de mí, yo no soy nadie. Si le demuestro hasta qué punto lo amo… seguro que me rechazará. ¿Y si lo pierdo? ¡No soportaría dejar de verlo! Al menos, lo tengo como amigo…, me quiere como a una hermana, ¡qué desgracia!

Aquel domingo hicieron como tantos otros: fueron de excursión a Sant Pau, se tumbaron sobre una sábana y charlaron de la semana mientras comían el pan y los embutidos que María había preparado con tanto esmero. Lo recogieron todo muy temprano, porque Lluís quería pasar por casa del maestro Arnau antes de que anocheciera. Tomaron, así pues, el tranvía de vuelta y caminaron hasta la casa de los señores Rovira. Estaban ya despidiéndose en el portal cuando se abrió la grande y pesada puerta y de dentro salió como una ráfaga Aurora con las mejillas completamente encendidas.

—¡María! —exclamó gratamente sorprendida—. ¡Ya has llegado! ¿Qué hora es? ¡Tengo que contarte algo! Pero ahora no puedo, llego tarde. Voy a casa de Amelia, pero volveré pronto. Prométeme que tendrás tiempo para mí esta noche. Tengo que hablar contigo.

Todo esto lo soltó deprisa y sin pausa alguna. Al terminar, se percató de la presencia de Lluís y, entonces, volvió a ser la señorita de buena casa que era: le dedicó una sonrisa deslumbrante, le tendió la mano amable y les dijo a los dos:

—Disculpadme. ¡Estoy tan contenta! Bien, debo irme. Mucho gusto, hasta pronto.

Se quedaron ahí plantados mientras la chica Rovira se introducía en el carruaje de su padre, que ya se encontraba esperándola justo enfrente. El cochero azotó al caballo y empezaron a moverse.

—Es una auténtica belleza —murmuró Lluís, claramente impresionado. María sintió una punzada en el pecho. Le dio la espalda y se despidió con cierta prisa.

—¡Adiós, Lluís! —le dijo sin apenas mirarlo—. Hasta el próximo domingo.

Pero el chico le gritó desde el portal:

—¡Mía, el domingo que viene no podré venir!

María se detuvo a media escalera y se volvió hacia él. Lluís se explicó:

—Voy a ver a Pablo a Tiana. Esta vez no puedo llevarte conmigo, ya que lo más probable es que me quede un par de días allí. ¡La próxima vez te prometo que te llevo!

María se tragó su disgusto. Respiró hondo y le dijo:

—Vale, vale; la próxima vez, entonces.

Al anochecer, Aurora fue a buscarla. Ella estaba atareada con la cena, pero a Aurora no parecía molestarle que siguiera cocinando mientras la escuchase. Era incapaz de guardarse para luego todo lo que deseaba contarle.

—He hablado con mi padre, Mía. ¡Ha sido increíble! Todavía no me creo que se lo haya dicho. Me pellizco todo el rato.

—¿Qué es lo que le has dicho? —le preguntó María sin sacar los ojos de la cazuela que tenía en el fuego. Adoraba a Aurora, Dios era testigo de ello, pero ahora mismo la muchacha le estorbaba, ¡y de qué manera! No veía la hora de terminar con todo e irse directa a la cama. Ni siquiera cenaría; se encerraría en su habitación y se dejaría llevar por la tristeza y la impotencia de todo lo que le ocurría con Lluís y no sabía resolver. Ahora se temía lo peor: quizá él le daba largas; tal vez nunca llegara a presentarle a sus amigos porque, casi seguro, se avergonzaba de ella.

Aurora charlaba animadamente, muy lejos de darse cuenta del malestar de la cocinera. Le decía:

—He ido a su despacho después de comer. Le he dicho que quería hablar con él en privado y al principio se lo ha tomado a broma, pero entonces ha visto que hablaba en serio y me ha hecho pasar. «Siéntate», me ha dicho, y yo le he soltado todo.

—¿Qué es lo que le has soltado? —Había cierta impaciencia nada habitual en el tono de María, aunque Aurora estaba tan excitada que ni se fijó.

—Hace días que le doy vueltas y más vueltas, sobre todo, desde el día en que vino esa señora conocida de mi madre, aquella de quien te hablé.

—Gloria Jofre —dijo María de forma mecánica. Aurora la había mencionado tan a menudo en los últimos días que la cocinera sabía exactamente a quién se refería. La señora Jofre había causado una profunda impresión en la chica, esto estaba claro, y desde entonces Aurora estaba muy agitada. La actitud hacia su madre, ya de por sí un tanto rebelde, había empeorado. Enfurruñada a ratos, eufórica en exceso en otros, María percibía que Aurora tramaba algo y que tarde o temprano se lo haría saber. —Le he dicho a mi padre que quiero estudiar medicina.

María dejó la cazuela a un lado y la miró asombrada. Que Aurora hubiese sido capaz de guardarse tantos días un secreto como aquel, sin siquiera comentarlo con ella, era un hecho nuevo por completo y daba fe de su importancia.

—¡Esto sí que no me lo esperaba!

Aurora sonrió triunfante.

—María, ¿de veras habías creído que yo me conformaría con ser como mamá?

La pregunta era demasiado maliciosa para la cocinera, así que decidió no responder. Aurora prosiguió en tono firme:

—Hay otras chicas que han estudiado medicina y ahora son licenciadas. ¡No voy a ser la primera!

—Pero todavía eres muy joven para...

—No tanto, María, no tanto —le contestó ella rápido—. Tendré que acabar los estudios preparatorios y luego prepararme muy bien para poder acceder a la facultad. Pero ¿quién dice que no soy capaz?

Tenía un aire desafiante, sus ojos relucían más que nunca y María no se atrevió a contrariarla con sus dudas. Aurora, doctora, pensó. ¿Es posible?

—¿Y el señor doctor te ha dicho que puedes hacerlo? ¿Te permitirá ir a la facultad?

La chica Rovira no pudo confirmárselo porque su padre no se había mostrado lo abierto y comprensivo que ella esperaba. No obstante, tampoco le había dicho un rotundo no. La buena noticia era que no se había negado. Es cierto que le habló de lo joven que era todavía, de que era probable que se olvidara de ello al poco tiempo, pero dijo que si no se le pasaba, tal como ella le insistió, ya volverían al tema más adelante. Ahora mismo estaban en primavera y pronto vendrían las vacaciones de verano. Se marcharía a Camprodón con su madre, como siempre, y a su regreso ya volverían a hablar si es que ella seguía pensando en ello.

—Mi padre cree que es una de mis ideas locas y que ya se me pasará —le dijo Aurora—. Pero no va a ser así, Mía, estoy convencida. Después del verano no tendrá más

170

remedio que acceder a ello, porque no hay cosa en el mundo que más desee. Estudiaré medicina, Mía, como Llorenç y como papá. Ya lo verás.

María terminó de hacer la cena mientras le daba vueltas a todo aquello. ¡Aurora, su pequeña Aurora! ¿Quién lo iba a decir? Sabía que, si ella se lo proponía, podría hacer cuanto quisiera. ¡Médico! ¡Virgen santa! ¿Qué habría dicho su madre? ¿Y qué iba a opinar la señora Rovira? Esa charla con Aurora la salvó de una noche triste y pesada. Sus rabietas con Lluís le parecieron un absurdo al lado de tanta determinación. Al fin y al cabo, vería a Lluís al cabo de dos domingos y, como siempre, él sería bueno y afectuoso con ella. Aurora le había hecho ver que tenía que ser más fuerte, más atrevida; que, si quería algo, debía arriesgarse, y pensó que tal vez el próximo día, quién sabe, hallara el modo de hacerle notar a Lluís lo que él no veía… ¡Qué mujer, Aurora! Tan fuerte y segura de sí misma. Llegará muy lejos, pensó. Solo esperaba que, en su ascenso, siguiera manteniéndola tan cercana a ella, porque su coraje le daba fuerza.

Avanzada la primavera, empezó a hacer verdadero calor. Los días eran más largos, y las noches, cada vez más cortas. La verbena de San Juan marcó finalmente el inicio del verano y, como cada año, las familias barcelonesas enfundaron los muebles con sábanas, sacaron la ropa ligera de los armarios y se marcharon cargadas de voluminosos baúles hacia los distintos lugares de veraneo. Pasarían tres largos y perezosos meses allí, donde les esperaban los baños de agua, los paseos al atardecer, las noches de fiesta y las nuevas amistades, los galanteos de los hijos de unos con las hijas de otros. No volverían a la ciudad hasta el momento de inaugurar la nueva temporada de ópera, con la que el ciclo volvería a empezar.

Pero en la ciudad se quedaban los hombres, jóvenes y mayores, a los que aún les faltaban muchas jornadas de trabajo antes de las merecidas vacaciones. Quince días como mucho, en julio o agosto, se tomarían los señores doctores de la Santa Creu, incapaces de dejar durante más tiempo a sus pacientes en otras manos. Despedidas las mujeres y parte del servicio, en casa de los Rovira quedaban ese año el padre y el hijo, cada uno absorto en su día a día y procurando coincidir lo mínimo indispensable.

A finales de junio se inició el tiempo de espera para Llorenç Rovira y su amigo Marcel: pronto conocerían el dictamen final de sus maestros que debía convertirlos en médicos licenciados. Ellos no tendrían vacaciones, al menos no contaban con ello. Tanto uno como otro solo pensaban en poder mantener su trabajo en el servicio donde habían estado hasta el momento en calidad de alumnos internos. Llorenç anhelaba quedarse junto al maestro Torras, aunque sabía que algún día lo requerirían en el servicio de su padre; de momento, el señor Rovira le dejaba hacer a su hijo, sobre todo ahora que todo el equipo de Torras se había trasladado al nuevo Hospital de Sant Pau, pues de este modo podía tener información de primera mano. Llorenç lo aprovechaba, orgulloso de formar parte de ese reducido grupo de pioneros en el nuevo hospital. Le faltaba Marcel, por supuesto, porque los servicios quirúrgicos de la Santa Creu seguirían aún por un tiempo en el viejo edificio de la calle del Hospital. Renunciaba así a ver a su amigo a diario, aunque tenía la firme esperanza de recuperarlo muy pronto, ya que el traslado de todos los servicios a Sant Pau no podía tardar mucho más.

El momento favorito de Llorenç en aquellos primeros días en el nuevo hospital consistía en el corto paseo desde la parada del tranvía hasta el recinto hospitalario. El camino era de tierra y estaba lleno de baches, con lo que los carros encallaban constantemente las ruedas y lo más adecuado era servirse de las piernas para superar esos pocos metros hasta llegar al hospital. Las vistas eran las mejores de la ciudad, llegaba a intuirse el mar desde ahí arriba, más allá de la neblina de primera hora de la mañana, la cual convertía en imagen casi fantasmagórica la silueta recortada del otro gigante arquitectónico que se construía más abajo de Sant Pau: el templo de la Sagrada Familia. En él llevaba trabajando muchos años el arquitecto Gaudí. Llorenç caminaba hasta la esplendorosa entrada del nuevo hospital, tres puertas de hierro forjado flanqueadas por dos grandes pilares que sostenían los dos símbolos que darían el nombre a la institución: la Santa Creu y Sant Pau. Al llegar a ese punto, la vista se alzaba sin remedio hacia la torre que coronaba el gran pabellón de administración, donde se había proyectado ubicar un gran reloj que no solo marcaría las horas para los médicos y futuros enfermos, sino para todo el nuevo barrio del Guinardó que, algún día, llenaría de casas y vecinos esos campos que ahora rodeaban Sant Pau.

Llorenç tenía que cruzar el edificio principal para llegar a la avenida que se abría detrás, que separaba los pabellones de enfermería del ala oeste y los del ala este. El doctor Torras se había instalado en el primero del ala este, en el que, pese a haberse concebido para la cirugía de hombres, iban a acomodarse en breve las primeras enfermas del hospital. Lo bautizaron como pabellón del Sagrado Corazón, aunque también lo llamaban de San Salvador, como el santo esculpido por Eusebi Arnau que presidía la fachada frontal. Nada más entrar, un vestíbulo daba acceso al despacho médico, a la izquierda, mientras que a mano derecha se abría la bellísima rotonda acristalada, repleta de luz natural, que sería la sala de día, donde las enfermas podrían abandonar la cama durante un rato y recibir visitas de sus familiares. El maestro Torras ya había encargado los muebles que iban a decorar ese espacio, aunque todavía no los habían entregado.

Cada mañana, Llorenç cruzaba el vestíbulo y accedía a la gran sala de enfermería, con capacidad para veintiocho camas, que dominaba el espacio central del pabellón, formado por una sola planta y semisubterráneo. Se imaginaba a las primeras enfermas y se veía a sí mismo como un médico ya licenciado, moviéndose con cierta soltura. Era una sala de grandes dimensiones, con un techo abovedado donde podían contarse hasta ocho arcos ligeramente apuntados. El revestimiento de las paredes, hecho de cerámica, le daba un aire limpio y pulcro, de acuerdo con la higiene imperante en los más nuevos y modernos hospitales de Europa, tal como explicaban, y esas ventanas altas a cada lado dejaban entrar tanta luz que el espacio parecía aún mayor. Las camas para las futuras enfermas ya se habían colocado, y las seis hermanas y las cuatro sirvientas preparaban las sábanas, los barreños, los utensilios de limpieza y todo lo necesario para su llegada. Debía producirse esa misma mañana y, por tanto, se respiraba cierto nerviosismo general. El doctor Torras aún no había llegado, pero pronto lo haría y habría que tenerlo todo listo. Ahí estaban haciendo guardia el médico adjunto y los practicantes que formaban parte de la visita, como el propio Llorenç.

—Rita, Emilia, Teresa, María y Rosa —recitó uno de los practicantes en voz bajita en el instante en que Llorenç se incorporaba al grupo. Eran los nombres de las cinco enfermas a punto de llegar, probablemente unos nombres que los señores administradores de la Santa Creu anotarían en sus anales para el recuerdo. Al día siguiente, ellos mismos se personarían ante las enfermas, acompañados de la madre superiora, el farmacéutico mayor y el prior de la Santa Creu, un acto de gran solemnidad donde el doctor Torras haría de maestro de ceremonias.

—Las tres primeras ocuparán las camas número dos, tres y cuatro —se le oyó decir a la hermana Arnau, que, lista en mano, repasaba la disposición de las enfermas, seguida del resto de las hermanas.

El padre Granés supervisaba el altar, instalado de forma provisional en el mismo pabellón donde se darían de momento las misas y se les administraría la comunión a hermanas y feligreses. Lo habían nombrado capellán del nuevo hospital, así que, como el resto de los presentes, trataba de familiarizarse con ese espacio limitado que concentraría, por el momento, toda la actividad de Sant Pau.

Llorenç se sentía animado; el nuevo hospital le permitía respirar aire puro, limpieza absoluta. Parecía un suntuoso palacio en comparación con las oscuras y mal ventiladas salas de la Santa Creu. Era como si allí, en aquellos pabellones artísticamente decorados, en ese entorno ajardinado y amable, no hubiera cabida para los piojos, las secreciones purulentas, la suciedad y el sudor propios de los pobres enfermos, una parte del oficio que el joven Rovira detestaba sobre todas las cosas y que a menudo había entrado en conflicto con su extrema sensibilidad y su constante afán de belleza. Cuántas veces, en sus primeros años de medicina, anheló que lo dejaran en paz, que no lo obligasen a ser aquello para lo cual no había nacido. Cuántas veces soñó con su libertad y con hacerse poeta, músico, pintor. Pero no había podido escoger. No obstante, a medida que los cursos avanzaban y, sobre todo, gracias a sus prácticas como alumno interno, se le presentó un hecho extraordinario: el maravilloso retorno del cuerpo enfermo a la salud. Ser testigo, lentamente, de aquel hecho, de enfermo en enfermo, acabó reconciliándolo con el oficio del que en un principio no se creyó capaz.

1921

En el caluroso verano de 1920, coincidiendo con el traslado de un segundo servicio de medicina general, el del doctor Freixas, al nuevo hospital, los médicos de la Santa Creu fueron testigos de un auténtico llamamiento ciudadano por parte de los señores administradores del hospital: más que nunca, debían hallar el modo de obtener el dinero necesario para proseguir con las obras de Sant Pau. Había que construir los pabellones proyectados por el arquitecto Domènech i Montaner, y trasladar el resto de los servicios lo antes posible, ya que los muros del antiguo hospital, igual que los latidos de un corazón demasiado viejo, parecían decir basta a cinco siglos de existencia. Era del todo necesario apelar a la caridad de los barceloneses, encender la llama de la compasión en todos aquellos que pudieran contribuir a levantar el nuevo hospital de la ciudad; por ello, en verano, los administradores de la Santa Creu acudieron al pintor Joan Llimona para la realización de un cartel. El pintor dibujó una imagen que hablaba por sí misma: desde la puerta medio abierta de la Santa Creu, una hermana hospitalaria asomaba la cabeza observando impotente a un anciano alejarse. El viejo se apoyaba con dificultad en una joven muchacha después de que no hubieran podido acogerlo en el hospital por falta de espacio. «No hay camas», rezaba un cartel colgado en la puerta. Se hicieron numerosas copias; en las parroquias de cada barrio se colocaron alcancías junto al cartel bien visible, y no fueron pocos los notarios de Barcelona que, con mucho acierto, colgaron la litografía de Llimona en la misma sala en que las familias pudientes redactaban su testamento.

Todo esto contribuyó a aumentar los fondos de la santa institución, y los médicos empezaron a esperar, impacientes y con renovada ilusión, su traslado gradual. Aunque la campanada mayor llegó al año siguiente, cuando se corrió la voz de que los señores administradores estaban negociando con el Ayuntamiento de Barcelona para venderle el edificio de la calle del Hospital. Al fin llegaba el capital necesario para retomar la construcción de los pabellones restantes, pese a que el edificio antiguo no quedaría desocupado hasta cinco años después, según lo previsto por el arquitecto. Seguirían, así pues, trabajando los unos en la Santa Creu y los otros en Sant Pau, como venían haciendo en los últimos tiempos, pero eran muchos los médicos, practicantes, hermanos y hermanas que empezaron a contemplar esos muros de piedra; esas salas compartimentadas hasta el extremo; esos pasillos, escaleras, puertas, ventanas y grandes arcadas; esos patios y terrazas donde los enfermos tomaban el aire y paseaban a menudo; esas cocinas, la farmacia, los dispensarios y las dos salas de operaciones donde se acumulaban los turnos como la visión de algo a punto de convertirse en recuerdo.

Y, entre todos ellos, una nueva alumna interna que cursaba tercero de medicina y a la que acababan de admitir en el servicio de pediatría de la Santa Creu: Aurora Rovira. La joven había conseguido convencer a su padre y a todos los que dudaban de ella de que no era ningún capricho, sino una firme decisión lo de convertirse en doctora. Les demostró que nada ni nadie podría detenerla. Su padre pasó de la broma a la incredulidad, del escepticismo al verdadero asombro, y, acostumbrado como estaba a no negarle nada a una hija a la que adoraba por el simple hecho de ser su más vivo y bello reflejo, se propuso apoyarla. Le permitió cursar el primer curso en la facultad con la condición de que fuera siempre acompañada de Antonio, el chófer, hasta su entrada en clase. Para disgusto de Aurora y también de un par de chicas más que, con su mismo atrevimiento, se habían inscrito en medicina, la gran mayoría de los alumnos varones solía ponerse en pie cada vez que una de ellas accedía al aula. Se daba entonces una situación molesta para aquellas chicas, que lo único que buscaban era normalidad, pero en segundo curso fueron acostumbrándose a ellas y cuando en tercero Aurora entró en el cuerpo de alumnos internos que hacían las prácticas en la Santa Creu, ya eran muchos los que dejaban de observarla al pasar. Entonces fueron los niños y niñas de las salas del hospital los que empezaron a mirarla con ojos curiosos: acostumbrados a los señores doctores y a sus ayudantes, a menudo le preguntaban si era enfermera y por qué no vestía como las monjas del hospital. Precisamente eran ellas quienes suponían el peor contratiempo para Aurora Rovira, sobre todo las dos hermanas de sala, la de Sant Narciso y la de Santa Ana, que es donde ella visitaba junto al maestro Martínez García, pues, con el peso de su autoridad, no estaban muy dispuestas a ponerle las cosas fáciles a una aprendiz de doctora.

Suerte tenía de contar con Marcel y de las charlas que mantenían en el patio de la Santa Creu, en las que Aurora se confesaba al amigo de su hermano, que, con el tiempo, se había convertido en su amigo. Desde que entró a hacer sus prácticas en el viejo hospital, Aurora compartía con Marcel todas sus preocupaciones; se lo contaba todo, le preguntaba todo, porque no había chica en ese mundo de hombres con más ganas de aprender y de progresar que Aurora Rovira. Y Marcel la escuchaba siempre con atención y la admiraba más que nunca. Si de más joven había visto en la hermana pequeña de su amigo a una belleza inigualable, ahora veía a la mujer con quien se imaginaba en un futuro. Sin embargo, este pensamiento se lo reservaba para sí mismo. Quizá más adelante, solía decirse, más adelante. Marcel Riera era muy consciente de que en ese momento Aurora Rovira tan solo tenía ojos para la medicina. Tal como acostumbraba a hacer con Llorenç tiempo atrás, cuando ambos eran todavía alumnos internos y su amigo aún no se había trasladado a Sant Pau, se citaba con Aurora cada día junto a la cruz barroca del patio, donde pasaban un buen rato charlando sobre las cosas del hospital.

Era principios de octubre del año 1921 y el otoño empezaba a manifestarse en el tono amarillento de las hojas de los árboles del patio. Los ancianos se sentaban en los bancos buscando los débiles rayos del sol, los chiquillos jugaban al pillapilla y tal vez alguno más atrevido se acercaba con sigilo a espiar a los muertos del corralito, igual que otros en décadas anteriores. De vez en cuando, una ráfaga de viento obligaba a ajustarse el abrigo a aquellos privilegiados que lo llevaban, mientras alguna monja o hermano de la Caridad cruzaba el patio a toda prisa. Aurora bajó la escalera procedente de la sala de Santa Ana, donde estaban las niñas. Marcel se encontraba ya en la cruz fumándose un cigarrillo. La mañana había sido intensa, con un caso de apendicitis y dos úlceras gástricas. Nada más verla descender, le leyó la expresión del rostro, esa que indicaba novedades. Ella se le acercó directa:

—Por fin —le dijo—. Tenía tantas ganas de contarte… ¡tengo buenas noticias!

Sus ojos azul oscuro centelleaban. No podía ser más hermosa, pensó un Marcel que nunca acababa de acostumbrarse.

—¿Qué ha pasado? —le preguntó.

—Es acerca de Sant Pau. ¿Sabes qué rumor me ha llegado a través de mi padre?

—Si no me das alguna pista… —dijo él, divertido.

Aurora le anunció:

—El doctor Girona, un viejo conocido de la familia, ha hecho una donación muy generosa al hospital. Dice mi padre que van a construir en Sant Pau un pabellón para patologías no infecciosas destinado a las niñas. Lo llamarán Santa Victoria, en recuerdo de la hija que perdieron los Girona, pobrecita, y en cuanto esté listo trasladarán allí el servicio.

Marcel no comentó nada. La sola idea de renunciar algún día a sus encuentros diarios con Aurora lo inquietaba. Le constaba que a los cirujanos les quedaba mucho para trasladarse al nuevo hospital. Le dijo:

—Pero todavía no han empezado.

—¡Claro que no! Es muy reciente. Ahora bien, no creo que tarden mucho en colocar la primera piedra y después de eso, tal vez en unos meses… ¿Te imaginas, Marcel? Un pabellón nuevo por completo y resplandeciente para las niñas, con un jardín donde poder jugar. Estoy segura de que el día en que podamos sacar a los niños de aquí y llevarlos a Sant Pau todo irá mejor.

—Solo espero que también trasladen a los cirujanos bien pronto —refunfuñó Marcel—. No me gusta la idea de que me dejéis tan solo aquí. Primero, Llorenç; ahora, tú…

Aurora soltó una carcajada, se la veía muy animada.

—¡Todos vamos a acabar allí, Marcel, tarde o temprano! —le aseguró.

—Tienes razón. Es que me muero de ganas —le respondió él. Sobre todo, si tú estás allí, pensó.

Aurora pasó a interesarse por las operaciones de aquella mañana y hasta qué punto el doctor Ribas lo había dejado intervenir. Estaba al corriente de los cambios que, hacía poco, se habían producido en la sección de cirugía, ya que Marcel había ido informándola: primero falleció el doctor Raventós, lo cual provocó que el doctor Pujol pasase a ocuparse de la cirugía de los hombres, mientras que Ribas y todo su equipo pasaban a encargarse de la cirugía femenina. Así se había mantenido todo durante dos años, hasta que unos meses atrás el doctor Esquerdo, el gran cirujano y ginecólogo de la Santa Creu, murió de un infarto. Entonces, el doctor Pujol pasó a ginecología y quedó vacante la dirección del servicio de cirugía de hombres. Todos los pronósticos apuntaban hacia el discípulo más destacado de Ribas para ocupar el cargo, justo aquel junto al cual se había formado Marcel: Manuel Corachan. Y mientras duró esa incertidumbre, mientras el propio Corachan pensaba en el equipo que formaría para ocuparse de ese momento en adelante de los hombres, Marcel le confesó a Aurora ese íntimo deseo de formar parte de él. No era cuestión de desmerecer al gran maestro Ribas, pero tenía con Corachan una afinidad especial, admiraba su ímpetu y osadía, que, según él, iba a revolucionar el servicio de cirugía de hombres de la Santa Creu. No obstante, resultó que el maestro Ribas no quería prescindir de Marcel, así que Manuel Corachan formó su equipo con tres médicos ayudantes que no lo incluían a él. No se lo tomó del todo mal, Marcel, pues su pequeña y secreta decepción venía acompañada de la certeza de que el maestro Ribas lo valoraba mucho. Y aquello se había manifestado a raíz de la marcha de Corachan, al poner a Marcel a su lado en las operaciones más importantes. A Ribas le gustaba la precisión y rapidez que Marcel demostraba con el bisturí, al igual que su serenidad ante imprevistos comunes como una hemorragia, un síncope o cualquier trastorno del paciente que a veces había que afrontar.

—Pero no hablemos más de mí —dijo Marcel tras detallar su mañana en la sala de operaciones—. Quiero que me cuentes cómo están tus niños y niñas.

El rostro de Aurora se iluminó. Pese a llevar solo un año haciendo las prácticas en el servicio del doctor Martínez

García, sentía que aquello era justo lo que deseaba hacer el resto de su vida: sus niños y niñas, como decía Marcel medio en broma, poblaban cada noche sus sueños y sus peores pesadillas. Aurora Rovira se esforzaba por aprender a tratar con aquellos pequeños y desgraciados pacientes, en entender y saber detectar las diversas patologías que observaba a diario en la visita junto al maestro, en leer los síntomas, en recordar el tratamiento que el doctor Martínez les prescribía y que les indicaba a las hermanas hospitalarias, y asistía con constante inquietud a su recuperación o al desenlace fatal. Sabía que la profesión la obligaría a separar sus emociones de las criaturas enfermas; que nunca, bajo ninguna circunstancia, debería hacer visible su corazón roto o las ganas de llorar ante esos ojitos de dolor por los cuales se escurría a veces el último suspiro de una vida corta, de condiciones penosas, de carencias infinitas que ella jamás había conocido. Procuraba ser valiente y demostrarse a sí misma y a todos los que la rodeaban que era capaz de tomar distancia, de mirarlo todo con ojo clínico y sentido práctico, tal como se le exige al buen médico, pero por las noches se le aparecían esos pequeños rostros y, entonces, se dejaba llevar un poco, solo un poco, por la tristeza, por la rabia y la impotencia, al tiempo que crecía en su interior un enorme deseo de cambiar el mundo.

Como siempre les ocurría, esa charla en el patio se les hizo demasiado corta, pero Aurora aún aprovechó el último minuto para mencionarle la cena que esa noche tenía en casa de su amiga Mariona.

—Vendrá Amelia también, ya sabes, mi otra amiga del alma. ¿Te acuerdas de que te la presenté una vez?

—Vagamente —dijo Marcel, como siempre que Aurora le mencionaba a otra muchacha.

—Sí, hombre, esa chica tan bonita y elegante. Todos los chicos van detrás de ella, pero ¿sabes qué? Se acaba de prometer. ¿Y sabes con quién?

Marcel negó con la cabeza.

—Con Josep Trueta.

Primero hizo como si no supiese de quién le hablaba, pero entonces cayó en la cuenta de que era uno de los médicos ayudantes del recién estrenado servicio de Corachan. Un joven muy alto, de cuerpo atlético y cabello claro.

—Sé quién es. Acaba de licenciarse, creo —apuntó Marcel.

—Sí, ha hecho los dos últimos cursos a la vez —le explicó Aurora. Se acercó un poco a Marcel y le susurró al oído—: ¡Tiene prisa por casarse con Amelia!

Marcel notó que se encendía por dentro nada más percibir el tibio aliento de Aurora en su oreja. Cada vez que ella se le acercaba más de la cuenta, que lo rozaba distraída o le dedicaba esa sonrisa deslumbrante, él se derretía de placer y deseaba con todas sus fuerzas rodearla con los brazos por la cintura y atraerla hacia él, besarla, entonces, sin tregua, por todo el tiempo de espera y el deseo contenido. Le habría declarado su amor a cada instante, le habría propuesto un mar de veces matrimonio, si no fuera porque la intuición le decía «espera, Marcel, espera un poco más». Reprimiendo, así pues, sus instintos más primarios, el joven médico se despidió de su amiga y cada uno volvió a su trabajo.

Era una de esas raras veces en que Eulalia Rovira salía de casa. Solo lo hacía en ocasiones como aquella, una cena de etiqueta en casa de sus amigos, los Puigmartí, pues le suponía un verdadero esfuerzo mover su pesado y aparatoso cuerpo. A base de capas de muselina de seda, intentaba aligerar su figura, tapar o disimular esas carnes que se habían vuelto tan generosas; jamás se maquillaba en exceso porque, pese a las decepciones, al aburrimiento, a la dejadez de sus últimos años relegada tan a menudo en su jaula particular, Eulalia no había perdido el buen gusto. Menospreciaba a las mujeres que abusaban del maquillaje tratando de ocultar las imperfecciones, los disgustos, todas sus miserias. Mujeres que parecían vulgares, algo que ella deploraba.

Darius Rovira, el causante de su particular tristeza, había salido ya de casa y la esperaba en la calle, donde Antonio tenía el coche a punto.

Ni siquiera puede bajar las escaleras conmigo, se lamentaba Eulalia frente al espejo, único testigo y confesor de su agonía. Mi esposo hace tiempo que dejó de amarme; tal vez nunca lo hizo. Se lo dijo a sí misma un buen día, ante su propio reflejo, y, desde entonces, había dejado de esforzarse por ser bonita y agradable para él. Había dejado de esperar que se fijase en ella, que le sonriera de vez en cuando, que la rozara con ternura con una mano distraída en el hombro. Dejó de esperar todo aquello que sucedía en los primeros tiempos de casados. Eulalia encontró consuelo en la comida, así que se volcó en ella. Nada le importaba ya, porque, de todos modos, Darius no iba a fijarse. Solo en contadas ocasiones como aquella noche Eulalia sufría ante el espejo: ¿Cómo me verán los otros? ¿Qué opinarán de mi vestido? Para su disgusto, este no lograba esconder nada en absoluto. La modista era una inepta. Mañana mismo la despido y me busco otra, resolvió.

Dos ligeros golpes en la puerta de su habitación y esta se abrió. Aurora asomó la cabeza:

—Madre, ¿estás lista? Papá ya está en el coche y se está impacientando. Dice que te des prisa.

¡Feliz juventud! Eulalia echó un vistazo al aspecto radiante de su hija. El pelo brillante castaño miel caía a mechones marcando unas ondas impecables que le llegaban por debajo del rostro, enmarcando su perfecto óvalo. Sus cejas tan bien dibujadas, sus labios de color carmín. La figura esbelta igual que su padre, y ese vestido a la última moda de París que Darius se ocupó en persona de encargarle. El juguete de papá, la niñita de sus ojos lo ensombrecía y lo afeaba todo a su alrededor. Pero Aurora ni siquiera era consciente de ello. La madre le dio un último repaso a su aspecto, cogió los guantes del tocador y suspiró con fastidio.

–Vamos, hija.

Bajaron juntas por las escaleras.

–¿Dónde está Llorenç? –preguntó Eulalia antes de llegar al rellano.

–¿No te acuerdas, madre? Esta mañana avisó de que llegaría tarde del hospital. Antonio lo recogerá más tarde y lo traerá a la cena. No te preocupes, prometió llegar a tiempo.

El padre, la madre y la hija se introdujeron en el coche nuevo que habían comprado, un modelo Ford negro, de los pocos que se veían circular por la ciudad. Antonio había tenido que deshacerse a disgusto del caballo y aprender a usar esas nuevas y flamantes máquinas tan complicadas de arrancar. La insistencia del amo le hizo ver que si no afrontaba los nuevos tiempos y se adaptaba a los vehículos que ahora compraban las familias importantes de Barcelona, el señor doctor prescindiría de él sin miramientos, del mismo modo que hizo con el pobre caballo que, en otras épocas, había sido motivo de gran orgullo.

La familia Puigmartí vivía en una lujosa mansión en la parte alta de la ciudad, en el camino hacia Sarrià. Desde siempre, su patriarca había ostentado con toda naturalidad el título de barón y, a diferencia de otros, no solo se dedicaba a trabajar, sino que era poseedor de una de las fábricas textiles más productivas de la comarca. Ricard Puigmartí era un hombre afable, cercano y a veces temperamental, que siempre se había llevado bastante bien con Darius Rovira. Por ello, el doctor, a medida que Llorenç se había hecho mayor y después de ver cómo la heredera de los Puigmartí miraba a su hijo, detalle que en absoluto le pasó inadvertido, vio en dicha amistad con los Puigmartí una feliz oportunidad de unir su apellido al de la nobleza catalana. Ese deseo había ido creciendo en su interior, aunque no lo había compartido con nadie, ya que se reservaba para una charla que, en breve, mantendría con su propio hijo. Lo tenía todo pensado, había que prepararlo con sumo cuidado para que Llorenç no lo fastidiase. Dependía de él que todo llegara a buen puerto y que, de un modo muy natural, el joven Rovira se convirtiese en el pretendiente favorito del barón para su hija. No es que Mariona fuera ninguna belleza, así que tampoco esperaba que Llorenç se hubiera sentido atraído por ella, pero Darius sabía mejor que nadie que buscar todos los ingredientes en una misma candidata era pedir un imposible.

Llorenç salió del hospital de Sant Pau para dirigirse a la cena. Estaba muy trastornado y, si alguien le hubiera preguntado, no habría sabido decir por qué. Lo cierto era que, desde su visita al mediodía al pabellón de San Leopoldo para ver al doctor Freixas, no había hecho nada bien durante el resto del día. Se había pasado la tarde entera obsesionado con la imagen de aquel muchacho al que vio entrar en San Leopoldo mientras se encontraba él allí. Había acudido acompañado de su madre y, sin comprender muy bien la razón, ya no dejó de pensar en él.

El doctor Torras lo había mandado ir allí:

—Vaya a Sant Leopoldo y busque al doctor Freixas. Pídale que firme esta lista conjunta de material.

Ambos jefes de servicio, Torras y Freixas, únicos habitantes de los nuevos pabellones, procuraban sumar esfuerzos cada vez que hacían una petición a la Santa Creu, en un intento de ahorrar en viajes, en transporte y, sobre todo, para perder el mínimo tiempo posible. Así que Llorenç había ido hacia allí y al ver a la hermana le preguntó por el maestro Freixas. Ella le hizo esperarlo en su despacho y fue mientras estaba ahí cuando Llorenç vio entrar al chico con su madre. Al principio dudó, pero al ver que la hermana no aparecía, se acercó a ellos.

—¿Por quién pregunta, señora?

La mujer le preguntó por el doctor Freixas.

—Vengo por mi hijo —añadió.

Fue entonces cuando Llorenç empezó a observarlo. Era rubio como un extranjero, de unos diecisiete o dieciocho años, más o menos, de piel blanca, aspecto frágil y unos ojos que brillaban con la intensidad de un asomo de fiebre.

—¿Y dice que desea ver al doctor Freixas? —se interesó, con cierta extrañeza. Si bien había muchas personas que acudían al Hospital de Sant Pau pensando que se trataba de un sanatorio para tuberculosos, y probablemente aquel muchacho tenía un principio de tisis, la visita de Freixas era de mujeres. Además, Llorenç se fijó en el modo de vestir de madre e hijo y se dio cuenta de que no se trataba precisamente de una familia pobre, como los que acudían al hospital. Debe de tratarse de un paciente distinguido, llegó a reflexionar, uno de esos dispuestos a pagar por un trato mejor durante su estancia.

Un tanto irritada por la falta de respuesta de aquel joven doctor que no hacía más que contemplarlos ahí plantado, la mujer insistió:

—¿Sería usted tan amable de avisar al doctor? Venimos de muy lejos, señor.

En ese mismo instante apareció la hermana de la sala y se hizo cargo de la situación. Hizo pasar a madre e hijo a la rotonda, donde se encontraba la sala de día, tan bonita y luminosa como la del pabellón del Sagrado Corazón. Pero el muchacho no había dejado de mirar a Llorenç ni un solo instante. Ese rostro ojeroso, de un blanco de porcelana; esa mirada febril bajo unas pestañas largas y hermosas como las de una mujer era lo que Llorenç no se había sacado de la cabeza durante el resto del día.

Mientras bajaba al anochecer por el camino del hospital en la tartana, a la que le habían puesto hacía poco unas cortinitas de lona para cuando llegase el frío, Llorenç seguía preguntándose quién era ese joven y si volvería a verlo. Lo más probable era que el doctor Freixas lo enviase a la Santa Creu o, tal vez, si conocía a la familia, les recomendase un sanatorio fuera de la ciudad, si era aquello lo que el muchacho necesitaba. De todos modos, no era de su incumbencia, así que más le valía quitarse a ese enfermo de la cabeza. No obstante, mientras se dirigía hacia la cena de etiqueta organizada en casa de los Puigmartí, seguía pensando en él.

Solo quince comensales en una mesa meticulosamente arreglada en el mayor de los salones de la casa; unos centros de camelias blancas, como salpicaduras de luz, entre el follaje verde oscuro. Los jóvenes, en un extremo; los padres, en el otro. Ricard Puigmartí presidía la mesa con ese saber estar de las buenas familias de Barcelona, tan acostumbradas a recibir a gente importante. Junto a él, su esposa se mostraba satisfecha de contar con una de sus amigas más íntimas, Eulalia Rovira, con quien últimamente también compartía el dolor por la pérdida de su otra amiga, Catalina, fallecida de manera repentina en su piso. Y había sido su propia hija, la pobre Amelia, quien la había encontrado. Desde entonces, la muchacha, tan joven aún, había asumido el papel de su madre y se ocupaba de la casa, de su padre y de sus hermanos. De todo ello hacía ya un tiempo y todos procuraban ser fuertes y salir adelante. Ahora Amelia había vuelto a sonreír gracias a su noviazgo con ese médico llamado Josep Trueta.

—¡Qué buen aspecto tiene esta juventud! —murmuró la anfitriona hacia Darius Rovira, sentado a su lado. El doctor se esforzaba por ser amable con quien podía convertirse en su consuegra:

—Su hija se parece a usted —le dijo con galantería—: Se ha convertido en una hermosa muchacha, si me permite. Seguro que ya tiene muchos pretendientes.

La señora Puigmartí ahogó una risita, complacida por las palabras de ese hombre que solo a veces se mostraba así de pícaro. Todo el mundo hablaba de lo estirado que era, que si en el Liceu solo saludaba a unos cuantos mientras que a otros les hacía caso omiso. Y era cierto, pero la anfitriona siempre había sentido debilidad por el marido de su amiga.

Ricard Puigmartí alzó la copa para brindar por sus invitados y demostró con su alegre tono que el vino se le había subido un poco a la cabeza. Una buena manera de olvidarse, por una noche, tal como luego les diría a los hombres en el *fumoir*, de las preocupaciones que sufrían los industriales como él en los días recientes.

—No quiero hablar de estas cuestiones delante de mi señora —les confió más tarde—, porque solo consigo angustiarla, pero el permanente estado de tensión en que vivimos ahora en nuestras fábricas desde que los obreros empezaron a rebelarse no es el mejor ambiente de trabajo. No digo que la situación no haya mejorado un poco desde que tenemos al nuevo gobernador civil, Martínez Anido —reconoció Puigmartí—, con los sindicatos libres haciendo su trabajo y defendiendo a los patronos del peligro causado por los agitadores de obreros. Aun así, continúa habiendo muertos y seguimos con esa

189

sensación de inseguridad al salir a la calle... ¡Todo por culpa de cuatro impresentables que acabaron con la paz que reinaba en las fábricas! Siguen en su empeño de hacernos la vida imposible, pero no lo conseguirán. Que si una huelga, que si una comisión reclamando mejoras en las condiciones laborales... Pero ¿qué demonios quiere esa gente? ¡Deberían estarnos agradecidos por tener trabajo! La guerra en Europa nos dio la oportunidad de hacer crecer el negocio, es cierto, pero luego vinieron la crisis, la subida de precios, disminuyeron las exportaciones... No se dan cuenta. Quieren trabajar pocas horas y ganar mucho, ¡como si esto fuera rentable! Tengo amigos fabricantes, a quienes aprecio de veras, que siguen amenazados por esa gentuza de la CNT. ¿Y a cuántos han asesinado ya? –Puigmartí contempló a sus invitados, atentos a cada palabra suya. Con un deje de desprecio en el labio superior, pasó a definir esa clase de personas llamadas sindicalistas–: Un puñado de vividores que engañan al obrero más dócil, aquel que había trabajado bien toda su vida hasta que le llenaron la cabeza con sus mentiras y estupideces. Delincuentes comunes al servicio de los sindicatos, pistoleros de mala muerte pagados por la CNT y compañía. Yo, por mi parte, solo le aumento el sueldo al obrero que demuestra no estar afiliado a ningún sindicato.

–Tantos atentados... No hay tregua para los ciudadanos. Pero Martínez Anido sabe lo que se hace: la ley de fugas, los sindicatos libres... Pronto volveremos a estar tranquilos –quiso decir Darius para animar a Ricard Puigmartí. No es que a él le afectara directamente el tema, las únicas obreras con las que había tratado Darius yacían enfermas en las camas del hospital de la Santa Creu y, por consiguiente, estaban muy lejos de toda reivindicación laboral. No obstante, era cierto que a Darius lo enojaba sobremanera el desorden y hacía demasiado que en Barcelona se vivían tiempos complicados.

En cuanto los hombres se reunieron de nuevo en el salón con las mujeres, Darius se propuso estudiar con minuciosidad la actitud de Mariona Puigmartí hacia su hijo. Cualquier detalle podía indicarle el grado de posibilidades reales para que pudiera llevar a cabo su propósito, lo cual le daba una idea de si debía acelerar las cosas o más bien retrasarlas. Tenía que hacerlo bien, paso a paso, y sobre todo procurar que Llorenç no lo fastidiara todo con esa poca gracia que poseía para tales cuestiones. No parece hijo mío, pensaba en ocasiones. Tan blando, tan indeciso siempre, tan ciego ante las buenas oportunidades. Aurora llamó a su hermano para que se uniera a ellas. Las tres amigas charlaban animadas sobre el prometido de Amelia.

—Tú lo conoces, ¿verdad, Llorenç, a Josep Trueta?

—Hemos coincidido poco —respondió él.

—Pues tendremos que quedar todos e ir a algún sitio —propuso su hermana guiñándole el ojo a Mariona. Ella enrojeció al instante, aunque Llorenç ni siquiera se percató de ello.

Amelia no dejaba de hablar de su prometido:

—Nos conocimos hace dos veranos en Castellterçol —le contó a Llorenç—. Su hermana Julia y yo nos hicimos muy amigas. Allí, en verano, somos un grupo bastante grande de gente y lo pasamos muy bien. Deberíais venir alguna vez.

—¡Sí! Podríamos haceros una visita, ¿verdad, Llorenç? —exclamó Aurora—. Tú también vendrías, Mariona. Así no faltará nadie.

Mariona le hizo un gesto a su amiga para detenerla. Sabía que la intención de Aurora era buena, pero ella deseaba que fuese Llorenç quien se diera cuenta, poco a poco, de sus sentimientos hacia él. Sin embargo, el chico se limitó a responderle a su hermana:

—No sé, Aurora... Nosotros pasamos el verano en Camprodón. No creo que podamos ir a Castellterçol.

—¡Mira que eres aguafiestas cuando quieres! —le espetó ella, visiblemente enfadada—. No fastidies mis planes. Seguro que en las próximas vacaciones podemos escaparnos unos días.

Llorenç se encogió de hombros sin ganas de discutir.

—De todos modos, todavía falta pasar todo el invierno —concluyó.

Aurora pensó que su amiga Mariona lo tendría difícil con su hermano, ya que él no demostraba ningún interés por ella; de hecho, nunca había visto a Llorenç interesarse por alguien en concreto, aunque tal vez fuera a causa de su profunda timidez. Estamos bien apañados, pensó. De momento dejó correr el tema y se centró en el prometido de Amelia. Le preguntó:

—Así pues, dices que Josep está muy contento con el doctor Corachan.

—¡Mucho! De hecho, Josep siempre ha sabido que quería ser cirujano, desde que empezó los estudios. Lo que ocurre es que su padre lo convenció para hacer las prácticas con un médico internista, pues decía que así aprendería la base antes que la técnica.

Llorenç sonrió, sorprendiéndose del modo de hablar de la amiga de Aurora, teniendo en cuenta que apenas debía de saber nada del mundo de la medicina. Se sumó a la charla para alabar la sabia decisión del padre de Trueta:

—Seguro que las prácticas de medicina general le han servido para entender mejor los síntomas y lo ayudarán a interpretar mucho mejor los datos. Es el mal de algunos cirujanos: a veces no se fijan en los enfermos y pasan a cortar y coser demasiado rápido —dijo, repitiendo las palabras escuchadas tantas veces de boca de sus maestros internistas.

Mariona quedó impresionada. Todo lo que decía Llorenç le parecía fascinante, incluso las veces en que no llegaba a comprenderlo.

Entrada la noche, la familia Rovira al completo regresaba a su casa en su Ford bajo un cielo azul oscuro tan intenso que parecía irreal, y no solamente el patriarca se llenaba la cabeza con planes de boda para su hijo, sino también Aurora, a quien la sola idea de tener a su amiga Mariona por cuñada le hacía tanta ilusión.

María andaba arrastrándose camino a casa, fatigada tras la intensa tarde en la Santa Creu. Se le había hecho más tarde de la cuenta ya que, pese a la rigidez de horarios que imperaba en las salas de pediatría, la hermana Arnau sabía el bien que les hacía María a esas criaturas y por eso le permitía quedarse un poco más. Desde que Lluís se había ido de nuevo a París, dejándola sola otra vez, con ese sentimiento de impotencia que la consumía por dentro, ese desconsuelo por no haber sido capaz de darle a entender que lo amaba, no del modo fraternal que él creía, sino como una mujer ama a un hombre, María terminó por confesárselo todo a Aurora. Ya no aguantaba más con su pena y necesitaba alguien que la ayudara. «¿Qué será de mí, Aurora? —le dijo una vez que Lluís se hubo marchado—. Él jamás me verá como yo deseo, porque él se fija en otro tipo de mujer. Yo no tengo nada que ofrecerle, yo no soy nada.»

Aurora se preocupó mucho al verla tan hundida.

—No puedes quedarte siempre en casa, Mía —le advirtió—. Tienes que salir, distraerte, hacer tu propia vida. No puedes vivir esperando siempre a Lluís.

Fue a partir de ese día cuando la chica Rovira se propuso buscarle alguna ocupación, algo que la llenara y la distrajera de todo. Y no le costó nada encontrarla. Un día fue a la cocina para contarle:

—En la Santa Creu hay muchos niños y niñas enfermos que no tienen a nadie que les haga compañía. Las horas de visita de los familiares son muy restringidas y los niños se aburren y a menudo se sienten solos. ¿Sabes que hay voluntarios que acuden allí?

María se interesó:

—¿Y qué hacen exactamente estos voluntarios? —le preguntó.

—Muy sencillo —le dijo Aurora—: llevan un libro, unos cuentos, y se los leen a los niños. Las hermanas los llaman «los lectores voluntarios».

Al cabo de pocos días pensando en ello, María se decidió a acercarse a la Santa Creu. Nada más ver a los niños en sus camitas, sus rostros pequeños e inocentes, sus ojos temerosos y sus cuerpecitos enfermos, el corazón generoso y repleto de ternura por ofrecer de la cocinera se desbordó. Ese día María llevaba unos cuentos bajo el brazo y se presentó tímida a la hermana como lectora voluntaria. Desde entonces, pese a los años ya transcurridos, María nunca faltó a su cita semanal con los niños de la Santa Creu.

Resultó que, creyendo que era ella quien más tenía que ofrecer, se sorprendió al ver que eran ellos, los niños y niñas del hospital, quienes más acabarían dándole. Cada vez que acudía, se les llenaba el corazón de alegría porque apenas la veían entrar en la sala ya gritaban: «¡Es Mía! ¡Ya está aquí! ¿Qué nos vas a leer hoy?». En el mismo hospital donde de niña esperaba ver salir a su madre de las cocinas, ahora había descubierto todo un mundo; justo en el barrio donde creció, donde tantas veces había jugado con Lluís. Sentirse necesitada por esos chiquillos llegó a aliviarle un poco el dolor que sentía por la larga ausencia de Lluís.

Al llegar a casa ese atardecer estaba tan exhausta que apenas cenó un poco de los restos de los señores y tan pronto como terminó se dispuso a retirarse a su habitación. Estaba sola. No había nadie en toda la casa, puesto que la familia había ido a la cena de etiqueta de los Puigmartí y las otras sirvientas habían aprovechado para salir. Ni siquiera vio el sobre que la esperaba en un rincón de la cocina hasta que fue a apagar la luz. Entonces sintió esa emoción recorrer todo su cuerpo, la misma de cada vez que recibía carta de Lluís. Seguro que Carme la había dejado ahí antes de salir. Cogió la carta y se fue a su habitación a leerla con tranquilidad. El ritual era siempre el mismo: primero la olfateaba un poco, como si debiera traer consigo aires de París; luego la abría despacio, procurando no romper el sobre, porque después volvería a guardarla dentro; entonces, con dos dedos, contaba las hojas, una, dos… y las extraía con cuidado. María las desplegaba sobre la cama y pasaba la mano por encima notando el relieve de la tinta; se le escapaba una sonrisa al pensar lo mucho que Lluís apretaba la pluma en el papel, pues las palabras quedaban siempre muy bien marcadas. Empezó a leer todo lo que él le contaba de su vida en la capital francesa: le relataba sus progresos, sus últimas esculturas vendidas. Asimismo, se interesaba por ella, por si se encontraba bien, por si seguía trabajando para los Rovira, y comentaba lo hermosa que ya debía de haberse hecho la chica de la casa. «¿Cuántos años tiene ya? –le preguntaba–. Debe de ser una autentica belleza. Algún día, cuando vuelva, me gustaría hacerle un busto.» María se llevó la mano al pecho como si le hubieran clavado una estaca; ella ya no solía escribirle nada sobre Aurora porque sabía que lo había deslumbrado. Y no es que aquello le resultara extraño, ¿quién no adoraba a la chica Rovira?, pero estaba harta de leer tantos piropos que nunca iban dirigidos a ella. Sin embargo, Lluís insistía y ahora le preguntaba por sus estudios de medicina. «¡Una doctora, María! Así serán las mujeres del futuro», auguraba. Decía que en París las chicas eran muy distintas a las de aquí y que se abrían camino hacia un mundo más igualitario donde también ellas eran artistas, tenían un oficio y su propia opinión respecto a todo. «Estas mujeres son admirables, Mía, son un ejemplo de los nuevos tiempos.»

Ella se acostó en la cama y apagó la luz, aunque se le había quitado el sueño después de leer la carta. ¿Cómo lo había escrito, Lluís? «Las mujeres del futuro». Volvió a encender la luz y se levantó de nuevo. Se puso la bata y fue hasta el pasillo por si oía a Aurora llegar de la cena. No podían tardar mucho más. Transcurridos unos minutos, se oyeron voces en el recibidor. Ya estaban ahí los señores. Esperó con prudencia en la cocina, previendo que Aurora entraría en cualquier momento, como hacía siempre antes de acostarse. Voces apagadas, abrir y cerrar de puertas, y luego completo silencio. Acto seguido, unos pasos acercándose hasta la cocina y entonces apareció Aurora.

—¡María! —exclamó—. ¡Qué susto me has dado!

Las luces estaban apagadas y Aurora había supuesto que la cocinera ya dormía.

—Lo siento, no era mi intención.

—No pasa nada, mujer. ¿Qué te ocurre? ¿No puedes dormir? ¿Es que no te encuentras bien? —preguntó Aurora al ver su expresión un tanto seria.

María sonrió un poco ante tantas preguntas y negó con la cabeza.

—No es nada… —le dijo—. Es que te estaba esperando.

María le explicó que había ido a leerles a los niños, como cada semana. Le habló de Elena, de Ana, de Josefa y de Andrea, y también de los niños, de Martí, de Benito y de aquel chiquitín de dos años recién ingresado por meningitis. No hacía falta aclararle quién era cada uno porque la misma Aurora los conocía y se hacía cargo de unos

196

cuantos en sus prácticas con el doctor Martínez; de hecho, gracias a Aurora la cocinera sabía de la evolución de cada uno de los pequeños enfermos. Conocía por ella los que tenían posibilidades de vivir, los que saldrían pronto y también sabía de aquellos pobres niños que, por desgracia, acabarían dejando este mundo. María los trataba a todos por igual, leía cuentos en un rincón con aquellos que podían levantarse de la cama y se sentaba junto a los que no podían moverse o, incluso, al lado de los que parecían dormir. Se pasaba largo tiempo leyéndoles historias, charlando con ellos; a veces les cantaba una canción de esas que su madre les cantaba a ella y a Lluís cuando eran niños, y jamás se permitía una lágrima delante de aquellos cuyo triste desenlace sabía que estaba cerca.

María le habló a Aurora de esa larga y fructífera tarde en la Santa Creu para después ir a parar al verdadero motivo que la había mantenido despierta, esperándola:

—Estos últimos días he estado pensando... —empezó—. Quería pedirte tu opinión.

—¿Sobre qué, Mía?

Ella dudó un instante, como si le avergonzara lo que iba a decir, pero al final se decidió:

—He estado pensando en las hermanas hospitalarias y en las enfermeras que las ayudan. —Miró a Aurora directamente a los ojos y le preguntó muy seria—: ¿Crees que yo podría... es decir, a ti te parece que yo...? En fin, que me gustaría hacer algo más por esos niños. Poder asistirlos como lo hacen las hermanas y sus ayudantes.

—¿Te refieres a ser enfermera, María?

La cocinera asintió con energía.

—No quisiera dejar esta casa, está claro, pero tal vez tú podrías convencer a la señora para que me permitiese estudiar algunas tardes en la Escuela de la Santa Madrona o bien en la Escuela de Enfermería de la Mancomunitat.

—Veo que ya te has informado bastante —comentó Aurora, pensativa.

María se apresuró a aclararle:

—No te había dicho nada hasta ahora porque solo era una idea, pero es que ahora quiero hacerlo de veras.

Aurora la abrazó de súbito, tan impulsiva como siempre para mostrar sus sentimientos. María sintió que el corazón le palpitaba frenético de tanta emoción. Ya está, ya lo he dicho. Le ha gustado mi idea y seguro que me ayudará. Solo pensar que algún día pudiera llegar a ser enfermera, entrar como auxiliar de las hermanas hospitalarias en la Santa Creu, encargarse personalmente de sus niños y sus niñas le daba un coraje hasta el momento desconocido. La única sombra de duda que asomaba en el horizonte era al pensar que, si estudiaba para enfermera, llegaría el día en que tendría que escoger: seguir en casa de los Rovira o bien ingresar a tiempo completo en la Santa Creu. Sin embargo, aquello era correr demasiado, pensar más de la cuenta. Ahora mismo, solo quería intentarlo. ¿Cómo era aquello que Lluís había escrito? «Las mujeres del futuro...» Ella también podía ser una de esas.

Dos cursos generales y cuatro meses suplementarios de especialización a escoger entre puericultura, enfermos mentales y laboratorio. A diferencia de la Santa Madrona, la Escuela de Enfermería de la Mancomunitat la regían mujeres y aquello reconfortaba a María. Las prácticas solían hacerse en el Hospital Clínic, aunque Aurora le aseguró que también podría hacerlas en la Santa Creu. Se inscribió allí con el permiso de la señora Rovira y el apoyo incondicional de su hija Aurora. No solo iría unas tardes a la semana, sino que asistiría a todas las clases necesarias. Aurora convenció a su madre para que contratase a una ayudante de cocinera para suplir a María siempre que fuera necesario. La hija de Dolors era una más en la casa y si había que hacer una buena obra no existía mejor candidata. Así se lo vendió la hija a la madre, y Eulalia accedió. Se lo explicaba a sus amistades como su buena obra del año, además de lucirse por las cosas interesantes y sorprendentes que sucedían en su casa. Ya se sabe, en familia de médicos... la vocación de cuidar a enfermos se extiende.

Tuvieron que pasar por un año de noviazgo antes de fijar fecha para la boda. Llorenç Rovira se le declaró a Mariona al poco tiempo de aquella cena y acto seguido empezaron a festejar. En ningún momento el joven se planteó contradecir a su padre, llegó a tomárselo como una obligación más. Sabía que el día de comprometerse con alguien estaba cercano y, bien mirado, se lo tomó bastante bien. A fin de cuentas, Mariona Puigmartí era una buena chica y, aunque su físico no le decía mucho, al menos la conocía desde siempre, era bastante agradable y se sentía a gusto a su lado. Era muy elegante, vestía de forma exquisita y, a pesar de no haber sentido todavía la pasión por ninguna mujer, el amor ya llegaría.

Habían formado un buen grupo de amigos, salían a divertirse juntos a menudo: Aurora, Amelia y su prometido, los futuros señor y señora Rovira, y también Marcel Riera. Iban al cine, a jugar al tenis o bien practicaban cualquier actividad de moda en aquellos felices años veinte. El prometido de Amelia, Josep Trueta, se ganó con facilidad la amistad de los otros dos chicos. Los tres eran ahora médicos de la Santa Creu, pues Llorenç había dejado finalmente el servicio de Torras para ingresar en el de su padre, volviendo así al viejo hospital. Solían encontrarse cada mañana en el patio, junto con Aurora, que seguía con sus prácticas en la sala de niños, donde comentaban los casos que les esperaban en sus respectivos departamentos. Marcel y Josep eran ambos cirujanos, así que su trabajo era muy parecido pese a hallarse uno a las órdenes de Ribas y el otro a las de Corachan. Hacía tiempo que Marcel había empezado a especializarse en intervenciones abdominales; un intestino, una matriz o un estómago eran su día a día, mientras que el doctor Corachan iba enfocando a Josep Trueta hacia una especialidad que justo nacía en los hospitales de Barcelona: la cirugía de las extremidades. El joven mostraba un profundo interés en ello y a menudo lo comentaba con Marcel, con quien cada día afianzaba más la amistad. Ambos vivían entregados a su oficio, volcados en todo lo que acontecía en la sala de operaciones, mientras que Llorenç se lo tomaba de otro modo, sobre todo desde que trabajaba junto a su padre. Ahí, en el patio, todos comentaban las incidencias del día, pero también planeaban futuras excursiones, nuevas películas por ver con el grupo y, las veces en que Aurora no estaba presente, los chicos conspiraban acerca del mejor modo para que accediera, por fin, a las intenciones de un enamorado Marcel.

A pocos días de celebrarse la boda de Llorenç y Mariona, los nervios estaban a flor de piel. Todo el mundo hablaba de los preparativos, ellos eran los primeros amigos en casarse y pronto los seguirían Amelia y Josep. A Llorenç se le veía ensimismado, muy pensativo, más callado que de costumbre. «No pasa nada —decían todos—, es natural antes de la boda.» Pero la verdadera razón era que el joven Rovira estaba así desde el día en que descubrió, en una sala del hospital, la presencia de un rostro que le resultaba conocido. Sucedió una mañana en el ala de hombres. Él no frecuentaba esa parte del hospital por estar centrado en el servicio femenino, justo al otro lado. Ese día se encaminaba hacia el despacho de un médico que su padre le había indicado cuando, al cruzar por un pasillo con enfermos afectados de las vías respiratorias, percibió unos ojos clavados en él. Se giró por instinto y descubrió al enfermo que lo observaba con tanta atención. Llorenç lo reconoció al instante: era el mismo chico que un año atrás se presentó con su madre en el pabellón de San Leopoldo. Sin querer, profundamente consternado por encontrarlo de nuevo, consciente de las veces que había soñado con él sin poder explicarse el motivo, Llorenç fue aproximándose a su cama. Lo invadió una gran confusión. ¿Qué podía decirle, exactamente, a ese desconocido? ¿Lo miraba así porque se acordaba de él o más bien había puesto distraídamente los ojos en él? Haciendo uso de su autoridad como médico, pues desde que en el hospital llevaban bata blanca todo el mundo reconocía a los doctores, aunque sin distinguir su especialidad, descolgó con un gesto práctico la tablilla que colgaba de su cama y leyó las anotaciones: había algunas indicaciones del médico para el hermano de la Caridad que estaba a cargo; se prescribía una dieta alimentaria completa, que solía dárseles a los afectados de tisis con el fin de aumentar su peso. Había un nombre encabezando toda la letra: Narcís Colomer. Llorenç se quedó mirándolo unos instantes; él lo observaba. Se acercó al cabecero. Por los brazos que sobresalían de la sábana, por su pecho levemente hundido, a Llorenç le pareció que el muchacho estaba más delgado, más viejo, incluso, que la vez anterior.

—¿Te acuerdas de mí? —le preguntó.

El joven dudó y entonces movió la cabeza en un gesto afirmativo.

A pesar de los ojos un tanto hundidos y de su aspecto desmejorado, conservaba la belleza elegante de un príncipe. ¿Quién eres?, se preguntaba un Llorenç que, bajo su bata blanca, temblaba ligeramente. ¿Por qué sueño contigo a menudo? Se sorprendió a sí mismo diciéndole, como si el joven enfermo se lo hubiese pedido:

–Vendré a visitarte. Cuando pueda.

Él esbozó una sonrisa radiante, mostrándole unos dientes blancos, magníficos, que contrastaban con su aspecto general. Nervioso de repente, inseguro de todo lo que ese muchacho provocaba en él, se despidió con torpeza y se alejó a toda prisa.

Al cabo de unos días decidió volver y, cuando lo hizo, Narcís Colomer ya no se encontraba en aquella cama. Llorenç experimentó una extraña sensación de pérdida, un doloroso vacío, un temor irrefrenable a no volver a verlo jamás. Aturdido, lo buscó por toda la sala y a punto estuvo de preguntarle al hermano por él, aunque, al final, desistió. Tras unos días inquieto, sintiéndose francamente mal, Llorenç se propuso olvidarlo. Un episodio que no tenía sentido alguno, se dijo, un delirio propio de su estado de nerviosismo prematrimonial. Desde entonces, concentró toda su energía en la feliz e inminente boda.

Llorenç y Mariona se casaron en la iglesia de Santa Ana, cercana al barrio del hospital, y a continuación se marcharon quince días a Francia, Alemania y Holanda. A su regreso, se instalaron en un piso muy bonito de la calle Balmes, no muy lejos de casa de los padres Rovira, donde el joven acudía cada tarde a trabajar como adjunto en el consultorio de su padre. Los meses transcurrieron en una Barcelona de gran crispación social entre patrones y trabajadores. A menudo se oían noticias aterradoras sobre atentados en plena calle, pistoleros que mataban a un patrón u otros que disparaban contra los agitadores sindicales. Los obreros convocaban jornadas enteras de huelga y pobre del que fuera a trabajar ese día. Algunos médicos de la Santa Creu acudían al hospital conducidos por su chófer y, en aquellos días señalados, debían llevar el cartel de «doctor» en un sitio bien visible del automóvil si no querían que los huelguistas increparan al conductor. Eran tiempos convulsos en los que cada uno miraba por sus propios intereses de clase, dejando al descubierto las fuertes desigualdades que había en un país empobrecido por las sucesivas guerras colonialistas del último siglo, además de una masa obrera muy influida por la lucha social que se libraba en toda Europa a raíz de la Revolución Rusa. Esto ocurría en Cataluña, sobre todo, de la mano de los anarcosindicalistas, unos trabajadores que reclamaban más derechos, menos abusos por parte de sus patrones, mientras estos los miraban con crispación y reclamaban, a su tiempo, un gobierno que hiciese frente a la intolerable situación. Y en otoño de 1923 sucedió lo que algunos fabricantes, como el propio padre de Mariona Puigmartí, esperaban: con el visto bueno del rey Alfonso XIII, el general Primo de Rivera ejecutó un golpe militar. El sindicato obrero que más problemas les causaba a los patrones, la CNT, se prohibió de inmediato, al igual que los partidos políticos, que, según las nuevas autoridades, eran los causantes directos de semejante descontrol general. Se trataba de restablecer el orden a base de un nuevo gobierno que hiciera uso de una autoridad en absoluto dispuesta a negociar. El padre de Mariona y otros industriales asistieron al dócil retorno de los obreros a sus fábricas, bajo pena de ir a comisaría al más mínimo signo de insubordinación. «¡Por fin volveremos a trabajar como Dios manda!», empezaron a decirse entre ellos los satisfechos patrones.

Había obreros que al lastimarse acudían a la Caja de Previsión y Socorro, una compañía italiana de seguros de accidentes cuyo cirujano jefe era el doctor Corachan. Nombró a Josep Trueta como su adjunto, con un salario fijo de doscientas pesetas que implicaba un par de horas a la semana curando dedos y otras lesiones provocadas por accidentes de trabajo. Esto fue lo que le permitió al joven, al final, casarse con su querida Amelia. La ceremonia tuvo lugar dos meses después del golpe de Estado: los prometidos se daban el «sí» en la iglesia de la Concepción al cabo de un año de ver casarse a sus amigos Mariona y Llorenç. Fue un día lleno de emoción donde no faltó alguna lágrima por la ausencia de Catalina, la madre fallecida de la novia. La pareja se fue de viaje a distintos países de Europa y a su regreso comenzaron la vida de casados en un piso de la Gran Vía, justo encima del que ocupaban el padre de Amelia y sus hermanos. De ese modo, la chica podía atender ambas casas sin tener que desplazarse apenas. A partir de entonces, el grupo de amigos empezó a reunirse con frecuencia en el nuevo hogar de los Trueta.

Si bien es cierto que la paz volvió a las fábricas y a las calles de la ciudad a raíz del directorio militar, algunos burgueses de Barcelona y de todas partes del país que, en los primeros tiempos, se habían sentido aliviados con el golpe autoritario de Primo de Rivera poco a poco empezaron a sospechar de sus métodos: a medida que avanzaban los meses, que ese 1924 iba transcurriendo, el general mostraba una clara y creciente animadversión por todo lo referente al catalanismo, un fenómeno que llevaba tiempo acusándose y que amenazaba con romper la unidad de España. Había que aniquilar ese sentimiento, así que decidieron prohibir el catalán en los actos oficiales; también lo hicieron en la escuela, donde ahora solo podía usarse el castellano, así como sucedió en misa, en los anuncios publicitarios y en las relaciones comerciales. También la bandera catalana se tildó de símbolo separatista y, como consecuencia, se prohibió. El gran golpe de efecto político llegó con la destitución del presidente de la Mancomunitat, el conocido arquitecto Josep Puig i Cadafalch. La institución que presidía, nacida diez años atrás, había hecho posible un cierto autogobierno en Cataluña y, a lo largo de ese tiempo, se habían construido carreteras, líneas de ferrocarril, infraestructuras eléctricas y telefónicas que hacían llegar la luz y el teléfono a cada pueblo; el número de escuelas había crecido considerablemente gracias a ella, así como el de las bibliotecas y un sinfín de instituciones. Desde ese momento, pasaba a manos de un industrial cercano al dictador cuyo único objetivo era iniciar su desmantelamiento. Todas las instituciones o entidades sospechosas de ser «desafectas a la patria», tal como las llamaba el dictador, se clausuraron poco a poco, y también se vigiló la prensa por medio de unos censores militares. Nada podía escapársele de las manos a un Primo de Rivera que, poco a poco, fue perdiendo buena parte de sus defensores.

La indignación iba subiendo de tono a medida que las libertades disminuían, y algunos jóvenes como Marcel Riera o Josep Trueta, que con el tiempo habían llegado a intimar mucho, en paralelo al progresivo e incomprensible distanciamiento de Llorenç, desde que se convirtió en un hombre casado, no podían permanecer indiferentes. A menudo quedaban para comentar las prohibiciones más absurdas que los periódicos anunciaban, se sorprendían ante esa ira contra la lengua catalana que ellos hablaban desde siempre en su casa y se llevaban las manos a la cabeza cada vez que se clausuraba una nueva entidad, otra asociación, un periódico, por el simple hecho de demostrar un sentimiento patriótico o una tendencia peligrosamente de izquierdas. Ambos amigos intuían que todo aquello no podía durar mucho tiempo porque, a la fuerza, la gente acabaría enfrentándose a tal situación.

Los dos compartían criterios políticos, pero, además, fue uniéndolos su creciente afición al deporte. A través de Trueta, Marcel empezó a practicarlo con asiduidad. A veces iban a nadar juntos al Club Natació Barcelona o bien quedaban para jugar al tenis o iban a practicar esa actividad tan en boga que los apasionaba: el atletismo. Debido a ello, Marcel empezó a lucir un aspecto de lo más saludable. Se sentía más seguro con su cuerpo y estaba más atractivo que nunca. No es que fuera tan alto como Trueta, pero contaba con unos anchos hombros y un aspecto cada vez más atlético. Esa fortaleza exterior se traspasaba a su interior y se sentía capaz de todo lo que se propusiera, sobre todo, al ver cada vez más cercano el momento de declararle su amor a Aurora.

Durante los meses de primavera, a Marcel le gustaba, tras una intensa jornada en el hospital, dar largos paseos por las calles de la ciudad. Salía de la Santa Creu y bajaba por las Ramblas hasta llegar al puerto. Solía sentarse en algún lugar desde el que contemplaba los barcos llegar y entonces se imaginaba en largos viajes y viviendo nuevas experiencias. Tiempo atrás, el maestro Ribas le había prometido llevarlo al Congreso de Cirugía de Londres y lo cumplió. Salir del país, pisar por vez primera Inglaterra y que le presentaran a todas aquellas eminencias médicas que operaban en una u otra parte del mundo con métodos similares a los que ellos practicaban le causó una honda impresión. Se dio cuenta de todo lo que había por conocer y descubrir más allá de las fronteras de su país; llegó a pensar en proponerle a Aurora que se casaran bien pronto, en el inminente verano de 1924 o a más tardar en otoño, justo después de que ella se licenciara. No se creía capaz de esperar más tiempo. Pensó en sugerirle que se marcharan juntos, siendo ya ambos doctores, para iniciar una vida de recién casados y aprender en la maravillosa ciudad de Londres, que, gracias al Congreso, había podido conocer. Podía hablar con Ribas, pedirle que intercediera para que le concedieran una plaza temporal como médico agregado en el servicio quirúrgico de uno de sus amigos, y al mismo tiempo buscar un buen servicio de pediatría donde Aurora pudiera ingresar durante el mismo periodo. Más adelante, regresarían y formarían su propio hogar, construirían aquello que tantas veces él había soñado a lo largo de todos los años que la amó en secreto. Sabía que hasta que ella no se licenciase no querría ni oír hablar de matrimonio, pero intuía que Aurora lo amaba, pues con él siempre parecía a gusto, él siempre la hacía reír, y le gustaba compartir con él sus cosas. Marcel era consciente de que Aurora confiaba por completo en él y de que no podía resultarle muy difícil imaginar una vida a su lado, tal como llevaba tiempo haciéndolo él.

Tenía el discurso muy meditado. Ante todo, quería dejarle bien claro que él jamás le haría renunciar a su profesión. Deseaba darle a entender que no hallaría otro hombre que la comprendiese mejor, que la conociera tan bien, que supiese como él lo que de veras la hacía feliz en esta vida y aquello a lo que ella no estaba dispuesta a renunciar. Cuántas veces la había visto afirmar, delante de sus amigas, que ella no iba a casarse ni a tener hijos porque ningún hombre comprendería lo que para ella significaba la medicina. Pero Marcel lo tenía muy claro. Y si la sombra de la duda asomaba, por casualidad, en los ojos de su querida Aurora, justo en el momento en que él formulara la pregunta, Marcel tenía preparada una rápida respuesta: «No tendremos hijos hasta que tú no lo desees o no los tendremos nunca si es esto lo que tú quieres. No voy a ocultarte que me gustaría mucho ser padre algún día, pero por encima de todo está mi amor por ti. Si tú me amas, Aurora, si tú decides compartir tu vida conmigo, yo seré el hombre más feliz de la tierra y no voy a pedir nada más».

Y llegó el día. Marcel había paseado en la víspera largo rato por el puerto. Contempló ese atardecer los dos grandes buques que llegaron a la ciudad y en ello quiso ver un buen presagio. Solamente su amigo Josep Trueta conocía sus intenciones, así que lo ayudó organizando una cena para el día siguiente en su casa, sin desvelarle a nadie que fuera a convertirse en una feliz celebración. «Una cena íntima, Amelia, hace días que me apetece», le había dicho a una esposa demasiado perspicaz para no adivinar que algo tramaba con su amigo Marcel. Así que ella, por si acaso, preparó un ágape digno de recordar.

A primera hora de la mañana de ese día, Marcel entró en la sala de Sant Narcís preguntando por Aurora y, al encontrarla recién llegada, le propuso ir juntos a la cena de los Trueta. «Puedo recogerte antes en casa y así paseamos un poco. ¿Qué te parece?». Aurora accedió sin sospechar nada, aun cuando Marcel se mostró ciertamente nervioso. Ella trabajó todo el día concentrada en sus niños y niñas de la Santa Creu y al terminar se fue a casa, donde se aseó y se vistió para la ocasión. Le apetecía mucho esa cena, puesto que llevaba demasiado tiempo sin ver a sus dos amigas del alma. Tan atareada había estado esa primavera que ni siquiera se había percatado de lo poco que faltaba ya para el verano. Y aquel no sería un verano cualquiera, pues, según lo previsto, iba a convertirse en licenciada. Por fin había terminado sus seis cursos de medicina y ahora obtendría el ansiado título para poder ejercer con pleno derecho. Estaba orgullosa, casi lo tenía en las manos. Y eso que, al principio, todos pensaron que se cansaría, que no lo aguantaría. El doctor Martínez le había asegurado la plaza de médico auxiliar en su servicio una vez licenciada, así que seguiría en pediatría, tal como ella había deseado. Dicha especialidad iba a trasladarse pronto al pabellón de Santa Victoria del nuevo Hospital de Sant Pau, y la joven doctora se moría de ganas de formar parte de esa nueva etapa de los niños y niñas del hospital: a partir de ese momento, los pequeños enfermos podrían curarse en un lugar más adecuado, bien ventilado, disfrutar de unos jardines que harían sus delicias. Aquella tarde de primavera en que Aurora se vestía para la cena, parecía que la vida le sonreía y, ahora sí, su anhelado futuro asomaba con firmeza en el horizonte cercano.

Marcel llamó a la puerta y Aurora no se hizo esperar. Tenía ganas de pasear un rato con él, de contarle todos los buenos pensamientos que le pasaban por la cabeza. Compartirlos con Marcel era siempre un placer, porque él sabía escucharla. Era un buen amigo; de hecho, el mejor que tenía, aparte de Amelia y de Mariona. Después de ajustarse su nuevo sombrero en el espejo del recibidor, un modelo importado de París que encajaba a la perfección en su cabeza y del que asomaba su nuevo peinado estilo *garçon*, que lucían las más atrevidas, salió a la calle en compañía de un Marcel inusualmente callado. Pasearon sin prisa, disfrutando del sol de media tarde, que todavía se resistía a marchar. Aurora charlaba y Marcel escuchaba, un poco ausente. De cuando en cuando, él observaba su perfil elegante, tan gracioso con el nuevo sombrero, hechizado por completo. Solo pensar en lo cerca que estaba de convertir a Aurora en su prometida, su corazón se aceleraba. ¿Cuál será el mejor momento? Al llegar a la Gran Vía, cruzaron la calle. Si bien unos años atrás el número de carruajes ganaba con creces al de automóviles, ahora la balanza iba invirtiéndose a un ritmo muy rápido, ya que cada señor de Barcelona deseaba poseer su propio y moderno coche. Justo al pasar por delante del cine Coliseum, ubicado en el majestuoso edificio que, según los expertos, se construyó inspirándose en los templos barrocos de Roma, Marcel le propuso sentarse en un banco.

—Todavía es temprano para subir al piso de los Trueta y me gustaría hablarte de algo.

Aurora se sentó. Nervioso, él trató de leer en el rostro de su amada si empezaba a adivinar sus intenciones, aunque nada le hizo pensar que así fuera. Aurora contemplaba a la gente pasear y sonreía tranquila, ajena al titubeo de Marcel. No será fácil, se dijo él. Permaneció unos instantes en silencio, buscando las palabras adecuadas. Tanto que las había ensayado y ahora parecían haberse esfumado de su mente. ¿Cómo empezar? Tragó saliva y al final dijo:

–Aurora. Hace muchos años que nos conocemos. Me acuerdo de la primera vez que te vi, cuando yo empezaba medicina y tu hermano me invitó a vuestra casa.

–¡Hace un siglo de eso! –exclamó ella con alegría–. Entonces yo era una chiquilla, todavía.

Marcel asintió y volvió a tragar saliva. Prosiguió:

–He esperado mucho… –Le tomó una mano y la puso entre las suyas, y, entonces, por primera vez, vio a Aurora observarlo con atención. Parecía que al fin era consciente de lo que iba a pedirle, así que prosiguió–: Pese a desearlo desde hace tiempo, no he querido precipitarme. Aurora, en poco tiempo, te habrás licenciado. ¡Estoy tan orgulloso de ti! Eres mi mejor amiga y te respeto mucho, lo sabes.

Aurora le respondió con prudencia:

–Tú también eres mi mejor amigo.

Lo miraba un poco temerosa, sus ojos apenas parpadeaban. Marcel pensaba que su corazón explotaría en cualquier momento. Decidió no demorarlo más y entonces le preguntó:

–¿Querrías casarte conmigo?

Pareció que el mundo entero se detenía en aquella Gran Vía donde los amigos de Aurora y Marcel esperaban en el piso para cenar. Podía ser un gran día, una velada de celebración junto a aquellos que más deseaban la unión de esa pareja que, siempre pensaron, estaban hechos el uno para el otro.

Aurora empezó a decir casi en un susurro:

—¿Qué te ha hecho pensar que yo...? Perdóname, Marcel, tiene que ser culpa mía —suspiró hondo—. Es una confusión, una terrible confusión.

Marcel sintió el suelo temblar bajo los pies. Una aguda sensación de vértigo lo hizo tambalearse incluso ahí sentado.

—No es ninguna confusión, Aurora. Yo te quiero. Y pensé que tú... que nosotros...

Le parecía escuchar su propia voz de muy lejos, como si su mente se hubiese apartado del propio cuerpo y lo contemplara todo a cierta distancia. Aurora se soltó la mano que Marcel aún sostenía. Su cuerpo se curvó hacia delante como si buscara protegerse de tan penosa situación, igual que hacían las niñas de la Santa Creu cuando el doctor pasaba junto a ellas.

—No puedo, Marcel. Lo siento tanto...

Él se hundió. Tenía frases preparadas, argumentos para rebatir cualquier duda que pudiera surgir, pero había recibido un *no* de entrada, demasiado rápido, demasiado firme. Como si todo hubiese sido una terrible equivocación. ¿Era eso lo que Aurora acababa de expresarle? No podía pensar con claridad. Marcel se sintió de repente ridículo, engañado, en los jardines de la Gran Vía frente al Coliseum donde, en ocasiones, habían ido todos juntos al cine: Josep y Amelia, Llorenç y Mariona... ¿Qué sentido tenía aquello, si Aurora nunca pensó en él como el hombre a quien podía amar?

Ese atardecer de primavera, ni Aurora Rovira ni Marcel Riera se presentaron a la cena. En casa del matrimonio Trueta solamente Mariona y Llorenç degustaron las exquisiteces que, con tanto esmero, había preparado su anfitriona. No hubo ningún brindis, porque no había nada que celebrar.

María recibió una carta de Lluís donde este le comunicaba su regreso a Barcelona. Le escribía que, como ya debía saber, el arquitecto Domènech i Montaner había fallecido unos meses atrás, justo cuando las obras del Hospital de Sant Pau volvían a funcionar a pleno rendimiento. El maestro Arnau había escrito a Lluís para comunicárselo, a la vez que lo instaba a volver para echarle una mano con los trabajos escultóricos de los nuevos pabellones. Lluís describía en su carta cómo le había afectado la noticia de la muerte del arquitecto. Enseguida le vino a la memoria el día en que lo conoció. «¿Te lo he contado alguna vez, María? –le preguntaba–. El maestro Arnau me llevó por primera vez a las obras del hospital cuando yo llevaba poco con él, y allí estaba don Lluís, con ese abrigo largo y oscuro que siempre llevaba, mirándolo todo a través de sus gafas diminutas. Dibujaba extraordinariamente bien; era tan metódico, serio, riguroso en su trabajo. El maestro me ha dicho que, en los últimos años, había ido delegando los trabajos arquitectónicos en su hijo Pere y su yerno. Don Lluís era un gran hombre, Mía, y seguro que ya sabes que también era un político importante. Por ello no se le ha hecho un funeral como se merece. Hace años que vivía alejado de todo y de todos, según tengo entendido, en su casa de Canet. El maestro Arnau dice que cuidaba de su esposa enferma mientras terminaba sus estudios sobre arqueología e historia de Cataluña. Ya ves, un patriota y, ante todo, un gran artista. Es cierto que los años del Modernismo ya han pasado, que ahora se imponen nuevas corrientes en el arte y en la arquitectura, pero nadie puede negarle un extraordinario talento.»

María leía la extensa carta de Lluís, ¡cuatro hojas por delante y por detrás!, cada noche al acostarse. Rezaba un Padrenuestro y pedía lo mismo de hacía años: «Devuélvelo a casa sano y salvo, señor, y haz que me quiera».

María había asistido a la Escuela de Enfermeras de la Mancomunitat y había obtenido después de dos años su título profesional, justo antes de que las autoridades militares clausuraran la escuela. Luego ingresó en la Santa Creu como auxiliar de enfermera de la hermana encargada de la sala de Santa Ana y empezó a velar por esas niñas a las que antes les leía cuentos. No le explicó nada de esto a Lluís por carta, puesto que María se lo guardaba para cuando regresara. Quería sorprenderlo de tal manera que, al verla de nuevo, descubriese a la nueva María, viera en ella a una de aquellas mujeres modernas de las que tanto le había hablado él por carta. Se había cortado el pelo, siguiendo los consejos de Aurora. No le quedaba tan bien como a ella, está claro, pero le parecía haber ganado más fuerza en la mirada y un poco más de feminidad. Había aprendido a vestirse mejor, a arreglarse un poco y a moverse como lo hacían las chicas en aquella Barcelona de los años veinte. No es que fuera ninguna jovencita, era consciente de ello, pero a sus treinta y dos años tampoco estaba tan mal. La seguridad de unos estudios y de su nueva profesión como enfermera la habían transformado por dentro y por fuera, y ahora solo deseaba que Lluís volviera para que pudiera apreciarlo.

El día de su vuelta, María solicitó un permiso. Se arregló con esmero antes de salir a la calle. Seguía viviendo en casa de los señores Rovira porque Aurora insistió mucho en ello. Ya no trabajaba de cocinera, ya no era fija en la casa, pero la señora Eulalia le permitió seguir ocupando su habitación a cambio de que la ayudara en los días festivos. Como externa que era de la Santa Creu, le convenía mucho ese acuerdo hasta su traslado a Sant Pau. Entonces sí que sería el momento de dejar la casa y marcharse a vivir al hospital. Pidió la opinión de Aurora ese día antes de que ella se fuera a trabajar y, una vez aprobada, María se dirigió a la estación.

Fue directa a la taquilla, donde un señor le indicó muy amablemente el número de vía a la que llegaría el tren de París. Se encaminó hacia allí, escogió un banco donde sentarse y esperó. Durante un rato observó distraída el transitar de la gente. Algunos llegaban, otros cargaban maletas y se despedían de algún familiar en el andén. El revisor, el maquinista, los mozos jovencitos que corrían de un lado a otro al llegar un tren buscando nueva clientela. El gran reloj de la estación le indicó la inminente llegada del tren de París y entonces se le hizo un nudo en el estómago. Se retocó el pelo con dedos nerviosos y se ajustó el sombrero que meses antes Aurora le había regalado. El gigante de hierro negro hizo su aparición escupiendo humo y aproximándose cada vez más al andén. Se paró delante de ella y los compartimentos empezaron a abrir las puertas para dejar salir a los primeros pasajeros. María se levantó del banco y se alisó un poco el vestido. ¡Qué nerviosa estaba ahora! Buscaba la figura de Lluís con ojos rápidos e inquietos, desde el primero al último vagón. Fue del tercero de donde vio bajar a un hombre cuya figura alta y esbelta conocía a la perfección. Lluís vestía un traje de color claro y llevaba un sombrero del mismo color.

—¡Aquí, Lluís! —gritó ella levantando la mano para hacerse ver entre la multitud que ya se acumulaba en el andén.

La vio enseguida y su rostro se iluminó con una amplia sonrisa. Empezó también él a saludarla con la mano. Entonces se volvió hacia alguien que iba detrás de él, tal vez un compañero de viaje con quien coincidió. María iba lidiando con la marea de gente que le impedía llegar hasta él, personas como ella que habían ido a recibir a algún ser querido al que ahora abrazaban. No perdía de vista el rostro sonriente de Lluís. Hubo unos instantes en que el sombrero de una mujer le anuló la visión por completo, pero sabía que se encontraba cerca. Superó a dicha mujer y entonces se topó de cara con Lluís. Se fundieron en un abrazo y María sintió, por fin, que tocaba el cielo. No podía creerlo, habían transcurrido años desde la última vez.

—Deja que te vea bien —dijo él apartándola un poco de sí—. ¡Has cambiado, Mía! ¡Estás preciosa!

María rio satisfecha y dio una vuelta sobre sí misma, coqueta. Pero entonces vio a una mujer justo al lado de Lluís. Una chica muy hermosa, de aspecto afrancesado, que permanecía muy pegada a él. La gente a su alrededor fue dispersándose, pero la chica no se iba, les sonreía a los dos. María retrocedió un paso; Lluís tomó a aquella chica de la mano y se la presentó:

—Mía, quiero que conozcas a mi esposa —le anunció orgulloso.

Ella se acercó a María y le estampó un beso en la mejilla.

—Me llamo Arlette —le dijo con marcado acento francés—. Tenía tantas ganas de conocerte… Louis me ha hablado mucho de ti.

Lluís la contemplaba embelesado. María se esforzó en sonreírle a aquella mujer a pesar del puñal que sentía clavado en el corazón. Otra vez la angustiosa sensación de que el mundo se tambaleaba a sus pies. ¡Estúpida María!, se gritaba por dentro, ¿qué esperabas?

Los tres se encaminaron hacia la salida de la estación. María iba arrastrando los pies. Una vez en la calle, Lluís se ocupó de buscar un taxi en el que pronto colocó la voluminosa maleta que cargaba. Ambas mujeres se acomodaron en el interior del vehículo y acto seguido entró él. Recorrieron las calles de la ciudad mientras Lluís se admiraba de cómo había cambiado todo.

—No recuerdo haber visto nunca tantos automóviles en Barcelona. ¡Y cuántos edificios nuevos! —exclamaba él. Entonces le señalaba a Arlette las terrazas de los cafés que, con la llegada del buen tiempo, se habían instalado en las aceras, y le decía—: Mira, Arlette, allí te llevaré pronto. Verás como no echas de menos nada de París.

María estaba más callada de la cuenta, aunque Lluís no se daba cuenta porque él recordaba a la antigua María, más tímida, insegura; poca cosa, a fin de cuentas. Sin poder evitarlo, María había vuelto a mostrarse tal como era antes, pese a lo mucho que había cambiado en los últimos años. Se le habían pasado las ganas de contarle a Lluís sus novedades, sorprenderlo con todo lo que estaba haciendo, anunciarle el secreto que tanto tiempo se había reservado para su vuelta a casa y poder ver su expresión. Había esperado durante mucho tiempo el momento en que Lluís supiera que ella, María Salvadó, se había convertido en una mujer moderna, que ya no era una simple sirvienta sin estudios, sino una enfermera profesional, que por fin podía fijarse en ella como la mujer digna de ser amada por un artista como él. Pero, por desgracia, ya era tarde para eso.

Marcel recibió la confirmación que esperaba: en una semana debía presentarse a uno de los servicios quirúrgicos de un hospital de Londres, donde el maestro Ribas tenía un buen amigo. Lo habían aceptado como médico agregado durante una temporada, así que ya podía hacer su maleta. En un principio, cuando Marcel acudió a su superior tras la deplorable escena con Aurora y le expuso su deseo de marcharse un tiempo, si podía ser a Londres, para ejercer la cirugía en otro lugar, el maestro Ribas no se lo tomó nada bien. No deseaba perder a un ayudante como Marcel. Consciente de su talento, ya lo había retenido a su lado cuando Corachan formó su propio equipo. Además, su discípulo llevaba ya un tiempo ayudándolo dos tardes a la semana en su clínica privada, donde la actividad había ido en aumento gracias a la adquisición de unos aparatos muy perfeccionados de roentgenterapia profunda, por medio de los cuales trataban el cáncer y otras enfermedades. Si dejaba que Marcel se fuera, tendría que buscarse un sustituto para ayudarlo en el hospital y en la clínica, lo cual lo disgustaba. Sin embargo, no podía luchar contra el afán de un joven médico de levantar el vuelo. Él mismo lo había hecho en su día y de aquella experiencia volvió muy enriquecido. Era innegable el aprendizaje que el chico haría fuera, así que Ribas no solamente accedió, sino que, al mismo tiempo, se ofreció a ayudarlo. Escribió a un colega de Londres que ya había tenido la ocasión de conocer a Marcel cuando lo acompañó al congreso del año anterior y le pidió que le buscase un sitio. Marcel se lo agradeció muchísimo. Se despidió de él con un «hasta pronto, maestro», algo emocionado, pues era consciente de la etapa de su vida que se disponía a cerrar con dicha decisión. De los amigos, solo quiso despedirse de Trueta. Ni siquiera lo hizo de Llorenç, porque quería borrar de su mente todo lo que le recordaba demasiado a Aurora. Pensaba que solo así lograría sacársela de una vez de la cabeza.

Cuando Aurora supo que se había ido a Londres, no se lo tomó nada bien. Acusó a Trueta de no decirle ni pío, se enfadó con Amelia porque seguro que también estaba al corriente. «También es mi amigo —se quejó—, o, por lo menos, lo ha sido hasta ahora. Lo que ha sucedido entre nosotros no es más que una terrible equivocación, pero esto no puede acabar con tantos años de amistad». Sin embargo, pese a ser una chica acostumbrada a salirse siempre con la suya, esta vez tuvo que conformarse.

El año 1925 transcurrió lenta y pesadamente, sin muchas alegrías para nadie, excepto para el matrimonio Trueta, que tuvo una niña preciosa a la que llamaron como la madre, Amelia. El grupo de amigos, no obstante, ya no solía reunirse en su casa ni tampoco iban al cine ni a ningún otro sitio. Por un lado, estaba el hecho de que Mariona y Llorenç apenas hacían vida social, molestos como estaban por esa repetitiva y fastidiosa pregunta: «¿Cuándo vais a darnos la noticia? ¿Para cuándo el primer hijo?». Por otro lado, Aurora vivía volcada en sus niños y niñas del hospital, rechazando sistemáticamente cualquier invitación a una fiesta o actividad por las que, ahora, no sentía ningún interés. Marcel pasó el año entero en Inglaterra y nadie sabía cuándo pensaba regresar.

En diciembre, el servicio de pediatría de la Santa Creu se trasladó por fin al nuevo hospital: se instaló en el pabellón de Santa Victoria; inicialmente concebido para las niñas enfermas, dispusieron también allí a los niños. En la gran sala de enfermería que dominaba el cuerpo central del nuevo pabellón colocaron camas para catorce niñas; disponían, asimismo, de varias salas de aislamiento al fondo de todo. A los niños los ubicaron en el semisótano, en una gran sala de elevados ventanales por los que entraba bastante luz. Pese a no tratarse de los pabellones más ricamente decorados, pues tras la muerte del arquitecto Domènech su hijo Pere tuvo que ajustar el presupuesto, Santa Victoria era un lugar maravilloso en comparación con las viejas salas del antiguo hospital.

María se trasladó junto a las hermanas hospitalarias, el resto de las enfermeras y las sirvientas, y abandonó al final la casa de sus señores. Aquello entristeció a Aurora; la casa le parecía ahora terriblemente vacía, aunque procuró consolarse con el hecho de que seguiría viendo a su fiel y querida María a diario, gracias a que trabajaban en el mismo pabellón. Enfermera y doctora se consagraron a sus respectivas tareas, huyendo en cierto modo a través de la plena dedicación a sus pequeños enfermos, de la desagradable soledad que compartían en lo más profundo de su corazón.

Con las primeras nieves del año llegó una nueva enferma a Santa Victoria. La trajo una tía que se hacía cargo de ella desde que sus padres fallecieron. La mujer llegaba angustiada porque esa sobrina suya se ocupaba de sus propios hijos mientras ella iba a trabajar a la fábrica. ¿Quién cuidará ahora de mis pequeños?, se lamentaba. La niña permanecía muy callada a su lado, con la cabeza ligeramente ladeada y la mirada un tanto ausente, probablemente a causa de una fiebre alta. Las piernas le fallaban, así que una hermana la hizo sentarse. La niña se llamaba Elena, tenía nueve años. En el momento de su ingreso, Aurora estaba de guardia, por lo que fue ella misma quién la atendió. Enseguida confirmó su fiebre alta y le llamó la atención su pulso demasiado lento. Tenía síntomas visibles de un fuerte decaimiento y, además, se quejaba de dolor abdominal.

—Lleva días sin apenas comer —refunfuñó la tía—. Yo ya la avisé de que se pondría enferma si no se esforzaba, y mire, doctora, ¿ahora quién va a cuidar de mis hijos?

Aurora envió a la tía fuera de la sala de reconocimiento con buenas maneras y al terminar la exploración de la pequeña ya tenía una firme sospecha del diagnóstico. Elena tenía los ojos muy abiertos y fijos en ella, aunque no parecía tener miedo. Pobre criatura, pensó Aurora pasándole una mano por la frente, a ver si así le inspiraba un poco de tranquilidad. Nueve años y parece ya vieja. Llamó a la hermana Arnau y confirmó su ingreso. Le quitaron la ropa, la lavaron y la desinfectaron antes de ponerle el camisón limpio del hospital. La niña se dejaba hacer todo sin decir palabra, solo encogiéndose instintivamente cada vez que el estómago la doblaba de dolor. Aurora le pidió a la hermana que la instalase en un cuarto de aislamiento, ya que, según le murmuró al oído, podía tratarse de un caso de fiebre tifoidea. A la hermana no le pareció bien que Aurora decidiese antes que de que el doctor Martínez la viese.

—Puedo ponerla en una cama provisional y cuando venga el doctor... —balbució.

Aurora le respondió educada, pero contundente:

—No, hermana. Prefiero ser prudente. Puede instalarla en la habitación del fondo, me consta que está vacía. Yo misma se lo explicaré a don Pere cuando llegue.

La hermana obedeció y, entonces, Aurora se dirigió al vestíbulo donde había hecho esperar a la tía. La encontró frotándose las manos con nerviosismo. En cuanto vio a la doctora se levantó:

—No se la van a quedar, ¿verdad? —dijo angustiada.

—Me temo que sí —le contestó Aurora. Le advirtió que lo más seguro era que tuviese que permanecer allí unos días, una semana o tal vez más—. Hay que hacerle unas pruebas, ver cómo evoluciona...

La tía tuvo suficiente. Se mostró agradecida con la doctora, pero acto seguido cogió sus cosas y se fue. Ahora tenía mucha prisa porque, ¿quién iba a cuidar de sus pequeños? Ni siquiera pidió ver a la niña antes de irse.

A María se le asignó el cuidado de la nueva enferma. En cuanto tuvo su cama preparada, la niña se introdujo entre las sábanas que crujían de tan limpias y rápidamente empezó a notar el calor de la manta. Lanzó un débil suspiro y hasta sonrió un poco. Pero entonces abrió mucho los ojos y, mirando a María, que seguía en la habitación comprobando que no faltara nada, le preguntó:

—¿Y ahora quién cuidará de mis niños?

María la miró sorprendida; parecía estar delante de una mujer adulta.

—No sufras —le dijo—. Tú procura hacer todo lo que te digan y pronto te curarás. Cuando te recuperes podrás volver a ocuparte de esos niños. Mientras tanto, tu tía ya se las arreglará.

La niña negó con la cabeza y entonces su rostro se convirtió en una mueca:

–Duele… –murmuró tan bajito que María ni siquiera la oyó. Pidió permiso para ir de vientre y, tal como Aurora le había advertido a María, la niña hizo una diarrea de color verde, como un puré de guisantes.

El doctor Martínez llegó al hospital una hora más tarde y después de que Aurora lo hubiera puesto al corriente, ordenó que le hicieran un hemograma a la nueva paciente. Los días transcurrieron y la fiebre no remitía, más bien al contrario. Los resultados de la prueba confirmaron una bajada de los glóbulos blancos, lo que reafirmó las sospechas del diagnóstico inicial de Aurora. Al cumplir una semana en el hospital, Elena empezó a hacer unas diarreas que desprendían sangre. La niña estaba muy asustada, pero no le dijo nada a nadie. Procuraba comer el arroz o el puré que le llevaban, aunque apenas conseguía tragarse la mitad.

–Así no vamos bien –se lamentaba María, con expresión preocupada. Cada mañana, le tomaba la temperatura y se esperaba hasta que Aurora llegaba. La doctora le auscultaba el pecho estrecho y desmirriado en contenido silencio; Elena nunca se quejaba. Sin querer, la niña iba ganándose el afecto de una y otra mujer que, a falta de ningún pariente que la visitara, se turnaban para hacerle un poco de compañía. Sola, aislada de las otras niñas de Santa Victoria, Elena pasaba la mayor parte del tiempo contemplando las cuatro paredes con ojos grandes y ojerosos.

Un día empezaron a aparecerle unas manchas en el tórax; tenían un color entre rojizo y violáceo, y nada más detectarlas, Aurora se temió lo peor: los síntomas de la fiebre tifoidea se cumplían uno tras otro.

María iba cada noche a leerle un cuento, al terminar su turno de trabajo. A veces, si Aurora todavía se hallaba en el hospital, se les unía un rato. María leía, la niña escuchaba con atención, agradecida por esa repentina compañía; tan solo su cabecita salía de debajo de la manta y abría mucho los ojos. Aurora contemplaba la escena recostada en la pared, siguiendo la tierna voz de su querida María, que la transportaba directamente a su propia infancia; esa voz que siempre la había acompañado.

En una de esas noches de la segunda semana desde su ingreso, una vez terminado el cuento, Elena les preguntó:

—¿Ha venido mi tía a verme? —Las miró alternativamente a una y a otra. Luego añadió—: Puede que yo esté dormida cuando ella viene…

Aurora le dijo que sí, que era exactamente esto:

—Un par de veces. Justo cuando tú dormías.

La niña se conformó, aun intuyendo la mentira de la doctora. Su tía debía de haber encontrado a alguien más, tal vez a una niña sana y fuerte del barrio, para cuidar a sus pequeños. ¿Quién quería visitar a alguien que probablemente moriría en el hospital? Como si de repente lo comprendiera todo, Elena dijo en el mismo tono práctico y conformado que habría usado una vieja:

—¿Cuándo me moriré, doctora?

María se sobresaltó y de inmediato le agarró una manita que asomaba de la manta.

—¡Hijita! ¡Qué cosas dices! —dijo.

Aurora la reprendió un poco y le mandó dormir.

—Si procuras comer un poco más y obedeces, pronto te sentirás mejor.

Al salir de la habitación, María le preguntó:

—Dime, Aurora, no se nos va a morir, ¿verdad?

Pero la doctora no podía ocultarle sus dudas. La criatura no evolucionaba nada bien.

En su tercera semana en el hospital, Elena pasaba largo rato durmiendo a causa de una fiebre que, lejos de marcharse, seguía subiendo. Sufría tanto dolor de cabeza que solía quedarse muy quieta. El dolor de barriga era lo único que, de cuando en cuando, la sacudía en la cama. A punto de terminar la semana, una hermana entró a mediodía en su habitación. Iba cargando una bandeja con la comida, pero algo la hizo tropezar y la bandeja cayó al suelo haciendo un terrible estrépito. Pero Elena no se movió. La hermana llamó a María y esta hizo llamar a la doctora.

—¡No se despierta! —dijo la enfermera.

Aurora trató de hacerla reaccionar, sin éxito, y, entonces, el doctor Martínez, recién llegado, acudió de inmediato. Se inclinó sobre el cuerpecito inmóvil, le pellizcó una mano. Nada. Otro pellizco en el brazo, esta vez un poco más fuerte… La niña no respondía a los estímulos dolorosos. Ambos médicos cruzaron la mirada. El doctor Martínez negó con la cabeza:

—La infección debe de haber llegado al cerebro —le dijo a Aurora—. La paciente ha entrado en coma.

María ahogó un sollozo y se tapó la boca con ambas manos.

Elena aguantó unos días dentro de ese sueño profundo hasta que su cuerpecito, deshidratado, desprovisto de todo lo necesario para vivir además de un poco de afecto, dijo basta. Ni un solo pariente lloró su muerte. Ni siquiera fueron a recoger la ropa con la que había ingresado. María y Aurora se quedaron muy conmocionadas con aquella pérdida que, pese a no ser la primera en el hospital, ni desgraciadamente la última, las impresionó de veras. No fue la enfermedad en sí, a lo cual estaban más que acostumbradas; fue ese espectro que había danzado grotescamente en la habitación de Elena desde el día en que llegó: la soledad.

Ellas mismas se sentían muy solas. Cada una a su manera, con sus propias miserias; se habían convertido en dos mujeres solas. Si bien María convivía con ello con más resignación, a Aurora aquella sensación la pilló desprevenida. Hasta entonces nunca se había planteado que el hecho de estar sola pudiese molestarla. Desde jovencita, cuando sus amigas hablaban de enamorarse de un chico, cuando soñaban con formar una familia, ella siempre se reía, despreocupada, consciente de que aquello no iba con ella. Desde el día en que decidió estudiar medicina percibió que el camino no sería fácil, que probablemente todos la observarían y algunos también la rechazarían. Pero aquello nunca le preocupó en absoluto, pues se sentía fuerte y capaz en aquellos días, y el amor no era más que un estorbo. Por eso rechazó a Marcel sin siquiera dejarle terminar sus palabras, porque el susto que le provocó dicha proposición, justo a las puertas de su licenciatura, fue demasiado fuerte. No podía negarse a sí misma que eran muchas las ocasiones en que, paseando por la calle, conversando en el patio de la Santa Creu con él, había llegado a sentirse atraída por su amigo, había experimentado una extraña e incómoda sensación de inquietud, ese cosquilleo que produce la felicidad al estar cerca de alguien, pero siempre se sacudió todo pensamiento de encima. De ninguna manera estaba dispuesta a renunciar a su carrera como médico; ella quería esa vida suya en el hospital. Sabía que enamorarse, casarse, tener hijos... todo esto la alejaría de su futura profesión. Cuando Marcel le propuso matrimonio, él cometió un grave error porque ella no estaba en absoluto dispuesta a abandonarlo todo por él. Incluso llegó a enfadarse con él por desaparecer a continuación de ese modo, sin siquiera despedirse. Entonces empezó a echarlo de menos, consciente de que tal vez no volvería. Con el tiempo, había repasado esa triste tarde en el Coliseum muchas veces, la escena que supuso su ruptura, y se había dado cuenta de que, bien mirado, ella no le había dejado explicarse. ¿Y si su propuesta de matrimonio no implicaba forzosamente la renuncia a su profesión? ¿Por qué pensó que una persona como Marcel, que la conocía mejor que nadie, la haría abandonar aquello que más anhelaba? ¿Dónde estaba escrito que una doctora no pudiese combinar una vida de pareja con su trabajo, igual que hacían los hombres? En el año y medio que Marcel llevaba desaparecido de su vida, lo más seguro construyendo otra vida en Inglaterra, Aurora empezó a plantearse que quizá el terrible error lo cometió ella con ese *no* tan rotundo que cerró todas las puertas sin posibilidad de que volvieran a abrirse. El corazón de Aurora lloraba ahora por una niña a la que no había podido salvar, que había muerto sin compañía alguna en una cama del hospital, a la vez que lo hacía por un amor que había dejado escapar.

1929

Después de seis años de dictadura, la popularidad del rey Alfonso XIII y del gobierno ejercido por el general Primo de Rivera había ido disminuyendo de tal manera que, ahora, casi en todas las casas había un republicano. Como es lógico, debían reaccionar ante semejante desgaste y en 1929 el dictador impulsó en Barcelona la mayor operación propagandística del régimen: la Exposición Internacional, cuya inauguración se produjo en la primavera del mismo año. Los preparativos precisaron una gran cantidad de mano de obra llegada de todos los rincones de España, encargada de transformar la ciudad en un gran escaparate de modernidad y progreso. Se construían las primeras líneas de metro, se urbanizaban nuevos barrios que iban a ampliar la ciudad, las terrazas de los cafés estaban siempre repletas de clientes y a cada momento se inauguraba un nuevo restaurante, una nueva sala de fiesta, nuevos cines y teatros, además de algún parque de atracciones. La gente quería divertirse en una Barcelona cada vez más cosmopolita.

Lluís y Arlette salían casi cada noche, frecuentaban los cafés más bohemios, en los que Lluís siempre conocía a todo el mundo: pintores, escultores, poetas, amigos que había hecho entre Barcelona y París. Los artistas como él iban y venían de ambas ciudades y a menudo intercambiaban noticias frescas, impresiones sobre las nuevas corrientes y los artistas del momento. Pablo Gargallo llevaba unos años instalado en París junto a su esposa Magalí y su hija Pierrette, y Arlette no paraba de insistir en que ella también deseaba volver. La joven no había llegado a acostumbrarse a Barcelona, a pesar de la intensa vida social que llevaban. Como Lluís trabajaba todo el día, ella se aburría soberanamente. No había hecho amigas y solo se divertía cuando, por la noche, iban a bailar. Sin embargo, Lluís prefería las charlas con sus amigos en el café, las tertulias artísticas hasta bien entrada la noche, en las que sentía que formaba parte de algo muy grande, muy intenso. La pareja volvía a casa en silencio, la mente de Arlette maquinaba el modo de hacerle entrar en razón y regresar a París. Solían discutir hasta que Arlette se encerraba con un sonoro portazo en la única habitación de aquel estudio vivienda que tenían alquilado en el barrio de infancia de Lluís. Entonces, él dormía en el sofá o bien trabajaba hasta el alba, bebía vino caliente en recuerdo de sus tiempos en París y se sentía muy reconfortado. Sabía que, a media mañana, vendría la dulce reconciliación, el momento en que Arlette dejaría que se metiera en la cama con ella y sus cuerpos, juntos, desnudos bajo las sábanas, harían las paces.

Lluís hizo alguna escultura de gran envergadura para la Exposición Internacional, cuyo director no era otro que el hijo de don Lluís, es decir, Pere Domènech i Roura, que alternaba las grandes construcciones de la montaña de Montjuïc con los últimos toques del Hospital de Sant Pau. Pero los verdaderos ingresos de Lluís provenían de su trabajo como retratista: en los últimos años, se había forjado un nombre entre las buenas familias barcelonesas realizando bustos de sus miembros más ilustres. Unos se lo contaron a otros y los encargos fueron multiplicándose, de modo que Lluís terminó por encontrar en ello su principal forma de ganarse la vida. Arlette se quejaba de que todo se lo gastaba en comprar nuevos utensilios, material para sus esculturas, en vez de gastarlo en una casa más grande, en vestidos o sombreros nuevos para ella. «¿Qué sentido tiene ganar dinero y no poder vivir mejor?», protestaba a menudo. Pero a Lluís le hervía la sangre al pensar en todas las esculturas que podría hacer con sus nuevas herramientas. Quería hacer una pequeña serie en bronce, aun sabiendo que el fundido era terriblemente caro. Ahorraba mientras pensaba en la mejor temática, que acabó encontrando gracias a una visita a María en el nuevo hospital.

Llevaban un tiempo sin verse. Lluís estaba siempre atareado, y María, todo el día en el hospital. Al pensarlo, a Lluís le entraba un poco de remordimiento por haber dejado de lado a su hermana de leche. Arlette consumía todo su tiempo libre, que no era mucho, y los días transcurrían rápidos, y luego los meses, y él se olvidaba de acercarse al hospital. En Sant Pau, María hacía su vida, puesto que no solo trabajaba allí, sino que además era su hogar. Una mañana de principios de verano en que había ido a entregar un busto terminado a un cliente, aprovechó que todavía era temprano y fue a hacerle una visita. Tomó el tranvía hasta el nuevo y flamante hospital. En pocos meses se haría la gran inauguración con un acto oficial. ¡Y cómo habían cambiado los alrededores! Acudieron a la mente de Lluís los tiempos en que María y él iban allí a pasar el domingo. Entonces todo eran campos alrededor de cuatro pabellones vacíos que esperaban con paciencia su momento. Al atravesar el vestíbulo del gran pabellón de la administración, observó complacido todo el trabajo realizado allí: recordaba cada detalle del edificio, tanto las decoraciones escultóricas como el trabajo de los mosaiquistas, de los pintores y los vitraleros, un trabajo minucioso del que se sentía parte y del cual se enorgullecía. Un hermano le indicó cómo llegar al pabellón de Santa Victoria, donde sabía que trabajaba María y, asimismo, esa belleza de mujer llamada Aurora Rovira. No pudo evitar detenerse a mitad de la avenida central, aquella que separaba los pabellones de los hombres de los de las mujeres enfermas, ideados por don Lluís. Lo contempló todo con emoción, rememorando tiempos pasados y a la vez percibiendo la vida que había cobrado ya. Se dedicó a observar a las personas moviéndose por los pabellones, los árboles plantados a ambos lados de la avenida que pronto formarían rincones sombreados muy agradables. Los pabellones, como soldados bien alineados ante la casa de operaciones, poseían una exuberancia de detalles y una paleta cromática cuya simple contemplación ya podía influir beneficiosamente a los enfermos. Cerámicas policromadas, esculturas florales y animales, escudos, santos patrones modelados en el taller de Arnau, bien que los recordaba, los ángeles de su amigo Gargallo. La bella y estilizada torre de aguas que poseía cada pabellón, las amplias rotondas coronadas por una cúpula hecha de baldosas en forma de escamas de pez. Chimeneas, pináculos, florones, toda clase de detalles que habían convertido aquel hospital en una maravilla digna de un genio.

Andaba tan lento, tan asombrado con todo lo que veía, que se sorprendió al toparse con alguien.

—Disculpe, iba distraído —le dijo a una mujer que llevaba bata blanca y las manos metidas en los bolsillos. Y entonces la reconoció:

—¡Doctora Rovira! ¡Es usted! —exclamó complacido.

Aurora le sonrió amable y le estrechó la mano.

—¿Viene a ver a María? —le preguntó ella.

Lluís se lo confirmó; le dijo que se dirigía al pabellón de Santa Victoria, pero que había quedado deslumbrado ante tanta belleza. Aurora miró a su alrededor y murmuró:

—Sí, supongo que nosotros ya nos hemos acostumbrado de tanto como pasamos por aquí, aunque la verdad es que no hay otro hospital igual.

—Seguro que no —le respondió Lluís con una sonrisa. Ahora la contemplaba a ella y no los pabellones. Estaba más hermosa que nunca.

—¿Tal vez se dirigía también a Santa Victoria? —quiso saber.

—No, voy a ver a mi padre, justo ahí —dijo señalando en dirección al pabellón de la Virgen del Carmen.

—Así pues, ¿vendrá luego a Santa Victoria? ¿La veré más tarde?

—Quizá —dijo ella. Se despidieron y cada uno se alejó en una dirección.

Encontró a María atareada en el pabellón de los niños; vestía sus ropas de enfermera, a las cuales Lluís aún no se había acostumbrado. La mirada siempre limpia en su hermana de leche, ningún rencor por no haberla visitado en mucho tiempo.

A raíz de dicha visita, Lluís frecuentó más a menudo el hospital. Allí siempre había movimiento, pues era el año en que iban trasladándose todos los servicios médicos y quirúrgicos de la Santa Creu. Pronto harían la inauguración, aunque las salas ya estaban repletas de enfermos. Y fueron, justo, los pequeños enfermos que yacían en las camas de Santa Victoria, que él observaba al ir a ver a María, los que encendieron la inspiración del escultor. Empezó a hacer algunos esbozos, muy consciente de que esos niños y niñas eran el vivo reflejo de un mundo que él conocía bien. Unos seres que, en su estadía en el hospital, vivían con la comodidad y alimentación que nunca disfrutaban en casa. Allí podía verse la mirada oprimida de los niños con dolor de estómago o la mirada salvaje de la meningitis. Cuando una de esas criaturas mejoraba, sus ojos reflejaban un brillo especial con el que Lluís llenaba de dibujos papeles enteros. Los cuerpos menudos se retorcían con frecuencia de dolor o de temor a lo desconocido, y entonces Lluís forzaba las curvas en sus modelos en barro; otras veces, los niños permanecían muy quietos, estirados como palos en sus camas, según le contó María, cuando la fiebre era muy alta o la debilidad consumía toda su energía. No todo eran casos extremos. También estaban los que sufrían una enfermedad más leve y permanecían pocos días en el hospital. Lluís tomaba apuntes mientras jugaban en el patio exterior o en la diáfana rotonda cuando iban su madre, su padre o sus hermanos a visitarlos; una mezcla de inocencia feliz y cruel realidad que rodeaba la vida de aquellos chiquillos y que hacía reflexionar al escultor sobre su propia infancia, antes de que el arte le hubiese dado una nueva oportunidad. Los apuntes que tomaba en Santa Victoria le servían más tarde para sus estudios más elaborados en el taller. Si de día visitaba las salas de los niños enfermos, gracias a María y también a la doctora Rovira, las cuales le facilitaban siempre el acceso, de noche trabajaba incansable en casa, convirtiendo en modelos de yeso o de barro sus apuntes al carboncillo. Arlette se quejaba, ya que nunca salían a bailar ni a divertirse, y, sin embargo, Lluís era incapaz de atender sus ruegos, porque preparaba la primera serie de esculturas que sentía de manera más personal. La llamaría «Los pobres enfermos», que era como los burgueses solían llamar a los miserables que habitaban en los pabellones del hospital, y escogería entre las mejores piezas para fundirlas en bronce, aunque aquello le supusiera gastarse todo lo que tenía.

Mientras trabajaba en la nueva serie de esculturas, Lluís empezó a fijarse en todo lo que María hacía en el hospital. Se daba cuenta de lo imprescindible que se había vuelto para aquellos niños y la habilidad que tenía para aligerar su dolor. Les tomaba la temperatura, les ponía inyecciones con tal rapidez que apenas se los oía quejarse, les hacía las curas y los asistía en todo. La hermana de sala supervisaba su trabajo con seriedad y rigor, pero era fácil percibir el buen lugar que María se había granjeado allí. Lluís admiraba su valor. Esa hermana de leche que antes corría de su mano por las calles de la Santa Creu, que observaba de puntillas a los muertos del corralito del hospital con angustia y pesadillas por las noches, solo porque Lluís se lo pedía; esa María que años más tarde reencontró convertida en la eficiente sirvienta de una buena casa de Barcelona había hecho tanto camino como él para salir de las calles del viejo hospital y llegar a ser alguien. Al mismo tiempo, Lluís se fijaba en Aurora Rovira, una presencia constante en el pabellón cada vez que él iba a dibujar. En uno u otro momento del día aparecía ese sueño de mujer moderna que vestía la bata blanca de los médicos, que se movía de cama en cama visitando a los pequeños pacientes, auscultándoles el pecho raquítico y prescribiendo medicamentos y una buena alimentación. Era difícil no mirarla cuando estaba en la sala, incluso a veces Lluís aprovechaba para tomar apuntes de ella en un papel. En cierta ocasión, le preguntó a María la razón por la que una mujer como ella todavía no se había casado, a lo cual la enfermera le respondió que, al igual que ella, estaba dedicada a su profesión. «¿Pero no se siente sola una mujer como ella?», insistió Lluís. Y María le dijo que la soledad no era más que un compañero con el que muchos aprenden a convivir.

Uno tras otro, los servicios médicos y quirúrgicos del viejo Hospital de la Santa Creu abandonaron el edificio gótico del centro de la ciudad para sumarse a los que ya convivían en los pabellones modernistas del nuevo recinto hospitalario. Al dejar las salas góticas de grandes arcadas, bajo las cuales habían ejercido desde siempre su oficio, los médicos sentían una mezcla de ilusión y de dolor. Ilusión por el nuevo hospital, dotado de una belleza y modernidad en instalaciones que nada tenía que envidiar a otras ciudades; dolor por dejar atrás el lugar donde habían crecido como médicos y como seres humanos. Ahí quedaban muchos nombres y apellidos, no solo casos, sino luchas y derrotas personales contra la enfermedad, a favor de la vida. Si uno aguzaba el oído, podía oír todavía los lamentos, los suspiros, el correr de aquí para allá de hermanos y hermanas de la Caridad tras los señores doctores en tiempos de epidemias, de levantamientos populares o de la pura miseria que venía a abarrotar las salas del viejo hospital. Todas las edificaciones en torno al patio central, en cuyo centro lucía la cruz barroca, tan estimada por todos los que pasaron por allí, quedaban ahora en manos del Ayuntamiento, que lo adquirió unos años atrás. Se rumoreaba que tal vez convertirían aquel espacio en un museo o bien en un archivo de la ciudad. Pero los doctores y señores administradores solicitaban llevarse consigo una sola cosa: la cruz del patio. «Es el alma de la institución —argumentaban—, ha sido testigo de generaciones de médicos, ha visto pasar a toda clase de gente del hospital.» Bajo la claridad de la luna, la cruz llevaba mucho tiempo velando por los pobres enfermos, y aun así el Ayuntamiento no parecía dispuesto a cederla por haber comprado todo el lote artístico y arqueológico del recinto.

El Hospital de la Santa Creu y Sant Pau se inauguró sin la cruz barroca en un acto solemne al cual asistió el rey Alfonso XIII. Era un día de mediados de enero de año 1930 cuando el monarca, en un momento de republicanismo latente en todo el país en respuesta a una dictadura que duraba ya demasiado tiempo, se paseó por los pabellones del recinto modernista acompañado del presidente Primo de Rivera y demás autoridades, consciente de que aquel hospital haría historia en la arquitectura del país. Veintiocho años habían transcurrido desde que el arquitecto Lluís Domènech i Montaner comenzó a construirlo, y solo algunos sabían que su hijo Pere, heredero del proyecto del padre, había tenido que librar muchas batallas hasta verlo acabado. Por un lado, había existido la lucha constante para conseguir el dinero suficiente: este había ido llegando en un goteo de buenas obras realizadas por ciudadanos burgueses: algunos que habían tenido presente el hospital a su muerte; otros a los que la pérdida de un ser querido les despertó el deseo de construir un pabellón en su memoria. Sin embargo, de los cuarenta y ocho pabellones proyectados inicialmente por don Lluís, solo llegaron a hacerse veintisiete. Por otro lado, había aparecido el desafío de una medicina en constante evolución: las exigencias médicas habían ido transformándose a medida que se sucedían los nuevos descubrimientos científicos. Pero la batalla más íntima y personal que don Pere Domènech i Roura tuvo que librar al desaparecer el padre y mentor siete años atrás fue la que tenía que ver con el arte: si bien don Lluís había formado parte de un tiempo, de una generación de grandes arquitectos que hallaron en el Modernismo su máxima expresión, su hijo Pere pertenecía a otra época, cuyo gusto novecentista había tomado el relevo. Y el hijo decidió seguir fielmente las premisas estilísticas del padre al construir los últimos pabellones de enfermos, pero con el resto de las edificaciones pendientes, como el gran pabellón de servicios generales donde vivirían las hermanas, la iglesia o la nueva casa de convalecencia, adoptó un estilo más propio, más personal, más acorde con su nuevo estatus como arquitecto director de la Exposición Internacional y con todo el gusto de los arquitectos de la nueva generación.

El mismo día en que el monarca y el voluminoso séquito de autoridades pisaron el nuevo hospital, se abrieron las puertas a los ciudadanos. Todos se pasearon por el recinto observando y admirando por primera vez aquella obra titánica que, a lo largo del primer tercio del siglo, había ido construyéndose. «Un verdadero palacio», se oía decir; «¿un hospital para los pobres?», se preguntaban muchos, asombrados ante los jardines y tanta riqueza ornamental. Lo cierto es que el nuevo Hospital de la Santa Creu y Sant Pau no dejó indiferente a nadie.

Llorenç se sentía feliz de haber recuperado su vida en el nuevo hospital. Desde sus primeros tiempos allí, al servicio del doctor Torras, el recinto había cambiado mucho, igual que las tierras a su alrededor, que se urbanizaron poco a poco. Ahora, la gran avenida que partía en dos el conjunto hospitalario estaba transitada a todas horas, y los pabellones ya no tenían el aspecto lastimero de cuando estaban vacíos, sino que desbordaban actividad. Había muchos más que en sus primeros tiempos y cada uno se usaba para una función determinada: cirugía, medicina general, obstetricia y ginecología, oncología, cardiología, traumatología y los pabellones de niños y niñas donde trabajaba su hermana. El doctor Rovira padre había instalado a sus enfermas en una sala del pabellón de Nuestra Señora del Carmen, justo delante de San Leopoldo, donde Llorenç vio por primera vez a Narcís Colomer. Parecía que hubiera transcurrido una eternidad desde aquel día en que, sin saberlo, su vida dio un completo giro. Condenado a casarse con Mariona por imposición de su padre, había pasado un verdadero infierno interior hasta que encontró a Narcís. En sus primeros años de vida matrimonial él trató de engañarse a sí mismo, de convencerse de que aquella relación podía hacerlo feliz, pese a no haberla escogido él. Mariona era muy amable, distinguida, siempre tratando de hacerle la vida agradable. De hecho, la consideraba la esposa perfecta, si no fuera porque la intimidad con ella se le hacía un tormento. Ella lo notaba y, por eso, con el tiempo, dejaron de dormir juntos. Lo decidieron de mutuo acuerdo, con toda naturalidad, alegando cuestiones de comodidad: Llorenç llegaba siempre tarde a casa tras su día entero entre el hospital y el consultorio privado de padre. Llegaba agotado, con ganas de cenar algo y meterse rápidamente en la cama. Era mucho mejor que cada uno tuviese su dormitorio y no se estorbaran mutuamente. Mariona, a veces, se quedaba levantada y Llorenç la oía llorar, aunque nunca comentaban abiertamente la desgracia de no saber amarse. De cuando en cuando, Llorenç hacía un esfuerzo: entraba en su habitación y se metía en su cama, trataba de excitarse tocando ese cuerpo que se le abría solícito, ardiente, en la más estricta oscuridad. A veces su cuerpo respondía bien y entonces regresaba a su cama con el placentero sabor de haber cumplido, aunque las veces debían haber sido demasiado escasas, porque en todos estos años no habían logrado concebir ningún hijo. La realidad era que su matrimonio iba tirando en medio de una tristeza que, despacio, iba consumiendo a Mariona y que angustiaba a Llorenç. Hasta que él empezó a vivir otra vida fuera del matrimonio, en la que conoció por primera vez el deseo a través de Narcís Colomer. Desde el primer día en el pabellón de San Leopoldo, Llorenç quedó impresionado. Ese rostro de porcelana, esos ojos de largas pestañas que lo miraban con insistencia... Tras volver a verlo poco antes de su boda y que volviera a desaparecer, Llorenç intentó olvidarlo, aunque no había sido capaz. Empezó la búsqueda un mes después de regresar de su viaje de novios; tenía que verlo otra vez, necesitaba respuestas. Y fue en el Hospital Clínic donde lo encontró, y ya no lo perdió nunca más: en aquel entonces estaba con los tísicos del doctor Cinto Reventós, y Llorenç empezó a visitarlo con frecuencia. Los dos jóvenes intimaron. Narcís le hablaba de su vida en Manresa, donde había pasado su infancia, y de donde luego sus padres lo alejaron. En los primeros tiempos el muchacho no daba más detalles, tal vez no estaba preparado para hablar, pero poco a poco Llorenç fue ganándose su confianza, hasta el día en que le explicó el escándalo que provocó en su ciudad:

—Mis padres regentan una mercería muy importante en Manresa. Todo el mundo compra allí, son muy conocidos. Yo estudiaba en el instituto y tenía un maestro con quien me llevaba muy bien, el señor Clausells. A veces me daba clases particulares por la tarde, porque yo no era precisamente un buen estudiante. —En ese momento, Narcís había sonreído, Llorenç lo recordaba bien, y lo había mirado con tanta intensidad que se rompió cualquier barrera que hubiese podido haber antes entre ellos. Le confesó—: Mis padres le dijeron a todo el mundo que el señor Clausells había abusado de mí, pero no era cierto. Él fue mi primer amor.

Ante la atenta expresión de Llorenç, que absorbía cada detalle de lo que Narcís le contaba, el muchacho acabó rememorando cómo después del escándalo le sobrevino la enfermedad y entonces sus padres lo llevaron a Barcelona, alejándolo de todo y de todos. Llorenç sabía que solo iban a verlo de vez en cuando, insistiendo siempre en tenerlo ingresado en Barcelona, lejos de Manresa. Le habían dicho a todo el mundo que su hijo estudiaba en el extranjero y que tardaría mucho en volver, y así habían ido asumiendo que la tuberculosis era el castigo de Dios por su terrible pecado.

El día en que supo toda la verdad, Llorenç deseó fervientemente besar aquellos labios jóvenes y carnosos; quería acariciar su rostro y decirle que nunca más estaría solo porque ahora lo tenía a él. Narcís era la única persona en el mundo con quien Llorenç se encontraba del todo a gusto. Ese día, tras contemplarse mutua y largamente en silencio, ambos chicos se cogieron de la mano bajo las sábanas y se quedaron muy quietos durante largo rato. Más adelante, llegaron los días de besos furtivos cuando nadie los observaba, del calor que subía a las mejillas de un Llorenç que experimentaba por primera vez la felicidad. En casa no podía siquiera mirar a los ojos de su esposa tras un día transcurrido junto a Narcís. Se sentía responsable de la amargura que consumía día tras día a Mariona, porque en el fondo la apreciaba mucho, al mismo tiempo que él vivía la más intensa de las historias de amor. Fueron unos años de correr con los gastos de Narcís después de que sus padres, a medida que él iba haciéndose mayor, empezaran a desentenderse. Le pagó varias estancias en el Montseny, en una masía donde el doctor Reventós lo enviaba a recuperarse por temporadas largas.

Tras una recaída, ingresó en el Hospital de la Santa Creu y Sant Pau donde acababan de abrir dos servicios de tisiología, el de mujeres a cargo del doctor Freixas y el de hombres a cargo del mismo doctor Reventós. Fue entonces cuando Llorenç resolvió instalar a su protegido en una de las inmensas salas de San Carlos y Santa Francisca, justo detrás del pabellón de servicios generales, en la parte más elevada de la montaña. El doctor Reventós se había llevado allí a parte de su equipo de médicos del Clínico e incluso estaba tratando de convencer al doctor Caralps, especialista en cirugía torácica, para que se sumara a ellos. Llorenç sentía que aquel era el mejor lugar donde tener a su amado. Y sin que el doctor Darius Rovira supiese nada en absoluto, su hijo se escapaba a diario a ver a su tísico, le llevaba algunos libros, leían juntos, paseaban a ratos para tomar el aire y cuando nadie los observaba se daban la mano. Entrelazaban los dedos, buscando con avidez el contacto físico. En algún lugar apartado de las miradas curiosas, ambos hombres se tocaban, se besaban en el cuello y gemían de placer. Eran los momentos más dichosos de la vida de Llorenç, en los que incluso se permitía imaginar el día en que él y su querido Narcís, recuperado por completo, pudieran disfrutar de una vida plena muy lejos de allí.

No había pasado ni un mes desde que el monarca inaugurara el hospital cuando los periódicos anunciaron la dimisión del presidente Primo de Rivera. La mano dura ejercida desde el golpe de Estado militar, la censura en la prensa, la clausura de partidos e instituciones y unas libertades claramente menguadas habían terminado por hacer tambalearse un régimen que se encontraba en sus horas más bajas. Alfonso XIII le encargó de inmediato a Dámaso Berenguer, un militar nacido en Cuba y distinguido en la guerra del Rif, que formara nuevo gobierno. Aquella nueva etapa que nacía con la intención de devolver al país la normalidad institucional, que prometía muy pronto unas elecciones democráticas con el fin de pacificar la crispación general, empezó a conocerse como «la dictablanda», aunque eran muchos los que dudaban de que con semejantes migajas de cambio la gente tuviera bastante.

Al empezar el mes de abril de 1930, Marcel regresó a Barcelona. Había pasado cinco años en Inglaterra y, con toda la experiencia adquirida, no le resultó difícil obtener una buena oportunidad para volver al Hospital de la Santa Creu y Sant Pau. Esta llegó en forma de una carta escrita por el doctor Corachan. Este cirujano al lado del cual trabajó Marcel en sus primeros años como interno, y con el que siempre se llevó tan bien, le pedía ahora que se incorporase a su servicio de cirugía de hombres en el nuevo hospital, pues debía aumentar su número de cirujanos. La propuesta incluía el incentivo de poder trabajar en el mismo equipo que su buen amigo Josep Trueta, así que Marcel se decidió a volver.

Nadie avisó a Aurora, nadie la preparó para la sorpresa que se llevaría el día en que se topó con él en el hospital. Fue cerca de la casa de operaciones, donde muchos médicos se citaban a mediodía para charlar un poco e intercambiar impresiones. Era un lugar muy agradable donde, a esa hora del día, tocaba de lleno el sol. Aurora solía cruzar por allí cuando a mediodía iba a recoger a su padre y a su hermano para ir a comer a casa. El doctor Darius Rovira tenía su coche a punto en la entrada principal del pabellón de administración, y los tres solían ir juntos a casa. Comían, Llorenç lo hacía siempre en casa de sus padres, puesto que por la tarde visitaba en el consultorio particular junto a su progenitor, charlaban de sus respectivos enfermos y, de cuando en cuando, el padre le insistía a Aurora en que ya iba siendo hora de ampliar el consultorio asistiendo a los niños de sus clientas. En todo ello iba pensando Aurora ese mediodía de abril cuando, delante del pabellón quirúrgico, vio a Trueta. Estaba con un grupo de cirujanos y Aurora se le acercó.

—¡Buenos días, Josep! —exclamó, contenta de verlo—. ¿Cómo está Amelia? Hace siglos que no le hago una visita.

Josep se apartó un poco del grupo y se la llevó a un lado. Amablemente, le contestó:

—Está muy bien, gracias.

Parecía dudar de algo, miraba con insistencia hacia el grupo de médicos del que se había alejado. Entonces, uno de ellos se separó asimismo del grupo y se acercó a ellos tranquilo, con las manos metidas en los bolsillos.

—Hola, Aurora —le dijo Marcel.

Ella abrió la boca para decir algo, pero se quedó sin palabras. Luego dijo:

—¿Has vuelto?

Él asintió. Le explicó:

—Es mi primer día. Ahora estoy en el mismo servicio que Josep, con el doctor Corachan.

Aurora casi no lo creía. Después de tanto tiempo, volvía a tener frente a sí a Marcel Riera. Le sobrevinieron infinidad de momentos en que había pensado en él durante ese tiempo, el modo en que lo había añorado y las veces en que imaginó su vida si, ese día, en vez de un *no*, hubiera pronunciado un *sí*. Josep rompió el silencio que se alargaba entre ellos de manera incómoda mientras Marcel y Aurora se miraban. Luego se dirigió a ella:

—Don Manuel le solicitó al hospital ampliar su servicio con tres cirujanos más. Y, como es lógico, contaba con que Marcel quisiera ocupar una de las nuevas plazas. —Pasó una mano cordial por la espalda de su amigo—. Como comprenderás, yo estoy encantado de haberlo recuperado.

Aurora sonrió insegura, cada vez más nerviosa ante el cúmulo de emociones que experimentaba. El corazón le latía deprisa y no sabía muy bien qué hacer.

—Tengo que irme. Mi padre y mi hermano me están esperando —le salió.

Marcel retrocedió un poco para dejarla pasar. Le dijo en un tono en el que no parecía asomar ni un atisbo de rencor:

—Me ha alegrado mucho verte, Aurora. Espero que podamos charlar y ponernos al día en otra ocasión.

—Pues claro —le respondió ella.

Parecía que Marcel lo hubiese borrado todo de su mente. En ningún momento mencionaron la fatídica tarde en que su amistad quedó rota por su sincera declaración de amor. Parecía que Marcel había renunciado por completo a las intenciones que, en otros tiempos, tuvo respecto a Aurora; ahora la trataba como a una simple amiga con quien compartía un pasado y unos amigos en común, además del oficio. Poco a poco, Aurora y Marcel fueron recuperando esos ratos libres en que se encontraban tras una mañana de trabajo, a veces al atardecer, y se contaban los casos, los enfermos, las preocupaciones diarias. Retomaban el hilo de sus vidas justo allí donde lo dejaron. Pero ya nada era igual. En una especie de silencio pactado, los sentimientos personales quedaron fuera de sus conversaciones, haciendo que Aurora no llegase a adivinar si había habido alguien más en el corazón de su amigo. A veces se moría de ganas de preguntárselo, pero nunca se atrevía. Hablaban, así pues, del oficio, compartiendo ese amor incondicional que ambos le profesaban a la medicina. Marcel parecía otra persona y, a la vez, era el mismo de siempre. Pero Aurora había cambiado por completo. En lo más profundo de su corazón, pedía a gritos que Marcel volviese a amarla. Esta vez, ella no sería tan estúpida de dejarlo escapar.

A finales de 1930 Lluís disfrutaba de buena fama gracias al éxito obtenido con su serie de esculturas titulada *Los pobres enfermos*. Había recibido las alabanzas de los críticos más exigentes y una parte importante de la colección se había expuesto durante un mes en la prestigiosa Sala Parés, lo que dio como resultado la venta de todas sus obras. Empezaron a lloverle más encargos de personajes ilustres de la ciudad: nobles, industriales y ricas viudas que querían hacerse esculpir por el artista del momento. Lluís, por consiguiente, no solo recuperó todo el dinero gastado en el fundido de bronce, sino que empezó a ganar suficiente para trasladarse a vivir a un sitio mejor. Alquiló una planta baja en el barrio de Gracia, con un patio trasero donde daba el sol de la mañana. Su amplio salón, con dos ventanas y una puerta que daban al patio, le servía de taller, y, además, había una cocina y un dormitorio con cama grande. Arlette ya no estaba ahí para disfrutar de la nueva etapa del escultor: cansada de tanto aburrirse y añorante de la vida parisina, había optado por regresar. Las discusiones constantes, los ruegos y lamentos por su parte, que en otros tiempos resolvían fácilmente cuando Lluís le hacía el amor con furia, con pasión, habían acabado por ganar la partida y provocar que Arlette hiciese las maletas y se fuera. Los dos respiraron de alivio; fue una despedida tranquila, sin rencor, porque ambos sabían que aquella relación ya no llevaba a ninguna parte. Lluís no la echó en falta, se dio cuenta de que quizá él había nacido para estar solo.

María iba a verlo cada domingo, pues era su día libre. Le preparaba la comida y algo más para la semana, no fuera que ni siquiera se acordase de comer por culpa de tanto trabajar. Después de comer, se sentaban en el patio y María disfrutaba cuidándole las plantas que el anterior inquilino había dejado.

—Debes regarlas más a menudo, Lluís. Al menos una o dos veces por semana. No te olvides y ya verás como en primavera todo serán flores —le aseguraba ella, extasiada por ese lugar donde tan a gusto se sentía. Estaba contenta porque, desde que Arlette se había ido, ella podía volver a cuidar un poco de Lluís. Él solo pensaba en sus esculturas y a María le gustaba ir a prepararle la comida y arreglarle un poco la casa para que estuviera limpia y ordenada. Era lo más parecido a un hogar que había tenido Lluís, probablemente, desde tiempos de la nodriza. Y a María le gustaba formar parte de ello de nuevo.

Un domingo de diciembre, Lluís le mencionó a María el nuevo encargo que había recibido:

—Es del doctor Rovira, tu antiguo patrón. Me ha enviado una nota para que vaya a visitarlo. Dice que quiere hacerse un busto y que desea que se lo haga yo.

María se interesó:

—Y vas a decirle que sí, espero. Es un hombre importante.

—Supongo. Pero tal vez me haga de rogar —le dijo guiñándole el ojo pillamente.

—¡Lluís! ¡Es el doctor Rovira! Y es el padre de Aurora. Ve allá mañana mismo y no te des tantos aires —refunfuñó ella.

Lluís se rio.

—Mujer, solo era una broma.

Le gustaba mucho que María fuera cada domingo. Con ella siempre estaba a gusto. No tenía que hacer ningún papel, no pedía explicaciones ni venía con exigencias, como hacían otras mujeres. María le recordaba quién era, pese al mundo siempre cambiante a su alrededor. Con cierta curiosidad, le preguntó:

—¿Cómo es el doctor Rovira? ¿Puedes describírmelo?

—¿Nunca lo has visto? —se sorprendió ella—. Tantas veces que fuiste a buscarme a casa de los señores…

—Pero nunca llegué a entrar, Mía. Siempre nos despedíamos en el portal.

—Tienes razón —recordó ella. Cerró los ojos y se concentró antes de hacer una descripción—: Es un gran señor, claro, de unos setenta años. El pelo blanco, de color plata, siempre muy bien peinado. Siempre ha sido un hombre muy atractivo, todas las damas que iban a visitarlo en su consulta se arreglaban para él.

—¿En serio? —dijo Lluís, interesado—. ¡No sabía que las mujeres se arreglasen para ir al médico!

—El doctor Rovira no era como los demás —le aclaró ella—. Su aspecto es diferente: de joven parecía un actor de esos que salen en las películas. Una cara angulosa, un perfil elegante… Incluso ahora, que ya es mayor, conserva ese aire distinguido. No te resultará difícil hacer su busto.

Lluís quedó satisfecho. Había determinados cráneos que eran imposibles de favorecer, pero eso no quitaba que la clientela pagara una suma importante de dinero al hacer el encargo, y por tanto esperase del escultor que sacara lo mejor de ellos. A menudo extraía la belleza de donde no la había.

244

Tal como le había asegurado a María, Lluís se presentó al día siguiente en casa de Darius Rovira.

—El señor doctor no ha llegado aún —le dijo una mujer que podía ser su enfermera. Le cogió el sombrero y el abrigo, y lo hizo pasar a la salita de espera del consultorio, como si fuera una de las pacientes que tenían cita. Lo dejó solo. Mientras lo esperaba, se dedicó a observar los cuadros que colgaban de las paredes tratando de adivinar el gusto del señor de la casa. No le costó ningún esfuerzo concluir que el doctor tenía un gusto exquisito, aunque un poco anticuado. No eran solo los cuadros, sino también las butacas, de un terciopelo burdeos, y algunos muebles repartidos aquí y allá lo que producía ese aire un poco rancio. Se oía el tictac de un reloj procedente de algún lugar cercano, quizá del salón de la vivienda que había más allá de la puerta lateral. La familia no debía de estar en casa, porque se respiraba un silencio casi absoluto; ni un paso, ni un roce de faldas, nada. Pensó en el único miembro de la familia que él conocía, la doctora Rovira, la hija del médico, y le costó imaginar a una chica como ella en un lugar tan triste y silencioso como aquel.

Por fin llegó el doctor. Se oyeron primero unas voces al abrirse la puerta principal, pero Lluís todavía no podía ver nada. Enseguida se abrió la puerta de la salita de espera y entonces apareció el doctor Darius Rovira, que, con paso firme y mano tendida, se acercó a él.

—¡Un placer conocerlo! —exclamó estrechándole la mano. A continuación, lo hizo pasar a su despacho.

Lluís recorrió con la mirada todo el espacio. Un consultorio de médico con toda clase de detalles de una vida lujosa y exquisita, donde no faltaba de nada para una clientela femenina exigente. Tapices, alfombras buenas, una fantástica biblioteca que ocupaba la pared entera, la mesa de madera maciza del doctor, un diván tapizado. Todo con el mismo gusto antiguo de la salita de espera, una especie de templo particular donde, si no fuera por el instrumental médico más moderno, se diría que nada había cambiado desde comienzos de siglo. Todo estaba en su sitio, siguiendo un orden riguroso que dejaba al descubierto la personalidad de su propietario. Darius Rovira hizo que tomara asiento frente a la mesa mientras él fue a acomodarse al otro lado. El doctor enderezó la espalda y se situó un poco de perfil. Dijo:

—¿Y bien? ¿Cómo lo ve?

—Señor, será un busto muy fácil de hacer. Posee una cabeza casi perfecta.

—¿Casi? —dijo Darius un tanto contrariado.

Lluís argumentó, con voz tranquila:

—La perfección no existe, señor.

El doctor no parecía estar de acuerdo, pero pasó a hablar de los honorarios y a preguntarle el tiempo que requeriría para realizar el encargo.

Lluís le explicó que le harían falta por lo menos dos sesiones con él, con tal de poder dibujarlo, estudiar con detalle sus facciones, y luego ya podría hacer las correcciones oportunas a medida que avanzara con su modelo.

—Entendido —le respondió Darius. Lo citó para la semana siguiente y se despidieron.

Al salir de allí, Lluís se encontró con Aurora, que se dirigía al despacho de su padre desde la vivienda.

—¡Lluís! —exclamó sorprendida—. Pensaba que mi padre estaba solo. ¿Qué hace aquí?

—El señor doctor quiere que le haga un busto.

Ella sonrió y le dijo halagadora:

—Comprendo, el escultor de moda. Seguro que será una obra magnífica.

—Espero complacerlo.

—No le será nada fácil; le advierto que mi padre es un hombre muy exigente.

—Me he dado perfecta cuenta.

Se despidieron y Lluís salió a la calle. Hacía frío, era un día encapotado, pero le apeteció pasear. Darius le había causado una fuerte impresión. Pensó en la descripción de María del día anterior y llegó a la conclusión de que se había quedado corta. La distinción de aquel hombre era muy poco corriente. Lo imaginó de joven y adivinó la admiración que debía de haber despertado. «Como un actor de cine», había dicho María. Y tenía razón. Repasó mentalmente las facciones de su rostro, previendo el trabajo que haría con los ángulos, la mandíbula, los pómulos. Estas le remitían al rostro de su hija Aurora, pese a que las de ella eran, en su conjunto, más suaves. No había ninguna duda acerca de dónde procedía la belleza de la joven doctora. Y aun cuando ese hombre poseía todas las virtudes para esculpir un buen busto, a Lluís lo acechaba una duda: ¿llegaría a encontrar el alma de aquella cabeza perfecta? En su primer encuentro, Lluís pudo observar con detalle la fisonomía, pero no había llegado a vislumbrar en ningún momento nada más allá de lo tangible, precisamente esa expresión, ese gesto, que debía acabar dando vida a cualquier escultura bien realizada.

Paseó incansable por las calles hasta llegar a casa cuando ya anochecía. En vez de comer algo, se puso a trabajar. Se dedicó a hacer unos primeros bocetos de aquel hombre en una libreta. Acto seguido, arrancó las hojas y las desechó. Empezó de nuevo, pero nada de lo que hacía le satisfacía. Disgustado, dejó a un lado la libreta y se envolvió con una manta. Salió al patio. Era una noche sin luna ni estrellas en el firmamento, la oscuridad lo deprimió. Sintió un escalofrío y decidió volver adentro. Se recostó un rato sin hacer nada. Luego fue a la cocina y se preparó una rebanada de pan con queso y un poco de vino. Se lo comió y bebió con deleite. Con el estómago más caliente, reconfortado, volvió al taller y cogió de

nuevo la libreta. Quería seguir con los estudios preliminares del doctor, pero entonces lo descartó. Cuando algo
no le salía como esperaba, más le valía dejarlo respirar.
Pensó en otra cosa para dibujar, algo más personal que lo
motivase de veras. Ahora que había terminado con su serie de enfermos del hospital, necesitaba un nuevo incentivo, algo que lo atrapase y lo motivara para una nueva
serie de esculturas. No quería que los encargos a personajes ilustres perturbaran su arte más sincero. Si con los primeros conseguía pagar las facturas y los materiales, con el
segundo extraía su parte más auténtica. Pensando en todo
esto, empezó a dibujar una mujer. Paró en seco. ¿Y si pro-
base con su nodriza? Cerrando los ojos, se esforzó en recordar las facciones de aquella mujer que lo había querido
de veras. Durante la siguiente hora hizo estudios, pulió
detalles, corrigió. Poco a poco fue animándose y, de repente, levantó la cabeza. Dejó la libreta y salió de nuevo al
patio a respirar el aire fresco de la noche. El negro sin luna
ni estrellas le pareció ahora maravillosamente inspirador,
como un gran lienzo donde pintar. Apenas notaba el frío
de diciembre. Imaginó formas, rostros, cuerpos de niños
que correteaban por el patio de la Caridad, donde había
vivido parte de su infancia. ¿Qué habría sido de todos
aquellos niños y niñas sin padres, como él? Respiró
hondo, tan excitado que la emoción le subía al estómago.
Ya lo tenía. Sabía exactamente qué quería hacer: empezaría
los estudios para una nueva serie a la que llamaría *Orígenes*, a través de la cual viajaría por primera vez al principio
de todo.

El servicio de cirugía de hombres del doctor Corachan
tenía sus instalaciones en el cuarto pabellón del lado este
del Hospital de la Santa Creu y Sant Pau, un pabellón es-
pléndido de dos pisos y semisótano bajo la advocación de

San Manuel, mientras que las enfermas se alojaban en la Purísima, el primer pabellón del lado oeste de la avenida principal. La separación de sexos reinaba en el nuevo hospital igual que lo había hecho en el viejo, aunque algunos médicos como Corachan tenían la firme intención, a la larga, de convertirlo en mixto. Los médicos adjuntos que trabajaban a diario bajo las órdenes de don Manuel alternaban las distintas salas de enfermos con la gran casa de operaciones, que se alzaba a medio camino entre un pabellón y otro. En dicho edificio central, conectado por vía subterránea con el resto de los pabellones, Marcel y Josep ayudaban en las intervenciones quirúrgicas habiéndose habituado fácilmente a las modernas y diáfanas instalaciones. El anfiteatro operatorio, mitad acristalado, mitad revestido de mármol; las salas de enyesado, de esterilización y de anestesia formaban parte de esa vida nueva que los había juntado de nuevo.

Marcel logró recuperar sus antiguas amistades como si nunca se hubiese ido, a excepción de la primera de todas: Llorenç Rovira. Ni siquiera se despidió de él cuando se marchó a vivir a Inglaterra, y no había habido día en que no se hubiera arrepentido de ello, pese a que la distancia entre ambos hombres había ido ensanchándose desde mucho antes. Si se ponía a pensar y hacía sus cálculos, todo había empezado a cambiar en los tiempos del casamiento de su amigo. ¿Qué les había ocurrido en realidad? ¿Qué tenía que ver su nueva vida de casado con el progresivo alejamiento de todo y de todos que Llorenç había practicado? Decidió ir a verlo, en un ataque de nostalgia. Una mañana, tras la visita a los enfermos, aprovechó un rato libre para acercarse al pabellón del Carmen. Apenas entrar se lo encontró de cara, pues en ese momento Llorenç se disponía a salir. Se sonrieron, se saludaron con cierta cordialidad.

—¿Adónde vas? —le preguntó Llorenç.

—Venía a verte a ti —le respondió Marcel.

Llorenç lo miró un poco extrañado.

—¿Ocurre algo?

Marcel se rio.

—¿Tiene que ocurrir algo para que vaya a visitar a un viejo amigo?

El joven Rovira parecía bastante sorprendido. Con naturalidad, le dijo:

—Marcel, hace ya mucho tiempo de esto.

—Discúlpame. Me marché sin decirte nada.

—No pasa nada, Marcel —le dijo en tono conciliador—. No te guardo rencor. Para entonces ya llevábamos un tiempo distanciados. Tenías tus motivos y yo tenía los míos.

Marcel se puso muy serio. Le preguntó:

—¿Qué nos ocurrió, Llorenç? ¿Por qué nos distanciamos?

El joven Rovira miró a su antiguo compañero como si reviviese el pasado. Sin rodeos, le contestó:

—Nada. No teníamos tanto en común.

—Pero fuimos grandes amigos —le recordó Marcel.

Llorenç lanzó un suspiro y trató de explicarse:

—Yo he cambiado, Marcel, y ni te has dado cuenta. Te aprecio mucho, pero en realidad somos muy distintos.

—¿Qué tiene esto que ver con nuestra amistad?

Llorenç lo miró con intensidad. Luego sonrió para decirle:

—Nunca lo comprendiste.

—¿El qué?

—Yo te amaba y tú amabas a mi hermana.

Los ánimos de una posible e inminente república iban subiendo de tono. Se supo que los partidos republicanos se habían reunido el agosto anterior en San Sebastián, donde habían firmado un pacto que debía conducir al país hacia un nuevo sistema de gobierno, y a medida que transcurrían los meses, el ambiente iba caldeándose. Para disgusto de los que leían los periódicos, la censura seguía existiendo pese a que oficialmente se había acabado y, a veces, resultaba arduo enterarse con detalle de las últimas novedades. No era el caso de Marcel, quien, gracias a los amigos influyentes de Josep Trueta, solía estar bien informado. A pesar de no estar metido en política, pues bastante trabajo tenía ya con sus pacientes, le interesaba mucho el giro que estaba a punto de dar el país y procuraba vivir con intensidad todo aquello que intuía que iba a suceder. Un día de mediados de diciembre, Josep Trueta llegó con la noticia de una sublevación en Jaca, que, apenas iniciada, había resultado fallida.

–Dos capitanes del ejército y su guarnición se han levantado en contra de la monarquía. Han llegado a proclamar la República, pero al cabo de pocas horas los han arrestado –le explicó Josep, muy excitado.

–Les aplicarán un castigo ejemplar –predijo Marcel.

A la mañana siguiente, los periódicos contenían una nota de prensa emitida desde el mismo gobierno donde tranquilizaban a la población, asegurando que los rebeldes de Jaca habían sido arrestados y que, con efecto inmediato, los juzgarían. Efectivamente, se les hizo un juicio sumarísimo y a la mañana siguiente, pese a ser domingo, se ejecutó a los dos capitanes. Aquello causó una profunda conmoción en todas las mentes que ya soñaban con una República, y los dos capitanes se convirtieron, desde aquel día, en mártires de la causa.

Los hechos se precipitaron a comienzos del año siguiente: el presidente del Gobierno, Dámaso Berenguer, dimitía, y de inmediato lo sustituía Aznar, el cual convocó unas elecciones municipales para el mes de abril, las primeras que se realizarían desde la dictadura. Alfonso XIII trataba así de apaciguar esa fiebre republicana, aunque el ambiente iba subiendo de tono. Fue entonces cuando la amnistía generalizada provocó el retorno de algunos políticos en el exilio.

Durante el mes de febrero, Trueta le propuso a Marcel que lo acompañara a Maçanet a recibir a Francesc Macià, que llevaba siete años exiliado en Francia y que había ganado muchos adeptos cuando intentó entrar en el país por Prats de Molló y proclamar la República al llegar a Olot. Su plan había sido abortado a causa del chivatazo de un espía italiano que tenía infiltrado, aunque la fama de Macià no hizo más que crecer desde entonces.

—Iremos todos en una caravana de automóviles a recibirlo a la estación. ¿Quieres venir? —le ofreció.

Marcel accedió de buen grado y a la mañana siguiente se subía al coche de Trueta, un De Soto americano, al lado de otro hombre joven que se les había unido por mediación de un amigo en común. Trueta se lo presentó a Marcel:

—Es Josep Tarradellas, de la agrupación La Falç.

—Marcel Riera —dijo él, estrechándole la mano. Se fijó en lo encogidas que tenía ese joven las piernas debido a la falta de espacio, haciéndose una idea aproximada de su altura considerable, al igual que Trueta.

—Mucho gusto —le dijo Tarradellas sonriéndole con ojos pequeños.

Condujeron hasta Maçanet y, al llegar a la estación, quedaron asombrados al ver tantos automóviles allí; por lo menos había doscientos. El gentío se acumulaba para ver a Macià, cuyo aire de completo dandi deslumbró a Marcel. Se bajó de uno de los vagones del tren recién llegado y saludó a todo el mundo. Las exclamaciones de júbilo se sucedieron, la gente empezó a empujar para acercarse más al político. Dando codazos, los tres hombres fueron aproximándose a él. Cuando ya estaban cerca, Trueta se topó con un buen amigo, Sunyol, que les presentó a Macià.

Se mostró muy cordial con todos ellos, sobre todo con Josep, después de que Sunyol se refiriese a la amistad que unía a su familia leridana con la de los Trueta. Macià le pidió entonces, mientras la gente seguía empujando:

—Así pues, quizá podría encomendarle mis dos maletas. Parece que no caben en el coche que debe llevarme a Barcelona.

Trueta no lo dudó ni un instante.

—Será un verdadero honor, señor —dijo. Se las cogió a continuación.

Emprendieron el camino de vuelta a Barcelona por la carretera del litoral. En cada uno de los pueblos por los que pasaron, salía gente a la calle. Algunos hombres detenían el coche de Macià y lo saludaban y le besaban las manos.

—Es un auténtico espectáculo —dijo Marcel desde el asiento de atrás del coche de su amigo, que iba siguiéndolos—. ¡Por nada del mundo me lo hubiera perdido!

Como todos los hombres y mujeres que presenciaron la llegada de aquel distinguido anciano, Marcel sabía que nunca olvidaría un día como aquel.

—No pienses más en ello, Lluís, está muy bien —le dijo María un domingo en su taller, ante la mirada preocupada del escultor, que seguía estudiando el busto del doctor Darius Rovira desde todos los ángulos posibles sin acabar de darlo por bueno.

—Es la peor obra que he hecho —se lamentaba una y otra vez.

María, cansada, protestó:

—Basta. No es verdad. Es un busto perfecto y el señor Rovira quedará encantado, estoy segura.

—Es la cabeza masculina más bella y distinguida con la que me he topado —reflexionaba Lluís. Entonces insistía, disgustado–, pero no he sabido encontrarle el alma. Carece de expresión, no me dice nada.

María le recordó:

–El doctor Rovira lo dio por bueno en la última prueba, ¿verdad? Es un hombre impaciente, Lluís, no va a tolerar más demoras.

–Lo sé.

–Pues venga, no pienses más en ello y mañana sin falta le llevas el busto a casa –resolvió María, impaciente. Por si aún le quedaba un asomo de duda, le recordó–: El dinero te irá muy bien.

Lluís contempló unos minutos más la escultura, en silencio meditativo; luego la cubrió con una sábana y dijo:

–De acuerdo, tú ganas. Necesito el dinero.

A pesar del disgusto que llevaba por tener que entregar una obra en semejantes condiciones, pues era la primera vez que, de verdad, no había sabido dar con ninguna expresión en un rostro, pese a que era el más elegante que había esculpido, se esforzó en pensar en la buena suma que iba a cobrar. Tenía que comprar más herramientas, nuevo material para la serie de esculturas en las que trabajaba ya con entusiasmo.

Después de *Los pobres enfermos*, la nueva serie bautizada con el nombre de *Orígenes* lo estaba llevando a un viaje a su pasado como jamás había hecho. Todo lo que ganaba con los encargos lo invertía en esas primeras esculturas que hablaban de huérfanos de la ciudad y del mundo en el que crecían, en una especie de viaje iniciático a su propio origen, Lluís había empezado a llenar su taller de modelos de barro y de yeso que representaban nodrizas, hermanos de la Caridad y un puñado de rostros infantiles que lo remitían a su infancia y que, por vez primera, le hacían preguntarse quién era y de dónde había venido. Modelaba rostros que, como el suyo, hablaban de facciones de un padre o de una madre a quienes no conocía, rostros que inspiraban compasión y, a su vez, rechazo social; espejos de la más profunda soledad que el ser humano puede experimentar y de la que apenas algunos, como él, son capaces de salir. Quería explicarle todo ese mundo a una sociedad que ahora le hacía encargos y que desconocía su propio origen, una sociedad incapaz de imaginar lo que era sentirse rechazado por alguien a quien siquiera puedes añorar ni tampoco odiar. La fotografía de un niño montado en un caballo de cartón, con sus ropas antiguas, tan parecido a él mismo de pequeño, era lo único que Lluís conservaba de un pasado que no conocía, pero del que ahora desearía saber más.

En primavera se iniciaron las clases del curso trimestral de cirugía abdominal que cada año organizaban los servicios quirúrgicos del hospital. Intervenían en él los jefes de servicio, además de algunos médicos adjuntos y auxiliares. Cada uno se encargaba de la exposición oral de algún tema en el que había trabajado a lo largo del año en curso y, entre las salas del pabellón de San Manuel y el de la Purísima, los alumnos de sexto de medicina u otros médicos inscritos tenían la oportunidad de seguir de cerca las exploraciones de los enfermos y asistir a las sesiones operatorias que durante esos días practicaban los maestros. A Marcel se le asignó la lección sobre la anestesia de los esplácnicos, mientras que su amigo Trueta hablaría de la osteomielitis y las fracturas de los huesos. Ambos preparaban sus exposiciones orales en el despacho del doctor Corachan, pese a que las interrupciones eran una constante en esos días de gran agitación social. Faltaba menos de un mes para las elecciones municipales y el ambiente era de absoluta euforia. A cada momento entraba alguien en el despacho con las últimas novedades, como por ejemplo que Francesc Macià acababa de formar un nuevo partido político, resultado de la fusión de algunos partidos y colectivos ya existentes.

–Lo han bautizado como Esquerra Republicana de Catalunya –le contó Trueta a su amigo– e intuyo que puede llevarse los votos de muchos otros partidos que, con muy poca vista, no han querido ponerlo al frente.

Marcel se veía a diario con Aurora y le contaba asimismo los acontecimientos. De cuando en cuando había un mitin de uno u otro candidato al que él asistía, si disponía de tiempo. Aurora lo acompañó una vez que hablaba Macià y, como la había advertido Marcel, le causó una fuerte impresión.

–¡Si yo pudiera votar! –se había lamentado ella ese día.

–Si conseguimos la República, ten por seguro que las mujeres podréis votar –afirmó un convencido Marcel–. Solo es cuestión de tiempo que este país rancio se libere del caciquismo y la falta de libertades impropias de los tiempos modernos. ¡Estamos en los años treinta, Aurora! Hay tanto que hacer…

El entusiasmo de Marcel era contagioso, de modo que Aurora empezó a leer los periódicos y a mantener encendidas discusiones con su padre. El doctor, lejos de disfrutar con el revuelo de las elecciones, se mostraba cada día más reticente a cualquier cambio que pudiese poner en peligro sus privilegios. Su hija fue dándose cuenta, entonces, de que, pese a la adoración que sentía por su padre desde pequeña, cada vez pensaban de modo más diferente.

Llegó el día de ir a votar y Aurora le pidió a Marcel que la dejara acompañarlo. Había un ambiente absolutamente festivo, que pasó a ser de pura expectación a lo largo de los dos días siguientes en los que se hacía el recuento de votos. La mañana del catorce de abril, Marcel se presentó en casa de los Rovira en plena excitación.

—¡Han ganado los republicanos, Aurora! Tienes que venir conmigo.

La sacó de casa y se la llevó Rambla abajo, en dirección al Ayuntamiento. Mucha gente tuvo la misma idea, pues corrió la voz de que el abogado Lluís Companys, miembro de Esquerra Republicana y aspirante a regidor del Ayuntamiento, había salido al balcón de la Casa de la Ciutat para proclamar la República, y quizá muy pronto aparecería el propio Francesc Macià. También corría el rumor de que en el país vasco pretendían hacer lo mismo y que en cuestión de horas aquello sucedería en todo el Estado.

Aurora se dejaba llevar de la mano de un Marcel exultante que se movía con agilidad entre el gentío que, poco a poco, iba aglutinándose. En la rambla de las Flores vendían ramitos con los colores republicanos y Marcel le compró uno a Aurora. Extrajo una pequeña flor y se la colocó con sumo cuidado en la solapa de la chaqueta. Al hacerlo, un grupo de jóvenes los empujó y Aurora cayó encima de Marcel. Sus rostros quedaron tan juntos que casi podía percibir su aliento. Aurora lo miró a los ojos con gran intensidad y al instante siguiente lo besaba. Él se quedó tan asombrado que ni siquiera reaccionó. Pero entonces la apartó un poco y la observó con ojos atentos. Ante sí desfilaron los años de tristeza, las infinitas veces en que había deseado olvidarla. La tenía sujeta de los hombros con tal fuerza que ella murmuró:

—Me haces daño.

Marcel la acercó hacia sí y entonces la besó con pasión. Alguien soltó una alegre carcajada a su lado:

—¡Mirad, los enamorados celebran la República!

Aurora hundió el rostro en el cuello de Marcel:

—Había perdido toda esperanza de que me amases —le confesó.

Él le respondió con voz ronca:

—Yo nunca he renunciado a ti.

Sus cuerpos se enlazaron de nuevo y Marcel enredó los dedos por los mechones de color miel. Agarró uno en su puño y lo apretó con fuerza mirando hacia el cielo. Cerró los ojos para que las lágrimas no se le escaparan, consciente de que aquel era el primer instante de una vida llena de felicidad.

Los primeros en saberlo fueron sus amigos. Aurora fue a visitar a Amelia y se lo contó todo, mientras que Marcel hizo lo mismo con su amigo Trueta, que enseguida lo felicitó.

—¡Tenía que venir una República para que este momento llegase! —bromeó, eufórico por su amigo.

—Tengo miedo de tanta felicidad —le confesó Marcel.

—No sufras. Todo irá bien.

Pero a medida que aquella primavera republicana avanzaba en sus libertades y Aurora y Marcel aprovechaban para amarse a cada instante, la desgracia le sobrevino a la familia Trueta. Su hijo pequeño, Rafeló, había estado jugando en Vallvidrera y cogió una neumonía. Cuando esta desembocó en una pleuresía, el mismo Corachan intervino al pequeño. Le practicó un drenaje por medio del cual expulsó una gran cantidad de pus, pero al cabo de unos días la fiebre volvía a subirle. El pequeño de cinco años moría tras una segunda operación, en medio de fuertes dolores. Josep y Amelia se hundieron; el abuelo Trueta, asimismo médico, no pudo soportarlo y al poco tiempo también falleció. Aquella familia se sumió en el más profundo de los dolores justo cuando sus amigos empezaban una vida nueva.

1933

Principios de verano

Lluís había tomado el hábito de visitar al maestro Arnau en su casa. El escultor debía de rondar los setenta y hacía años que ya no lucía ese bigote negro y espeso con las puntas levantadas. Su pelo había adquirido ahora ese blanco luminoso y, cuando trabajaba, llevaba unas gafas redondas que le daban un aire bondadoso. Sus encargos escultóricos habían ido menguando en favor de un gusto más novecentista primero y luego vanguardista, que poco a poco había ido imponiéndose. Cada vez que Lluís lo visitaba, lo encontraba en la galería de casa leyendo el periódico, haciendo compañía a su mujer, que no estaba muy fina de salud, o bien dibujando. Con la modestia que siempre lo había caracterizado, solía ocultar esos esbozos en los que trabajaba al ver llegar a alguien, por no encontrarlos lo bastante dignos. Lluís se sentaba a su lado en la galería y le hablaba entonces del éxito de su serie *Orígenes*, ya terminada, mientras el maestro lo escuchaba con atención y asentía en silencio.

—Sabía que saldrías adelante —le decía siempre, satisfecho.

—Maestro, todos mis éxitos se los debo a usted.

Arnau lo negaba categóricamente y afirmaba que el talento del artista está destinado a aflorar.

—Porque tenemos la necesidad de expresarnos y de formularnos preguntas acerca del mundo que nos rodea.

Sostenía Arnau que Lluís habría sido escultor con o sin él, y estaba en particular orgulloso porque, pese a sus triunfos recientes y los encargos vistosos de grandes personajes de la ciudad, el joven conservaba ese aire modesto, esa autenticidad del artista que no renuncia a su pasado, sino que se acuerda a diario de quién es y de dónde viene.

—Esta es la esencia de las esculturas que has hecho sobre los niños de la Caridad —afirmaba el maestro—. Es tu mejor serie porque hablan directamente de ti, de sentimientos que conoces y que has vivido en tu propia piel. En cada uno de esos niños que has esculpido o en las nodrizas o en los personajes que configuran este universo creado existe una parte de ti que hace de cada obra una pieza única, cargada de sentido.

El hijo del maestro Arnau, aficionado a la fotografía desde hacía un tiempo, inmortalizó una de esas tardes junto al maestro en la galería, sin que Lluís fuera consciente de que sería su última vez: a principios de aquel verano, el maestro Arnau y su familia tuvieron que interrumpir sus habituales vacaciones porque él no se encontraba demasiado bien. A los pocos días, el escultor fallecía en su casa rodeado de sus seres queridos.

Lluís fue a ver a María al hospital el mismo día en que se enteró. Sentía que una parte de él había muerto con el maestro, así de afligido caminaba hacia el pabellón de Santa Victoria. María había salido y, por tanto, tendría que esperarla un rato si es que deseaba verla. Sentado en la rotonda de las visitas, en un lugar cercano a la ventana, observaba los árboles del jardín. No fue consciente de que alguien se le acercaba hasta que oyó una voz que le hablaba:

—¿Lluís? ¿Está esperando a María?

Él levantó la vista y se topó con la bella figura de la doctora Rovira. Ahí de pie, con su bata blanca y las manos en los bolsillos, ella le sonreía. Se levantó y le estrechó la mano:

—Doctora Rovira… ¿Qué tal está su padre?

—Bien, gracias —respondió ella. Echó un vistazo a la sala viendo que había poca gente. La luz entraba a raudales por los grandes ventanales y allí donde se había instalado el escultor era un lugar bien agradable. Disponía de algo de tiempo libre y le apetecía charlar un poco, así que le propuso—: Si no lo molesto, me sentaré un rato con usted, mientras espera.

—¡Se lo ruego! —exclamó Lluís mostrándose muy complacido. Le acercó una silla y se acomodaron.

—Los jardines están preciosos —comentó Aurora con una sonrisa en los labios. Lluís la observó con detenimiento y de pronto se fijó en la mano que reposaba en la rodilla. Ella lo notó y le mostró el anillo de prometida—: Me caso en unos meses.

—¡Enhorabuena! —la felicitó Lluís—. No sabía nada.

Aurora se encogió de hombros.

—Es muy reciente, apenas hace unos días que Marcel me lo ha pedido —le dijo.

Lluís no conocía al afortunado, aunque le había oído hablar de él a María un montón de veces. Según ella, Aurora y el doctor Riera vivían una de las historias más románticas de amor: tras muchos años de sincera amistad, la cual se rompió cuando él se le declaró y ella se negó por miedo a que aquello pudiese truncar su carrera médica, el doctor se había marchado al extranjero y al cabo de unos años había vuelto. El reencuentro había producido un gran efecto en Aurora, quien se dio cuenta de lo mucho que lo había añorado y, consciente de que él jamás la haría renunciar a nada, el amor había terminado por aflorar con toda la intensidad de los momentos perdidos. Ahora la pareja era inseparable.

—Me alegro mucho por usted, doctora —le dijo Lluís, preguntándose cómo sería aquello del amor verdadero. Durante un tiempo, él mismo se creyó muy enamorado de Arlette, pero la convivencia acabó asfixiándolos. Había habido otras mujeres, antes y después, pero ninguna con quien pudiera imaginar una relación más allá de unos días, unas semanas, meses tal vez. Las mujeres se sentían atraídas por el escultor, aunque pronto se cansaban de él al descubrir que solo era capaz de amar su arte.

—Lo veo muy apagado —observó Aurora—. ¿Preocupaciones de artista?

Lluís lo negó. Le confió entonces:

—He perdido a un amigo. Mi maestro.

A falta de María, Lluís se desahogó con la doctora, que siempre se mostraba tan amable y tan cercana a todos, pese a ser hija de quien era. Él le habló del maestro Arnau, de sus inicios, de sus últimas charlas. Quiso enseñarle la fotografía que el hijo del maestro les había tomado la última tarde y la buscó en su cartera. Al extraerla, sacó sin querer la que siempre llevaba encima, la del niño montado en un caballo de cartón que Dolors le entregó al morir. Volvió a ponerla en su sitio y le entregó a Aurora la del maestro Arnau, pero ella había visto la otra. Le preguntó a Lluís si se la dejaría ver y él, un poco desconcertado y a la vez incómodo porque nunca se la mostraba a nadie, accedió.

—Disculpe, ¿puedo preguntarle de dónde la ha sacado? —quiso saber Aurora.

Lluís no comprendía su interés. Le respondió:

—Es una larga historia.

—¿Podría contármela? —lo invitó ella.

Sus ojos mostraban verdadero interés e iban de Lluís a la fotografía que este conservaba del día en que lo abandonaron en la Maternidad. Todavía tardó unos instantes en decidirse a explicarle la historia. Sospechaba que no era ningún secreto para Aurora Rovira, tan cercana a su María, que él había sido un niño expósito, ni tampoco le suponía problema alguno hablar de ello, ya que después de

262

su serie *Orígenes* todo el mundo lo sabía. Le dijo, señalando al niño de la fotografía:

—Este es, muy probablemente, mi padre. A los pocos días de nacer me dejaron en el torno de la calle Ramelleres con una caja que contenía esta fotografía.

Aurora se quedó un rato observando la fotografía en silencio. Se había puesto muy seria.

—María debe de haberle contado que su madre fue mi nodriza, por eso somos hermanos de leche. Antes de vivir con ustedes, nosotros vivíamos en la misma casa. Al fallecer, Dolors me dejó esta fotografía que ella había conservado desde que me recogió en la Maternidad.

Aurora todavía estaba muy seria cuando le preguntó:

—¿Cómo puede estar tan seguro de que es su padre?

—A esa edad —contestó Lluís señalando al niño— yo era exactamente igual.

—¿Y alguna vez ha sabido…? —Aurora no terminó la pregunta.

Lluís negó con un movimiento de cabeza:

—No sé nada de mi padre ni de mi madre; de hecho, nunca lo sabré.

Aurora lanzó un suspiro apesadumbrado. Estaba un poco extraña, de repente. Lluís seguía sin entender muy bien su interés. La doctora miró entonces el reloj y de pronto se levantó. Lluís lo hizo también y ella le tendió una mano, un poco fría y distante.

—Discúlpeme, debo irme —balbució.

—Adiós, pues —dijo Lluís sorprendido por aquel cambio de actitud.

A Aurora se le escapaban las lágrimas y el corazón le latía acelerado mientras se dirigía a toda prisa al pabellón de San Manuel. Buscaba a su prometido. Resultó que no se encontraba allí, pero un compañero suyo le indicó que estaba en la casa de operaciones con el maestro Corachan. Fue directa hacia allí, aunque sabía que debería esperar un buen rato antes de poder hablar con él. Trató de calmarse un poco, respiró el aire fresco de allí arriba y esperó. Y pensar en las veces que escuchó a María contarle la historia de Lluís, una historia que a ella le parecía sacada de uno de esos cuentos de cuando era pequeña. Una historia triste, la de ese hermano de leche de su María; una historia que nunca, absolutamente jamás, habría imaginado que guardara relación alguna con ella.

Marcel salió finalmente del quirófano y fue al encuentro de Aurora. Ella se lanzó a sus brazos. Cuando recuperó el control, le propuso:

—Paseemos un poco, debo contarte algo.

—Pero ¿qué ocurre, Aurora? —Marcel quería ser prudente, pero en realidad estaba preocupado por la actitud de su prometida.

—Aquí no —dijo ella, alejándose avenida arriba.

Caminaron hasta el pabellón central, esa inmensa estructura formada por tres cuerpos que incluían las cocinas, la farmacia y el convento de las hermanas hospitalarias. Aurora no deseaba encontrarse a nadie, así que se desviaron hacia un rincón del jardín cercano. Fue entonces cuando, por fin, le explicó a Marcel toda la conversación mantenida con Lluís a raíz de la fotografía.

—Marcel —le dijo llena de angustia—, en mi casa hay una copia exacta. Ese niño montado en un caballo de cartón, las mismas ropas… Es sin duda el mismo niño.

Marcel la miró con extrañeza:

—Pues supongo que Dolors debía de tener otra copia —le respondió él—. Ya sabes que el fotógrafo suele entregar más de una en estas sesiones fotográficas de estudio. Yo mismo tengo una de cuando era pequeño. ¿Qué hay de extraño en ello, Aurora?

Ella negó con la cabeza repetidamente, pero las palabras no acababan de salir. Al final lo miró de frente con sus grandes ojos azul intenso y le dijo:

—No lo entiendes: te digo que en mi casa he visto alguna vez una copia exacta guardada en el cajón del despacho de mi padre. Marcel, el niño de la fotografía no es su padre, sino el mío.

En el pabellón de San Carlos y Santa Francisca seguían una rutina diaria con los enfermos de tuberculosis, a base de comidas abundantes y regulares, paseos frecuentes, ejercicios suaves y, sobre todo, grandes dosis de aire fresco. La ubicación privilegiada de aquel soberbio pabellón del hospital lo convertía en el lugar idóneo para el tratamiento terapéutico de los enfermos tísicos. Narcís era uno de los pacientes más antiguos del servicio de Tisiología del doctor Cinto Reventós y conocía a los que entraban y salían, a los que sobrevivían y también a aquellos que, un buen día, dejaban de existir. Un aura de incertidumbre flotaba siempre en la mente de aquellos tísicos que ingresaban en el hospital, pues nadie les aseguraba que fueran a salir vivos de allí. Cuando uno recibía el alta, los otros lo miraban de soslayo con ojos tristes, conformados, y sus horas se hacían entonces un poco más largas, más pesadas que de costumbre. La cantidad de ratos libres de los enfermos, sin nada más que hacer que mirar las musarañas, provocaba en algunos de ellos el deseo de practicar alguna nueva afición, como por ejemplo el dibujo, la lectura o cualquier tipo de manualidad. Narcís escribía unos poemas exquisitos que luego le leía a Llorenç. Él, extasiado, contemplaba la frágil belleza de su tísico, sus manos blancas, con esos dedos tan finos y estilizados como los de una chica, que sostenían el papel. Y esas mejillas siempre un poco rosadas, encendidas por cierto rubor sobre todo después de las comidas. Su mirada sensible y poética lo hacía adorable a ojos de Llorenç, aunque también había veces en que Narcís tenía un mal día y entonces se volvía incisivo: hería a Llorenç con frases punzantes y maldecía el día en que lo condenó ahí arriba. Sin embargo, aquello no duraba mucho, pues Narcís Colomer había dejado de recibir las visitas de sus padres, con lo que Llorenç constituía en esos momentos lo más parecido a su familia. Él lo cuidaba, jamás se olvidaba de él; Llorenç lo distraía, lo amaba sin condiciones; él despertaba en el tísico las pasiones más profundas y le hacía pensar que tal vez sí, que, en el fondo, aún seguía vivo.

Llorenç lo visitaba con regularidad y, a veces, mantenía largas charlas con el doctor Reventós. Este gran tisiólogo en quien el joven Rovira tenía depositada su confianza no había llegado a preguntar nunca sobre la relación que unía a Llorenç con su paciente, dando por bueno el parentesco lejano que, al principio de todo, él le argumentó. El doctor Cinto no hacía preguntas porque lo que verdaderamente le interesaba era la curación de sus enfermos. Gracias a aquellas visitas constantes del doctor Llorenç Rovira, la salud de Narcís Colomer mejoraba, a pesar de las complicaciones que tiempo atrás tuvo que superar. Porque al muchacho ya le habían practicado un neumotórax y, recientemente, al detectarle adherencias en la parte sana del pulmón, habían tenido que practicarle una segunda operación. Había que tener paciencia y esperar que los baños de sol, la buena alimentación y el ejercicio suave fueran curándolo, pero el doctor Cinto sabía por experiencia que las ganas de vivir del propio paciente eran la mejor baza contra la enfermedad, y gracias al joven doctor Rovira tenía firmes esperanzas depositadas en el paciente Narcís Colomer.

Su padre tendría que explicarse, pero ella no se atrevía a hablar con él a solas. Temerosa de recibir una mísera mentira, una débil excusa con la que desentenderse del asunto, Aurora organizó en secreto un encuentro entre su padre y Lluís para esa misma noche. A través de María, había contactado de nuevo con Lluís para mostrarle la copia exacta de la fotografía que él poseía. Había hablado, habían buscado entre ambos una explicación sin llegar a encontrarla. Solo quedaba enfrentarse a su padre y ver qué podía explicar él sobre la asombrosa coincidencia.

Eran las seis y media cuando el doctor Rovira despidió a su última paciente del día y volvió a su despacho para poner sus papeles en orden. Oyó los ligeros toques en la puerta y a continuación vio entrar a su hija. Ella le anunció otra visita, lo cual provocó en Darius un gesto de disgusto, ya que no estaba previsto. A aquellas horas no deseaba recibir a nadie más. Aurora, imperturbable, le dijo:

—Se trata de Lluís Amadeu, el escultor.

Pese a todo, debería atenderlo después del magnífico busto que le había hecho y que tanto exhibía ante sus amistades. Hizo, pues, un esfuerzo y le indicó a su hija que lo hiciese pasar. En cuanto el escultor hubo entrado en el despacho, Aurora se mantuvo en la puerta; parecía no quererse ir. Un poco extrañado, el padre le dijo:

—Hija, puedes retirarte.

Pero ella no se movió. El doctor le tendió la mano al escultor, pero, con gran sorpresa, vio que él no le correspondía.

—¿Qué pasa aquí? —dijo Darius Rovira mirando a uno y a otra.

En ese instante, Lluís extrajo del bolsillo de su chaqueta una fotografía y la situó despacio encima de la mesa de escritorio. El doctor la miró y luego puso los ojos en Lluís.

—¿Qué demonios significa esto?

—¿Es usted?

—Claro que soy yo. Pero ¿por qué me la enseña? ¿Y por qué la tiene usted? Aurora, hija, ¿puedes explicarme todo esto?

Entonces ella se aproximó a la mesa donde su padre se mantenía en pie sin todavía haber tomado asiento. Le mostró la otra fotografía, la que ella había visto en su despacho y que había extraído antes del cajón. El rostro del doctor se transformó en una leve mueca. Le preguntó a Lluís:

—¿De dónde has sacado esta fotografía?

—De mi madre. Ella la dejó junto a mí en el torno de la Maternidad.

El doctor aguantó la respiración.

—No puede ser —balbució.

Entonces se percató de los penetrantes ojos de Aurora. Le ordenó:

—Vete. Déjanos solos.

—No, papá. No pienso irme a ningún sitio —se le enfrentó ella, contundente.

El doctor se dejó caer en la silla. Era demasiado mayor para todo aquello. Sentía la fatiga en los párpados, en el cuerpo. Enfurruñado, miraba ambas fotografías idénticas expuestas encima de la mesa. Aurora no pudo aguantar más y le formuló la pregunta:

—¿Lluís es mi hermano?

—¡Tu hermano es Llorenç! —rugió él con los ojos en llamas—. ¿Qué broma pesada es esta?

Al doctor Darius Rovira nadie lo ponía en semejante situación.

Frente a la mesa, Lluís se mantenía callado, expectante. Los ojos negros clavados como dos dardos en aquel rostro que había esculpido sin llegar a sacarle el alma. El peor busto que había hecho. Aurora fue quien continuó hablando:

268

—Nos debes una explicación, papá. ¿Por qué dejaron esta fotografía junto a Lluís? ¿Qué relación tienes tú con él? ¡Habla, padre, por Dios!

Darius pensaba deprisa, pero estaba demasiado cansado. Los reflejos le fallaban, los años le pasaban factura. No tenía una historia por contar que no fuese la pura realidad, así que suspiró vencido. Se levantó de la silla y les dio la espalda a ambos para mirar por la ventana, dedicándose por unos instantes a contemplar a la gente que paseaba por la calle. Cerró los ojos y oyó su propia voz, que decía:

—Le di la fotografía a una mujer a la que conocí hace muchos años.

—¿Sigue viva? —lo interrumpió Lluís.

El doctor Rovira se volvió hacia él y lo miró fijamente.

—No. Murió poco después de tener a su hijo.

Se hizo el silencio. Darius se alejó de la ventana y volvió a su silla. Había que afrontar todo aquello con la máxima dignidad, pensó. Lo único que habría deseado es que su hija no estuviera presente, pero ya nada podía hacer. Dijo en un tono neutro:

—Yo era muy joven. Acababa de llegar a la ciudad. Ella era una chica del mismo pueblo que yo, muy hermosa. Estuvimos juntos un tiempo, pero ella quería un compromiso que yo jamás le prometí. —En ese momento, el padre miró a la hija para decirle directamente a ella—: Entonces conocí a tu madre y esa relación anterior terminó.

—¡No es cierto! —exclamó Aurora. Contenía las lágrimas con ojos encendidos—. Lluís tiene la misma edad que Llorenç.

Las diminutas venas de las sienes del viejo doctor parecieron hincharse, al sentirse como animal enjaulado. Sacando toda su furia, dijo entre dientes:

—¡Le advertí que no lo tuviera! ¡Esa mujer quería arruinar mi vida! Yo era un hombre casado, a punto de tener a su primogénito. Ella deseaba hundirme —murmuró.

Aurora tenía los hombros caídos, como si ahora soportara sobre ellos una pesada carga. Derrotada, dijo:

—Aquella mujer debía de quererte, papá. Y tú la enredaste, igual que a mamá. ¿Cómo pudiste desentenderte así de ella? Esperaba un hijo tuyo.

—¿Y qué querías? ¡Estas cosas pasan, hija! Tú vives en otro mundo. Estaba tu madre, estaba mi posición social. Tú no puedes entenderlo.

Aurora no replicó porque Lluís la detuvo.

—Quiero saber más —le exigió—. Continúe.

Con disgusto, Darius Rovira obedeció. Se dirigió a él:

—Tu madre te dio a luz y luego no sé qué hizo contigo. Yo volví a verla a los pocos días, en la Santa Creu. Sufría una bronconeumonía en estado muy agudo, no había nada que hacer. No le pregunté qué había hecho con la criatura —admitió—. Unos días más tarde, falleció en el hospital.

—Por eso me llevó a la Maternidad —murmuró Lluís pensativo—, porque estaba enferma y no podía ocuparse de mí. No era una prostituta, no me abandonó.

Se hizo el silencio otra vez. Aurora lloraba con los ojos clavados en el suelo.

—Si yo hubiese sabido… —trató de decir Darius. Pero entonces Lluís alzó una mano para detener sus palabras vacías.

Se levantó de la silla y le dijo a su padre:

—Ya sé todo lo que quería saber. No sufra, no pienso pedirle nada ni hablaré de esto con nadie. No me interesa. No lo considero mi padre. Usted, señor, no puede ofrecerme nada.

Lluís salió del despacho hecho una furia. Dio un sonoro portazo y se alejó de esa casa gris, sofocante, necesitado del aire fresco de la calle. Caminó sin rumbo fijo, dejándose llevar por todos los pensamientos que desbordaban su mente. A su alrededor había ruido, automóviles que hacían sonar sus bocinas a cada momento, carros, caballos, hombres y mujeres que se dirigían a algún sitio, que se detenían en plena calle para saludar a alguien, que se reían, ajenos a todo lo que Lluís experimentaba en ese momento. Su madre, una hermosa mujer, una jovencita que no lo habría dejado en el torno si no hubiera sido porque estaba a punto de morir. No quería que la imagen del padre le enturbiara esa pequeña felicidad de sentirse querido, en ningún caso rechazado. No había padre, jamás lo había habido; tan solo una chica sola que, si una neumonía no la hubiese matado, probablemente lo habría querido.

En el despacho del doctor habían quedado padre e hija sentados el uno frente al otro.

—¿Quisiste alguna vez a mamá? —le preguntó Aurora en un tono absolutamente neutro. Había dejado de llorar.

Darius no quiso contestarle. En vez de ello, le pidió que lo dejara solo y que, por el bien de su madre, no le contara nunca nada de este asunto.

—No lo haré, papá, no sufras —le respondió ella, a medio salir del despacho—. Aunque no para hacerte un favor a ti, sino porque ya le has causado demasiado dolor. Ahora veo qué clase de persona eres.

Darius no pudo más. Levantó un dedo muy tieso en señal de advertencia, dispuesto a hacerse respetar pese a todo, pero Aurora ya había cerrado la puerta tras de sí.

Marcel esperaba su visita aquella noche. Instalado en el balcón de su pequeño piso, donde vivía solo en espera de alquilar uno mayor donde pudiesen vivir los dos una vez casados, tenía la puerta entreabierta del balcón para poder oír a Aurora llamar.

Llegó deshecha por completo, Marcel nunca la había visto así.

—¡Todo es como lo habíamos sospechado, Marcel! —sollozó—, ¡o peor aún! Mi padre es un monstruo, dejó embarazada a una muchacha de su pueblo, sola en Barcelona, ¡al mismo tiempo que mamá daba a luz a Llorenç! ¡Cuando mi hermano lo sepa! No creo que valga la pena decirle nada. No, no le diré nada. Él podría contárselo a mamá y ella no debe saberlo nunca. ¡Pobre mamá! Y pobre chica, la madre de Lluís.

Hablaba entre sollozos y de cuando en cuando se sonaba con un pañuelo.

—No creo que pueda perdonarlo jamás —se lamentaba. Y al decirlo se oprimía el pecho de tanto dolor.

Marcel la obligó a sentarse en el sofá y empezó a acariciarla. Ella maldecía a su padre, ese auténtico desconocido para ella desde ese día, aseguraba.

Había transcurrido más de una hora cuando Aurora dejó de hablar. Marcel seguía acariciándole el pelo y sentía su respiración pausada. Pensó que quizá se había dormido en sus brazos, de puro agotamiento, pero al moverse un poco ella se le agarró al cuello.

—Hazme el amor —le susurró al oído.

Él, sorprendido, le cogió el rostro con ambas manos y la miró muy de cerca. Percibió toda su intensidad.

—¿Estás segura? —le preguntó.

Ella acercó los labios a los suyos y lo besó.

—Hazme el amor, Marcel —le repitió.

Él la besó con toda la intensidad de su amor. Sus dedos empezaron a recorrer ese cuerpo adorado, deseado desde siempre. Le desabrochó los botones superiores de la camisa y buscó sus pechos. Se los besó, los acarició con el rostro. Su piel, extremadamente fina, olía a flor exótica. Juntos se abandonaron a una pasión sin límites e hicieron el amor hasta quedar rendidos. Sus cuerpos desnudos, húmedos de tanto placer, permanecieron entrelazados la noche entera. Aurora, ese día, no volvería a casa.

Con la primera luz del alba ella abrió los ojos para mirar a Marcel y le pidió:

—Quiero que nos casemos hoy mismo.

—¿Hoy? —dijo él sonriente.

—Tan pronto como sea posible. No quiero esperar más.

Marcel estudió con atención el rostro de su amada. A primera hora de la mañana era más hermosa todavía. Él tampoco deseaba demorarlo más; quería despertar siempre a su lado.

—Casémonos enseguida, pues —le contestó enderezándose.

Aurora lo arrimó a ella y lo besó mientras una lágrima se le escapaba por el rabillo del ojo. ¿Era posible ser tan feliz y desgraciada al mismo tiempo?

El matrimonio Riera tuvo que esperar todavía unos días para obtener el permiso, pero al cabo de una semana emprendían su luna de miel a Francia y Alemania, habiendo celebrado una boda discreta con tan solo unos cuantos amigos. La madre de Aurora sufrió un gran disgusto al verse privada de organizar nada de lo que había previsto. ¿Dónde se han visto tantas prisas? ¿Qué dirá todo el mundo? Pero la insistencia de su hija y la sorprendente falta de oposición por parte del padre la llevaron a asumir que nada podía hacer. Así pues, se resignó una vez más a los arranques de una hija a quien, en realidad, nunca había llegado a comprender.

La pareja pasó unos días maravillosos en París, donde dieron largos paseos a orillas del Sena, lejos de sus preocupaciones diarias en Barcelona. Asistieron a la ópera y también a un espectáculo del Moulin Rouge. Saborearon la mejor cocina francesa y al mismo tiempo la que les ofrecían en los pequeños bistrós que algún amigo llegó a recomendarles. Un sueño de amor acompañado de noches apasionadas en la ciudad más romántica del mundo, para recuperarse de la terrible decepción que Aurora había sufrido. Al lado de Marcel, ella procuraba sobreponerse al disgusto de haber perdido a su padre. Porque ya nada volvería a ser igual entre ellos.

Después de París, llegó el viaje a Alemania. En el tren se encontraron a un grupo de militares alemanes, muy bien uniformados todos, que provocaban gran alboroto allí por donde pasaban. El resto de los pasajeros los observaban con cautela y Aurora le comentó a Marcel:

—Parece como si los temieran.

Marcel sacudió la cabeza lamentándose porque la situación fuese así de angustiosa. Se refirió a un amigo suyo que había viajado hacía poco a Alemania, justo cuando a Adolf Hitler lo nombraron canciller, y que ya le había advertido.

—Existen rumores de un rearmamento, igual que sucede en la Italia de Mussolini —le susurró.

El pasajero que estaba sentado a su lado escuchó sus palabras y, a pesar de no entender su idioma, sí distinguió el nombre de Mussolini. Se inclinó hacia ellos y dijo en un tono muy bajito:

—*Fascistes...*, *tous* égaux.

Aurora se quedó francamente preocupada viendo los ojos asustados de determinadas personas que viajaban en el tren cuando alguno de esos hombres uniformados pasaba por su lado. Si uno les hablaba en alemán, Aurora no llegaba a comprender el significado de sus palabras, pero podía leer en la expresión de esos pasajeros que nada bueno esperaban de ellos.

No obstante, fue al llegar a Colonia cuando presenció una escena que, definitivamente, hizo que se estremeciera. Habían bajado ya del tren y se disponían a salir de la estación cuando, de golpe y porrazo, vieron a uno de aquellos soldados detener con muy malas maneras a un muchacho que caminaba delante de él. El soldado le hizo una pregunta en alemán, de la que Aurora solo llegó a entender la palabra *jüdisch*, que sabía que significaba «judío». El chico negó, asustado, con la cabeza. Era joven y el soldado se rio de él en su cara, ante todos sus compañeros. Le tocó la barbilla con un dedo y se la levantó para que lo mirara a los ojos, y entonces le dio una patada en la pierna con la bota. Todos los hombres uniformados estallaron en sonoras carcajadas; lo estaban pasando bien. Mientras, el muchacho se alejó de allí cojeando tan deprisa como pudo. Aurora miró a su alrededor buscando algún tipo de reacción en la gente: nadie hizo nada, nadie dijo nada.

En su estancia en Alemania, gobernada desde hacía poco por ese político llamado Adolf Hitler, un hombre bajito de pelo oscuro y con un bigote muy curioso, que salía en los periódicos haciendo discursos desde un pedestal y ante un público de grandes masas, los recién casados pudieron comprobar por sí mismos que el país olía a grandes cambios, y se enteraron de que algunos hablaban ya abiertamente de venganza por la guerra perdida años atrás. Los fascistas los convencían de que aquello había sido del todo humillante y de que de ningún modo podían dejarlo pasar.

A su regreso a Barcelona, Marcel empezó a trabajar sin descanso. Además de su trabajo en el hospital, lo esperaba una plaza como profesor auxiliar en la cátedra de patología quirúrgica otorgada al doctor Corachan dentro de la nueva Universidad Autónoma. Aunque ya llevaban años impartiendo lecciones clínicas en el hospital, de manera libre, ahora todo aquello se oficializaba: en la nueva Universidad Autónoma las clases se impartían en catalán y castellano, y los catedráticos se elegían por medio de un patronato universitario; los aires modernizadores que había traído consigo la República se hacían notar al final en el mundo académico y el maestro Corachan y sus adjuntos entraban, así pues, de lleno en los estudios oficiales.

También a su amigo Trueta lo habían nombrado profesor auxiliar. Marcel seguía muy de cerca los avances de su compañero, a quien consideraba uno de los médicos más brillantes que conocía, aparte del maestro. Trueta llevaba años dedicado a las enfermedades de los huesos, además de tratar toda clase de traumatismos en la compañía de seguros de accidentes de trabajo en la que prestaba sus servicios. Marcel, que había pasado a colaborar intensamente en la especialidad de su amigo desde hacía un tiempo, no se lo pensó ni un instante cuando Trueta le propuso, a su regreso de la luna de miel, trabajar con él en la mutua de accidentes. De este modo, pasaban a compartir su tiempo laboral dentro y fuera del hospital.

Josep Trueta pasaba por unos días buenos, esperanzado con el trabajo que hacía tiempo estaba preparando con ahínco. Este trataba de la exposición por escrito de la técnica que llevaba practicando desde hacía tiempo para curar las heridas. Lo tenía ya casi listo:

—Tengo pensado presentarlo a la Sociedad Catalana de Cirugía —le anunció a Marcel.

—Tendrá una acogida excelente, ya verás —vaticinó su amigo. Era consciente de lo importante que aquello era para Trueta.

A su mente acudieron esos días de profundo dolor que la pareja de amigos había sufrido a raíz de la pérdida de su hijo. Aurora y él habían estado muy preocupados por ellos, como todos los seres queridos a su alrededor, sin ser capaces de hacer nada para aliviar su dolor. Pero poco a poco la pareja fue saliendo del pozo gracias a las alegrías que les daban sus hijas. Ahora, Amelia acababa de dar a luz a la tercera niña, Tula, y Marcel se daba cuenta de que

Trueta se mostraba por fin más enérgico y dedicado a sus investigaciones.

Marcel había asistido a su evolución desde el principio: cuando, años atrás, el maestro Corachan le dio a leer a Trueta el trabajo de un cirujano norteamericano, llamado Winnett Orr, acerca de su método para curar la osteomielitis, una enfermedad de los huesos tan frecuente en el hospital, su amigo Josep le encontró el punto de partida a su búsqueda personal. El método Orr consistía en practicar un amplio drenaje de los tejidos de la zona infectada del hueso para luego cerrar la herida con gasa vaselinada y terminar inmovilizando la extremidad por medio de un gran vendaje de yeso. La herida supuraba y la gasa absorbía los líquidos que, acto seguido, iban a filtrarse en el yeso. Era un método nuevo y, en muchos casos, exitoso. La infección acababa desapareciendo y de ese modo se evitaban amputaciones y un gran número de muertes. Trueta empezó a ensayar ese método más allá de los afectados por la osteomielitis, convencido de que, asimismo, podía servir como método preventivo de las infecciones en el caso de las fracturas abiertas recientes; es decir, en el caso de las heridas causadas por un accidente: cuando llegaba un herido por atropellamiento de carro o de tranvía, cuando un obrero acudía a él con una fractura de brazo por aplastamiento de una máquina, el amigo de Marcel aplicaba el método Orr junto con la amplia resección de tejidos desvitalizados que ya estaba practicando en el hospital siguiendo la técnica de Friedrich, y del proceso global iba haciendo modificaciones en función de los resultados que iba obteniendo. Todo esto había quedado escrito en su trabajo, que ahora quería entregar a la Sociedad Catalana de Cirugía, y Marcel, nada proclive a la rivalidad entre colegas, consciente del gran avance médico que aquello supondría en su especialidad, se sentía orgulloso de su amigo y le auguraba un brillante futuro.

Lluís había tomado la costumbre de salir cada atardecer. Le gustaba llegarse hasta el Café Español, en la avenida del Paral·lel, donde siempre encontraba a gente conocida, desde pintores o escultores como él hasta un variopinto grupo de gente que había ido conociendo a lo largo del tiempo. A veces iba a media tarde y se acomodaba en su inmensa terraza solo por el placer de ver pasar a los transeúntes mientras se tomaba un coñac. Encendía un cigarrillo y se dedicaba a observar esa mezcla de gente, hombres y mujeres de todas las edades, que transitaba por esa avenida tan llena de vida. Era imposible no divertirse en el Paral·lel, donde al atardecer se encendían las luces de los grandes carteles que anunciaban los espectáculos de los teatros cercanos. Las tabernas se abarrotaban de gente, los primeros borrachos de la noche se hacían notar y las prostitutas empezaban su prometedora jornada. Los que podían pagarse la entrada en una de las numerosas salas de fiesta disfrutaban del tango, de la zarzuela, del vodevil o bien de las sinuosas curvas de las bailarinas de algunos locales que, en ciertos casos, con gran placer para los presentes, mostraban mucho más que sus pechos desnudos.

En la terraza del Español, a Lluís se le hacía a menudo de noche. A esa hora aparecía un grupo de hombres, más jóvenes que él, más o menos numeroso dependiendo del día, que ocupaba las mesas cercanas. Bebían, fumaban e iniciaban grandes discusiones políticas cuyo contenido Lluís escuchaba al completo. A base de verse con tanta frecuencia, unos cuantos de ellos terminaron por invitarlo a que se sentara en su mesa. Si bien al principio solo habían despertado un interés superficial en Lluís para saber de qué hablaban, poco a poco empezó a escucharlos con mayor atención. Aquellos jóvenes militaban en una organización a la que llamaban «el Bloc», bautizada oficialmente como Bloc Obrer i Camperol. La política jamás le había interesado mucho al escultor, quien, más o menos al corriente de todo, se había limitado a asistir a los acontecimientos siempre desde fuera. Volcado por completo en su arte, había vivido sus años de juventud entre París y Barcelona sin otra pasión verdadera que no fuera este. Y, sin embargo, en aquel momento de su vida, habiendo descubierto a sus cuarenta años la triste y miserable historia de su nacimiento, una historia que, a fin de cuentas, hablaba de la impunidad de los ricos respecto a los más humildes, empezó a prestar mayor atención a las conversaciones de los chicos del Bloc: la lucha de clases, las injusticias sociales que seguían sufriendo los obreros y también los campesinos, la desconfianza creciente que aquellos jóvenes sentían por una República que, de hecho, seguía sin resolver los problemas de los más desfavorecidos. Todo aquello impregnó de excitante rebeldía el ánimo del escultor. No es que se fiase mucho de nadie, pues lo desconcertaba a menudo el enfrentamiento entre esa gente de izquierdas: los unos criticaban a los otros en una especie de lucha fratricida que él no acababa de comprender. Se sorprendía viendo desde fuera cómo los anarquistas, socialistas y comunistas iban ensanchando sus diferencias sobre la lucha que había que emprender, sin llegar a ser muy conscientes de que la derecha iba organizándose.

Y sucedió: en las elecciones generales de noviembre, el país asistía al éxito rotundo de las fuerzas de derechas y el poder volvía a manos de los conservadores. Al mes siguiente fallecía el *president* Macià, al que sustituía, a principios de 1934, Lluís Companys. Seguía, así pues, gobernando la izquierda, pero se iniciaba un verdadero pulso de poder con el gobierno del Estado. La autonomía de Cataluña estaba en el punto de mira; la lengua, la cultura, las instituciones volvían a encontrarse en peligro de muerte. Los amigos de Lluís del Café Español, profundamente inquietos con el cariz que estaba adquiriendo el país, empezaron su llamamiento a las izquierdas con el fin de unir esfuerzos. Lluís fue testigo directo de la convocatoria de huelgas organizadas por sus nuevos amigos, hasta se dedicó a poner a María al corriente de todo para que fuera haciéndose a la idea de una muy próxima insurrección. La situación fue radicalizándose hasta el punto de que en el mes de octubre se convocó una huelga general en pueblos y ciudades de todo el país. En Barcelona, los tranvías, los autobuses y los taxis dejaron de circular, había grupos de personas que se paseaban por las calles llamando al gran parón, los comercios cerraban las puertas y comenzaron los primeros disturbios.

—Dicen que el *president* Companys hará unas declaraciones —le dijo Lluís a María. Estaban en su casa escuchando las noticias a través de la radio. Lluís se puso en pie. En un arranque, le dijo—: Venga, Mía, nos vamos.

—¿Adónde vamos? —dijo ella, todavía en su silla. No le gustaba nada todo ese alboroto en la calle.

Pero Lluís le respondió:

—A la plaza de la República. Quiero escuchar al *president*.

María se quejó con tan poco éxito como cuando eran niños y Lluís le pedía que fueran al corralito o que hicieran cualquier travesura. A los pocos minutos avanzaban por las calles mientras Lluís le tiraba del brazo. Ahora tenía prisa por llegar al Palau de la Generalitat. Oscurecía en una plaza repleta de gente. La agitación que se respiraba le recordó a María la de unos años atrás, cuando el *president* Macià salió al balcón a proclamar la República. El gentío esperó un buen rato hasta que, al fin, apareció Companys:

—*Proclamo l'Estat Català dins la República Federal Espanyola!*

María miró a Lluís, que escuchaba con verdadero fervor el discurso del *president*.

—¿Y ahora qué? —le susurró ella al oído.

La reacción del Gobierno no se hizo esperar: se declaró el estado de guerra y las tropas del ejército tomaron la ciudad de Barcelona.

María se quedó a dormir por primera vez en casa de Lluís, que la acomodó en su habitación mientras que él se llevaba una manta al sofá.

—No tengas miedo, Mía. Todo irá bien —la tranquilizó, mientras ella pensaba que no lograría pegar ojo en toda la noche. Desde muy niña no compartía el mismo techo que su querido Lluís.

Hubo tiroteos en la calle, además de algún cañonazo. Habría que esperar al día siguiente para ver hacia dónde se inclinaba la situación. Debían de ser las siete o las ocho de la mañana cuando Lluís asomó la cabeza a la calle para escuchar lo que algunos afirmaban: habían arrestado al *president* Companys y a todos sus consejeros y los habían conducido al Uruguay, un barco-prisión anclado en el puerto de la ciudad. Habían sofocado la insurrección y ahora solo cabía esperar y sufrir las consecuencias. María se había despertado y ahora se ajustaba la chaqueta, muerta de frío, manteniéndose muy cerca de Lluís en el portal de casa. Él, con expresión enfurruñada, le susurró entre dientes mientras los vecinos se acumulaban a intercambiar información:

—Me pregunto dónde estarán los chicos del Español...

1936

Marcel no le guardaba ningún rencor al amigo Trueta: desde el fallecimiento del maestro Ribas el año anterior, se había iniciado una carrera para ver quién iba a ocupar su vacante en el Hospital de la Santa Creu y Sant Pau. No eran ellos los únicos aspirantes, aunque sí los mejor preparados. Josep Trueta ganó al final la plaza y, pese a la oportunidad perdida, Marcel se alegraba por él. Era tan inmensamente feliz desde que Aurora le había anunciado que pronto serían padres que afrontaba cualquier contratiempo con gran deportividad. Marcel Riera se sentía el hombre más dichoso de la tierra y, por primera vez en su vida, temía porque nada ni nadie perturbara tanta felicidad.

A comienzos de un julio que se presentaba caluroso, Marcel participó activamente en el homenaje a su amigo Trueta con motivo de su nombramiento. Se organizó en el Hotel Ritz y lo pasaron muy bien. Brindaron repetidas veces y alargaron la fiesta hasta bien entrada la noche, sin ser conscientes de que aquella nueva etapa que empezaban en el hospital adoptaría muy pronto un cariz que en absoluto habían previsto.

El día diecinueve del mismo mes, Marcel despertó como siempre al lado de su esposa. Era domingo, todavía demasiado temprano, cuando sus párpados dijeron basta de tanta luz que entraba en la habitación. Desde el primer piso del edificio de la calle de Aribau, donde vivía la pareja, cada mañana oían el murmullo producido por los más madrugadores. Marcel se removió entre las sábanas, en absoluto dispuesto a separarse de ese cuerpo tibio de piel finísima que tenía a su lado, ni de renunciar al contacto con ese rostro de cabellos color miel esparcidos por todo el cojín ante el cual se levantaba cada mañana. Pasó la mano por la cintura de Aurora, deslizándola luego hasta el vientre, que poco a poco iba creciendo. Ella lanzó un débil suspiro y Marcel le preguntó en un susurro si aún dormía. Ella no abrió la boca, solo llevó la mano de Marcel hasta sus pechos, ahora un poco más voluminosos, y, entonces, se removió como una serpiente. Se volvió hacia él, con los ojos todavía cerrados, la boca entreabierta esperando el primer beso del día. Y mientras ambos cuerpos se enlazaban en una especie de melodía conocida, ardientes, apasionados como el primer día en que se amaron con todos los sentidos, empezaron a oír disparos en la calle. Aurora dio un brinco y alzó la cabeza hacia la ventana. El visillo se movía ligero, juguetón con el viento, como si nada.

—¿Has oído eso?

Marcel se deshizo de las sábanas enroscadas y fue a ver. Se asomó a la ventana y miró qué ocurría allí abajo.

—¿Qué pasa? —preguntó ella desde la cama.

Marcel buscó la camisa del día anterior, olvidada en una silla. También se hizo con los pantalones y se vistió. Le dijo a Aurora:

—Quédate aquí. Voy a ver qué demonios ha pasado.

Pero justo al salir por la puerta del dormitorio se oyó otro disparo.

—¡Marcel! —gritó ella llevándose instintivamente una mano al vientre—. No vayas.

En aquel preciso instante sonó el teléfono de la casa. Marcel fue a descolgar. Con movimientos lentos, Aurora se puso la bata, se ajustó las zapatillas a los pies y caminó silenciosa hacia la salita de estar donde Marcel hablaba con alguien por el auricular emitiendo tan solo monosílabos. Se quedó observándolo atentamente; él movía la cabeza y se pasaba una mano por el pelo.

—Entendido —acabó y colgó.

Se volvió hacia Aurora para decirle:

—Era del hospital —una breve pausa, con la que cogió fuerzas—: Aurora, ha habido un pronunciamiento militar para derrocar la República. Unos oficiales del ejército han salido de sus cuarteles para ir a tomar algunos edificios. Se han dirigido al centro, pero parece que los de la CNT y la FAI andaban montando guardia por lo que pudiese pasar, ya se lo temían: no son los primeros militares en levantarse en el Estado. Ayer lo hicieron en otros puntos. La gente les está haciendo frente, han empezado a montar barricadas en todas las calles. De ahí los disparos.

Aurora abría la boca sin acabar de decir nada; se frotaba el vientre haciendo círculos mecánicamente. Marcel prosiguió en un tono que pretendía ser expeditivo a pesar de sentirse oprimido el pecho:

—Han empezado a llegar algunos heridos al hospital. Solo están Corachan hijo y dos médicos de guardia. Trueta está avisado y va de camino. Aurora, tengo que ir de inmediato.

Entonces ella se dio la vuelta y fue hacia el dormitorio. Le dijo:

—Dame un minuto. Voy contigo.

—¡De ninguna manera! —se oyó decir a Marcel desde la sala de estar.

Ahí plantado, paralizado de angustia por lo que les pudiera suceder a esas dos vidas que iban en un mismo cuerpo, Aurora, su hijo, toda la felicidad entera, buscaba el modo de evitar que ella saliese de casa esa mañana. No hubo manera. Aurora se vistió deprisa y salió a la calle con él, pensando en los niños y niñas del hospital.

Marcel arrancó el coche nuevo, comprado a plazos en los últimos meses, justo en aquellos en que los partidos de izquierdas habían ganado las últimas elecciones, volviendo a ocupar los cargos de poder. Unos meses en los que la euforia de las clases trabajadoras había convivido con el recelo de los más conservadores, poniendo a la República en un estado de alerta que solo algunos supieron prever. Marcel respiró hondo, las manos en el volante: ahora solo quedaba esperar y ver cómo acabaría todo. Se oyeron de nuevo disparos y un vecino corrió hacia el coche para advertirlos de que, en la avenida del 14 de abril, a pocos metros de donde vivían, había en ese momento un fuego cruzado entre oficiales sublevados y algunos paisanos armados.

—¡No se acerquen ahí, doctor! Por allá no se puede circular.

Por suerte, en su camino hacia el hospital no le hacía falta pasar por allí, así que pisó el acelerador y condujo el coche calle arriba, avanzando a toda velocidad mientras Aurora se protegía con ambas manos el vientre. Tuvieron que evitar algunas calles cortadas a causa de las barricadas recién montadas; algunos hombres con camisa y pañuelo en el cuello los detenían de tanto en tanto exhibiendo un arma en la mano.

—¡Somos médicos! ¡Nos dirigimos al hospital! —les gritaba Marcel desde el volante.

Después de algunos rodeos consiguieron llegar y, de repente, se encontraron ante la situación que en aquel momento se vivía allí: había un montón de gente yendo y viniendo de un lado para otro; los heridos se acumulaban en la entrada principal a la espera de que alguien les dijera a dónde dirigirse; algunos doctores, hermanos y enfermeras reconocían con rapidez a los heridos y los enviaban hacia uno u otro pabellón. Todos daban órdenes a gritos, todo el personal ahí presente trataba de ser lo más eficiente posible en medio de esa inesperada ola de gente. Marcel vio con el corazón hecho un puño alejarse a Aurora hacia Santa Victoria, mientras que a él lo reclamaba un par de compañeros hacia el lado opuesto. A medio camino del pabellón quirúrgico escuchó su nombre detrás de él:

—¡Marcel!

La figura alta y atlética de su amigo Trueta lo alcanzó.

—No sé ni cómo he logrado llegar aquí. —Se le veía consternado—. ¿Ya estamos todos?

Fue una mañana de noticias constantes, que llegaban con el mismo desorden que los heridos. Algunos vestían el uniforme militar mientras que otros eran guardias de asalto o llegaban vestidos de paisano. El hospital los acogía a unos y a otros sin distinción, como siempre había hecho, a lo largo de todas las revueltas que tuvieron lugar en la ciudad en los últimos siglos. En las horas que siguieron, todo el equipo de cirujanos atendió sin tregua a los heridos provenientes de las barricadas populares, gente sencilla que tal vez no había usado un arma en su vida. Marcel entraba y salía de la sala de operaciones buscando el momento de poder ir a ver a Aurora y asegurarse de que se encontraba bien. Pero no hubo tiempo para ello en todo ese largo día. Al caer el sol, fue ella quien vino a verle. Su cara expresaba la fatiga, pero estaba entera.

—¿Has comido? —le preguntó él con ojos inyectados de tanto estrés.

—Estoy bien, no te preocupes —le contestó ella—. Marcel, no podemos irnos a casa. Tal como están las cosas, lo mejor es que nos quedemos a dormir en el hospital.

Él estuvo de acuerdo. Viendo la situación en que se hallaban, sabiendo que la noche sería todavía más larga que el día y que los heridos seguirían necesitándolo, no quería ni pensar en enviar a Aurora sola a casa.

—¿Has visto a tu padre?

Ella lo negó. La comunicación entre padre e hija no era nada buena desde el día del enfrentamiento.

—¿Y de Llorenç, sabes algo?

—Tampoco —dijo ella.

Marcel buscó a un compañero para avisarlo de que se ausentaba unos minutos; entonces la acompañó al pabellón de Nuestra Señora del Carmen. Encontraron a Llorenç tan atareado como el resto de los médicos que se hallaban en el hospital.

—Padre se ha marchado a mediodía —les contó enseguida—. Antonio vino a buscarlo porque madre estaba muy nerviosa. Además, él no tenía buen aspecto, es demasiado mayor para todo esto. Le he dicho que ya me quedaba yo, que lo mantendría al corriente.

—¿Estarán seguros en casa? —preguntó Aurora llena de angustia. Pese al distanciamiento con su padre a raíz de su secreto, Aurora no podía evitar preocuparse por el hombre a quien más había querido además de Marcel. De hecho, desde que estaba esperando su primer hijo tenía los sentimientos a flor de piel y no eran pocas las noches en que Marcel la oía llorar a oscuras.

Llorenç miró a ambos lados antes de responderle a Aurora en voz baja:

—Madre ha ordenado al servicio que prepare las maletas. Si la situación se complica, se irán a Camprodón.

Marcel pensó que era una buena idea, teniendo en cuenta las últimas novedades. Según les contaron en cirugía, los anarquistas se habían hecho con buena parte de las armas y se rumoreaba que ahora lo aprovecharían para hacer su propia revolución. Sus enemigos no eran solo los soldados sublevados, sino también todo aquel que vistiera hábito religioso o luciese sombrero de caballero. Un herido los informó de que algunos militantes de la CNT y la FAI estaban hablando de asaltar las iglesias, en cuyo interior parecía que se escondían algunos militares. «Quieren quemarlo todo –les advirtió–, y si encuentran a un cura o una monja… que Dios se apiade de ellos.» Otro hombre llegó a agarrar del brazo a Marcel desde su camilla para susurrarle, a las puertas del quirófano: «Los anarquistas tienen las armas, doctor, y no van a conformarse con los oficiales. Hagan que los hermanos y hermanas se vayan de aquí, porque corren peligro. ¡Créame, señor!». Durante ese día infernal, algunos de los religiosos de la Santa Creu y Sant Pau decidieron esfumarse, advertidos por todas esas voces, mientras que otros optaron sencillamente por cambiar el hábito por la ropa de enfermero. En las casas, la gente cerraba con llave y corría las cortinas que daban a la calle.

Aquella primera noche y las dos que le siguieron, Marcel y Aurora dormirían en el hospital, como el resto de los médicos, y se enterarían desde allí de todo lo que iba sucediendo. A través de la radio, la población supo de la derrota de los militares: el *president* Companys obligó al recién detenido general Goded, llegado al mediodía a Barcelona en hidroavión con el propósito de liderar la revuelta, a declarar públicamente la derrota. El efecto de dicho mensaje no se hizo esperar: en los distintos pueblos y ciudades de Cataluña los militares sublevados fueron deponiendo las armas. No obstante, muy pronto se supo que en algunas partes de España sí que había triunfado la insurrección. En cuestión de pocos días, el país quedaba dividido entre las tierras fieles a la República y aquellas ocupadas por los militares rebeldes. En Barcelona, tal como había predicho ese herido ingresado el primer día en cirugía, los militantes de la CNT y la FAI no dejaron las armas una vez sofocada la revuelta de los soldados, sino que lo aprovecharon para convertirse en los amos de la calle. Hombres despechugados, que se ataban pañuelos de color rojo y negro en el cuello, patrullaban las calles con los coches confiscados al ejército y ocupaban los despachos de los edificios importantes. Sobre las mesas de escritorio dejaban la pistola cerca de las manos y organizaban interrogatorios y detenciones de burgueses, de religiosos y de toda persona que considerasen sospechosa de fascismo.

La tensión iba en aumento en esos primeros días de incertidumbre entre los hombres de la Generalitat, el *president*, sus consejeros y aquellos que ahora ostentaban el mayor número de armas. Estaba claro que muchos de ellos habían defendido la ciudad, que habían organizado una eficaz resistencia popular gracias a la cual se abortó el intento de alzamiento militar, pero nadie sabía responder a la pregunta acerca de qué sucedería a partir de ese momento.

Al cuarto día, Aurora y Marcel salían del hospital para dirigirse de nuevo a casa. Llorenç fue a su encuentro y les comunicó que sus padres se habían marchado finalmente a Camprodón. Aurora asintió en silencio, sin poder evitar un sollozo. Ni siquiera había podido despedirse de ellos y la guerra ya había estallado.

María no había visto a Lluís en todos aquellos días, ya que el trabajo en el hospital no le permitió salir de allí. Estaba tan exhausta que ni siquiera la angustia de no saber nada de él afloraba al exterior. Apenas dormía, no comía casi nada, se desvivía por hacer frente a toda aquella nueva organización que imperaba en el hospital. La Generalitat lo había confiscado a los pocos días del intento de revuelta de los militares y lo había rebautizado con el nombre de Hospital General de Catalunya, y los pabellones que en otros tiempos habían tenido el nombre de un santo o de una virgen ahora los designaba un número. Pabellón 1 y 3 para cirugía general, al frente del doctor Corachan; Trueta pasaba, con su servicio, a Santa Faustina, ahora pabellón número 15; pabellón 4 e iglesia para enfermos traumáticos, a cargo del doctor Bosch; medicina general en los pabellones 13, 14, 23…; pabellones 11, 18 y 20 para los niños. Todo era nuevo y diferente, todo era laico: María asistió a la huida de las primeras hermanas con las que había trabajado codo con codo durante años y ayudó a Aurora a convencer a otras para que se quitaran los hábitos y se maquillaran un poco para poder permanecer allá como personal seglar; vio todo su mundo conocido esfumarse y cambiar de rostro en nombre de los nuevos tiempos revolucionarios.

Era un día de principios de agosto cuando una compañera se le acercó y le susurró al oído:

—Hay un hombre que pregunta por ti.

Pidió permiso para retirarse un momento y fue a ver quién era con el corazón encogido.

—¡Lluís! —gritó desde lejos nada más distinguirlo.

Había sufrido tanto por él, sin disponer de tiempo ni coraje para compartirlo con nadie, que la enfermera se desplomó en sus brazos.

—Mía… querida Mía —dijo él abrazándola.

Ella se apartó un poco y observó su vestimenta: un mono de obrero, un cinturón de piel con bolsillos, una gorra. Él se dejó admirar poniéndose muy derecho. Su rostro se mostraba satisfecho.

—He venido a darte la gran noticia —le anunció.

María contuvo el aliento. Intuía el disgusto que de nuevo Lluís estaba a punto de causarle. Como la peor de las pesadillas, le oyó decir:

—Me he alistado en una columna de milicianos.

María no fue capaz de emitir ni un sonido. Se limitó a mirarlo con ojos fijos y abiertos, consciente de que lo perdía de nuevo, esta vez quizá para siempre. Al fin, logró preguntarle:

—¿Cuándo?

—Hace dos semanas —empezó a explicar él—. No he podido decirte nada hasta ahora porque he estado haciendo una breve instrucción militar. ¡Bueno, si podemos llamarla así! Tengo que confesarte que no nos han enseñado mucho, aunque sí lo bastante como para saber cargar y descargar un arma, apuntar con el fusil y lanzar una granada. Para el resto, ya nos espabilaremos.

—Me refería a cuándo te vas —murmuró ella, tragándose la rabia y la impotencia que se le acumulaban en la garganta.

Lluís le respondió que en una semana y entonces quiso saber si ella iría a despedirlo cuando su columna saliera a la calle. Parecía uno de esos jovencitos con los que había hecho amistad en el Café Español.

—¿Es por ellos por lo que te has inscrito? —le preguntó María.

—¿Te refieres a los que ahora son del POUM?

María se encogió de hombros:

—No sé, los que antes eran del Bloc. Los chicos a los que conociste en el Café Español. Lluís, escúchame, son muy jóvenes. ¿Cómo te has dejado engañar? Tú no eres del POUM ni de ningún partido.

Lluís se mostró ofendido:

—Mía, no se trata de eso. En las milicias hay gente de todo tipo. ¡Hay miles de hombres como yo presentándose voluntarios! —exclamó—. Es el momento de luchar por la libertad, esto es lo que nos une. No podemos quedarnos de brazos cruzados y esconder la cabeza bajo el ala. Yo no pienso hacerlo. Es hora de defendernos y empezar a construir un mundo mejor. María, tú y yo venimos del mismo sitio, sabes lo que es trabajar duro y empezar de la nada. Yo no soy del POUM ni de ningún otro partido, pero ¿quieres que te diga algo? Deseo lo mismo que ellos: un mundo más justo y más igualitario. No quiero quedarme al margen de esta lucha, tengo que irme de aquí.

Desde que Lluís había descubierto la triste historia de su nacimiento, María fue asistiendo a su paulatina transformación: lo había visto alejarse poco a poco de toda esa clientela acomodada que antes le encargaba obras. Renunciaba a su favor, a su reconocimiento, porque cada vez despreciaba más a esa clase de hombres como Darius Rovira, capaces de sacudirse de encima los pecados cometidos sin ninguna mala conciencia, impunes a cualquier ruindad por el simple hecho de poseer dinero y tener poder. Lluís ya no deseaba tratar con ellos, su arte había ido radicalizándose a favor de la lucha de clases. Sus últimas esculturas hablaban de la avaricia de los ricos, de su alma vacía frente al sufrimiento de los más desvalidos. Cada escultura o cada dibujo que Lluís había hecho en los últimos años le parecía a María una especie de grito feroz que, bien mirado, rugía contra su pasado. La muerte de sus más íntimos referentes, primero el maestro Arnau, al año siguiente Pablo Gargallo de una bronconeumonía, lo llevaron hacia esa amistad con los chicos del Café Español, quienes, aun siendo mucho más jóvenes que él, le habían devuelto la ilusión.

Una semana más tarde, María pidió un breve permiso para ir a despedir a Lluís. Con la misma vestimenta que el día que fue a verla y un fusil colgado a la espalda, desfiló por las calles junto al resto de los milicianos mientras la gente los aclamaba, lanzándoles flores a su paso y hasta recibiendo algunos el beso espontáneo de alguna muchacha. Al pasar junto a María, Lluís se salió un instante de la fila y, sonriente, le estampó un beso en los labios. María se quedó sin aire, pues era la primera vez que él hacía algo así, y el sabor de ese beso le duraría largo tiempo. Lluís prometió escribirle desde el frente y mantenerla al corriente de todo.

—No te olvides de mí, Lluís —le imploró ella, sintiendo las piernas desfallecer. Otra vez lo arrancaban de su lado—. Si tú no me escribes, yo...

—¡Te lo prometo, Mía!

Se marchó al frente de Aragón.

1938

Finales de octubre

Días que se convirtieron en semanas, meses y, finalmente, en años. La guerra que había estallado dos años atrás trajo consigo la miseria, el hambre y la muerte a casi todas las familias que sobrevivían en la ciudad. Las fábricas se colectivizaron y se convirtieron en una auténtica industria de guerra; las casas de los grandes señores de Barcelona se hallaban vacías o saqueadas; los curas, desaparecidos, igual que las vírgenes de todos los altares. En el Hospital General de Catalunya, los días transcurrían en una nueva rutina en la que se atendía a las víctimas del hambre, de las bombas, a los soldados enviados desde el frente sanguinario. Aragón se había perdido hacía tiempo, las milicias se reconvirtieron en Ejército Popular y los comunistas fueron tomando el relevo a los anarquistas y a la gente del POUM en la lucha fratricida que se libraba dentro del bando republicano. Mientras los soldados nacionales recibían armas y tropas de los países fascistas e incrementaban el territorio ganado, los republicanos trataban de sobrevivir con su cada vez más acusada falta de medios.

Las cartas de Lluís habían ido llegando desde el frente con más o menos regularidad hasta que comenzó la batalla del Ebro. En ese momento, la comunicación se cortó. Desde entonces, María no sabía nada de él, de modo que vivía con la incertidumbre de no saberlo vivo ni muerto. A raíz de la reorganización del hospital, se trasladó a la enfermera a cirugía y, por tanto, se la alejó de los niños enfermos. Aun así, María mantenía estrecho contacto con su querida Aurora y su hijo, un angelito de rizos dorados llamado Robert, en honor al padrino de su abuela, que era ahora el único capaz de arrancarle una sonrisa de vez en cuando. El hijo de Marcel y Aurora no conocía todavía un mundo sin guerra: las sirenas que llamaban a los refugios a medianoche, así como los rostros de la más honda miseria, no eran nada extraño a aquellos ojos que, tremendamente curiosos, lo observaban todo. Aurora se había negado en rotundo a marcharse de la ciudad cuando los bombardeos empezaron; no quería abandonar el hospital y menos aún alejarse de su marido. Aunque aquello les costara la vida a ella y al pequeño Robert, ella no pensaba moverse de allí. La doctora de los niños y las niñas del hospital dejaba cada día a su hijo con una vecina mientras ella acudía a su trabajo en el hospital; era una vecina de avanzada edad, que cuidaba del chiquillo como si de su propio nieto se tratara, por lo que aquella mujer era lo más parecido a una abuela para el pequeño Robert. El doctor Rovira y la señora Eulalia, escondidos de cualquier peligro en una masía cercana a Francia en compañía de su nuera Mariona, esperaban con paciencia el triunfo de los nacionales para regresar a la seguridad del hogar.

En el pabellón número 15 del Hospital General de Catalunya, conocido antes de la guerra como el pabellón de Santa Faustina y construido justo detrás del de San Carlos y Santa Francisca, en la parte más elevada del recinto hospitalario, María asistía a los heridos por traumatismo bajo las órdenes del doctor Josep Trueta. Él era, ahora, el jefe supremo de cirugía general del hospital, después de que el doctor Corachan tuviese que escapar a Francia después de que unos hombres de la FAI lo amenazaran al comienzo de la guerra. Un buen número de cirujanos trabajaban, así pues, bajo las órdenes de Trueta. También

Marcel, con gran satisfacción. Él se encargaba de preco- nizar el método de su amigo para el tratamiento de las heridas de guerra allá donde iba. A veces, visitaban juntos otros hospitales, donde se aseguraban de que se hiciesen correctamente las curas. La nueva técnica procedía de la que años atrás Trueta había ido perfeccionando con sus heridos de accidente. Al estallar la guerra, se había apli- cado enseguida a las heridas por arma de fuego. Marcel había seguido su proceso desde el principio: recordaba su desengaño ante el escepticismo con que la Sociedad Ca- talana de Cirugía acogió su trabajo años atrás; Marcel siguió animando a su amigo Trueta en contratiempos posteriores, a sabiendas de que solo algunos cirujanos se decidían a ensayar su método. Pero entonces llegó la gue- rra: los disparos, los bombarderos que vaciaban las tripas sobre el cielo barcelonés, les trajeron un nuevo tipo de heridos con los cuales su método sí que triunfó. Poco a poco, fue corriéndose la voz de que en el Hospital Gene- ral de Catalunya había un cirujano llamado Josep Trueta que salvaba a los heridos de la horrible mutilación. Em- pezaron a llegar médicos de todas partes, hicieron ensa- yos en otros lugares. Al fin, la nueva técnica de su amigo se generalizaba de tal manera que hasta había gente de fuera, cirujanos de otros países, que acudían al hospital a verlo operar. Europa percibía el aliento de una guerra cercana y el método utilizado por aquel doctor barcelo- nés era una completa novedad que tal vez algún día no muy lejano ellos mismos deberían aplicar.

La enfermera María conocía cada fase a la perfección: cuando llegaba un herido con metralla en el brazo o en una pierna, el doctor intervenía con rapidez. Las primeras horas eran cruciales para el éxito del proceso. Primero, una limpieza exhaustiva de la herida; una amplia escisión para extraer todas y cada una de las partículas de ropa, de madera, de piedras que hubiesen podido adherirse; acto seguido, María sabía que el doctor eliminaría con minuciosidad los tejidos por donde ya no circulaba la sangre, es decir, los tejidos muertos, para luego acabar inmovilizando esa parte del cuerpo afectada con un vendaje de yeso. La intervención quedaba así lista y solo cabía esperar y observar. Si todo iba bien, la infección no se presentaría y la herida acabaría cicatrizando. La enfermera había vivido otros tiempos en que ese tipo de heridas terminaban con la amputación o incluso la muerte del paciente, ya que a menudo se presentaba la temida e irremediable gangrena. Sin embargo, la cura aséptica del doctor Trueta, que ahora se practicaba de forma generalizada en el hospital, producía auténticos milagros ante sus propios ojos: hombres que en otros tiempos sucumbían en la cama o quedaban tristemente mutilados ahora lograban salir del hospital sin que aquella herida traumática les hubiese costado la vida o alguna parte de su cuerpo.

Y María era esencial en todo ese proceso de curación: no solo el doctor Trueta, sino también Marcel y el resto de los médicos del pabellón número 15 confiaban por completo en su trabajo. Habiendo desaparecido las hermanas y hermanos del hospital en los primeros meses de la guerra, había tenido que instruirse con urgencia a una nueva hornada de enfermeras que ahora trabajaban en todas las salas de enfermos, muchachas que precisamente María ayudó a formar, asumiendo así las funciones de mayor responsabilidad que, en otros tiempos, estaban en manos de las hermanas hospitalarias. No había un solo día en que María pudiera ausentarse todas las horas del hospital, de tan imprescindible como se había vuelto en el pabellón, aunque no le suponía ningún problema, puesto que aparte de visitar al pequeño Robert no había nada que la empujase a salir de allí.

Era una mañana lluviosa de finales de octubre. La noche anterior, el doctor Trueta se había ido a dormir a su casa tras dos días enteros en el hospital, agotado por la intensidad de las horas anteriores en que él y todo su equipo habían tenido que asistir a una avalancha de heridos por causa de los bombardeos. No solo ellos, sino la población entera de la ciudad sufría agotamiento. El acoso era cada vez más frecuente: durante días seguidos los bombarderos lanzaban sus cargas sobre calles y azoteas de manera constante. El objetivo teórico, una fábrica de armamento, un buque militar anclado en el puerto; pero la realidad era otra, por tratarse de un ataque en toda regla indiscriminado sobre los hogares de los barceloneses en lo que ya era una lenta agonía hacia el final.

—¿Cómo es posible que nadie haga nada? —preguntaba una María llena de indignación mientras acompañaba al doctor Marcel Riera en la primera visita del día. Ese día, el doctor Trueta se hallaba en otro hospital—. Doctor, no lo entiendo.

—La aviación republicana los combate con todos sus medios, pero los nacionales son más y están mejor equipados —le respondió Marcel—. Los fascistas italianos y los alemanes les han entregado aviones, bombas, metralletas. Los republicanos no tienen ni para empezar.

—¡Pero atacan a mujeres y niños inocentes! Es un escándalo. ¿Es que no existe ningún país extranjero que pueda detener esto? ¿No hay leyes contra estos crímenes?

Marcel negaba en silencio; hacía tiempo que había perdido la fe en la justicia. Después de los años transcurridos en Inglaterra, habiendo vivido de cerca el talante democrático de esa gente, pensó que defenderían a la población civil de inmediato; creyó que los ingleses intervendrían, sin duda, ante la primera injusticia que se cometiese en aquella guerra cruel y desequilibrada. Y, sin embargo, no habían hecho nada. Comprendía la indignación de la enfermera, sabía lo que sentía porque él mismo lo experimentaba. Pero, como médico, como responsable de un personal hospitalario que debía seguir luchando y resistiendo cada día con el fin de salvar todas las vidas posibles, consideraba un deber absoluto mantener la moral bien alta. Una vez ya en la primera sala de enfermos procuró animar un poco a María diciéndole:

—Debemos resistir un poco más. Tenga esperanzas, María, todo esto no puede durar para siempre.

Ella no replicó, porque su carácter la hacía callar y ser disciplinada, pero paseó una triste mirada por aquella sala donde los heridos se acumulaban como en una auténtica pesadilla. Soltó un suspiro resignado y a continuación descolgó la ficha de la cama del primer paciente para revisarla en voz alta:

—Ignasi Prats, cincuenta y ocho años. Herida de metralla con arrancamiento de tejidos en región glútea izquierda. También fractura en pierna izquierda. Practicada la cura aséptica de madrugada...

En la cama vecina, un hombre sin identificar se debatía entre la vida y la muerte tras haber sufrido una amputación traumática en ambas piernas a raíz del último bombardeo.

—No pasará de hoy —le susurró Marcel una vez que se alejaron de allí.

María pensó que alguien ocuparía la cama de ese hombre sin nombre justo después de su muerte. Ella misma ordenaría quitar las sábanas, poner otras limpias e instalar a continuación a otro herido. Tal vez sería uno de esos jovencitos que enviaban últimamente al frente y que volvían malheridos. Llevaban meses evacuando a los más graves desde el Ebro, algunos morían antes de llegar. María no preguntaba, pero al ver esos rostros asustados, esos cuerpos que temblaban de miedo y de dolor, que sudaban y se retorcían entre terribles pesadillas, imaginaba la batalla más sanguinaria de todas. María conocía la guerra a través de las marcas que esta dejaba en sus pobres víctimas. En el hospital se hartaban a curar las heridas de bala, de metralla, las contusiones y fracturas por una explosión de granada o cualquier tormento que aquellos muchachos vestidos de soldado hubiesen sufrido frente a las tropas del general Franco. En cuanto ingresaban en el hospital rellenaban una ficha con su nombre, su edad, la división a la que pertenecían, la brigada, el batallón, así como el rango militar que ostentaban y el lugar de nacimiento, una ficha que María archivaba metódicamente al salir el muchacho de allí, vivo o muerto. De ese modo, reflexionaba ella, iba escribiéndose la historia del drama que llevaban tiempo viviendo en el hospital.

—Doctor, lo necesitan con urgencia en el dispensario —los interrumpió una enfermera a media visita. Era una muchacha pelirroja, muy hábil con los pacientes y de la que María estaba particularmente orgullosa. La había instruido ella misma, recién llegada del cursillo de enfermería elemental al comienzo de la guerra. Era a ella a quien María solía enviar al dispensario cuando llegaban nuevos heridos, ya que la primera revisión de los médicos requería gente eficiente a su lado. De allá, los heridos eran derivados a una u otra cama y, entonces, María se encargaba en persona de ellos.

Marcel terminó con la visita del paciente que los ocupaba y luego se dirigió con la enfermera al dispensario.

—Espéreme aquí —le pidió a María—. Enseguida vuelvo con usted y proseguimos.

El doctor tardó más de la cuenta y al regresar a la sala María detectó por su expresión que algo no andaba bien.

—¿Alguna complicación, doctor? —le preguntó.

Marcel la miraba con ojos fijos, sin decir nada; parecía buscar las palabras adecuadas.

—¿Qué ocurre, doctor? —insistió la enfermera.

Marcel se la llevó a un lado, lejos de las camas de los enfermos. Con expresión grave, le dijo:

—María, nos han traído a un herido del frente del Ebro. Su estado es grave, debes saberlo...

—¿Por qué me habla así, doctor? —dijo ella, asustada—. ¿Qué es lo que trata de decirme? Es alguien a quien yo...

Enmudeció ante la mirada del médico. Él se lo confirmó:

—Es Lluís, María.

Llorenç Rovira llevaba mucho tiempo sin moverse del hospital. Nada se le había perdido fuera de allí, donde tenía su trabajo diario y agotador con los enfermos, pero, sobre todo, a su Narcís, instalado con el resto de los tuberculosos en la parte alta del hospital. A las mujeres tísicas las habían trasladado a un hotel de Vallvidrera y luego a la granja que la Santa Creu tenía en Sant Andreu del Palomar, pero los hombres como Narcís permanecían allí, a cargo de los colaboradores del doctor Cinto una vez que él se hubo marchado. A lo largo de todos esos años, Llorenç había meditado mucho acerca de trasladarlo a algún sanatorio en la montaña para protegerlo de las bombas y de los ataques constantes que sufría la ciudad, pero nunca acabó de decidirse, puesto que el propio Narcís le imploraba que no lo alejase de su lado.

—Quiero verte cada día de mi vida mientras viva —le pedía Narcís—. No me abandones, no saldré adelante sin ti. ¿Y si no vuelvo a verte nunca más? ¿Y si te mata una bomba antes de que yo muera de añoranza? No, querido, no lo hagas. Deseo estar contigo.

Llorenç se derretía de placer al mismo tiempo que de angustia ante semejante situación. Iba pasando el tiempo y él buscaba en la evolución de la guerra una solución para ambos. A veces hablaban de cuando todo acabase, hablaban de comenzar una nueva vida en algún lugar donde nadie los conociera. Llorenç llevaba dos años sin ver a su esposa, instalada en la masía cercana a Francia junto a sus padres, y cada vez se sentía con menos fuerzas para seguir fingiendo. Vislumbraba el fin de la guerra y el momento de su reencuentro, de proseguir con su vida de antes, y no se veía capaz. El mundo había cambiado; él, también. Después de tanta miseria, de tanta muerte y enfermedad a su alrededor, el joven Rovira tan solo anhelaba el día de volver a celebrar las estaciones, el despertar de las flores, la tierra mojada después de la lluvia, los paseos por los lugares más bellos, respirar el aire limpio y fresco de un cielo donde solo los pájaros tuviesen cabida, amar y dejarse amar por ese hombre junto al cual le parecía tenerlo todo. Solo ese amor profundo que sentía por Narcís Colomer le daba sentido a su futuro.

—Doctor, la mano… ¿por qué no puedo mover los dedos? —Lluís se consumía de dolor a causa de las múltiples heridas, sobre todo el que le provocaba la pierna derecha, que tenía muy mal aspecto. Aun así, él insistía sobre la mano.

—La necesito para trabajar, doctor… —repetía una y otra vez.

La inmensa alegría que María experimentó al saberlo vivo y allí mismo, en su hospital, recibió un duro golpe cuando vio el lamentable estado en que lo llevaban. Lluís tenía costras de sangre reseca por toda la cabeza, que le aplastaban los negros rizos, además de heridas y magulladuras en varias partes del cuerpo; enseguida vio que respiraba con dificultad y que se quejaba de un intenso dolor en las costillas del lado derecho, a donde se llevaba la mano izquierda de manera instintiva, como si el solo gesto pudiera aliviarle el dolor. La pierna derecha era lo que peor aspecto tenía: iba tapada con una férula desde el sitio donde le practicaron los primeros auxilios y, con toda probabilidad, ocultaba una herida importante. El tormento que sufría era evidente. Y, sin embargo, Lluís no dejaba de mirarse la mano derecha, aquella con la que modelaba el barro, el yeso, con la que manejaba el cincel. Trataba de mover los dedos, pero no lo conseguía.

Nada más ver a María, después de tanto tiempo, en medio del caos de batas blancas y hombres heridos por todos lados, a ese hombretón de ojos negros y cuerpo robusto le tembló la barbilla como cuando era niño. Ni siquiera soltó una lágrima, igual que entonces, pero la miró sin parpadear hasta que ella se le acercó. María, con tanto cuidado como ternura, le puso la mano en el pecho. Su respiración se volvió más dificultosa y ella procuró aliviarlo diciéndole «calma, Lluís, estoy aquí, estás en casa, por fin has vuelto». María llevaba toda una guerra atendiendo a los heridos de las bombas, a los que mandaban de la línea del frente; había visto llegar a hombres, mujeres, niños con toda clase de heridas y contusiones, un verdadero ejército de víctimas que sobrevivían o sucumbían tras unos días en el hospital. La enfermera se creía capacitada para cualquier cosa terrible que pudiera acontecer, pero no lo estaba del todo para ver sufrir de ese modo a su Lluís. El doctor Riera la llamó a un lado. Leyó el informe escrito desde el frente al hacerle las primeras curas y que habían puesto junto a las ropas del herido.

—Todavía se siente confuso —le advirtió—. No han podido trasladarlo en ambulancia, así que lleva horas viajando en camión. Los baches y las horas de trayecto deben de haber sido terroríficos.

María observó el informe médico. Marcel le explicó:

—Tenemos un traumatismo craneal, traumatismo torácico, fractura abierta en tibia y peroné derechos, y una herida en el antebrazo derecho con sección musculotendinosa.

—La miró con atención, calculando si estaba lo bastante entera como para ocuparse de él. Marcel Riera conocía a la perfección los sentimientos de aquella enfermera respecto del soldado recién llegado, ya que Aurora se lo había dicho muchas veces. Le indicó—: Hay que actuar enseguida.

Se armó de valor. Sentía el cuerpo temblar de miedo por lo que pudiera pasar, pero ante todo quería ser ella quien se ocupase de Lluís.

—Cuente conmigo, doctor.

Trueta no iba a volver hasta el día siguiente, así que Marcel se hizo cargo del nuevo ingresado: le retiró la férula de la pierna y apreció de inmediato una herida curvilínea de unos veinticinco centímetros que ocupaba una extensión que iba desde el tobillo hasta la articulación de la rodilla. Tenía los bordes macerados y saltaba a la vista la presencia de fragmentos de metralla, así como de pequeñas partículas del mismo hueso roto. Ordenó hacer de inmediato unas radiografías que le confirmaron la gravedad de la fractura en la pierna, así como el radio derecho, también fracturado, y dos costillas rotas, la ocho y la nueve.

—Haga preparar una de las salas operatorias enseguida —le ordenó Marcel a una María que no se separaba de su lado.

Hicieron una amplia limpieza de las heridas con agua y jabón, extrajeron los fragmentos incrustados; el doctor Riera, asistido por su ayudante y por la misma María, procedió a eliminar con minuciosidad los tejidos desvitalizados, tal como hacía el propio Trueta, y, con la esperanza de haberlo dejado todo limpio, cubrió con gasa vaselinada la zona afectada, colocando encima el vendaje de yeso. La pierna quedó alineada, y en cuanto a la mano, los tendones quedaron suturados con la esperanza de que pudiera recuperar así la plena movilidad.

A Lluís lo instalaron en la primera de una larga hilera de camas en una sala en que cada cuerpo presentaba vendajes de todo tipo: algunos en la cabeza, otros en una o ambas extremidades, la mayoría casi cubiertos de blanco. María lo veló un buen rato hasta que al fin despertó. Al abrir los ojos, lo primero que vio fue a la enfermera:

—María... —murmuró.

Ella lo hizo callar:

—No debes hacer esfuerzos. Necesitas descansar. Todo ha ido bien, Lluís. Vamos a curarte.

Él sonrió débilmente, otra vez como el niño que fue, y le preguntó:

—¿Y la mano?

—Tu mano se curará. Tenías los tendones rotos, pero el doctor te los ha cosido de nuevo —le contestó. Su mirada se desvió hasta la pierna derecha y Lluís preguntó con cierto temblor de voz:

—Mi pierna... ¿Todavía está ahí?

María asintió. Él dijo:

—Me advirtieron que tal vez tendrían que amputármela. No lo harán, ¿verdad?

La enfermera negó con un movimiento de cabeza, aunque no pudo evitar que una lágrima le resbalase por la mejilla:

—Debemos esperar, Lluís.

En cuanto acabó la última ronda del día, después de asistir al doctor y atender a otros pacientes, María dejó atrás la cena, el descanso merecido en la parte del pabellón donde sus compañeras y ella dormían, para ir a instalarse en una silla junto a la cama de Lluís. Él dormía, rendido después de tanto sufrimiento, de tanto dolor, y ella se dedicó a observar cada suspiro, cada leve movimiento de cabeza, cerrando los ojos solo cuando, al amanecer, sus párpados dijeron basta.

Un rayo de luz que entraba por la ventana parecía jugar a capricho sobre su frente cuando, al cabo de poco rato, se despertó. Le crujían los huesos de dormir en la silla, aunque enseguida experimentó un soplo de alegría al recordar la presencia de Lluís. Se incorporó un poco para verlo bien y se encontró con que ya no dormía, sino que estaba observándola. Sonreía. María extendió la mano hasta depositarla sobre su izquierda, la buena, y le preguntó:

—¿Qué te ocurrió?

Él le relató el infierno del campo de batalla: las trincheras, el enemigo avanzando posiciones, el escondite en las cuevas de la sierra, las explosiones constantes.

—Una granada cayó cerca de mi batallón. Casi todos murieron —dijo con mirada oscura—. Yo salí disparado contra una roca y me golpeé. Pensé que estaba muerto, no sentía nada. Y aquel terrible y repentino silencio, Mía… un puñado de cuerpos sin moverse a mi alrededor. Después debí de desmayarme, porque no recuerdo nada más. La siguiente imagen que tengo es la de un hombre con un maletín que removía mi cuerpo. Sentí un dolor terrible en la pierna, la tenía girada por completo, Mía, él me la puso en su sitio. Entonces perdí el mundo de vista otra vez. Luego vino lo del camión que tenía que llevarme a Barcelona, los baches, el tormento de la pierna… la mano.

La mano del escultor empezó a mejorar, pero no ocurrió lo mismo con la pierna derecha, pues a las veinticuatro horas hubo complicaciones: la fiebre no remitía, sino que más bien empezó a aumentar, y el dolor en la extremidad seguía siendo muy fuerte. Por la tarde, Marcel volvió a operarlo, le limpió otra vez la herida, comprobó la presencia de cualquier cuerpo extraño que hubiese podido quedar. Decidió eliminar más extensamente la zona donde podían quedar tejidos muertos, consciente, esto sí, de las secuelas que aquella acción podía comportar en la movilidad final del paciente. Quizá la pierna perdería fuerza, quizá presentaría ciertos problemas de control en la extremidad... pero había que arriesgarlo todo para evitar un mal mayor. Esta segunda vez, decidió inmovilizar por completo la fractura por medio de un gran vendaje de yeso con la ayuda de unas agujas de transfixión en la zona sana del hueso; quizá debería haberlo hecho desde un principio, se dijo. Justo al terminar la intervención llegó Josep Trueta. Marcel lo puso al corriente.

—No pude esperar a tu regreso —le dijo.

—Has hecho bien —le respondió él.

Ahora solo cabía esperar. Las veinticuatro horas siguientes serían de vital importancia y determinarían el futuro de aquella extremidad. María volvió a velarlo la noche entera, en un estado de permanente vigilia en el que vislumbraba, en medio de pesadillas, a un Lluís mutilado. Él no iba a resistirlo, era demasiado orgulloso. ¿Y ella? ¿Cómo se lo tomaría ella? ¿Podría quererlo sin ningún atisbo de compasión? Lluís no aguantaría de ningún modo vivir sin una parte de su cuerpo.

Al despertarse a la mañana siguiente, Lluís presentaba un ligero síntoma de mejoría. La fiebre había bajado y la marca del sangrado en la herida, a media mañana, dejó de crecer en el enyesado. Todo esto eran buenas noticias, aunque había que ser prudente y esperar unos días más antes de hacerse ilusiones. Aun así, la enfermera empezó a sentir la firme esperanza de que tal vez Lluís volviera a ser el mismo de antes.

El escultor empezó a comer: primero una dieta líquida; con el paso de los días, algo de sólido. Poco a poco recuperaba las fuerzas y, a la vez, el dolor se iba reduciendo. Dedicaba todas las horas del día a contemplar cuanto sucedía a su alrededor. Conoció al vecino de la cama de al lado, a quien habían evacuado del frente hacía poco, y a un muchacho de la otra hilera que, como él, había vivido el infierno en las tierras del Ebro. Entre esos hombres convalecientes había un pacto de silencio sobre los hechos recientes, ya que nadie tenía todavía estómago para digerirlo. Por las noches se oían gritos y desvaríos de alguno de los compañeros a quien las pesadillas le jugaban la mala pasada de devolverlo a lo vivido: vientres destripados, cuerpos inertes, explosiones que esparcían trozos de carne y huesos por todas partes; todo esto aparecía en medio de la oscuridad y del sueño, otra vez tan reales.

Lluís se aburría tanto que contaba los minutos hasta que María aparecía en su sala de enfermos. Le habría gustado tenerla siempre para él, pero se daba perfecta cuenta de lo indispensable que era para el resto de los enfermos. «Señorita, ¿puede acercarse?» «Señorita, ¿me puede ayudar?» «Señorita, ¿podría mirarme otra vez el vendaje?» Los hombres que ocupaban las camas de la sala donde Lluís se encontraba la solicitaban a cada instante, y él percibía cómo algunos, a pesar de su lamentable aspecto, se fijaban en las curvas de la enfermera por debajo de su delantal. María no era una de esas vistosas jovencitas, ni siquiera una belleza madura de esas que te hacen volverte varias veces, pero poseía un aura especial, una dulzura, un cuerpo de mujer hecha y derecha al que muchos se habrían arrimado con placer. Lluís se figuraba la cantidad de veces, a lo largo de esa guerra, que María debía de haber recibido declaraciones de amor de algunos soldados. Habría querido preguntarle, pero no se atrevía. Por primera vez en su vida sentía una punzada de celos al ver el deseo de otros hombres en la figura de su María. ¿Qué significaba este sentimiento? Era tan perturbador que le costó días admitírselo a sí mismo. Tantas mujeres como habían pasado por sus brazos y ahora se daba cuenta de que ninguna se le parecía ni de lejos. María era una mujer fuerte y, al mismo tiempo, era todo ternura. Por las noches, cuando terminaba su jornada y no tenía que hacer guardia, Lluís le pedía que se quedase un rato a su lado. La mera compañía lo gratificaba más que nunca.

—Es estupendo todo lo que haces por estos heridos, Mía —le decía—. Eres una mujer increíble.

A medida que las heridas de Lluís cicatrizaban correctamente y que las esperanzas de volver a recuperar el cuerpo entero eran cada vez más sólidas, las noticias que llegaban del frente eran cada vez más descorazonadoras. Miles de soldados habían muerto en los últimos meses, y el frente había ido retrocediendo y perdiendo el territorio ganado inicialmente en la gran ofensiva del Ebro. No solo perdieron sus posiciones, no solo agotaron casi toda su artillería, además de las vidas y la moral, sino que ahora ya solo esperaban la orden de retirada: las tropas de Franco eran sin duda más numerosas y estaban mucho mejor armadas. «El ejército de los olvidados», llamaba Lluís a aquel en el que había luchado. Primero, ese tiempo de euforia con las milicias, del «todo es posible si la causa lo vale»; luego, las trifulcas internas, la lucha entre los republicanos, los intereses de los rusos en medio de una guerra a través de la cual querían comprar adeptos a Stalin. En la reconversión de la milicia al Ejército Popular habían quedado atrás muchos de sus compañeros, como los chicos del Café Español, a los que, al pertenecer al POUM, los estalinistas acabaron ejecutando. En el Ebro, la esperanza inicial acabó dándose por perdida. «Los nacionales ganarán pronto esta guerra —le aseguraba Lluís en voz baja a María—. ¿Y qué será de nosotros?»

Si noviembre llegó acompañado de la pérdida definitiva de la batalla del Ebro, esa que debía darle un giro al curso de la guerra y decantar la balanza a favor de los republicanos, en diciembre Franco decidió invadir toda Cataluña. Las tropas iban retrocediendo en lo que ya se conocía como la gran retirada, mientras que cada uno, en Barcelona, calculaba sus posibilidades.

Darius Rovira mandó a su esposa que preparara los baúles en una fría mañana de comienzos de año.

—Debemos tenerlo todo a punto para nuestra vuelta a casa, Eulalia —le anunció de tan buen humor como hacía tiempo nadie lo había visto en la masía.

Explicó que, según las informaciones que acababa de recibir, bastante fiables, solo era cuestión de días que los nacionales pusieran los pies en Barcelona y que, por consiguiente, la ciudad volviera a ser un lugar seguro.

Su esposa se pasó el día dando órdenes aquí y allá, con la energía renovada de los viejos tiempos. Había adelgazado considerablemente y quizá por la inminente victoria, quizá por su fuerte deseo de volver a ver a sus hijos, la señora Eulalia sentía de nuevo su cuerpo ligero, como antes. Mariona y la campesina que les echaba una mano en las tareas domésticas siguieron con obediencia sus instrucciones y pronto lo tuvieron todo empaquetado. Hicieron limpiar el coche, lo pusieron en marcha varias veces para asegurarse de que seguía funcionando bien y esperaron.

En el hospital empezaron a organizar la evacuación de los heridos: había que sacar de allí a los soldados convalecientes que pudieran sufrir represalias ante la inminente entrada de los nacionales a la ciudad. Fue la dirección general de Sanidad de Guerra la que le encomendó al doctor Trueta la misión de organizar con urgencia un centro hospitalario a pocos kilómetros de la frontera con Francia.

—Una vez allí, debemos dividir a los pacientes en dos grupos —le explicó Trueta a Marcel en una de las últimas noches en que ambos amigos estarían juntos—: Los de rápida recuperación y los de recuperación a largo plazo. Los primeros se derivarán a Figueres, mientras que los segundos tendremos que trasladarlos a Francia, donde deberán hospitalizarlos.

A Marcel se le veía muy pensativo. Le preguntó a su amigo:

—¿Estás seguro de tu decisión de marcharte del país?

—Marcel, no hay otra opción —le contestó Trueta con gesto cansado, pese a que trataba de no parecerlo—. Sabes que llevo casi tres años sin ver a mis hijas mayores. Amelia se encuentra en Francia, con ellas, y yo no deseo quedarme aquí a ver cómo aplastan a nuestro pueblo. No, amigo mío, no me siento capaz de seguir viviendo aquí si esto se convierte en un país sin libertades.

Marcel contempló unos instantes a Trueta. Aquel que en otros tiempos había lucido un cuerpo atlético, robusto, ahora era un hombre delgado hasta el extremo. Por lo menos debía de haber perdido unos veinte kilos, además de toda esperanza de un buen futuro para su país. Amelia, sus hijas… Su buen amigo tenía por delante una vida en Francia. ¿Cómo no había de estar seguro? Pero Marcel llevaba muchas noches de insomnio preguntándose cuál era su mejor opción. Por un lado, se sentía tan falto de esperanza como su amigo, con lo que la tentación de recoger los bártulos y marcharse era muy fuerte: Aurora, el pequeño Robert y él iniciando una nueva vida en Francia. Sin embargo, su querida Aurora no lo tenía tan claro. Empezó un día por mencionar a sus padres: primero dijo que no quería dejar atrás a su madre; luego empezó de nuevo a hablar de su padre. Había hecho falta una guerra para que Aurora superase la terrible decepción que este le causó, pero el hecho es que se sentía triste, añorante, deseosa de recuperar aunque fuera una pizca de esa vida de antes en la que todos eran felices y se tenían los unos a los otros. Aurora ya no tenía corazón para odiar, y menos aún para abandonar al hombre al que desde pequeña había adorado. Quizá nunca más volvería a verlo con los mismos ojos, tal vez tendrían que reinventar esa relación padre e hija, pero ella estaba dispuesta a hacerlo y Marcel no se lo podía negar.

—Así pues —le decía Trueta a un Marcel abstraído—, tenemos que actuar deprisa. Lo mejor es que la enfermera María prepare la lista de los pacientes para evacuar hoy mismo. También habrá que preparar el material necesario para el traslado.

—Josep —lo interrumpió entonces Marcel—. Yo no voy a viajar con vosotros.

—¿Cómo? ¿Por qué? —le preguntó el doctor a su amigo.

Marcel cogió aire para afrontar aquello que, de hecho, ya sabía desde unos días atrás, tantos como noches en vilo. Le anunció:

—Nosotros nos quedaremos en Barcelona. Aurora, el niño y yo.

Trueta lo contempló unos instantes sin decir nada. Luego le preguntó:

—Habéis estado hablándolo, supongo. ¿Te lo ha pedido Aurora?

Él lo negó:

—Aurora no me lo ha pedido, pero yo sé que necesita reconciliarse con su padre. Él está a punto de regresar. Debemos permanecer aquí.

Trueta le puso una mano en el hombro y se lo oprimió un poco. No sabía qué decirle. El silencio pesaba sobre los corazones de esos dos hombres que tantas cosas habían vivido juntos.

—Así pues, no hace falta que insista, ¿cierto?

—No, amigo mío. Mi decisión es firme.

—Amelia se llevará un disgusto.

Marcel soltó un suspiro bajo el cual se escondía emoción, tristeza, impotencia y resignación.

Se fundieron en un largo y sentido abrazo, sabiéndose cercanos a la despedida final, pero enseguida se recompusieron porque su cometido en las horas siguientes pedía toda su atención y dedicación.

—Nos iremos muy pronto —le aseguró María a Lluís.

—¿Estás segura? Tú vienes conmigo, ¿verdad? No quiero perderte ni un momento de vista, ¿me oyes? —le pedía Lluís.

Desde que la enfermera le comunicó la noticia de su evacuación en un tren sanitario hasta un lugar en el norte, cercano a la frontera, Lluís no dejaba de insistir en que no debían separarse.

—Suceden cosas, ¿sabes? La gente se pierde en medio del caos —le advertía él—. No podría seguir sin ti.

Fue al día siguiente de la noticia de su traslado inminente al norte cuando, por la noche, Lluís se levantó de la cama para ir en busca de María. Ella estaba haciendo su guardia y él sabía dónde encontrarla. Era muy probable que estuviera en el despacho, revisando y ordenando ese montón de papeles que durante el día no podía atender.

—¿Qué haces aquí? —dijo ella al levantar la vista y verlo ahí plantado, en la puerta del despacho médico.

Lluís se encogió de hombros y le lanzó una mirada inocente.

—No deberías estar rondando a estas horas —lo riñó ella—. Debes tener cuidado con la pierna, Lluís.

Apenas hacía unos días que el escultor había empezado a levantarse solo de la cama, sin la ayuda de nadie. El doctor le había quitado el yeso del brazo y aquello le proporcionaba mayor libertad de movimientos. Cada día practicaba un poco: a ratos sueltos, se ponía de pie, se agarraba bien a las muletas con ambos brazos y apoyaba todo el peso en ellas, consciente de cómo las fuerzas regresaban a su cuerpo poco a poco; paseaba a lo largo de la sala de enfermería, sin permiso, eso sí, para poner el pie en el suelo, pues tenía que ser prudente y seguir las órdenes del doctor de forma escrupulosa.

—Es que no podía dormir —le dijo Lluís—. Y, además, quería verte.

Con cierta dificultad avanzó hacia ella y se dejó caer en una silla próxima. Dejó las muletas a un lado y entonces le pidió:

—¿Qué hacías?

—Ordeno las fichas de los pacientes.

—¿También salgo yo ahí?

—También —respondió ella con el ceño fruncido.

—¿Qué es lo que te preocupa, Mía? —le preguntó Lluís, capaz de captar el más mínimo asomo de preocupación en el rostro de la enfermera.

Ella suspiró:

—Pensaba…

—¿Qué? —Lluís le cogió la mano que tenía libre y acercó el dorso a su mejilla. Cerró los ojos mientras parecía hablar consigo mismo:

—Mía… Mía… Mía…

Ella contuvo la respiración esperando que dijera algo más. Observaba de cerca ese rostro conocido, amado, tantas veces deseado. Sentía su áspera piel, masculina; percibía ese olor que habría distinguido entre un millón. Esa nueva manera que Lluís tenía de mirarla… ¿Sería posible… todavía? María oprimió los labios. No quería hacerse ilusiones.

Lluís abrió entonces los ojos y la miró fijamente. Le sonrió.

—Te haré caso —resolvió—. Procuraré dormir un poco. Nos espera un largo viaje.

La enfermera oyó sus pasos lentos y torpes alejarse por el pasillo hasta que le sobrevino de nuevo el silencio. Volvió a quedarse sola en el despacho que, para ella, tenía los días contados. Con gran esfuerzo, volvió a las fichas que la ocupaban antes de que apareciera Lluís. Llevaba días pensando en ellas, sabía que tenía que hacer algo, aunque todavía no había dado con la solución: esas fichas médicas que repasaba, ordenaba y archivaba mientras todos dormían hablaban de Lluís y de los otros soldados republicanos que habían pasado, en algún momento de la guerra, por el hospital; eran, por consiguiente, la prueba más fidedigna de su adhesión al ejército de la República, y María sabía que, en pocos días, podían caer en las peores manos.

A la mañana siguiente decidió hablar de ello con Marcel, consciente de que solo con su complicidad podría resolver aquello. Y la respuesta no se hizo esperar:

—Tiene toda la razón, María —le dijo él, muy pensativo—. Hay que esconder estas fichas de inmediato.

—O tal vez destruirlas… —aventuró ella. La sola imagen de los soldados nacionales revolviéndolo todo en el hospital en apenas unos días le provocaba una gran inseguridad sobre cualquier opción de escondrijo que se les ocurriera.

Sin embargo, Marcel lo veía de modo distinto:

—Piense, María, que quizá algún día estas fichas puedan prestar un buen servicio a sus implicados. Todos estos heridos que nos ha traído el frente durante todo este tiempo han luchado por una causa bien noble y tal vez algún día se les pueda dar un reconocimiento. Pese a que ahora serán, con toda seguridad, los grandes perdedores, ¿quién sabe, con precisión, qué sucederá más adelante? ¿Hasta cuándo durará la victoria de los nacionales?

María estuvo de acuerdo, aunque seguía sin encontrar un buen escondite. Podían registrar cualquier armario, cualquier rincón de ese pabellón donde se hallaban, y las fichas requerían un espacio considerable debido al volumen que ocupaban. Además, había que actuar rápido, involucrando al menor número posible de gente para no correr el riesgo de ser delatados. Aunque parecía un imposible, juntos terminaron por encontrar la solución: la noche anterior a la evacuación de los últimos heridos, con los que María y Lluís se marcharían, un albañil de confianza se la pasó trabajando en el ala izquierda del pabellón. Bajo el amparo de la oscuridad y en medio del revuelo general propio de los últimos preparativos antes del traslado, las dos puertas que formaban un pequeño recibidor quedaron tapiadas a medida que las horas avanzaban, formando el lugar secreto donde quedarían depositadas las fichas de los soldados y civiles republicanos. Si, a lo largo de esa noche, alguien se percató de lo que el médico y la enfermera transportaban hasta allí, nadie dijo nada. Al amanecer, el escondite había quedado listo y las fichas que apuntaban directamente a tantos y tantos republicanos quedaron selladas en su interior. Tal vez al cabo de los años, pensó María, cuando todo volviese a su sitio, ella misma podría recuperarlas y sentirse orgullosa de haber contribuido a preservar, a pesar de todo, la historia de su querido hospital.

El día en que las tropas de Franco entraron en la ciudad

El día en que las tropas de Franco entraron en la ciudad había lucido un sol radiante. Era finales de enero y, pese a la cegadora luz de la mañana, hacia la tarde se levantó un frío terrible. Un largo invierno entraba en el país; muchos ya se habían ido.

Marcel y Aurora se encontraban en casa de los padres Rovira, recién regresados a Barcelona, cuando los nacionales empezaron a desfilar por las calles de la ciudad. El doctor Rovira y su esposa salieron al balcón para ver a la gente dirigirse a recibir a los soldados, mientras que la hija y el yerno se mantenían en la discreta penumbra del interior. No lo celebraron, no compartieron de ningún modo la alegría de la madre al darse cuenta de que la guerra, al fin, había terminado para ellos. Marcel y Aurora contemplaban el juego inocente de su pequeño empezando a echar de menos a sus amigos exiliados. Quedaban atrás unos años de sirenas, de cadáveres, de injusticias constantes y de mucha miseria. Quizá la miseria desaparecería ahora de la vida cotidiana, o tal vez no. Habría que ver qué es lo que habían pensado los vencedores para un país por completo devastado y hambriento desde hacía años.

En la penumbra, próxima a ellos, Mariona, la esposa de Llorenç, había quedado viuda a ojos de todo el mundo. Solo una carta que ella guardaba daba fe de que su marido seguía con vida: se marchaba a Francia junto a su amante. Nadie lo sabría aparte de los que ese día se encontraban en el piso del señor doctor. Un secreto de familia como tantos otros, un pecado oculto bajo las nobles alfombras. Había cosas que, por su naturaleza, jamás debían salir a la luz.

El doctor miró a su hija desde el balcón y, a continuación, a su nieto. Era viejo, se sentía cansado, pero la mera visión de los dos únicos seres en los que se reconocía en el mundo llenaba sus días de futuro. Lo había sabido, lo había esperado: Aurora, al final, lo había perdonado.

El día en que las tropas de Franco llegaron a la ciudad, María y Lluís ya se encontraban muy lejos de allí. A escasos metros de la frontera, los esperaba una vida en la que pensaban comenzar de nuevo. La mano del escultor ya respondía a los estímulos y, con la otra, cogía lápiz y papel. Dibujaba con torpeza con la izquierda, pero de manera frenética. Deseaba captar todo lo que sus ojos veían alrededor: el ejército de los olvidados, algunos de uniforme, la mayoría sin él. Un verdadero río de hombres, mujeres y niños como ellos habían dejado atrás una guerra y una causa para afrontar su nuevo destino, uno que jamás habrían imaginado tres años atrás, cuando el sol se alzaba a diario por el lejano horizonte en un cielo por completo limpio de bombas y de malos presagios, cuando las madres no veían morir a sus muchachos en el frente, cuando no tenían que correr detrás de los carros para poner algo en la boca de los de casa, cuando el futuro no se presentaba como un oscuro nubarrón debajo del cual no alcanzaban a ver si hallarían refugio.

Lluís tomó a María de la mano antes de cruzar hacia Francia. Le preguntó:

—¿Crees que mi madre nos ve desde ahí arriba?

Y María le respondió muy segura:

—Tu madre y la mía. Están juntas, en el cielo. Tal vez son amigas, tal vez ahora sonríen al vernos juntos.

Lluís miró hacia atrás por última vez. Murmuró:

—Adiós, Cataluña, hasta pronto.

Y besó a María.

Agradecimientos

Al plantearme el reto de escribir una novela en torno a la construcción del Hospital de la Santa Creu i Sant Pau ya sabía dónde me estaba metiendo: no solo se trataba de levantar los muros modernistas del nuevo hospital para los pobres de la ciudad, no solo consistía en relatar la vida de toda una serie de personajes reales y ficticios cuyas vidas transcurrían en ese determinado momento de la historia. Se trataba, de hecho, de emprender un viaje al centro mismo de una época, de una ciudad, de un país y su gente que, a caballo entre dos siglos, decidieron que todo lo que se propusieran podía hacerse realidad.

Y en el viaje he encontrado a unos cómplices excelentes, empezando por Pilar Salmerón, la archivera que desde el año 1977 ha velado por uno de los archivos más importantes del país, el Archivo Histórico del Hospital de la Santa Creu i Sant Pau. Gracias a Pilar y a su compañero Miquel Terreu, mi investigación histórica y documental fue más precisa y llevadera, hecho imprescindible dada la gran cantidad de documentación que gestionan estos dos grandes profesionales. En el Archivo he encontrado, sin haberlo esperado, a dos buenos amigos. También en el Recinto Modernista de Sant Pau, en la actualidad abierto al público y una de las mejores visitas histórico-artísticas de Barcelona, he encontrado el apoyo y la complicidad de Mercè Beltran, jefa de su programa cultural y de comunicación.

La necesidad de recrear la época con exactitud me ha llevado a la ya familiar peregrinación por toda clase de archivos históricos de la ciudad y más allá. En esta aventura me gustaría mencionar especialmente a Sara Fajula, del Archivo Histórico del Col·legi de Metges de Barcelona, y también a Alfons Zarzoso, conservador del Museu d'Història de la Medicina de Catalunya.

Y, como no podía ser de otro modo, tras *El hospital de los pobres* hay toda una serie de médicos especialistas que han dado luz a mis dudas acerca del oficio y la ciencia. A todos ellos quiero agradecerles el tiempo dedicado y la paciencia, sobre todo al traumatólogo Joan Itarte, médico de Sant Pau de toda la vida; al cardiólogo Berthy Rivero y al ginecólogo y obstetra Jordi Masides.

También a un artista, el escultor Enric Devenat, que me ayudó a comprender su oficio desde dentro con el fin de construir uno de los personajes principales de este libro.

Historiadores, archiveros, médicos, artistas… cómplices todos ellos de *El hospital de los pobres*, como también lo son mis queridas agentes Carlota Torrents y Natàlia Berenguer, mis editoras en catalán Ester Pujol y Pema Maymó, además de Berta Bruna, con quien empecé este proyecto, y mis editoras en castellano, Maite Cuadros y Mathilde Sommeregger.

A todos ellos y, por descontado, a mis fieles lectores y a mi familia completa, va dedicado este libro y todo mi reconocimiento.

La Barcelona
de *El Hospital de los Pobres*

Vista exterior del pabellón de administración
del Hospital de la Santa Creu i Sant Pau
(Foto: Archivo Histórico Hospital de la Santa Creu i Sant Pau)

Son muchas las visitas que he realizado al antiguo Hospital de la Santa Creu i Sant Pau, hoy convertido en flamante Recinto Modernista, cuyas puertas están abiertas a visitantes y curiosos de todos los rincones del mundo. Allí donde en otros tiempos había enfermos, médicos, enfermeras, hermanos y hermanas de la Caridad y un amplio abanico de seres humanos dedicados en cuerpo y alma al hospital de los pobres de la ciudad, ahora encontramos a turistas, ciudadanos curiosos, apasionados del arte y de la historia que contemplan maravillados los pabellones ricamente ornamentados y se sorprenden —como lo hicieron los habitantes el día de su inauguración—, al pensar que semejante belleza estaba destinada a dar cobijo y asistencia hospitalaria a los más humildes de la ciudad.

Sala de enfermería del antiguo Hospital de la Santa Creu, finales del siglo XIX (Foto: Archivo Histórico Hospital de la Santa Creu i Sant Pau)

El Hospital de la Santa Creu i Sant Pau es una obra titánica que llevaron a cabo nuestros bisabuelos justo cuando iban a inaugurar el siglo XX. Hablamos de una generación que pretendía dejar atrás los tiempos antiguos, la Barcelona de las epidemias, de las condiciones insalubres y la falta de higiene, las limitaciones con las que hasta entonces se había topado una ciencia y una medicina que a partir de entonces no harían más que progresar; una generación que se sentía preparada y llamada a estrenar el nuevo siglo de la modernidad. Este hospital nace con dicho espíritu, aspira desde el primer instante a romper moldes, afrontar esa hoja en blanco, esa nueva tierra de oportunidades que significaba entrar en el mundo moderno.

Pero viajemos al principio de todo esto e imaginemos la época que lo precedió.

El Hospital de la Santa Creu nació en 1401, fruto de la unión de seis pequeños hospitales que existían en la Barcelona medieval. Se ubicó en el corazón mismo de la antigua ciudad, en un edificio gótico que hoy en día corresponde a la Biblioteca de Catalunya. El Hospital de la Santa Creu —así se llamaba entonces— debía acoger a los pobres enfermos y enfermas, además de a los huérfanos, a los enfermos mentales y a los leprosos de la ciudad y sus alrededores. La institución estaba gestionada por la MIA (Muy Ilustre Administración), formada por dos canónigos del Capítulo Catedralicio y dos seglares del Consejo de Ciento. Así funcionó a lo largo de los siglos, añadiendo a sus instalaciones la Casa de Convalecencia —destinada a la recuperación final de los enfermos y enfermas—, y el Real Colegio de Cirugía —sede de la Facultad de Medicina entre 1873 y 1907, y posteriormente de la Academia de Medicina de Barcelona.

Pero a finales del siglo XIX, cuando el hospital contaba con cinco siglos de existencia, la ciudad había cambiado por completo: su población no había hecho más que multiplicarse, agravando las condiciones de vida, de trabajo y de higiene de sus habitantes más pobres, y dando lugar a la constante propagación de epidemias como el cólera, la fiebre amarilla, el tifus, etc. Es cierto que las antiguas murallas se habían derribado ya hacía unos años, que la ciudad se iba expandiendo poco a poco por medio de la implementación del plan urbanístico ideado por Ildefons Cerdà, pero el Hospital de la Santa Creu no podía crecer más allá de sus muros y las hileras de camas se acumulaban en cada sala de enfermería sin dar abasto a toda la población. Los médicos hacían turnos en las dos pequeñas y escasas salas de operaciones, y los hermanos y hermanas de la Caridad se multiplicaban en sus tareas diarias sin conseguir llegar a todo. Los señores de la Muy Ilustre Administración se dieron perfecta cuenta de la situación, aunque poco podían hacer porque el día a día consumía todos sus recursos. Qué lejos quedaba su sueño de construir un nuevo hospital, de poder contar con un espacio mayor, más ventilado, mejor preparado para una medicina que avanzaba sin cesar. Tan cerca que se encontraban ya del siglo XX y tan poco que podían hacer.

Hasta que sucede un hecho extraordinario que, si no inmediatamente, con el tiempo lo cambiará todo: en 1896 fallece Pau Gil, un banquero de origen catalán afincado en París. Al no tener descendencia directa, lega la mayor parte de su fortuna a la construcción de un nuevo hospital para su ciudad natal, Barcelona; un hospital que él imaginó a la manera de los grandes de Europa, tal vez un poco alejado de la ciudad, siguiendo las corrientes higienistas tan en boga en la época. Es así como la MIA y el mismísimo doctor Robert, quien fue alcalde de Barcelona además de un eminente médico muy vinculado a la Santa Creu, ven en ello la oportunidad de salvar su viejo y querido hospital. Habrá que superar muchos obstáculos, discutir y negociar durante años con los albaceas del testamentario con el fin de unir esfuerzos y convertir el sueño del banquero en una realidad para la Santa Creu. Pero finalmente se logrará, dando lugar ya en el siglo XX al futuro Hospital de la Santa Creu i Sant Pau.

El arquitecto modernista
y su proyecto

Lluís Domènech i Montaner
(Foto: Archivo Histórico Hospital de la Santa Creu i Sant Pau)

A los pies de la montaña donde se construiría el futuro hospital, es fácil imaginar a don Lluís Domènech i Montaner contemplando los campos a su alrededor, ahora convertidos en calles, edificios, parte de la ciudad actual. Debió de pasearse a menudo por esos terrenos antes de empezar a dibujar, planificar, maquetar y dar forma material al conjunto modernista más grande de todos los tiempos, convertido desde 1991 en Patrimonio de la Humanidad por la UNESCO.

Se sabe que Lluís Domènech i Montaner, brillante arquitecto modernista, personaje de gran prestigio social y político entre la burguesía catalana de aquel entonces, mantuvo conversaciones con su buen amigo Bartomeu Robert acerca de las necesidades del futuro hospital de la ciudad. Asimismo, viajó por toda Europa, conoció de primera mano las nuevas tendencias en construcción hospitalaria y, a raíz de todo lo aprendido, en 1901 dio forma al proyecto del nuevo hospital. Descartó el sistema de construcción más clásico, basado en un solo edificio que albergase todos los servicios, y se decidió por el nuevo sistema de pabellones independientes, unas edificaciones de poca altura —a escala humana, se podría decir—, distribuidas ordenadamente en un recinto equivalente a ocho islas del Eixample barcelonés, con sus propias avenidas y jardines. Una especie de ciudad hospitalaria con pabellones destinados a cada patología y separados por sexos —los del este, para los hombres; los del oeste, destinados a las mujeres—, con los pabellones dedicados a las enfermedades contagiosas situados en la parte más elevada de la montaña. Todos los pabellones, incluidos los de servicios generales, quedarían comunicados entre sí y con el pabellón quirúrgico mediante un sistema de túneles, como arterias que van a parar al corazón.

Lluís Domènech i Montaner creía firmemente que, además del tratamiento prescrito por el médico, en la curación del enfermo intervenían otros factores, tales como la belleza, el aire fresco, la luz, el color, la naturaleza, que podían influir favorablemente en la evolución del enfermo. De modo que diseñó unos pabellones profusamente ornamentados, donde la luz entraba a raudales a través de las amplias ventanas y donde la cerámica, el cristal, la pintura y los mosaicos ofrecían una paleta cromática muy meditada. Todo estaba estudiado en esos pabellones rodeados de jardines por donde médicos, hermanos y hermanas, enfermos y enfermas y personal de todo tipo se pasearon durante generaciones.

El proyecto. Reproducción realizada por el Archivo Histórico del Hospital (la parte en gris más oscuro corresponde a los pabellones construidos en vida de Lluís Domènech i Montaner)

A pesar de que no llegaron a construirse los cuarenta y ocho pabellones ideados por el arquitecto modernista, sí llegaron a inaugurarse con todos los honores los veintisiete terminados en 1930, algunos realizados bajo la batuta del mismo Don Lluís en la primera fase de construcción, que iría de 1905 a 1912, y el resto bajo la dirección de su hijo Pere Domènech i Roura, que lo sustituyó tras su fallecimiento. Fueron muchos los artistas de todas las disciplinas que dejaron su huella en el Hospital de la Santa Creu i Sant Pau, un sueño para el moderno siglo XX que sus artífices convirtieron en realidad.

Pequeños tesoros encontrados durante mi investigación

Extracto de las actas del Hospital
(Archivo Histórico del Hospital de la Santa Creu i Sant Pau)

Las actas del hospital se guardan bajo llave en el Archivo Histórico del Hospital de la Santa Creu i Sant Pau, y en ellas queda expresado el día a día de la institución a lo largo de todos los siglos de su existencia. Fue para mí una fuente constante de luz y de inspiración, un lugar donde encontré aspectos tan cotidianos como, por ejemplo, las primeras pruebas de luz eléctrica que se efectuaron en 1906 en el hospital y que dieron bastantes problemas, lo que ocasionó el retraso en el cambio de gas a electricidad; la petición constante de aumentar el número de camas, puesto que en ese mismo año debían negar la asistencia a unas quince o veinte personas diarias por falta de espacio; anécdotas divertidas, como la reprimenda a unos alumnos internos de la Santa Creu por insultar desde la puerta de la calle del Carme a unos viandantes; o, ya en 1916, el momento en que los señores administradores acuerdan trasladar a las primeras enfermas al pabellón del Sagrado Corazón del nuevo hospital, todavía en construcción. En dichas actas queda constancia de la enorme y continua implicación de los médicos numerarios de la Santa Creu, que además de no cobrar por sus servicios –algo habitual en los hospitales de beneficencia, donde los doctores eminentes hacían la práctica ganándose su buena reputación–, en numerosas ocasiones se hacen cargo personalmente de adquirir los muebles u otros enseres para los nuevos pabellones modernistas.

Las fichas médicas escondidas de los republicanos
(Archivo Histórico del Hospital de la Santa Creu i Sant Pau)

En 1939, cuando las tropas franquistas estaban a punto de ocupar Barcelona, el miedo a las represalias se extendió por la población, también en el hospital de la Santa Creu i Sant Pau. Algunos médicos se marcharon al exilio y se procedió a la evacuación de algunos heridos. Pero ¿qué iba a ocurrir con las fichas de ingreso de los heridos de guerra que a lo largo del conflicto habían sido asistidos en el hospital? En esas fichas aparecían los nombres y apellidos, el lugar de origen, el batallón al cual perteneció cada soldado herido durante el conflicto... Una sentencia de muerte, probablemente. Así que alguien decidió esconder esas fichas, sepultarlas entre dos paredes del pabellón de Santa Faustina, lugar donde permanecieron hasta 1977, cuando la joven archivera de Sant Pau, Pilar Salmerón, vio algo en los planos del mencionado pabellón que no se correspondía con la realidad y echaron abajo la falsa pared. Aparecieron entonces las fichas, con sus nombres y sus historias que contar. Un feliz hallazgo que dio fe de la participación de los antiguos combatientes en el conflicto civil y les permitió cobrar la pensión que les correspondía.

Es obvio que yo debía introducir esta historia real en mi novela, aunque me tomé ciertas licencias de la ficción en aquellas partes jamás descubiertas, como la identidad de quien escondió las fichas médicas.

TÀNIA JUSTE

Índice

De la misma autora

Pasaje al Nuevo Mundo

Tània Juste

Una apasionante travesía en un transatlántico
a principios del siglo xx decidirá el destino
de una joven barcelonesa.

**Un viaje en barco cuando todavía no
ha finalizado la Gran Guerra muestra
los cambios sociales e históricos y las
aspiraciones de diversas clases sociales,
que veían en América un territorio lleno de
oportunidades donde empezar de nuevo,
lejos de la Vieja Europa.**

Puerto de Barcelona, diciembre de 1918. Berta
Casals es una joven de veinte años que se
embarca en el transatlántico *Reina Victoria
Eugenia* rumbo a Argentina, adonde se dirige
para contraer matrimonio con Julio Mitchell, un
acaudalado estanciero de la Patagonia y amigo
de la familia a quien apenas conoce. Tras la
muerte de su madre, Berta ha decidido aceptar
la propuesta de matrimonio para dar un nuevo
rumbo a su vida, lejos de una Europa que se
desangra por la guerra.